Prologo

Milano - 1975

Il trillo insistente del telefono lacerò la quiete di un sonno profondo e l'uomo fu costretto a emergere, dolorosamente, dal suo soffice abbandono, per recuperare il senso della realtà. Annaspando, rovesciò libri, fotografie in cornice e una preziosa sveglietta prima di arrivare ad afferrare il ricevitore.

«Sono Rovesti», gli disse una voce burbera.

Quel nome cancellò ogni speranza di rimettere insieme i brandelli di un sonno appena spezzato. L'uomo, perfettamente sveglio, spalancò gli occhi nella camera ancora immersa nell'oscurità.

«In che cosa posso esserle utile?» domandò con voce chiara.

«La voglio subito da me. Qui. In clinica. Camera quattrocentosei», ordinò Giovanni Rovesti riattaccando senza un saluto, senza una spiegazione.

Roberto Cortesini, il più importante gioielliere milanese, proprietario del prestigioso negozio in via Montenapoleone, accese una lampada e raccolse da terra la sveglietta: erano le sei del mattino di lunedì cinque agosto.

Era rientrato a Milano molto tardi, la sera prima. Aveva trascorso il week-end a Forte dei Marmi con la moglie e i suoi due ragazzi. Aveva dormito circa quattro ore. Ebbe la tentazione di rimandare l'incontro alla tarda mattinata, ma l'interlocutore era il mitico Giovanni Rovesti il cui nome evocava potere e ricchezza. Una ricchezza incalcolabile. A malincuore, abbandonò il letto.

Il vecchio editore era ricoverato in clinica ormai da alcune settimane per una crisi cardiaca che escludeva, data l'età e la gravità dell'attacco, un lieto fine. Roberto Cortesini ne era al corrente. Se il vecchio aveva deciso di convocare all'alba il suo gioielliere di fiducia doveva esserci una ragione importante.

La doccia fredda lo svegliò completamente. Si vestì in fretta e si compiacque per la sua capacità di togliersi di dosso sonno e stanchezza tanto rapidamente. Aprì il frigorifero e vi trovò del succo d'arancia che bevve con avidità. Intanto elaborava le congetture più strane sulla perentoria convocazione del grande editore.

Conosceva Giovanni Rovesti da quindici anni, da quando, appena ventenne, era subentrato al vecchio Raffaele Veltroni nella proprietà della prestigiosa bottega.

Erede di una dinastia di gioiellieri fiorentini, Roberto Cortesini si era subito imposto per la competenza e la straordinaria professionalità. Era un bell'uomo dalla struttura compatta, gli occhi scuri, profondi e penetranti, l'espressione intelligente e leale. Ispirava fiducia. Il vecchio editore si era sempre fidato di lui e nella sua bottega aveva acquistato gioielli importanti per le donne della famiglia e gioielli meno importanti per le donne occasionali con le quali aveva fatto un pezzettino di strada. Amava l'argento antico e possedeva una collezione veramente straordinaria.

«Che volesse vendere?» si domandò il gioielliere. Quando il taxi arrivò davanti alla clinica gli sembrava di avere preso in esame ormai tutte le ipotesi possibili.

Giovanni Rovesti era dimagrito, il viso scavato, ma gli occhi vivacissimi avevano l'espressione determinata di sempre.

«Voglio comprare. Ma non gioielli», precisò, «pietre. Diamanti.»

«Quanti?» chiese Cortesini. «E per quale cifra?»

«Deve comperare per me diamanti per un valore di mille miliardi di lire.»

Roberto Cortesini, che nel frattempo si era seduto al capezzale dell'infermo, tacque sconcertato: era l'unica richiesta che non aveva previsto. La cifra indicata dal vecchio spiazzò il gioielliere, che pure era abituato a trattare pezzi di grande valore. Perché un vecchio sul limitare estremo della vita voleva investire una simile fortuna in diamanti? La domanda gli bruciava la lingua.

«Ho capito bene?» si preoccupò il gioielliere.

«Ha capito benissimo.»

«Diamanti per mille miliardi?»

«Diamanti per mille miliardi.»

«Ci vorrà tempo.»

«E la massima segretezza», precisò il vecchio.

«Allora ci vuole più tempo ancora.»

«Quanto tempo?»

«Due mesi.»

Il vecchio fece un gesto di disapprovazione.

«Le do una settimana. Lunedì le pietre dovranno essere disponibili presso la mia banca di Ginevra. Mi telefonerà a casa a operazione conclusa. Oggi mi dimettono.»

Non c'era spazio per altri discorsi. Cortesini fissò per qualche istante gli occhi del vecchio. Era un affare clamoroso e lui sapeva dove trovare le pietre. Perché la notizia non trapelasse doveva comperare diamanti di taglio non esageratamente grosso in paesi diversi. Il tutto in una settimana. Era un'impresa quasi impossibile, ma straordinaria. Sull'attendibilità del vecchio editore non aveva dubbi. Nonostante i suoi ottantacinque anni e la malattia, Rovesti era lucidissimo. E il progetto che aveva in mente era sicuramente impeccabile.

«È una sfida?» mormorò il gioielliere, quasi riflettesse a voce alta.

«È una grande sfida anche per lei», constatò il vecchio.

«Lunedì prossimo la sua banca di Ginevra avrà i diamanti», promise Cortesini.

«Gli uomini come noi dovrebbero essere immortali», scherzò Rovesti soddisfatto.

«La cosa diventerebbe troppo noiosa», precisò il gioielliere.

«Ne sono fermamente persuaso anch'io», disse Rovesti e aggiunse bruscamente: «I pagamenti verranno effettuati dalla banca stessa a ricevimento merce. Ho già dato istruzioni in proposito», concluse tendendogli la mano.

Cortesini strinse quella mano ancora potente. Quell'uomo stava morendo e gli proponeva una transazione folle. Accettandola, Roberto Cortesini non era meno pazzo di lui. Ma ormai aveva promesso e, nel suo mestiere, una stretta di mano è più vincolante di un contratto.

«Tratterrà per sé cinquanta miliardi», aggiunse ancora il vecchio. Giovanni Rovesti sapeva esattamente che la provvigione del mediatore è il cinque per cento dell'intero affare. Aveva la certezza che Roberto Cortesini avrebbe acquistato al meglio e che quei miliardi se li sarebbe meritati.

Alle nove e dieci di quella stessa mattina Roberto Cortesini era su un aereo per Anversa e alle undici sedeva nell'ufficio del signor Van der Khol, il più importante tagliatore di diamanti della città, in Pelikan Strasse.

Ammirò ancora una volta, sulla parete alla destra dell'antica scrivania di legno scuro, lo stupendo quadro di Bartholomeus Breembergh raffigurante Ifigenia e Cimone. E ancora una volta gli chiese: «Quando ti deciderai a vendermelo?»

Van der Khol finse di credere a questa richiesta che faceva parte di un rituale celebrato per arrivare meno tesi al vero argomento della discussione. Poi rise. «Non mi dirai che sei venuto fin qui per parlare di quadri. Se lo scopo della tua visita è avere il mio Breembergh, toglitelo dalla testa. Me lo voglio tenere ancora per un po'.»

È sempre così all'inizio di un'importante trattativa. Si prendono le cose alla lontana, facendo passare in secondo piano i diamanti, perché se l'acquirente mostra troppo interesse, aumenta l'avidità del venditore. I due sapevano tutto di questi antichi preliminari che fanno parte delle regole di un gioco complesso e affascinante.

«Se non vendi il quadro, mostrami almeno qualche bella pietra», disse Cortesini aprendo ufficialmente le trattative.

«Hai qualche preferenza?» indugiò il tagliatore.

«Diciamo colore D ed E», precisò il gioielliere volendo far credere all'altro che le pietre richieste in visione non lo interessavano più di tanto. D ed E erano i colori della bellezza assoluta. E inoltre dovevano essere «internally flawless», che nel linguaggio degli esperti significa assolutamente puri. Il gioielliere milanese seguiva un disegno preciso che non suscitasse clamore: acquistare piccoli quantitativi di pietre in posti diversi, tutte stupende ma di una dimensione che non desse nell'occhio, tra i dieci e i venti carati.

Il tagliatore aprì la cassaforte e prese quattro plateau che aveva già mentalmente selezionato. Li allineò sulla scrivania. Uno conteneva solo diamanti tondi, a taglio brillante, il secondo diamanti tagliati a smeraldo, il terzo era di navette e l'ultimo conteneva solo diamanti a goccia. Erano esattamente le pietre che Roberto Cortesini voleva. Ne acquistò per settanta miliardi, una somma cospicua ma non così spettacolare da suscitare sospetti. Dovette contrattare un bel po' per ottenere lo sconto dell'uno per cento. Il mestiere, la competenza e quella goccia di sangue ebreo che ancora scorreva nelle sue vene facevano di lui un eccellente compratore.

Diede all'amico il nome e l'indirizzo della banca ginevrina a cui doveva spedire i diamanti. La banca gli avrebbe corrisposto il controvalore in dollari.

Van der Khol insistette per invitarlo a colazione, ma Cortesini aveva fretta. Calcolò che nella stessa Pelikan Strasse avrebbe visitato altri tagliatori e acquistato un discreto numero di pietre, prima di partire in treno per Amsterdam dove aveva programmato di passare la notte.

Quando, al tramonto, lasciò Anversa, aveva scelto e comperato settantatré pietre per un totale di centocinquanta miliardi. Aveva fatto un buon lavoro, ottenuto le pietre al meglio e si ritenne soddisfatto.

La pietra più bella la comprò il giorno dopo ad Amsterdam da un vecchio amico che aveva laboratorio e uffici lungo il fiume. Era un diamante rosa a goccia, di venticinque carati. Se lo aggiudicò per dieci miliardi. Visitò altri venditori e acquistò altre cinquanta pietre che facevano al caso suo.

Alla fine si permise una pausa. Dall'albergo si fece prenotare un posto sul volo per Londra delle venti e una camera al *Connaught*. Si concesse una doccia, telefonò a sua moglie e trovò anche il tempo di visitare un paio di antiquari. Continuava a pensare al dipinto di Ifigenia e Cimone e cercava una tela di Bartholomeus Breembergh. Finì per comperare una *pendule* di bronzo dorato: una stupenda Minerva con il quadrante dell'orologio inserito nello scudo. A sua moglie sarebbe piaciuto.

Londra l'accolse con un improvviso rovescio d'acqua. Il giorno dopo sarebbe andato a scegliersi un impermeabile da Burberry. La camera al *Connaught* era quanto mai confortevole e lui era stanco e affamato.

L'ideale sarebbe stato uno spuntino in camera, ma gli dispiaceva rinunciare ai piaceri della tavola che la celebre cucina esclusiva del *Connaught* gli prometteva. Finì per andare al ristorante dove gustò del *pâté de turbot froid au coulis de homard* e un *salms de canard en surprise*. Superbi.

Dopo cena telefonò a Henry Hoppenheimer, il proprietario della De Beers, l'uomo che detiene il monopolio dei diamanti nel mondo, il solo ad avere una polizia privata in Sudafrica con licenza di sparare a vista sui «predatori» indipendenti che si avvicinavano con un setaccio ai fiumi delle zone che lui controllava. Cortesini riuscì a fissare un appuntamento con lui per il giorno dopo nel suo ufficio di Hutton Garden, nella City.

Dormì un sonno profondo e senza sogni. Lo svegliò il sole, una luce sfavillante in un cielo di cristallo. Lo considerò un segno di buon auspicio.

Dopo un'abbondante colazione, andò, come si era ripromesso, a comperare l'impermeabile. Poi passò da Floris dove fece incetta di saponette e eau de toilette.

Hoppenheimer lo accolse in una nuvola di fumo della sua inseparabile Dunhill. Il gioielliere fu tentato, quando vide le pietre che il commerciante di diamanti gli mostrò, di acquistarne una da cinquanta carati. Era una pietra straordinaria, ma sarebbe stata una manovra sbagliata, perché rischiava di suscitare curiosità e di fare notizia. Esattamente l'opposto di quello che lui voleva. Alla fine decise per uno stupendo diamante blu e scelse ancora un centinaio di pietre tra i quindici e i venti carati.

Cortesini riuscì inoltre a strappargli un pezzo della sua collezione personale, un diamante rosso di due carati delle dimensioni di un pisello. Il diamante rosso è una pietra rara e Hoppenheimer glielo fece notare, ma il gioielliere e il commerciante di diamanti conoscevano benissimo il valore della pietra e il prezzo di mezzo miliardo andava bene per il compratore e per il venditore. A mezzogiorno stabilì di chiudere la sua tappa londinese. Avrebbe voluto fare una passeggiata in Hyde Park, ma considerò che ormai era mercoledì e dei mille miliardi di Rovesti ne aveva investiti soltanto seicento.

Mancavano due piazze importanti per concludere

l'operazione in modo da non suscitare eccessiva curiosità. Partì quel giorno stesso per Tel Aviv, dove avrebbe trovato ospitalità e diamanti presso l'amico Isak Levy. Levy aveva una taglieria molto importante con oltre trecento operai e lavorava diamanti stupendi.

La città lo accolse con un abbraccio soffocante, un caldo terribile contro il quale il tiepido tè alla menta, preparato a regola d'arte dalla signora Levy, poteva ben poco.

Isak recitò, da quell'istrione che era, vecchie battute di un copione sempre attuale. Una specie di pantomima sulle difficoltà della vita, sui tempi che erano cambiati, sulla fatica per rimanere a galla in un mondo cattivo e imprevedibile. Sembrava lo sfogo di un vecchio saggio pessimista, ma in realtà era un modo per opporsi alla domanda del gioielliere milanese che cercava di spuntare una riduzione del due per cento sull'acquisto di venti pietre di cinque carati per un totale di cinquanta miliardi.

Levy invocò la collera di Dio su di sé e sulla sua famiglia se mai avesse mentito. Sosteneva che uno sconto simile lo avrebbe gettato sul lastrico.

Cortesini, dal canto suo, minacciò di interrompere le trattative e di scendere in strada a fare acquisti di taglieria in taglieria, certo di spuntare lo sconto che Isak gli rifiutava. Isak si strappò i capelli, strabuzzò gli occhi e alla fine si accordarono per uno sconto dell'uno per cento, che stava benissimo a tutti e due.

Cortesini salutò l'amico con grande trasporto, poi uscì e rastrellò sulla piazza, presso venditori diversi, altre duecento pietre.

Venerdì mattina era a New York e Manhattan, come sempre, lo incantò con la poetica verticalità dei suoi grattacieli. Nella Quarantasettesima Strada, dalle tre alle cinque del pomeriggio, acquistò trecento diamanti colorati: dal giallo giunchiglia, all'azzurro, al blu. E tuttavia non aveva speso ancora tutti i mille miliardi di Giovanni Rovesti.

Acciuffò l'ultimo volo per Los Angeles e da lì, lottando contro il tempo, raggiunse Santa Monica, in California. Qualche minuto prima della chiusura degli uffici concluse l'ultimo acquisto.

Era riuscito a portare a termine l'operazione. Aveva comperato al meglio e nei tempi previsti dall'editore: aveva vinto la sfida.

Per la prima volta pensò ai cinquanta miliardi della sua provvigione. Era davvero una cifra astronomica. Soprattutto convenne con se stesso di essere stato protagonista di una straordinaria avventura che soltanto pochissime persone al mondo potevano vivere.

Lunedì mattina era a Ginevra. Telefonò a Milano.

«È tutto fatto», disse semplicemente a Giovanni Rovesti.

«La ringrazio», ribatté l'editore. «Nel pomeriggio verrà a cercarla una persona di mia fiducia. Prenderà in consegna i suoi acquisti.»

«Il nome di questa persona?»

«Non è necessario. Il mio uomo la conosce e sa come trovarla.»

Roberto Cortesini si abbandonò sulla poltrona: «L'avventura non finisce mai», disse sorridendo.

1

ERA vecchio. Era ricco. Era potente. E stava morendo. Da un momento all'altro sarebbe calato il sipario sull'ultimo atto della commedia che l'aveva visto, sempre, nel ruolo del protagonista. Giovanni Rovesti, il re della carta stampata, di fronte al mistero della morte, di fronte al buio di una notte senza fine, era come un uomo qualsiasi.

«La morte non fa differenze», pensò l'editore.

Giovanni Rovesti, in quel momento, non chiedeva molto alla vita, che pure gli aveva dato tanto. Aveva bisogno soltanto di una manciata di giorni, forse ore, per realizzare un sogno, un progetto grandioso e stravagante, un rebus che dopo la sua morte gli eredi avrebbero dovuto decifrare. Anzi, sarebbe stato il più intelligente, il più intraprendente, a chiarire l'enigma.

Nella solitudine della sua camera, al primo piano dell'ottocentesco palazzo di via Serbelloni, a Milano, il vecchio sentiva la morte aggirarsi attorno a lui con inesorabile determinazione. Due mesi prima, un ultimo infarto aveva provocato nuovi danni al suo cuore malandato e soltanto il tempestivo ricovero in un'unità coronarica aveva rimandato la fine. Era tornato a casa da pochi giorni e adesso, in piena notte, ricostruiva l'ultimo colloquio con il cardiologo.

«Come sto?» gli aveva chiesto il vecchio, mentre un lampo di ironia gli brillava nello sguardo.

«Lo sa anche lei», aveva tagliato corto lo specialista.

«Quanto tempo mi resta?» aveva insistito il vecchio leone.

«Chi può dirlo? I risultati delle analisi sono soddisfacenti; al punto che le consento di andare a casa e di restarci.»

«Fino a quando?» aveva replicato.

«Nessuno può dirlo», aveva risposto il cardiologo abbassando lo sguardo.

«Possibile che solo nei film e nei romanzi sia data la certezza della guarigione? O della fine?» aveva polemizzato il paziente.

«L'onda piangente torna sempre all'oceano.» Il medico aveva scelto una citazione sperando di mettere fine a quelle domande a cui non voleva rispondere.

Giovanni Rovesti aveva corrugato la fronte e alzato lo sguardo. «Io le chiedo delle certezze e lei distilla una filosofia da baci Perugina», lo aveva ammonito con voce severa.

«Segua le mie prescrizioni», gli aveva consigliato, «e non elabori pensieri sgradevoli.»

«Palle», aveva reagito bruscamente. «Ho ottantacinque anni. Alla mia venerabile età ho bisogno di verità. Ho ancora alcune cosette da sbrigare.»

«Quello dell'insostituibilità è un mito», scherzò il medico.

«Non nel mio caso», aveva replicato con fermezza. «Devo andare in giro, muovermi, fare delle cose. Capisce? Ho alcuni problemi da risolvere.»

«Uno sforzo potrebbe esserle fatale», aveva sentenziato il cardiologo.

I tripli vetri della camera da letto garantivano il silenzio, che sarebbe stato assoluto senza il lieve ronzio del condizionatore d'aria che annullava la cappa afosa di quella notte d'agosto.

Uno sforzo, dunque, gli sarebbe stato fatale; eppure doveva affrontarlo per portare a termine il suo piano. Pensò alla «romanina», la sua prima macchina tipografica, un gioiello della tecnologia degli anni Venti, che stava in un angolo del suo studio, nella camera accanto. Quando l'aveva comprata, Rovesti era un giovane tipografo con le tasche vuote e la testa piena di sogni. Con quella macchina, pagata a rate, aveva gettato le basi di una fortuna.

Ricordò gli anni lontani quando, tremando per il debito contratto, l'aveva acquistata dalla ditta Nebiolo di Torino. «Macchina tipografica Roma»: questo era il nome di quel miracolo tecnologico. Dagli anfratti della memoria riemerse l'emozione del momento magico in cui, per la prima volta, la macchina aveva preso a funzionare nello scantinato di una casa popolare dove aveva insediato il suo laboratorio di tipografo. E con lui c'era Angelo Gelmi, l'amico inseparabile di tutta la vita. Ora Angelo era morto e lui era solo nel compiere l'ultimo atto di un progetto grandioso, che gli avrebbe consentito di pilotare le sorti della sua famiglia anche dopo la morte.

L'operazione che stava per concludere era la sintesi della sua capacità imprenditoriale, della sua intelligenza e del suo spirito beffardo. Perché quella che stava per compiere era anche una grande beffa che avrebbe favorito il più abile tra i suoi eredi.

Un suono garbato, appena percettibile, venne dall'apparecchio telefonico sul tavolino da notte.

«Spero di non averla svegliata», affermò una voce d'uomo, dal tono sommesso, all'altro capo del filo.

«Io non dormo mai», sentenziò riconoscendo immediatamente la persona che aveva interrotto il corso dei suoi pensieri.

«Meglio così.»

«Hai quello che ti ho chiesto?»

«Tutto. Posso venire?»

«Certo che puoi.»

«Quando?»

«Subito. Tra mezz'ora ti aspetterò al cancello.»

«È sicuro di non affaticarsi?»

«Detesto la gente che si preoccupa per la mia salute», disse burbero, ma si sentiva felice.

Stava vivendo l'avventura più eccitante della sua vita. Era una sfida con la morte e Giovanni Rovesti in quel preciso istante era sicuro che l'avrebbe spuntata. Poi, poteva riposare. Era felice per due ragioni: stava per entrare in possesso dell'ultima tessera del suo prezioso mosaico ed era riuscito a eludere la stretta sorveglianza di Lotte, l'infermiera specializzata che si occupava di lui con affettuosa razionalità e, quando era necessario, con un pizzico di autoritarismo.

Quella sera, come sempre, Lotte gli aveva portato un piattino d'argento con il consueto cocktail di pillole: Lasix, Cardioreg, Permixon e, infine, il sonnifero che gli avrebbe garantito una notte di riposo tranquillo. Giovanni Rovesti, in previsione della visita notturna che aspettava, era riuscito a far sparire il sonnifero con l'abilità di un prestigiatore. Era ben sveglio, infatti, quando sul suo telefono riservato era giunta la notizia attesa. Giovanni Rovesti sgusciò fuori dal letto dopo aver acceso la luce di una lampada liberty sul tavolino da notte. Il tenue chiarore rivelò una camera molto bella, elegante, sobria. Si guardò intorno e inquadrò quello che amava definire «il tavolo delle fotografie». C'era il ritratto dei genitori, uno suo in compagnia di Angelo Gelmi al tempo del collegio, entrambi patetici e commoventi nella divisa grigia con il berretto. L'immagine di sua moglie Veralda che teneva in braccio Maria Carlotta, la prima dei suoi figli, era più grande delle altre. La bambina era morta a tre anni di poliomielite. Il sacchetto bianco pieno di canfora che la piccola portava al collo non l'aveva salvata dalla terribile malattia. C'erano anche i ritratti dei figli Anna e Antonio e dei nipoti: Pietro, Giovanni, Patrizia, Maria Carlotta. Sopra il letto di noce scuro era appeso un dipinto a olio raffigurante una Vergine con il Bambino. Le pareti erano interamente ricoperte di grandi librerie che contenevano volumi con il marchio della casa editrice Rovesti.

Il vecchio infilò una vestaglia di seta a disegni cachemire e calzò pianelle marroni fatte su misura per via del gonfiore ai piedi che, soprattutto negli ultimi tempi, si era accentuato. Colpa del cuore malandato e di una cattiva circolazione.

Ma in quel momento non aveva tempo di pensare ai suoi malanni. L'aveva pervaso un'eccitazione insolita che gli ricordava i momenti chiave della sua lunga vita. L'avventura di quella notte era esaltante. Scese lentamente lo scalone di marmo ricoperto da una passatoia che assorbiva ogni rumore. Disattivò il sistema d'allarme nel vestibolo e uscì nella calda notte di Ferragosto. I cani, che erano accucciati sotto la magnolia, lo riconobbero e gli si fecero incontro uggiolando e dimenando la coda. Il vecchio li zittì con un gesto della mano. Il silenzio era appena incrinato dall'acqua zampillante della fontana al centro del giardino. Quel breve percorso lo stava affaticando e un dolore sordo e opprimente incominciò a schiacciargli il petto. Pensò alla morte con astio. Aveva bisogno di un po' di tempo per vincere la sua ultima battaglia. Inghiottì una capsula rossa che aveva infilato velocemente nella tasca della vestaglia: avrebbe presto cancellato il dolore. Doveva riuscire a incontrare il visitatore notturno, poi la partita con la morte l'avrebbe giocata senza paura, pur sapendo che avrebbe perso. Gli tornò in mente il viso scavato di don Alfonso, il suo insegnante di matematica al collegio. Era così magro e ossuto che la tonaca bisunta sventolava sul suo corpo come una bandiera. L'ossessione di don Alfonso erano i numeri elevati a potenza. E guai a chi si lasciava prendere in castagna.

«Dodici al quadrato», chiedeva a bruciapelo. E se l'interrogato non rispondeva immediatamente centoquarantaquattro, gli allungava uno scappellotto e quel movimento faceva ondeggiare la tonaca che sprigionava un disgustoso odore di polvere e di vecchie croste di formaggio.

Poi don Alfonso si era ammalato e Giovanni, dopo una lunga attesa, era salito a trovarlo nella stanza sotto i tetti del collegio. Il vecchio prete stava su un lettuccio arruffato, la faccia scavata e smunta, il colorito giallastro, il naso sottile.

Giovanni era entrato in punta di piedi e il sacerdote, che sembrava fissare un punto lontano, muovendo l'indice e il pollice della mano destra, come sgranasse un rosario, s'era accorto della sua presenza.

«Chi sei?» aveva domandato il prete.

«Giovanni Rovesti.»

«Quanto fa trentasette al quadrato?» lo aveva interrogato con voce flebile. La pelle si afflosciava su quella faccia esangue.

Giovanni non aveva risposto, spiazzato dalla domanda inaspettata. Don Alfonso aveva cercato di punirlo, ma non era riuscito a sollevare il braccio e aveva mosso appena la mano.

«Ringrazia Dio che sto morendo, così non posso castigarti come meriteresti.»

Don Alfonso non era più in grado di modificare il suo respiro affannoso che presto sarebbe diventato un rantolo.

«Devo chiamare gente?» aveva domandato il bambino, spaventato da quell'ansimare.

«No, non chiamare nessuno», si era addolcito. «Vorrei essere solo con la morte. È una partita a due che voglio giocare fino in fondo anche se so che è sempre lei a vincere.»

«Vince sempre lei», mormorò Giovanni Rovesti attraversando il giardino.

Il dolore al petto era svanito e il vecchio si sentiva tanto bene che avrebbe voluto correre verso il pesante cancello di ferro battuto, incastonato come un gioiello nel muro di cinta alto e possente che circondava il giardino del palazzo.

L'uomo era lì, illuminato dalla luce fioca di un lampione. Era un giovane non ancora trentenne. L'abito di lino azzurro, di ottimo taglio, rivelava la sua figura snella e compatta. In una mano stringeva un'elegante valigetta di cuoio nero.

«Ciao, Paolo», lo salutò il vecchio aprendogli il cancello.

Il giovane ricambiò il saluto e strinse la mano che Giovanni Rovesti gli porgeva.

Quando Paolo sorrise, il vecchio riconobbe l'enigmatica espressione di Flora Montecchi, la madre di Paolo. «Tale e quale», pensò ricordando la radiosa giovinezza di Flora che gli aveva regalato una breve ma intensa felicità.

Giovanni respinse i ricordi che minacciavano di distrarlo e si impose il presente, dove stava accadendo qualcosa di molto importante.

L'editore allungò un braccio verso la valigetta, ma Paolo lo fermò. «È un po' troppo pesante», si giustificò.

«Credo che tu abbia ragione, ragazzo mio», subito si arrese e richiuse piano il cancello.

Quindi prese sottobraccio il visitatore che si lasciò condurre. I cani annusarono il forestiero e guardarono il padrone aspettando un ordine.

«A cuccia», mormorò Rovesti.

Gli animali obbedirono e si allontanarono verso il folto del giardino. I due uomini raggiunsero la casa ed entrarono nel silenzio del vestibolo.

«La mia persecutrice sta dormendo», affermò l'editore trionfante, alludendo alla sua infermiera. «Tutti dormono.»

Ottavio, il suo cameriere, alloggiava in un'altra parte del palazzo, vicino alla stanza della cuoca, la fida Ester. «Gli altri sono in Sardegna», proseguì il vecchio intuendo la domanda dell'ospite. «A bordo del *Capriccio*, ancorato a Porto Rotondo. O nella villa di Porto Cervo. Nella casa di Ponza o in quella di Stresa. Per loro», continuò con una punta di amarezza, «l'importante è apparire. Sono a Milano da solo, con uno sparuto manipolo di mercenari», disse allargando le braccia e assumendo un tono scherzoso. Tacque la presenza di Maria Carlotta, la nipote prediletta di dieci anni. L'aveva reclamata d'autorità e la nuora, per assecondare il vecchio, gliel'aveva mandata a Milano in pieno Ferragosto.

Paolo osservò con ammirazione quel bel vecchio alto e diritto, il viso scavato, gli occhi chiari, piccoli e taglienti, che, prima di morire, voleva realizzare un piano grandioso e misterioso del quale, ne era certo, nessuno era al corrente. Neppure a lui l'editore aveva dato spiegazioni.

Rovesti sedette in poltrona accanto a un tavolinetto basso di legno scuro, su cui campeggiava una composizione floreale di gigli rossi e iris blu dai petali ormai stanchi. L'editore prese la valigetta che Paolo Montecchi gli stava porgendo. La tenne sulle ginocchia e l'accarezzò come una persona cara.

«Com'è andata?» domandò con un tono che non ammetteva repliche. E invitò Paolo, con un gesto della mano, a sedersi di fronte a lui.

«Esattamente come lei aveva previsto. Roberto Cortesini mi aspettava. Ha preso visione della merce in mia presenza. Ha controllato tutto pezzo per pezzo.»

Il vecchio compose il numero della combinazione, il meccanismo scattò e la valigia si aprì su un trionfo scintillante di diamanti. C'era, in quella valigetta foderata di camoscio nero, il meglio che il regno della mineralogia potesse offrire: carbonio puro cristallizzato, la sostanza con il più alto indice di durezza e di rifrazione, inattaccabile da qualsiasi altro minerale o sostanza acida. Diamanti di notevole caratura, nei colori più belli, di una purezza assoluta. Diamanti per un valore di mille miliardi.

Il vecchio indugiò a lungo su quello straordinario sfavillio, ma la sua faccia impassibile non tradì alcuna emozione. Solo il cuore subiva i contraccolpi di quella magica visione. «Tieni duro», disse a se stesso, «che la meta è vicina.» Richiuse la valigetta e fece scattare la serratura, poi alzò lo sguardo per fissare Paolo con occhi ridenti.

«Ti ringrazio», disse.

«Ho fatto il mio dovere», replicò l'uomo. «Lei non mi deve nulla. Io invece le devo molto. Forse le devo tutto», confessò sinceramente.

Paolo Montecchi era entrato nella casa editrice Rovesti come semplice correttore di bozze, poi era passato al settore grafico e infine al giornalismo scritto. Giovanni Rovesti, che aveva sempre agevolato da lontano la carriera del suo pupillo, era stupito delle capacità del giovane. Sapeva interpretare con largo anticipo i gusti del pubblico e assecondarne le predilezioni senza mai scadere nella volgarità.

«Sul tuo silenzio posso sempre contare», affermò il vecchio guardandolo negli occhi.

Paolo sentì irresistibile il desiderio di accendersi una sigaretta, ma rinunciò.

«Dalla mia bocca non uscirà una parola», promise.

«Lo so», annuì il vecchio.

Paolo era convinto di essere il figlio di Giovanni Rovesti. Ne era certo. Si considerava il solo Rovesti che non portasse quel cognome. C'erano degli indizi che giustificavano questa sua interpretazione dei fatti. C'era stata una storia d'amore tra Giovanni Rovesti e Flora Montecchi e, se si consideravano i tempi e l'età dei protagonisti, l'ipotesi di Paolo diventava altamente probabile.

A Giovanni Rovesti, d'altra parte, pur non avendo prove inconfutabili, piaceva pensare che quel giovane brillante, imparentato con un'inestinguibile capacità creativa, fosse il risultato di quella dolcissima storia d'amore. Per questo, nel gioco che stava organizzando, aveva assegnato a Paolo un ruolo di primissimo piano.

Certo avrebbe partecipato anche lui alla caccia al tesoro, con buone probabilità di vincere.

«È meglio che tu vada», disse il vecchio sorridendogli. «Non vorrei che qualcuno ci vedesse insieme.» Aveva un'espressione maliziosa e divertita. «Ti ringrazio per la tua discrezione», continuò. «Sappi che hai portato a termine un'operazione fondamentale.»

«Certo», annuì Paolo restando impassibile.

«Non posso dirti altro», proseguì il vecchio alzandosi dalla poltrona con un certo affanno. «Un giorno saprai.»

2

Era un'afosa alba di Ferragosto quando mandò a chiamare la nipotina prediletta.

«Che cosa vuoi, nonno?» domandò assonnata Maria Carlotta. Aveva dieci anni, era bella come sua madre e docile come un cagnolino.

«Che tu faccia colazione con questo vecchio noioso e pieno di esigenze. Poi mi accompagnerai in casa editrice. Sai, oggi ci saranno soltanto i guardiani e gli operai di turno. Voglio fare con te il giro delle redazioni deserte e respirare l'odore della carta stampata», disse il nonno che sedeva impettito davanti al tavolo della colazione consumando una tazza di tè e qualche fetta di pane biscottato. Ma sulla tovaglia candida c'era ogni ben di Dio: succhi di frutta, yogurth, frutta fresca, marmellate, brioche appena sfornate, latte, caffè.

«Dai, siediti e fai colazione con me», la invitò ancora il vecchio.

Maria Carlotta si infilò le dita tra i capelli arruffati grattandosi la testa. E sbadigliò.

«Le ho viste tante volte le redazioni», disse. «Non si potrebbe fare qualcosa di più divertente?» Sedette al tavolo, di fronte al vecchio, e aspettò che Ottavio, il cameriere del nonno, la servisse.

«Non c'è niente che io possa fare di divertente con

te. Sono troppo vecchio. Ma voglio che tu mi accompagni. Perché potrebbe essere l'ultima volta che abbiamo la possibilità di stare un po' insieme tu e io.»

Maria Carlotta lo osservò perplessa. Lo sapeva bene, perché tutti lo dicevano, che il nonno stava male. Ma sentirlo dire da lui era diverso. E se era lui a dirlo, doveva essere vero, perché il nonno non raccontava mai bugie.

«Va bene. Ma dopo, posso tornare in Sardegna?» chiese.

Giovanni Rovesti annuì. Capiva bene che, per una ragazzina, la compagnia del nonno non significava granché. Per Maria Carlotta, in particolare, non c'erano comunque eventi troppo significativi, né affetti travolgenti. Questo non impediva al vecchio di amarla sopra tutti e di credere che, un giorno, la vita l'avrebbe maturata trasformandola in una donna consapevole. Perché era comunque una Rovesti e nelle sue vene scorreva il suo stesso sangue. Era la più giovane della famiglia e per questo era la più innocente. Soprattutto, era ancora disinteressata. Il che era un motivo in più per preferirla agli altri.

«Dopo tornerai in Sardegna», promise.

Quello stesso giorno, dal finestrino dell'aereo, Maria Carlotta vide tramontare il sole di Ferragosto. Era in volo sull'aereo di suo padre che faceva rotta per Olbia. Quando il sole si spense nel mare anche Giovanni Rovesti chiuse il suo capitolo terreno. La morte lo colse nel sonno. Il suo cuore non aveva resistito alle fatiche di quel giorno, proprio come aveva previsto il cardiologo.

L'infermiera trovò il vecchio, qualche ora più tardi, nell'abbandono della morte: aveva gli occhi chiusi e un sorriso enigmatico sulle labbra.

Erano trascorse soltanto venti ore da quando aveva ricevuto la visita di Paolo Montecchi e preso in consegna la valigia piena di diamanti.

Ieri

1905-1920

1

Più del compagno che lo fronteggiava con l'aggressività e la spocchia di un gallo da combattimento che arruffa le penne e protende il capo, lo infastidiva l'odore pungente del lisoformio.

Il compagno si chiamava Angelo Gelmi. Era un ragazzo robusto, deciso e abituato alla rissa.

«Perché non reagisci?» lo provocò Angelo, pronto a far scattare le mani che pendevano inerti lungo i fianchi.

«Perché dovrei?» replicò Giovanni.

Giovanni aveva dieci anni, uno in meno di Angelo.

Era un bambino pallido, magro, lo sguardo pieno di vento del cerbiatto in fuga. Come tutti gli altri ragazzi del collegio aveva i capelli tagliati a zero, e questa particolarità accentuava lo smarrimento dell'espressione. Anche la divisa di ruvido panno metteva in risalto la sua vulnerabilità, così come sottolineava l'aggressività di Angelo.

«Devi reagire per dimostrare che non sei un pappamolla», lo spronò l'avversario.

«Io non ho bisogno di dimostrare niente a nessuno», disse.

«Ma se stai per piangere come un fantolino», lo derise il compagno.

«Non sto per piangere», negò Giovanni, gli occhi

lucidi per l'odore penetrante del lisoformio al quale non era abituato.

Angelo rise, traendo piacere dalla consapevolezza della sua indiscussa superiorità. La paura che credeva di intuire nello sguardo di Giovanni, la sofferenza del nuovo arrivato, gli procurava gioia.

«Te la stai facendo sotto dalla paura», rise.

«Io non ho paura di nessuno», disse pacatamente Giovanni.

Erano altre le cose che lo spaventavano, ma i nuovi compagni della sua vita, i ragazzi con i quali avrebbe dovuto convivere per anni, non avrebbero capito.

«Allora, perché non reagisci, pappamolla?» Angelo Gelmi, con la crudeltà dei ragazzi che hanno avuto un'infanzia dura, non smetteva di stuzzicarlo.

«Perché no», tagliò corto Giovanni, cercando di defilarsi.

La mano di Angelo lo colpì con la violenza di una porta sbattuta dal vento e il segno delle cinque dita affiorò sulla guancia di Giovanni che finalmente reagì; non per il bruciore alla faccia e per lo stordimento, ma per l'umiliazione che gli pesava sul cuore. La sua testa rotonda si abbatté come un ariete sullo stomaco dell'aggressore, gli mozzò il respiro e lo costrinse a piegarsi in due. Si era vendicato. Rimanevano i segni sulla guancia, ma a quelli Giovanni Rovesti non attribuiva nessuna importanza.

Suo padre gli aveva insegnato che i segni esteriori, così come sono venuti, il più delle volte se ne vanno senza lasciare traccia.

«Che cosa sta succedendo qui?» tuonò la voce del professore, che era apparso improvvisamente all'estremità del dormitorio. Era un ometto piccolo e tondo dall'espressione mite e gli occhi inquisitori. Su di lui si appuntarono gli sguardi preoccupati dei ragazzi.

Angelo Gelmi sollevò su di lui la faccia sconvolta dal dolore. «Mi sento male, signore», si lamentò.

«Che cosa è stato?» si preoccupò l'uomo girando intorno gli occhi piccoli e neri.

«Un male improvviso», inventò Angelo. «Ma sta passando.»

«Sdraiati un momento», suggerì l'uomo accostandosi con fare sollecito. «Sarà stato un colpo di freddo», ipotizzò. «E voialtri, a studiare», ammonì battendo le mani con l'aria di voler disperdere uno stormo di uccellini pigramente disposti a becchettare su un prato.

Angelo si lasciò cadere sul suo letto con un senso di sollievo. Sopra la testiera di ferro smaltato, scrostata in più punti, erano appese le fotografie di un uomo e di una donna. L'uomo aveva la fronte corrucciata, lo sguardo severo e un paio di baffi appuntiti; la donna aveva la faccia rassegnata di una martire. Erano i genitori di Angelo. Erano morti entrambi e lui si trovava in quel collegio grazie alla bontà del suo parroco che, considerandolo un bambino intelligente, versava la retta mensile attingendola dai fondi di una pia istituzione per l'infanzia abbandonata.

«Allora, come ti senti?» chiese il professore chinandosi su di lui.

«Credo stia passando», rispose. Le sue guance stavano riprendendo colore.

«Sì, è stato soltanto un colpo di freddo», lo tranquillizzò l'uomo.

«Posso restare con lui, nel caso avesse bisogno?» si offrì Giovanni.

«Ma sì», accondiscese. «La tua richiesta mi sembra una buona testimonianza di umana solidarietà», volle lodarlo. Quel ragazzino spaurito, del quale conosceva la triste storia, lo impietosiva. «Dimostri di avere capito lo spirito di questa nostra comunità», soggiunse.

I ragazzini sciamarono lungo i corridoi interminabili nei quali ristagnava implacabile l'odore del lisoformio.

«Grazie per non avermi denunciato», disse Giovanni, quando rimase solo con Angelo.

«Lascia perdere», grugnì il compagno.

«Amici?» propose Giovanni tendendogli la mano.

«Senza rancore», ribatté Angelo. Ricambiò il sorriso e strinse la mano che il nuovo amico gli porgeva.

Anche se Angelo era più grande, era evidente che Giovanni era più forte e come tale si era imposto agli occhi di tutti. Quel giorno, con quella stretta di mano, nacquero un'amicizia e un sodalizio destinati a durare tutta la vita.

2

Il suo nido era ormai quel massiccio edificio di pietra, con le sue camerate mostruose, il refettorio che sapeva di minestra di cavoli, i corridoi interminabili, le aule fredde, i laboratori inospitali, nel rispetto maniacale di un regolamento militaresco che prevedeva severe punizioni per i trasgressori.

Il respiro notturno della camerata, simile a quello di un gigante addormentato, gli teneva compagnia e gli comunicava un senso di sicurezza.

Quel giorno, Giovanni Rovesti aveva vinto la sua prima, decisiva battaglia nella lotta per la sopravvivenza in un mondo così diverso da quello dal quale proveniva. La violenza della vita non lo paralizzava più e non l'avrebbe più subita senza reagire. Intanto si era conquistato un posto nella gerarchia del potere e, ora che aveva imparato la lezione, non si sarebbe fermato ai primi gradini.

Quel bambino magro, ma non gracile, timido, bello di una delicata bellezza d'alabastro, rispettoso e bene educato, avrebbe saputo trovare la tenacia e l'aggressività del vento quando soffia improvviso e tutto travolge.

Quella notte, per l'ultima volta, provò nostalgia per un passato radioso che rendeva insopportabile la realtà in cui da tempo era immerso. Era passato da un brillante benessere, molto simile alla ricchezza, alla sopravvivenza sostenuta dall'arrogante pietà dei parenti che, accollandosi le spese, lo mantenevano in quel collegio.

Quella notte cancellò il rimpianto che alimentava il suo dolore rassegnato.

Ricordò il padre, Carlo Rovesti, un uomo dal volto severo che raramente si apriva al sorriso. Un tempo si era sentito protetto da quello sguardo fermo che, al momento giusto, sapeva diventare affabile dietro i baffi rigogliosi. La vasta calvizie che gli dilatava la fronte, accentuava l'espressione intelligente e riflessiva degli occhi. Carlo Rovesti era un piccolo industriale di successo. Mandava avanti una prospera carrozzeria di automobili, fino a quando una broncopolmonite lo aveva stroncato in pochi giorni.

Emma, la madre di Giovanni, aveva affidato la gestione dell'azienda a un devoto amico del defunto marito. Si chiamava Claudio Colombo. Era un bell'uomo, elegante, mondano, ma scarsamente avveduto.

Il signor Colombo amava intrattenersi con la giovane vedova in una sorridente e frivola intimità, complice il civettuolo divanetto vis-a-vis che metteva il gentiluomo e la signora l'uno di fronte all'altra. Lui ostentava con disinvoltura un grosso solitario al mignolo, la canna di amorino, l'Isotta Fraschini nuova fiammante. Lei, la dolce signora, lo guardava con occhi morbidi, il nasino petulante, il vitino da vespa fasciato entro abiti che mettevano in risalto le curve della sua aggraziata figura. E si lasciava corteggiare senza aspettare la fine di un lutto che non aveva per lei nulla di lacerante.

Il piccolo Giovanni sentiva sulla pelle e nel cuore il dolore per la scomparsa del padre, ma le regole imposte dagli schemi della famiglia, che imponevano silenzio e obbedienza, gli impedivano di manifestare il suo profondo disagio, del quale la madre non mostrava di accorgersi. Lei viveva il suo bel sogno d'amore e si appartava con l'uomo, che aveva preso il posto del marito, nel salottino azzurro, quando non usciva per i numerosi incontri mondani.

Nei ritmi quotidiani di Giovanni, niente era cambiato per quanto riguardava la scuola e i giochi; andava invece rarefacendosi l'affettuoso rituale della madre china su di lui, delle parole sussurrate la sera, accanto al suo letto, con la luce ormai spenta, il delicato profumo, che gli ricordava quello dei tigli, nell'attimo in cui deponeva sulla sua fronte il bacio della buona notte. Era il ricordo più bello e intenso, quello che lo avrebbe accompagnato per tutta la vita.

Un giorno il fulmine guizzò nel cielo sereno della famiglia Rovesti e nel morbido sguardo della signora Emma si rifletté la paura per il temporale che andava addensandosi all'orizzonte. Scomparve il sorriso dalle sue labbra e scomparve il collier di smeraldi dal suo audace décolleté. La cattiva amministrazione del signor Colombo aveva travolto la ditta Rovesti. Il suo amministratore investì in Borsa i capitali superstiti, lasciandosi convincere dai «mestatori della pubblica credulità» a rastrellare danaro a interessi esorbitanti per acquistare azioni «sicure». Ma subito dopo iniziò un imponente ribasso dei titoli. Ancora una volta, la furente corsa all'imbroglio aveva favorito gli speculatori e i predoni della Borsa.

Carlo Colombo finì in carcere per bancarotta fraudolenta. Emma Rovesti, travolta dalla vergogna, ingerì una dose di potente sonnifero e si addormentò per sempre. Giovanni restò solo. E povero.

Dal grande appartamento nel palazzo con giardino in via Francesco Sforza, a Milano, gli zii lo trasferirono nel collegio maschile di Baggio.

Ora, dopo averla spuntata su Angelo Gelmi, Giovanni pensò che in qualche modo sarebbe riuscito a riscattare anche il nome di suo padre. Su questo pensiero il sonno lo colse e sognò la madre china su di lui, ma non sentì più il delicato profumo dei tigli nell'attimo in cui deponeva sulla sua fronte il bacio della buona notte.

3

A NATALE lo zio venne a prelevarlo dal collegio con il landò e lo portò a casa. Lo zio si chiamava Ettore Oldani, era fratello di sua madre ed era proprietario di un grande negozio di telerie nel centro di Milano. La sua abitazione era sopra il negozio. Era una casa solida di borghesi agiati, anche se meno lussuosa di quella in cui Giovanni era nato e aveva vissuto fino a dieci anni.

I due cugini maschi, figli dello zio Ettore e della zia Maria, con i quali aveva giocato negli anni felici della prima infanzia, lo guardarono con degnazione dimenticando che soltanto pochi anni prima era lui l'esempio da imitare e che le cose belle di cui si circondava suscitavano la loro invidia. Adesso il piccolo Giovanni era il parente povero.

Lo smalto dell'agiatezza si era appannato e ne emergeva un ragazzino scontroso e ruvido, impacciato e diffidente. Giovanni confrontava la sua grossolana divisa del collegio con gli abiti di fine stoffa inglese dei cugini. Confrontava i regali costosi che Gesù Bambino aveva portato per loro e l'astuccio portapenne, rozzamente intagliato, che lui aveva ricevuto. Ma erano soprattutto diversi i letti soffici dei cugini rispetto al materasso di crine riservato a lui in collegio.

Era un confronto avvilente che per un attimo, ma

solo per un attimo, gli mise addosso una gran voglia di piangere. Subito dopo il suo orgoglio gli fece rialzare il capo e la fierezza brillò nello sguardo deciso. Un giorno lui sarebbe diventato così ricco da costringere zii e cugini a nascondersi per la vergogna.

«Non ho più voglia di mangiare», disse a metà pranzo mentre lo zio gli porgeva un piatto con una fetta di gallina ripiena.

La zia Maria, che era una donna robusta e decisa, disse: «È come dare le perle ai porci».

Giovanni non capì il significato del paragone, ma lesse il disprezzo nello sguardo della zia.

«Con permesso», si scusò alzandosi da tavola. Andò nell'ingresso e sedette su uno sgabello imbottito in una nicchia accanto alla porta. Da quella postazione colse la voce irata della zia.

«Questa è la dimostrazione lampante della sua arroganza.» La donna era fuori di sé. «Almeno capisci che cosa significa fare del bene ai tuoi parenti? Non basta che gli paghiamo la retta del collegio. Invece di ringraziarci, come sarebbe suo dovere, ci guasta anche la festa di Natale.»

«È soltanto un bambino. E per giunta orfano», tentò di difenderlo lo zio.

«È figlio di quella poco di buono di tua sorella», lo accusò la donna. «Non ti basta che sua madre abbia gettato la vergogna sul nome degli Oldani? Vedrai che fior di mascalzone diventerà», profetizzò.

Giovanni, a cui non era sfuggita una parola, si alzò, aprì piano la porta di casa e, dopo essersi buttato sulle spalle la mantella di lana del collegio, prese a scendere le scale.

Lo zio Ettore lo raggiunse che era già sulla via e lo agguantò per una spalla.

«Dove stai andando?» gli chiese.

«Ritorno in collegio», rispose Giovanni quietamente.

«Non hai avuto una grande accoglienza in casa nostra, vero?» Lo zio aveva una pena profonda per il povero orfano, ma temeva in modo patologico le ire e le reazioni della moglie.

Giovanni aveva intuito le preoccupazioni e i timori dello zio e non si diede la pena di rispondere. La strada era deserta e si vedevano il fiato dell'uomo e quello del bambino.

«Tieni», disse lo zio pescando dal gilet un paio di monete d'argento e mettendogliele in mano. «In piazza del Duomo ci sono le carrozze. Prendine una e fatti riaccompagnare in collegio. Però, se vuoi tornare a casa mia», soggiunse, «la porta è sempre aperta.»

«No, zio Ettore», replicò lui. «Io in quella casa non ci tornerò mai più.»

L'uomo fece un discorsetto di circostanza, ma Giovanni non udì una sola parola.

Tenne per sé le monete d'argento e tornò a Baggio a piedi chiedendo ai rari passanti informazioni sul percorso. I ragazzi rimasti nel cupo edificio erano pochi in quei giorni di festa. Quasi tutti erano ospiti di parenti e benefattori, molti dei quali pensavano di salvarsi l'anima offrendo un pranzo a Natale. Tra i pochi c'era Angelo, che corse incontro a Giovanni, non appena lo vide, con la disperazione di un naufrago che ha finalmente trovato una scialuppa a cui aggrapparsi.

«Come mai sei tornato così presto?» gli chiese raggiante.

«Preferisco stare qui», rispose Giovanni di malavoglia.

Sedettero a un tavolo del refettorio. Ognuno aveva davanti a sé un povero dono offerto con sussiego dai soliti benefattori: un libro di preghiere, una scatola di gessetti, un torrone. E quella piccola strenna era per i bambini un regalo bellissimo, che ammiravano senza osare toccarlo.

Angelo aveva ricevuto dal suo parroco un quaderno e una matita.

«Che cosa te ne fai?» gli chiese Giovanni.

«Ancora non lo so», sorrise il compagno. «E tu dai tuoi zii che cos'hai avuto?»

«Niente», rispose rannuvolandosi. Subito dopo si rese conto di essersi dimenticato delle monete d'argento che lo zio Ettore gli aveva regalato. Allora infilò una mano nella tasca dei pantaloni e fece tintinnare le monete d'argento.

«Soldi!» esclamò Angelo. «Quanti?»

«Un po'», rispose laconico e sospettoso. Stava pensando quale potesse essere un posto sicuro dove nascondere il suo tesoro: due lire. Le mostrò al compagno.

I due ragazzi si guardarono negli occhi.

«Non vorrai mica spenderli», disse Angelo.

Giovanni, come tutti quelli che non lo posseggono, conosceva il valore del danaro. Nella sua giovane vita aveva già imparato quali sono i problemi che i soldi aiutano a risolvere.

«Non credo che li spenderò.»

«Puoi metterlo a frutto», propose il compagno che aveva il talento dei numeri ed era sempre il primo in aritmetica.

«Che cosa significa metterlo a frutto?» domandò.

«Metterlo in una banca, dove ogni anno ti danno un premio.»

«E si guadagna molto?» domandò Giovanni. «E alla banca che cosa diranno a due ragazzini come noi?»

«Ci devo pensare», rispose Angelo. «Ma proverò a raddoppiare i tuoi soldi.»

«In questo caso divideremo il guadagno esattamente a metà», propose Giovanni.

«Affare fatto», disse Angelo sputando sulla mano destra prima di porgerla all'amico, che si era comportato nello stesso modo. Le mani si strinsero come era d'uso per rendere solenne una promessa. Il patto era concluso e sarebbe stato rispettato.

Passarono i giorni, le settimane, i mesi. Per quante possibilità i ragazzi prendessero in considerazione, non ce n'era una che fosse praticabile.

Pensarono che se avessero avuto un minimo di libertà avrebbero trovato il modo per investire il loro capitale di due lire d'argento. Le uscite dal collegio erano rare e sempre in gruppo, accompagnati da un insegnante guardiano. Le giornate erano scandite dalla preghiera mattutina, da una colazione frugale, da cinque interminabili ore di studio, da un pranzo spartano seguito da altre cinque ore di lavoro. La preghiera della sera veniva dopo la cena. Infine crollavano stanchi sui loro letti e si addormentavano di colpo.

I diversivi erano rappresentati dai funerali, che i ragazzi seguivano, spesso contro la loro volontà, per dare una mano ai benefattori che, prima di morire, si erano garantiti l'accompagnamento al cimitero, convinti che tutta quella innocenza avrebbe agevolato la loro ascesa in paradiso.

C'erano poi le visite dei parenti. Angelo, non avendo nessuno, non aveva questa consolazione. Giovanni, invece, aspettava con ansia la visita mensile dello zio Ettore che, dal giorno di Natale, non l'aveva più invitato a casa sua, ma non mancava al breve incontro nel parlatorio. E in quell'occasione gli allungava qualche soldo.

A luglio, terminato l'anno scolastico, lo zio Ettore andò a trovarlo.

«Il direttore mi ha parlato bene di te», si congratulò. «Adesso avrai due mesi di vacanza.»

Giovanni pregò che non gli proponesse di andare a casa sua. Non voleva stare con la zia e i cugini. Pensava invece ai suoi risparmi. Le due lire erano diventate cinque, nascoste gelosamente nel materasso.

«La mia famiglia parte per la villeggiatura», gli disse. «Staranno via tutto il mese di agosto. Io non posso chiudere il negozio. Vuoi venire a stare con me?»

Il direttore, poco prima, gli aveva rimproverato il disinteresse che aveva nei confronti del nipote.

«È un bambino che soffre di solitudine», gli aveva fatto notare. «Non dimentichi le sue origini. Un ragazzo che passa dal benessere di una famiglia agiata alla disciplina di un collegio che non è tra i più confortevoli, non può non risentirne. È suo nipote. Il figlio di sua sorella. Lei è libero di agire come vuole, ma si metta una mano sulla coscienza.»

Queste parole semplici gli avevano proprio toccato il cuore.

«Allora, vuoi venire con me?» ripeté.

«Con voi, dove?» chiese Giovanni sospettoso.

«In bottega. Sai, c'è tanto da fare. Potresti dare una mano ai commessi. Portare su e giù gli scampoli. Fare le consegne.» Era imbarazzante per il cavalier Ettore Oldani proporre un lavoro al figlio di sua sorella, ma non aveva altro modo per giustificare la presenza del ragazzo in casa.

Inoltre, in cuor suo, meditava di prenderlo a bottega, quando Giovanni avesse avuto l'età giusta. Sentiva il desiderio di aiutarlo a costruirsi un avvenire.

«Naturalmente riceverai un piccolo salario», rispose. Dal taschino del gilet estrasse una scatoletta di tartaruga. L'aprì e tra il pollice e l'indice strinse una presina di tabacco biondo in polvere, se la portò alle narici, aspirò e attese che arrivasse uno starnuto liberatorio. Intanto Giovanni rifletteva rapidamente su quella proposta e sulle opportunità o meno di accettare.

Pensò che Angelo, non avendo parenti, avrebbe passato tutta l'estate in collegio. Poteva contare soltanto sulla generosità di qualche benefattore che lo ospitasse almeno il giorno di Ferragosto. Per lui, ormai, era come un fratello. Poteva lasciarlo solo? D'altra parte qualche lira che andasse a rimpinguare il piccolo gruzzolo non era da disprezzare. I due ragazzi avevano bisogno di danaro.

«Va bene, zio», accetto. «Verrò da voi quando vorrete.»

Lo zio Ettore, questo Giovanni lo apprese lavorando nella bottega, riforniva il collegio di tovagliati, lenzuola e coperte. Merce scadente dalla quale, come spesso succede, traeva notevoli guadagni. Erano lenzuola fallate, federe mal cucite, tovaglie la cui trama non era perfetta.

Nel magazzino c'era merce ancora più andante che veniva in parte offerta in beneficenza e in parte rivenduta allo straccivendolo. Questa merce non era stata nemmeno inventariata e giaceva, con una parvenza di ordine, in un sottoscala del magazzino. Fu proprio questa merce a far nascere in Giovanni l'idea di incrementare i suoi modesti guadagni coinvolgendo nell'operazione, che avrebbero perfezionato insieme, l'amico Angelo.

Da Baggio, l'amico arrivava in città ogni giorno e si incontrava con Giovanni a mezzogiorno, quando il negozio chiudeva e lo zio andava a mangiare in una trattoria vicina. Giovanni infilava sotto la camicia un certo numero di pezze, non troppe per non suscitare sospetti. Le consegnava ad Angelo che, sulla via del ritorno, si fermava nelle cascine a rivenderle. Era roba di scarto, ma portava il marchio prestigioso delle telerie Oldani e le contadine si lasciavano conquistare.

Il ricavato di questo piccolo commercio veniva equamente diviso dai ragazzi che, a ogni incontro, elaboravano progetti grandiosi per il loro futuro.

Un giorno Angelo mostrò a Giovanni il quaderno che aveva ricevuto a Natale. C'era tutta una pagina fitta di numeri.

«Che roba è?» chiese Giovanni.

«I nostri soldi», rispose Angelo. «Ho calcolato anche gli interessi che guadagneremmo se potessimo depositarli in banca», spiegò.

«Perché non lo facciamo?»

«Non è possibile. Siamo minorenni. Penserebbero che l'abbiamo rubato», gli spiegò l'amico. «Ma c'è tuo zio. Potresti darli a lui.»

Giovanni ricordò sua madre, che aveva affidato tutta la loro fortuna al signor Colombo. Ed era finita in un disastro. Questa esperienza gli aveva insegnato a diffidare di tutti.

«Mio zio penserebbe la stessa cosa. E poi non mi fido più di nessuno», gli disse.

«Allora non c'è che il nostro nascondiglio», concluse Angelo. E soggiunse: «Il danaro non prende mica la muffa. Un giorno o l'altro verrà una buona occasione».

I due ragazzini si aggiravano per le vie del centro dove molti palazzi erano chiusi: i signori erano a villeggiare in Brianza. Le case povere, invece, brulicavano di gente affranta dal caldo e dalla fatica. Percorrevano le viuzze del Bottonuto dove, nonostante il solleone, c'erano angoli umidi e maleodoranti. Rinunciavano al piacere di un sorbetto offerto da un venditore ambulante per non privarsi dei pochi centesimi che avrebbero dovuto spendere.

In via San Damiano, sul ponte delle Sirenette, osservavano il barcone che trasportava i grandi rotoli della carta da stampa.

«Ecco, voglio diventare così ricco da avere il mio barcone, e poter comprare tutta quella carta per stampare il mio giornale», disse Giovanni.

«Io mi accontenterei di un posto sicuro, con un salario buono, come quello che ricevono gli impiegati di una banca. È bello fare un lavoro dove puoi contare soldi tutto il giorno.»

Sognare non costava nulla e li rendeva felici. Ma ancora una volta ci pensò il destino a rimetterli sui binari di un'amara realtà.

Si avvicinava la fine delle vacanze e il ritorno in collegio. Giovanni, approfittando dell'intervallo del mezzogiorno, come sempre, era nel sottoscala del magazzino a riempirsi la camicia di tessuti di scarto quando si sentì stringere un orecchio come in una morsa.

Si sollevò di scatto, il cuore in tumulto, la vista annebbiata dal dolore. C'era la zia Maria che lo guardava con odio e non mollava la presa.

«Ladro! Ti ho sorpreso! Credevi di farla franca?» E mentre con una mano continuava a straziare il suo orecchio, con l'altra frugava sul suo petto scarno facendo emergere pezze su pezze.

«Ladro!» ripeté urlando e trascinandolo verso la bottega.

Giovanni era così terrorizzato che finì per bagnare i pantaloni e, mentre lei, paonazza, lo sospingeva, lui rigava il cammino di pipì.

«Eccolo qui, il furfante. La serpe che ti sei covato in seno!» gridò rivolgendosi al marito. «Guarda, guarda qui», disse buttando sul banco alcuni metri di tessuto malconcio.

La zia era tornata con qualche giorno di anticipo e, mentre dalla carrozza scendevano figli e bagagli, lei era entrata nel magazzino al seguito del marito per prendere le chiavi dell'appartamento. Aveva colto il nipote sul fatto.

Il cavalier Ettore Oldani trasse un penoso sospiro. Lui se n'era accorto da un pezzo che il ragazzino sottraeva gli scarti, ma lo aveva lasciato fare. Non aveva mai rubato un soldo dal cassetto, né si era mai appropriato di merce vendibile.

«È pronto per la galera!» gridò la donna mollando finalmente l'orecchio di Giovanni e dandogli uno schiaffo con tutta la violenza di cui era capace.

Giovanni, questa volta, non lasciò che la sua anima si illividisse per gli insulti.

«Puttana!» gridò cercando spazio nella fuga. Ma la donna gli sbarrò il passo.

«Tu da qui non ti muovi, perché io ti denuncio, piccola carogna», sibilò.

Fu lo zio a prendere malamente per un braccio la moglie. «Piantala», le ordinò con l'abituale pacatezza. «Non sono che stracci. Ti rendi conto? Neanche ti avesse rubato l'onore.»

Giovanni era già scappato.

Raggiunse correndo l'amico Angelo che l'aspettava sull'angolo di via Laghetto. Era pallido, aveva il fiato corto e gli occhi lucidi di lacrime.

«È finita», disse. «Forse non mi pagheranno più la retta del collegio.» E spiegò l'accaduto. O almeno si sforzò di spiegarlo, perché aveva addosso una gran voglia di piangere e di invocare sua madre.

Angelo non aveva le parole per confortare il compagno. Gli disse soltanto: «Non preoccuparti. Se ti cacciano, io vengo con te. Ma intanto torniamo a Baggio».

Nessuno lo cacciò, la retta venne puntualmente pagata, ma lo zio Ettore non si fece più vedere.

Quando ormai quasi tutti i ragazzi erano tornati in collegio ed erano riprese le lezioni, Giovanni si accorse, controllando il nascondiglio, che il suo piccolo tesoro, raggranellato con tanta fatica, tanta paura e tante privazioni, era scomparso.

4

«Se accettiamo in silenzio di venire derubati, dovremo accettare in seguito tutto il resto», ragionò Giovanni. Era stato uno dei piccoli, che aveva osservato non visto, a svelare l'identità del ladro.

«È grande. Non riuscirai a spuntarla su di lui», replicò Angelo alludendo all'autore del furto.

«Fosse il re o Dio in persona, quello che è mio è mio! E nessuno può portarmelo via. Era la mia riserva per i momenti peggiori e non posso consentire a un ladro di portarmela via. Perciò ho deciso di affrontarlo», disse Giovanni.

Era più che mai determinato ad attuare il suo proposito e Angelo capì che non doveva lasciarlo solo, anche perché il ladro era un collegiale di diciotto anni, grande e forte come un uomo adulto, mentre Giovanni aveva soltanto undici anni.

«Lascia almeno che ti aiuti», si offrì.

«Ho questo dalla mia parte», disse Giovanni facendo scattare nella mano un coltello a serramanico.

«Dove te lo sei procurato?» chiese Angelo, diviso fra lo stupore e l'ammirazione. In collegio era categoricamente proibito avere oggetti taglienti di qualunque genere. Ogni ragazzo avrebbe voluto possedere un coltello come quello.

«Affari miei», rispose Giovanni rinfoderando l'arma e affrettandosi verso il refettorio. Angelo si ricordò di averlo perso di vista quando tutti i ragazzi erano andati nel cortile per l'ora di ricreazione, subito dopo il pranzo.

Capì che Giovanni era riuscito nel suo intento quando sentì l'urlo di terrore del ladro che uscì nel cortile correndo e coprendosi con la mano una guancia sanguinante. Accorsero gli insegnanti e i ragazzi. Il ferito venne portato in infermeria e da lì, con una lettiga, al pronto soccorso dell'ospedale.

Giovanni, ritto sulla porta del collegio, guardò la lettiga allontanarsi. Era una specie di trespolo montato su due ruote, con il tettuccio di tela e le tendine di tessuto marroncino che svolazzavano nella corsa, spinta dai lettighieri. Affondò una mano nella tasca e fece tintinnare le sue monete. Adesso che le aveva recuperate si sentiva meglio.

5

La partecipazione di matrimonio diceva così: *Il cavalier Ettore Oldani e la di lui consorte signora Maria Rivolta partecipano ad amici e parenti la notizia dello stabilito e celebrato matrimonio del figlio Onofrio con la signorina Teresa Lovati, figlia dell'ingegner Carlo Lovati e della di lui consorte Emilia Maggi, e la loro partenza per la campagna*. C'era anche una data: *Milano, 10 maggio 1911*.

E così, il figlio maggiore dello zio Ettore, suo cugino Onofrio che, secondo i suoi calcoli, aveva all'incirca ventidue anni, si era sposato.

Lui, Giovanni, era un parente al quale l'annuncio non era stato inviato. Lui era soltanto l'apprendista del tipografo Fabio Motta e, sul bancone della tipografia, tracciava con mano sicura, in caratteri svolazzanti, il testo della partecipazione.

Aveva sedici anni e dal luglio dell'anno precedente, lasciato il collegio, lavorava presso la premiata tipografia del signor Motta nella centrale via San Raffaele. Giovanni amava l'odore del piombo, della carta, degli inchiostri e il frastuono delle macchine tipografiche. Era diventato abile nella composizione manuale dei testi e nell'abbinamento di questi con i cliché da cui nasceva l'impaginazione.

Per la partecipazione che stava componendo aveva trovato un cliché che riproduceva fregi di foglie e fiori stilizzati che si intrecciavano a un nastro con la scritta latina: *ubi tu gaius, ego gaia*. Era sicuro che la zia Maria avrebbe molto apprezzato quel lavoro. Non che volesse farle una cosa grata, tanto più che la donna non aveva più voluto vederlo dal lontano giorno in cui si era sentita dare della puttana, ma per il piacere di figurarsi la sua faccia mentre si pavoneggiava con i parenti che avrebbero lodato il suo gusto squisito. Le persone che si adornavano con le piume del pavone diventavano estremamente grottesche ai suoi occhi, e lui aveva bisogno di trovare grotteschi e quindi disprezzabili tutti coloro che, in qualche modo, lo avevano offeso. Questo piacere sottile e un po' maligno di disprezzare era la sua rivalsa sull'ambiente dal quale proveniva che lo aveva messo al bando.

«Sei veramente bravo, Giovanni», disse il signor Motta vedendo la composizione che lui aveva eseguito con tanta cura. «Tu mi rubi il mestiere. Ce ne sono pochi di giovani, oggigiorno, con tanta voglia di fare come te.»

La sua non era voglia, era rabbia.

Quel posto di lavoro lo doveva allo zio, che era amico intimo del signor Motta. E questo era un altro debito di gratitudine che mal digeriva.

«Un giorno mi sdebiterò», aveva detto al cavalier Oldani e il pomposo signore baffuto non immaginava quanta frustrazione ci fosse dietro questa solenne promessa. E quanta autentica determinazione. *Un giorno ti farò vedere chi sono*, avrebbe voluto aggiungere. Lo zio aveva scosso il capo. Giovanni era figlio di sua sorella, impetuoso e scriteriato come lei. Dubitava che ne sarebbe mai uscito qualcosa di buono.

Era sabato, giorno di paga, e lui ricevette dal principale un inaspettato aumento: due lire e cinquanta in più. Non molto, ma era comunque un segno della stima del signor Motta per lui.

La sera si incontrò con Angelo nella latteria di via Orefici davanti a una tazza di latte nella quale affogavano due dorate fette di polenta.

«Questa settimana posso darti dieci lire», si inorgoglì Giovanni pensando al suo piccolo capitale depositato presso la Banca del Monte, dove Angelo lavorava come commesso.

I due ragazzi dividevano la stessa camera nella casa di una vedova in via Dante. Pagavano venti lire al mese. Angelo guadagnava trenta lire la settimana e Giovanni venticinque, dopo quest'ultimo aumento. Risparmiando centesimo su centesimo, erano riusciti ad accantonare cinquecento lire ciascuno, un gruzzolo da fare invidia a molte madri di famiglia che al Monte impegnavano la fede o gli orecchini per sopravvivere.

Giovanni consegnava ad Angelo, ogni fine settimana, il danaro risparmiato nel corso di sette stiracchiati giorni di economia e il lunedì l'amico depositava presso la sua banca i loro risparmi. L'esperienza aveva insegnato a entrambi i rischi di nascondere il danaro sotto un materasso.

«Il mio principale intende vendere una vecchia macchina a platina», disse Giovanni. «Vuole duemila lire», soggiunse.

«E allora?» chiese l'amico trangugiando avidamente una cucchiaiata di polenta.

«Sarebbe bello comprarla. Voglio impiantare una tipografia per conto mio. Ormai ho capito che lavorando sotto gli altri non c'è verso di fare soldi.»

«Tu hai sempre negli occhi il barcone che trasporta i rotoli di carta da stampa», lo prese in giro Angelo. «Be', dovremo lavorare ancora tre anni per arrivare a questa cifra», calcolò.

«Il signor Motta la vende adesso, non fra tre anni», incalzò il ragazzo. «Tu potresti ottenere un prestito dalla banca?»

Angelo parve riflettere sulla proposta. «Non me le daranno mai mille lire. E poi, ragiona. Se vuoi una macchina tipografica, devi avere anche un posto in cui metterla. Un locale in affitto costa caro.»

Giovanni non replicò. Le obiezioni dell'amico erano valide. Eppure sentiva che quella era la via da seguire e l'istinto gli diceva che presto qualcosa sarebbe accaduto a modificare il corso della sua vita.

6

Le sue trecce erano lucide e nere. Il viso era bianco e tondo. La bocca rossa e piccola come una fragola. E gli occhi erano grandi, scuri e dolci. Si chiamava Veralda. Era l'unica figlia del signor Motta.

Arrivava a mezzogiorno, in tipografia, mandata da sua madre, reggendo il cesto che conteneva il pranzo per il padre e gli operai: pane di segale, formaggio, vino annacquato. Il sabato c'era una fetta di carne per ciascuno.

Sopra il vestito indossava un lungo grembiule di cotonina a fiori e calzava zoccoletti con la tomaia di raso e calze di filo bianco.

Giovanni osservava di sottecchi la caviglia sottile che spuntava dall'orlo della gonna lunga e lei, che aveva quindici anni, gli lanciava occhiate assassine. Perché quel giovane operaio era un fiore. Alto, magro, la faccia severa illuminata da uno sguardo azzurro, aveva tratti aristocratici che contraddicevano l'umiltà del suo ruolo. Veralda se lo immaginava vestito da ufficiale del regio esercito, perché trovava che il grembiule di fustagno grigio imposto da suo padre non gli rendesse giustizia.

Quando veniva la bella stagione gli operai sedevano sui gradini, fuori della tipografia, e lì consumavano il pasto. Lei serviva per primo il padre e poi, via via, gli altri operai. Lui era l'ultimo.

«Grazie, signorina Veralda», diceva Giovanni ricevendo la sua fetta di pane e companatico.

«Prego, signor Giovanni», rispondeva lei abbassando lo sguardo ombreggiato da lunghe ciglia scure.

Lo ingolosiva il collo bianco e sottile della ragazza e quel gonfiore che indovinava sotto la pettorina del grembiule.

Il principale e gli altri operai notavano quella pantomima di occhiate e tacevano.

Un giorno, al posto di Veralda si presentò la signora Motta, sua madre. Nessuno parlò, ma era chiaro che il principale voleva mettere fine a quei maliziosi scambi di occhiate.

Giovanni lavorava immusonito. *Sta' a vedere*, pensò, *che mi sono incapricciato*. E percepiva quel sentimento come una debolezza indegna di lui.

La sera si addormentava pensando a Veralda e il mattino andava a lavorare chiedendosi se quel giorno avrebbe avuto la fortuna di rivederla. Ma la sua speranza andava regolarmente delusa.

Una domenica decise di aggirarsi nei dintorni della premiata tipografia, perché era sicuro che prima o poi la ragazza sarebbe uscita per andare a messa e così, di nascosto, avrebbe potuto guardarla a suo piacimento.

E la vide. Uscirono di casa i signori Motta con Veralda e la nonna. La ragazza era più pallida del solito e camminava di fianco alla madre, lo sguardo chino a terra. Giovanni si sentì stringere il cuore.

Non era un capriccio, il suo. Era amore.

Il lunedì successivo, a fine giornata, si attardò al banco dei piombi finché tutti gli operai se ne furono andati e in tipografia rimase soltanto il principale.

«Vorrei parlarvi», esordì impacciato, schiarendosi la voce.

«Sentiamo», disse l'uomo, burbero. Sapeva già dove il ragazzo voleva andare a parare.

«Vorrei chiedervi il permesso di discorrere con vostra figlia», disse, maledicendosi perché non sapeva trovare le parole per presentare la sua richiesta in modo conveniente.

«La risposta è no. Nessun permesso», rispose l'uomo guardandolo per la prima volta, dopo due anni che lo conosceva, con malevolenza.

«Lo so bene che non sono all'altezza della vostra famiglia», ammise Giovanni con umiltà. «Non ancora», aggiunse. E proseguì: «Ma vi prometto che un giorno io la coprirò d'oro, la signorina Veralda».

«E allora aspetta quel giorno, per fare la tua richiesta», concluse Motta con un sorriso di compatimento. «Adesso pensa a lavorare. Hai diciassette anni, la bocca ancora sporca del latte di tua madre e, a quel che sento, la testa piena di fantasie.»

Quella sera, invece di rincasare, Giovanni prese la strada del Bottonuto. Si addentrò per quei vicoli sporchi, brulicanti di miseria, infilò la scala maleodorante di una vecchia casa e bussò alla porta di Angiolina.

Angiolina non aveva ancora trent'anni. Giovanni non era mai stato prima con una donna e conosceva lei per averne sentito parlare dagli altri operai.

«Ho i soldi», disse appena lei gli aprì.

Angiolina aveva una gran testa di capelli arruffati, un corpo che si indovinava sodo sotto la camicia bianca, e una voce roca quando parlò per dire: «Lo credo bene. Non do via niente per niente».

Poi rimase lì a valutarlo da capo a piedi, annuendo con un mezzo sorriso. Giovanni respirò l'odore sensuale di cipria e di letto. Sentiva il cuore in gola.

«È la prima volta. Non è così?» domandò lei.

Giovanni deglutì, vergognandosi di ammetterlo.

«Sei capitato bene», si ammansì lei. «Vedrai che ti piacerà; mica per vantarmi, ma sono una che il suo mestiere lo fa con serietà. E poi non vado con tutti», precisò, cominciando a versare dell'acqua, da una brocca di ferro smaltato, dentro un catino bianco. «E adesso, ragazzino, spogliati e poi vieni qui che ti lavo.»

Giovanni, a quel punto, ebbe voglia di fuggire, ma Angiolina, oltre che una prostituta, era anche una psicologa e capì il suo stato d'animo. Gli si avvicinò e cominciò a svestirlo con la tenerezza di una madre. Lui respirava il profumo del suo corpo e la lasciava fare.

«Oh, mio caro Gesù! È stato generoso con te, il buon Dio!» esclamò la donna quando vide manifestarsi il desiderio del ragazzo. «Ma pensa un po', in questa città c'era un ragazzo con tutta questa grazia di Dio e io non lo sapevo», sorrise ammirata. Poi lo sospinse verso il letto e disse: «Adesso sta' tranquillo. Non pensare a niente e lascia fare a me».

Alla fine prese con riluttanza il danaro che Giovanni le diede. «Non so bene se ho fatto io un favore a te, o se tu l'hai fatto a me. Ma, parola di Angiolina, vieni quando vuoi, anche senza soldi.» Rincasando, Giovanni pensò: *Ecco, adesso non sono più un bambino con le labbra sporche di latte. Adesso sono un uomo e da uomo devo cominciare ad agire.*

L'indomani, quando si presentò in tipografia, il principale lo chiamò e gli disse: «Questo è il tuo benservito. Qui, tu lo capisci, non puoi più stare a lavorare. E mi dispiace, credi, perché sei un bravo operaio».

«Spiace anche a me», replicò Giovanni senza battere ciglio. «E vi sono grato per tutto quello che mi avete insegnato. Ma la mia idea per vostra figlia non è cambiata. Tornerò. E la prossima volta non mi direte più di no.»

7

Angiola Camurati era stata avviata alla prostituzione da una madre avveduta che l'amava molto. Si chiamava Amalia ed era una professionista coscienziosa. Di quel mestiere conosceva il dritto e il rovescio, perciò alla figlia, che vedeva sbocciare forte e profumata come un fiore, volle insegnare anche la moralità del suo mestiere, antico come il mondo. «Ci chiamano donne di malaffare», le diceva, «e hanno ragione. Perché troppe di noi praticano malamente la professione. Una puttana onesta deve essere sempre in buona salute e quando non sta bene, deve astenersi da contatti con il cliente. Ma deve anche accertarsi che lui sia sano e per questo deve sempre lavarlo e osservare con attenzione il suo arnese, che sia liscio e lucido, compatto e non sgoccioli. Una puttana onesta non deve innamorarsi mai, né fare il suo lavoro per piacere ma soltanto per dovere. Amore è dolore. Una puttana onesta si fa la sua clientela e se la tiene stretta, comportandosi correttamente senza derubare nessuno. Una puttana onesta non si imbelletta la faccia, si lava ogni giorno e tiene lontani cimici, pidocchi e pulci. Ricordati di raccomandare a Dio, ogni sera, l'anima tua e non essere avara di elemosine. Infine, non devi metterti mai sulla via per adescare i clienti, ma lascia che siano loro a venire da te. Scacciali se sono ubriachi o sporchi o troppo vecchi, perché ti porterebbero guai. E non temere che tutte queste limitazioni limitino anche la clientela. Un servizio buono e discreto è la propaganda migliore.»

Amalia Camurati era morta a cinquant'anni di febbre reumatica. Si era spenta nel suo letto assistita dalla sua Angiolina che aveva fatto tesoro dei suoi insegnamenti.

Giovanni Rovesti, per quanto giovane, aveva capito che la donna, da poco conosciuta, poteva aiutarlo. Aveva intuito le sue qualità e la sua assennata intelligenza. Così una sera andò a trovarla, le portò in regalo uno scialle di lana e trascorse tutta la notte con lei.

«Angiola, Angiolina mia, tu devi farmi un grande favore. Forse più d'uno. E non devi chiedere soldi. Non subito. Io ti prometto che lascerai il Bottonuto, presto, molto presto, e metterai su un quartierino in via San Damiano e avrai una cameriera e una carrozza tutta per te», disse Giovanni accarezzandole i grandi seni.

Giacevano a letto, dopo una notte d'amore, esausti e felici. Per stare con il ragazzo che le procurava vampate e guizzi tra cuore e cervello, la donna aveva respinto molti clienti. Adesso lo ascoltava sfoderando le antenne del sospetto.

«Ti ascolto», disse guardandosi intorno in quella povera stanza che era tutto il suo regno e di cui, tuttavia, era padrona: il letto, le due sedie, il canterano e la cassapanca, la stufetta di ghisa, le pentole di alluminio e le tazzine di porcellana, il panciuto vaso da notte di maiolica, il catino e la brocca di ferro smaltato, lo specchio molato e una credenza dove non mancavano mai pane e companatico. Adesso, quelle favolose promesse la mandavano in confusione.

«Devi vestirti da signora, senza fronzoli né rossetti, pettinare questi tuoi capelli arruffati e venire a cena con me, stasera. Ci sarà un ospite molto importante e dovrai essere gentile con lui», la informò.

«Gentile quanto?» indagò. «E quest'ospite, chi è?»

«È l'assessore Comozzi. Una persona assai influente. Lui mi farà un favore e io gliene farò un altro. Lui mi assegnerà l'incarico di stampare per conto del Comune di Milano tutti gli avvisi e i decreti e tu... insomma, hai capito», soggiunse.

«E ho capito sì, brutto figlio di puttana. Io sono una donna libera e tu vuoi usarmi come merce di scambio. Grazie, no», lo aggredì lei balzando giù dal letto e minacciandolo con la mano. «Io sono una donna onesta. Qui do e qui prendo. E tu vuoi che io mi offra in cambio di promesse: vedrai... farai... sarai...» protestò, indignata più con se stessa che con Giovanni.

«Angiola, Angiolina mia», le sorrise lui in quel suo modo irresistibile che le scioglieva il cuore e forzava la sua volontà. «Tu hai il dono dell'intelligenza e dunque, ragiona. L'assessore Comozzi è un uomo importante. È lui che decide a quale tipografia assegnare tutto quello che il Comune dà alle stampe. Fino a questo momento è stato lo stabilimento tipografico Stucchi e Ceretti a fare i lavori: annunci, manifesti, comunicati, notifiche. Una montagna di lavoro, Angiolina, che neanche te la sogni. E una mole di guadagno, anche praticando prezzi inferiori del dieci per cento a quelli di Stucchi e Ceretti. Quella commissione devo averla io, lo capisci? Basta un sì dell'assessore Comozzi e io pago tutti i miei debiti e divento ricco. A fargli dire quel sì, Angiolina mia, devi pensarci tu.»

«Così, quando sarai diventato ricco, potrai sempre dire che la tua fortuna la devi a una come me», ironizzò lei, ormai vinta.

8

«Adesso è mia. L'ho pagata per intero ed è mia, la 'romanina'.» Giovanni rideva di un riso infantile che lo riportava agli anni della prima infanzia, quando era un bambino ricco e viziato.

Abbracciò Angelo e Angiolina. «Siete i miei Angeli», disse stappando con cautela una bottiglia di champagne, la prima della sua vita.

Angelo Gelmi aveva avuto la sua parte nel portare a termine l'operazione. La banca, infatti, non fidandosi di Giovanni Rovesti, aveva prestato il danaro direttamente a lui che, in qualità di stimato dipendente, anche se giovane, non avrebbe mancato di onorare puntualmente il debito, tanto più che ogni mese gli veniva prelevata la metà dello stipendio.

Adesso finalmente la stupenda macchina tipografica acquistata dalla ditta Nebiolo di Torino era lì, nello stanzone al seminterrato di una casa popolare di via Dante, la stessa dove i due ragazzi continuavano a vivere in regime di stretta economia.

«Sai che cosa ti dico, Angelo?» soggiunse il giovane versando lo champagne nella coppa che l'amico gli tendeva, «ho sofferto così tanto in questi mesi per il debito contratto che, giuro su Dio, non voglio fare più debiti per il resto della mia vita!»

«Fai male!» ragionò Angelo che aveva una mentalità diversa. «Lo vedi che ti è stato utile indebitarti? Sai quanti anni ancora avresti dovuto economizzare per avere la tua 'romanina'? I debiti — certi debiti — servono», concluse alzando la coppa e brindando con lui e Angiolina.

«Io non studio da ragioniere», si giustificò Giovanni alludendo ai corsi serali che Angelo frequentava con grande sacrificio e successo. Voleva salire qualche gradino nella banca, che intendeva favorire i giovani di talento.

«Ti ricordi il romanzo dei tre moschettieri? Lo abbiamo letto in collegio», disse Angelo.

«Certo che me lo ricordo. Alessandro Dumas, uno dei miei autori preferiti», rispose Giovanni.

«Ecco, a me sembra che noi tre siamo i moschettieri. Tutti per uno e uno per tutti!» declamò Angelo alzando la coppa.

«Mi dispiace rompere l'incanto di questo brindisi, ma devo proprio lasciarvi, ragazzi. Il mio Comozzi mi aspetta», disse Angiolina che, nel giro di pochi mesi, aveva subito una trasformazione radicale. Adesso portava il busto con le stecche di balena, una lunga gonna con un accenno di strascico, una camicetta con il colletto alto e stretto, ricco di pizzi e increspature, una giacca di lana dal grande bavero e un cappello a tesa larga. Era bella ed elegante. E lo sapeva. Regalò loro un bacio soffiandolo dalla punta delle dita e scomparve.

«Sta mettendo su l'aria di una cocotte», commentò Angelo.

Ma Giovanni era già altrove coi pensieri. «Voglio stampare i romanzi di Dumas», dichiarò. «Me lo hai fatto venire in mente tu, parlando dei tre moschettieri. È un autore fuori diritti e quello che guadagno è tutto mio. Vedo già la copertina: Alessandro Dumas, *I tre moschettieri*, Giovanni Rovesti Editore.»

«Attento, Giovanni! Devi farlo tradurre, perché la traduzione che c'è non ti appartiene. E poi, una volta stampato, non è come per i tuoi volantini, che prendi il carretto e li consegni. Devi distribuirlo nelle librerie e non soltanto in quelle di Milano», lo avvertì l'amico.

Ma lui, Giovanni Rovesti, ormai inseguiva questa idea e non si sarebbe fermato di fronte a nessuna difficoltà. Angelo ragionava e lui sognava.

«Ci vorrà un marchio, un segno, un simbolo che contraddistingua la mia edizione dalle altre. Ormai ho spiccato il volo e, come una rondine, non mi poserò a terra finché non avrò raggiunto la meta.»

Invece venne la guerra a interrompere il suo volo. Giovanni dovette partire per il fronte.

9

ANCHE ad Angelo toccò di andare in guerra. Solo che al ritorno trovò ancora il suo posto in banca e anche una promozione facilitata da una medaglia al valore. Giovanni, invece, doveva ripartire da zero.

Ricordava ancora le parole del sindaco socialista Caldara, pronunciate la vigilia della sua partenza per il fronte: «Nella vita dei popoli, la guerra è la tragedia più grande, più delle ire incoercibili della natura sul mare, nell'aria e nelle viscere della terra. Essa vuole un rito di serietà e di riflessione».

Giovanni ebbe tre anni di tempo per riflettere e badare seriamente a salvarsi la vita.

Tornò a Milano nel novembre del 1918 e, mentre la città delirava per la fine vittoriosa di un grande massacro, Giovanni riabbracciò Angelo, che era stato ferito poco dopo l'inizio del conflitto e dichiarato invalido. Si ritrovò con lui e con Angiolina nello scantinato di via Dante. C'erano tre uomini al lavoro.

«E questi chi sono?» chiese Giovanni ai due amici.

«Sono i tuoi operai», rispose la donna, che non riusciva a trattenere la gioia. «Mentre tu combattevi, io ho cercato di far marciare la tua 'romanina'.» Gli tese un registro. «Qui ci sono i conti delle spese e dei profitti.»

«E qui c'è il movimento bancario del tuo capitale», soggiunse Angelo tendendogli un plico.

«Voi due mi state dicendo che mentre io credevo ormai di essere al verde, la mia tipografia ha continuato a lavorare?» Giovanni era stupefatto.

«È stata lei», disse puntando un dito accusatore verso Angiolina. Libri non ne erano stati pubblicati, ma nell'officina si stampavano a pieno ritmo fogli pubblicitari, etichette per vini e liquori, volantini propagandistici, copertine per i dischi, locandine per i teatri.

«Angiola, Angiolina mia!» Giovanni l'abbracciò commosso. Non riusciva a credere che quella donna, che fino a pochi anni prima aveva esercitato con dignità il mestiere più antico del mondo nel quartiere più sordido della città, avesse all'improvviso rivelato un simile talento imprenditoriale.

«Dai un'occhiata ai conti, piuttosto. Fedele al mio principio per cui non faccio mai niente per niente, troverai che mi sono autoricompensata. Spero che sarai d'accordo sulla mia paga mensile», gli fece osservare.

«Ti sei data un buon stipendio», ironizzò lui guardando i conti. Poi soggiunse: «Qualunque cosa accada, continuerai a riceverlo finché vivrò». E tenne fede alla promessa. Quando lui divenne un nome importante dell'editoria, Angiolina fu la prima di un lungo elenco di persone cui Rovesti inviava un assegno mensile. Ognuna di loro aveva una storia che in qualche modo si era intrecciata con la sua. Ma lui non fornì mai spiegazioni a nessuno. Erano semplicemente affari suoi.

«Non sono ricco, ma credo di avere finalmente diritto a una casa e a degli abiti decenti», disse poi rivolgendosi ad Angelo. «Quanto posso spendere?»

«Non molto, visto che Angiolina ha ordinato una nuova macchina tipografica», gli rispose l'amico. «Adesso sarai mio ospite. Ho un appartamento in via Orefici e c'è posto anche per te.»

L'indomani, ripulito e vestito a nuovo, Giovanni uscì con una meta ben precisa: la casa del tipografo

Motta. Non si era scordato di Veralda ed era più che mai deciso a chiederla in moglie.

Attraversò piazza della Scala. Era l'ora dell'aperitivo e davanti al Cova si fermavano le carrozze delle signore eleganti che approfittavano di quell'intervallo per incontrarsi con gli amici nel celebre caffè.

Fu allora che vide Angiolina scendere da una carrozza tirata da una superba pariglia. Teneva al guinzaglio un levriero dallo sguardo languido.

Lo vide e gli sorrise. «Dove vai, così incravattato?» scherzò con aria frivola.

«È un segreto. Mi concedo ancora questa giornata di vacanza», le rispose. «Tu, piuttosto, non mi hai detto niente di te. Stai ancora con il Comozzi?»

«È una storia finita, quella. Sono l'amica del conte Mapelli», gli sussurrò lei con aria complice. «Ieri non ho avuto il tempo di parlartene. Vieni a cena da me, stasera. Adesso abito in via Borgospesso», disse porgendogli la mano guantata da baciare.

Giovanni rimase a guardarla incantato mentre infilava la porta del caffè Cova.

Comperò quindi un gran mazzo di garofani della Riviera in una bottega di via Santa Margherita e poi si trovò a suonare alla porta di casa del suo vecchio maestro e datore di lavoro.

Fu proprio il signor Motta che venne ad aprirgli.

Giovanni, impacciato, si tolse il cappello per salutarlo.

«Sarei venuto, signor Motta, per quel discorso che vi ho fatto qualche anno fa, a proposito della signorina Veralda», esordì.

«Vieni dentro», lo invitò lui e, questa volta, non lo guardò storto com'era accaduto nel loro ultimo incontro.

«Ho portato dei fiori per la vostra signora», disse tendendo i garofani.

La moglie del tipografo gli si fece incontro asciugandosi le mani nel grembiule. «Giovanni! Ti sei fatto un bell'uomo. Quanti anni hai?» chiese.

«Ventitré, signora.» rispose. Si guardava intorno cercando la ragazza dalle trecce nere che gli aveva rubato il cuore.

«Se cerchi Veralda», disse Motta, «non c'è.»

«Si è sposata un anno fa», disse la madre. E nel dirlo aveva lo sguardo triste.

10

Dal campanile della chiesa si diffuse il tocco dell'Ave Maria. Giovanni scostò là tendina della sua stanza e guardò sotto, nel cortiletto deserto. Era ansioso e impaziente. Si era sottoposto a un'accurata toilette usando, per la prima volta nella sua vita, persino l'acqua di colonia, come gli aveva consigliato il barbiere.

Nel pomeriggio era sceso due volte in guardiola per raccomandare alla portiera di lasciare socchiusa la bussola del portone, in modo che la signora non dovesse suonare. La donna non era riuscita a trattenere un sorriso di complicità; gli aveva stirato con cura la camicia da indossare per l'occasione, inamidando a puntino il colletto e i polsini. E si era assicurata che il salotto fosse in ordine.

Giovanni aveva comprato dei fiori freschi che lei aveva sistemato qua e là sui mobili e sul tavolino. E su un vassoio c'era anche del vermut, con i piccoli calici di cristallo e i dolcetti di pasta di mandorle.

Quando i rintocchi delle campane, dilatandosi nella sera, si spensero nella malinconia del tramonto e lui, dal suo posto d'osservazione dietro i vetri, non la vide arrivare, si sentì in preda all'angoscia. Non sarebbe venuta. Lo sapeva, se lo sentiva. Ricordò il loro primo incontro, quando le si era presentato davanti mentre lei usciva di casa al mattino per il suo giro di commissioni.

«Giovanni!» aveva esclamato con quella sua voce così dolce da assomigliare a un accordo d'arpa. Lo aveva riconosciuto subito, nonostante il grande cambiamento operato dagli anni e dalla nuova condizione economica.

Lui aveva preso tra le sue la mano che lei gli tendeva e l'aveva baciata, avvertendo un delicato profumo di lavanda.

«Perché ti sei sposata?» le aveva chiesto subito. La rivedeva dopo tanti anni e la ritrovava ancora più bella. Le trecce nere avevano lasciato il posto a una pettinatura gonfia che le incorniciava il viso dolcissimo e triste. Era diventata ancora più desiderabile. La sua bocca di fragola si era schiusa in un pallido sorriso.

«Così aveva deciso mio padre», spiegò.

Giovanni sapeva che Veralda aveva sposato un uomo importante, proprietario, con altri due fratelli, di una grande industria tessile nel varesotto. A Milano abitavano l'intero primo piano di un palazzo in Foro Bonaparte.

«Io ti volevo per me.»

«Lo so», rispose arrossendo. «Anch'io ti volevo.»

«Ti voglio ancora», disse lui divorandola con quei suoi occhi azzurri che le rimescolavano il sangue. «Potevi opporti», la rimproverò.

«Lui è molto ricco. Era questo che mio padre desiderava per me», si giustificò.

«Io diventerò molto più ricco di lui.»

«Non possiamo farci niente. È andata così, Giovanni. Mi dispiace. Non sai quanto», sospirò.

«Che cosa c'è che non va?» le chiese. Sentiva che in quell'unione c'era qualcosa di storto. Se n'era accorto dall'espressione della signora Motta e se ne rendeva conto maggiormente adesso, dagli occhi tristi di Veralda.

«Dobbiamo salutarci, adesso. E sarà meglio se non

ci vediamo più», tagliò corto lei evitando di rispondere alle domande di quel bellissimo uomo innamorato.

Ma non aveva tenuto conto della tenacia di Giovanni Rovesti. Lui trovò il modo di incontrarla ancora e piano piano, nel corso di molte settimane, emerse la verità.

«Io sono ancora ragazza, come il giorno in cui mi sono sposata», finì per confessare Veralda tra mille rossori, una volta che lui la sorprese mentre passeggiava nel parco tenendo al guinzaglio un cucciolo di bracco.

«Impotente?» Giovanni era sdegnato e felice a un tempo.

«Impotente», annuì Veralda.

«Dobbiamo sentire subito un avvocato. Veralda, è la nostra fortuna! Scioglierai il tuo matrimonio e ci sposeremo.»

«Mio marito non acconsentirà. E se fosse messo alle strette, potrebbe vendicarsi. È un uomo che mi fa paura.»

«So bene che ha relazioni importanti e che potrebbe farci del male. E ho paura anch'io. Io ho sempre paura. Te l'avevo mai detto? Ho avuto paura da bambino, quando mi hanno strappato dalla mia casa per mettermi in collegio. E ho avuto paura in guerra, ogni volta che dovevo combattere. Ho paura anche adesso. Ma ce la faremo!»

Da quando erano iniziate le pratiche per lo scioglimento del suo matrimonio, Veralda si incontrava raramente con Giovanni e sempre di nascosto, perché il marito la faceva pedinare.

Lei aveva subìto umilianti interrogatori da parte degli avvocati rotali, che avevano anche preteso una visita ginecologica per attestare la sua verginità. Nel frattempo era tornata a vivere con i genitori.

In quella quieta domenica di primavera, Giovanni aspettava la sua visita, la prima dopo molti giorni, e temeva che fosse sopravvenuto qualcosa a impedirle di raggiungerlo.

«Verrò da te all'Ave Maria», gli aveva promesso lei.

Giovanni abitava in un piccolo appartamento in via del Gesù. Lo aveva affittato da poco tempo e arredato alla meglio avendo impegnato i suoi capitali nell'acquisto di una sede più prestigiosa per la sua nuova casa editrice.

La nuova sede era un piccolo edificio sui Bastioni di Porta Venezia. Il seminterrato era interamente occupato dalla tipografia, mentre il pianterreno era adibito a deposito e magazzino. Al primo piano c'erano gli uffici. Tra impiegati e operai, aveva quindici persone alle sue dipendenze. Ma presto avrebbe dovuto assumere altro personale, perché il lavoro era in continuo aumento. Quando ne avesse avuto la possibilità, avrebbe comperato anche una casa.

Angelo Gelmi aveva cercato di indurlo a chiedere un prestito alla banca per acquistarla subito, ma lui si era opposto. «L'ho giurato. Mai più debiti.» Conoscendolo, Angelo non aveva insistito.

«Sono qui, Giovanni», disse Veralda, cogliendolo alle spalle.

Lui sussultò. E si girò a guardarla.

Aveva di fronte a sé una dolce, stupenda signora, il viso nascosto da una veletta. Giovanni la strinse a sé. «Non ti ho vista arrivare», disse.

E con le dita che gli tremavano sollevò il velo e le tolse il cappello. Veralda gli sorrideva.

Lui le sciolse i capelli e la coprì di baci. Lei nascose il viso sulla sua spalla e, accostando le labbra al suo orecchio mormorò: «Finalmente, possiamo».

Giovanni rabbrividì. «Possiamo davvero?» chiese, ancora timoroso di danneggiarla.

Da mesi aspettavano quel momento.

«Ormai l'impotenza di mio marito è stata accertata e la mia verginità sancita con timbri e firme illustri su pagine e pagine di verbali», lo rassicurò.

Così, in quel dolcissimo tramonto di primavera, Veralda divenne sua.

Passarono ancora due anni prima che lo scioglimento del suo vincolo coniugale diventasse esecutivo. E in quei due anni il loro amore, fatto di incontri clandestini, crebbe a dismisura.

Nessuno, nemmeno i signori Motta, sapeva del legame tra Veralda e il giovane editore.

Una volta in cui Giovanni, non resistendo al piacere di farle un regalo, le offrì una spilla d'oro e rubini a forma di farfalla, dovette consultarsi a lungo con l'orafo prima di approdare a quella scelta, perché agli occhi degli altri non doveva sembrare un gioiello, ma soltanto il prodotto elegante di una bigiotteria raffinata.

Poi Veralda rimase incinta.

«Da quando lo sai?» chiese Giovanni.

«Da una settimana. E non trovavo il coraggio di dirtelo», ammise lei.

«Dobbiamo sposarci subito», decise immediatamente Giovanni.

«Sono libera soltanto da due settimane. Diranno che la nostra era una tresca...»

«Diranno quello che vorranno. Io adesso ti sposo. Questo nostro figlio deve avere gli stessi diritti di tutti i bambini: in primo luogo un padre e una madre regolarmente sposati.»

Fu un matrimonio celebrato all'alba, quasi di nascosto, alla presenza di un sacerdote amico. Testimoni furono il signor Motta, che ormai era contento di dare la figlia in sposa a Giovanni, e Angelo Gelmi, che regalò alla coppia una stupenda automobile Fiat blu, dell'ultimo tipo, il modello 519 S a quattro posti.

Giovanni comperò una casa, un grande appartamento in Corso Venezia, offrendo a Veralda fondi illimitati per arredarlo.

Angelo era diventato direttore della Banca del Monte e Giovanni, quasi non gli bastasse essere editore, aveva acquistato un grande negozio, sullo stesso corso, trasformandolo in libreria. La prima libreria Rovesti e la più bella della città.

Alle nozze c'era anche Angiolina Camurati, che adesso si faceva chiamare Titti e si era ritagliata un posto nel mondo frivolo dei salotti. Era accompagnata dal conte Mapelli, che per amor suo e per via della recente vedovanza, ormai si considerava il fidanzato ufficiale e lei, Titti, era certa che prima o poi si sarebbero sposati.

Quando, più tardi, si ritrovarono tutti per un rinfresco in casa di Giovanni e Veralda, i due ex compagni di collegio e l'ex prostituta del Bottonuto rievocarono i tempi passati.

«Ve li ricordate i tre moschettieri?» disse Angelo che, pur essendo ancora giovane, cominciava ad avere un po' di pancetta.

«Ai tre moschettieri!» esclamò Angiolina alzando la coppa di champagne.

«Posso sapere a che cosa brindate?» domandò Veralda, il cui sguardo si andava illanguidendo per l'incipiente maternità.

«Alla sposa», rispose Giovanni dandole un bacio. Mai e poi mai avrebbe raccontato alla moglie la verità sulla sua storia con la bella signorina Titti.

«Signore, c'è una signora che chiede di lei», annunciò il domestico, da poco assunto, rivolgendosi a Giovanni.

«Oggi non ci sono per nessuno», disse l'editore. Non voleva guastafeste in quel clima intimo e felice.

«La signora insiste. L'aspetta nell'ingresso.»

Fu così che Giovanni Rovesti si trovò di fronte, nella sua bella casa, la zia Maria Oldani. Era invecchiata e aveva uno sguardo supplichevole. Giovanni la fece accomodare in salotto e chiuse la porta alle loro spalle.

«Che cosa c'è, zia?» entrò subito in argomento.

«Devi aiutarci. Sei l'ultima persona alla quale avevo pensato di rivolgermi in caso di bisogno. Per la verità, nella mia vita, mai prima d'ora avrei pensato di avere bisogno di qualcuno. Ma allo stato attuale delle cose, soltanto tu puoi salvarci», disse.

Giovanni non riuscì a provare alcuna gioia davanti a quell'atto di sottomissione. «Spiegatevi», la invitò, ricordando la burbera bontà dello zio, al quale doveva le rette del collegio e tante piccole lire d'argento che erano state il suo primo, piccolo tesoro.

«Si tratta di mio figlio Onofrio. Si è riempito di debiti.» Confessò lei.

Gli tornò in mente la tipografia del signor Motta e la partecipazione di nozze con la signorina Teresa Lovati.

La zia gli raccontò la triste storia di un figlio sbandato che, nonostante il precoce matrimonio, non aveva messo la testa a partito. Aveva invece ingaggiato partite pericolose ai tavoli da gioco e anche dietro le quinte dei café-chantant, dilapidando il loro patrimonio e quello della moglie.

«Se non ci aiuti tu, dovremo vendere anche il negozio di telerie per far fronte ai debiti.»

Una volta, tanti anni prima, quando era ancora un ragazzino, aveva detto allo zio: «Mi sdebiterò». Ecco, adesso la sorte lo metteva di fronte al suo impegno.

«Rassicurate lo zio», la confortò. «Ditegli che si rivolga al mio avvocato», soggiunse tendendole un bigliettino da visita. «Penserà lui a risolvere la cosa.»

Il cugino venne fatto interdire. Giovanni pagò fino all'ultimo centesimo tutti i debiti e non consentì mai allo zio, neanche quando risalì la china, di restituirgli il danaro.

«Che Dio ti benedica e ti dia tutta la felicità che meriti», gli disse lo zio Ettore quando tutte le cose si appianarono.

E sembrò che davvero il buon Dio esaudisse quell'augurio. Perché sette mesi dopo le nozze, Veralda partorì una splendida bambina cui venne dato il nome di Maria Carlotta.

Veralda pianse le lacrime esauste di tutte le puerpere e Giovanni era commosso. Maria Carlotta era bella, bellissima. E cresceva come un fiore. Veralda era una moglie splendida e una madre meravigliosa. E Giovanni diventava ogni giorno sempre più importante.

Quando Maria Carlotta compì tre anni, Giovanni comperò l'ottocentesco palazzo di via Serbelloni. Vi si erano insediati da pochi giorni quando la piccola si ammalò. Un mese dopo era morta di poliomielite.

In seguito vennero altri due figli: Antonio e poi Anna. Ma nessuno fece cantare il suo cuore come Maria Carlotta.

Quando era ormai avanti negli anni e suo figlio ebbe una bambina dalla seconda moglie, Giovanni ravvisò nei tratti di quella bellissima piccina una somiglianza straordinaria con la sua prima figlia. Volle che fosse chiamata Maria Carlotta, e la preferì agli altri perché, come la sua bambina, era tenera e dolce e gli ricordava Veralda.

1975

1

ERANO tutti seduti intorno al lungo tavolo di quercia, un tavolo da refettorio dal ripiano massiccio che si intonava perfettamente con l'insieme della stanza, austero ed elegante. Sulle pareti bianche spiccavano alcuni ritratti a olio raffiguranti uomini dal volto severo. A guardarli bene, c'era una certa somiglianza fra loro e il notaio Aristide Visentini, che sedeva a capotavola e presiedeva la riunione degli eredi Rovesti.

Visentini era l'ultimo esponente di una famiglia di notai e il suo studio, in via dei Giardini a Milano, curava da tempo gli interessi di Giovanni Rovesti. Visentini era coetaneo di Antonio, il figlio primogenito dell'editore; insieme, quarant'anni prima, avevano frequentato il Liceo Parini. Ormai si avviavano entrambi alla sessantina. Mentre il notaio era un uomo appagato, in perfetta forma, e mascherava bene l'incalzare degli anni, Antonio, che sedeva alla sua destra, era stato un ragazzo frustrato prima, e un uomo infelice poi. Adesso aveva l'aspetto di un vecchio malandato che arrancava faticosamente verso la fine dei suoi giorni, afflitto da un numero imprecisato di malanni e, soprattutto, da una inesistente voglia di vivere.

Suo padre, il grande Rovesti, era morto due giorni prima e già Antonio aveva deciso del proprio futuro: lasciare la casa editrice in mani sicure, e comunque più forti delle sue, e ritirarsi nel palazzo di Venezia, a un passo da Ca' Vendramin Calergi dove aveva sede il Casinò, l'ultimo suo vizio neppure tanto segreto. Aveva molte difficoltà nell'intrattenere rapporti con le persone e il desiderio di lottare nella casa editrice si era affievolito negli anni fino a scomparire. L'eredità paterna gli avrebbe offerto la possibilità di vivere a modo suo per i giorni che gli restavano.

Maria Carlotta sedeva tra lui e Sonia. Alla bambina era stato imposto un abito di taffettà nero che la intristiva, mentre il tailleur di lino nero sottolineava l'aggressiva bellezza della madre, Sonia, che era stata un'indossatrice di successo ed era una delle donne più belle e chiacchierate nei salotti importanti.

A trentasette anni, poteva ancora ostentare un fisico straordinario e i suoi capelli, ramati e folti, incorniciavano un volto stupendo. Portava alle orecchie boccole di perle nere e diamanti e perle identiche le accarezzavano il collo lungo e sottile. Emanava da lei un intenso, costosissimo profumo che aveva adottato negli anni della prima giovinezza, quando impazziva d'amore per Giulio de Bros che non voleva saperne di lei. Da allora se li portava tutti e due sulla pelle: il ricordo di Giulio e quel profumo.

L'essenza così intensa infastidiva Pietro Rovesti che sedeva vicino a Sonia. Pietro aveva compiuto da poco trent'anni ed era figlio di Antonio e di Federica Franci, la sua prima moglie.

Pietro era rimasto sempre molto legato alla madre, mentre nutriva per Sonia una sorta di insofferenza che rasentava il disprezzo. Di fronte a loro c'era Anna, la secondogenita dell'editore scomparso. Dal padre aveva ereditato una volontà di ferro.

Anche Anna Rovesti detestava Sonia, l'intrusa; per la verità detestava tutto e tutti e per ognuno aveva coniato un nomignolo: Sonia era la puttana e Maria Carlotta la piccola bastarda, perché nata quando suo fratello era ancora sposato con Federica. Antonio era Einstein. Suo nipote Pietro il laureato; e c'era tanto disprezzo anche in quest'ultima attribuzione. Non si salvava neanche suo marito, l'ingegnere Franco Falconeri, che le sedeva accanto. Lui era stato declassato da ingegnere a capomastro. Anna si era dimenticata delle pazzie che aveva fatto per poterlo sposare quando era uno degli uomini più belli e brillanti di Milano; lui alla fine aveva capitolato per stanchezza e per vivere tranquillo il resto dei suoi giorni avendo alle spalle la fortuna dei Rovesti.

Dai taglienti giudizi di Anna si salvavano a stento Patrizia, la figlia maggiore, e Giovanni, l'ultimo nato. Erano due bravi ragazzi, schiacciati dall'autoritarismo materno che aveva fatto della femmina una casalinga frustrata e del maschio un manager fallito.

Tutti gli eredi Rovesti erano riuniti attorno a quel tavolo per ascoltare la lettura del testamento olografo del vecchio editore. Il notaio aveva iniziato a leggere con voce chiara le parole che il nonno aveva scritto di suo pugno, sulla propria carta da lettere, una settimana prima di morire.

«Con questo testamento dispongo così i miei beni: lascio la mia casa editrice ai miei due figli Antonio e Anna, in parti uguali... E a loro lascio altresì il palazzo milanese di via Serbelloni.»

La famiglia ascoltava distrattamente le disposizioni testamentarie che ricalcavano esattamente la spartizione di cui si era sempre parlato. Non c'erano variazioni sostanziali. La tenuta di caccia veniva attribuita al nipote Giovanni e la villa di Stresa andava a sua sorella Patrizia, tutti e due figli di Anna Rovesti e di Franco Falconeri. Il panfilo *Capriccio* e la villa di Porto Rotondo toccavano a Pietro. A Sonia e Antonio era destinato il palazzo di Venezia, mentre all'ultima, amatissima nipote toccava la sua «romanina», la macchina tipografica che aveva segnato l'inizio della fortuna di Rovesti.

Questa donazione simbolica, da tempo annunciata,

veniva interpretata come una stramberia del vecchio, che alla macchina aveva sempre attribuito un valore particolare.

Sonia già meditava feste sfarzose nella cornice mondana della città che più amava: Venezia. Anna aveva in mente un piano per estromettere dall'ottocentesco palazzo di famiglia l'imbelle Antonio. Pietro pensava agli ospiti potenti che avrebbe potuto imbarcare a bordo del *Capriccio*. Antonio, rinunciatario per vocazione, si chiedeva dove suo padre avesse trovato la forza per scrivere pagine e pagine di testamento a una settimana dalla sua fine.

«Tutti i gioielli di mia moglie Veralda», continuava il documento, «saranno suddivisi in parti uguali, secondo la stima che ne farà il gioielliere Roberto Cortesini, tra mia figlia Anna e mia nuora Sonia. Fatta eccezione per la parure di turchesi e brillanti, che assegno alla mia ex nuora Federica Franci, madre di Pietro, alla quale andrà anche un ottavo delle obbligazioni depositate presso il Banco di Credito...»

Il notaio proseguiva la lettura del testamento, in cui venivano ricordati con un libro, un quadro o una somma di denaro, amici conosciuti e sconosciuti, parenti, domestici e molte altre persone che gli eredi non avevano mai sentito nominare. E per ognuno Rovesti aveva avuto un pensiero affettuoso.

Mentre il notaio leggeva, Pietro ricordò l'ultima riunione di famiglia, il sabato di Pasqua. Era la fine del pranzo. Il cameriere aveva servito lo champagne con la colomba. Il vecchio aveva alzato il bicchiere e sorridendo aveva fatto un brindisi.

«Brindo a tutti voi, branco di caproni. Mi riferisco ai maschi, naturalmente.» Il vecchio sorrideva con l'aria del vincitore.

Nella sala da pranzo era calato il gelo e i camerieri si erano defilati con discrezione. «A me non resta molto da vivere, ma vi dico che a causa della vostra ambizione e della vostra superficialità potreste fare a pezzi tutto ciò che ho faticosamente costruito.» Intorno al vecchio si erano incrociati sguardi carichi d'odio nel più assoluto silenzio. «Non agitatevi troppo. Per quanti disastri combiniate, e ne farete molti quando non ci sarò più, non riuscirete a disperdere tutto quello che ho edificato.»

Si era portato alle labbra il bicchiere, aveva bevuto un sorso ed era stato colto da un accesso di tosse.

Antonio, Pietro e Giovanni avevano sperato in un infarto, anche perché i destinatari dell'invettiva erano chiaramente loro. Non avevano dovuto aspettare molto. Il vecchio era morto a Ferragosto. Finalmente avevano le mani libere. Avrebbero potuto ristrutturare l'azienda e farla diventare la casa editrice leader in Europa, o almeno così si illudevano.

«Addì nove agosto millenovecentosettantacinque. Segue la firma: Giovanni Rovesti», concluse il notaio chiudendo la cartella del testamento.

Esclusa Maria Carlotta, che stava facendo una collana con le graffette contenute in una scatola di plastica trovata sul tavolo, tutti i convenuti si erano resi conto che il testamento non accennava alla parte più consistente dell'eredità: mille miliardi di lire depositati in una banca svizzera di Lugano.

Anna Rovesti si alzò di scatto, interpretando il pensiero di tutti. «E i mille miliardi?» domandò guardandosi intorno per essere sicura che tutti capissero l'importanza della sua domanda.

Giovanni, Patrizia, Sonia, Antonio e Pietro rivolsero al notaio Visentini una muta, disperata invocazione, aspettando una risposta, mentre Maria Carlotta continuava a infilare una graffetta nell'altra.

Il notaio si strinse nelle spalle e scosse la testa. «Non so che dire. Qui», indicò il documento, «non se ne fa alcun cenno.»

«Mille miliardi», intervenne Pietro con aria sicura. «E sarebbero stati divisi in parti uguali tra mio padre e la zia Anna.»

«Giovanni Rovesti non ha mai fatto niente per caso», sbottò Anna agitatissima, restando in piedi. «Non venite a dirmi che è stata una banale dimenticanza.»

«Potete prendere contatto con la banca presso la quale è depositata la somma», consigliò il notaio.

Erano le sei del pomeriggio del diciassette agosto e la banca era chiusa.

Seguirono affannose telefonate alla ricerca del direttore, che era in vacanza e che venne faticosamente rintracciato.

Era ormai buio quando il drappello degli eredi Rovesti uscì dall'ufficio del notaio sulla via dei Giardini. Maria Carlotta alzò gli occhi al cielo e notò che le stelle erano più brillanti e vicine. Le sembrò che ammiccassero beffarde come faceva il nonno quando esprimeva i suoi giudizi taglienti sulla famiglia. Era stanca e annoiata e aveva una gran voglia di rimanere sola. Si infilò per prima nella limousine dei genitori che, come gli altri, non si curavano di nascondere il loro disappunto e la loro rabbia impotente.

La mattina, durante i funerali, avevano mostrato a tutti il loro dolore per la «irreparabile perdita» con un'espressione composta e dignitosa, adatta alle solenni esequie.

Adesso la loro costernazione era autentica e profonda: i mille miliardi erano spariti, una fortuna svanita nel nulla.

Le ricerche sommarie di quel pomeriggio avevano rivelato che il capitale era stato trasferito da Lugano a Panama. Questo era accaduto due anni prima, quando il nonno era ancora sulla breccia. Da Panama i mille miliardi erano partiti per la Union Bank a Londra, ma lì non erano mai arrivati. Si erano volatilizzati tra Panama e l'Inghilterra. E questo era il grande, inspiegabile mistero che gli eredi dovevano chiarire.

2

«Maria Carlotta, per l'amor di Dio, cerca di ricordare. C'eri soltanto tu a Milano col nonno. Prima che morisse. È stato lui a volerti qui. Ricordi? Qualcosa devi aver visto. O sentito. Ti avrà parlato. Qualcosa ti avrà pur detto.»

Sonia si era inginocchiata accanto al letto della figlia, implorando un segno, una parola o soltanto un minimo di partecipazione. Indossava ancora il tailleur di lino nero. Le perle Kyshu avevano la lucente morbidezza di un desiderio. Maria Carlotta amava le perle di sua madre, non per il loro valore intrinseco, ma per la luce che emanavano.

La famiglia era rientrata da un paio d'ore. I domestici aspettavano per servire la cena e la bambina era stata letteralmente catturata da Silia che le aveva fatto servire il pasto in camera. Maria Carlotta si era avventata sulle cotolette divorandone un paio, aveva rinunciato all'insalata e, invece, si era rimpinzata di gelato alla fragola. Aveva rifiutato di fare la doccia e si era subito infilata a letto a guardare un programma di cartoni animati trasmessi da un'emittente privata. Dalla sala da pranzo, che era esattamente sotto la sua camera, al pianterreno, arrivavano fino a lei le voci concitate dei parenti.

Bucava il coro la voce squillante di zia Anna; anche Pietro e Giovanni si facevano sentire. Di tanto in tanto udiva anche la voce di sua madre. Maria Carlotta pensò che stessero discutendo della scomparsa di tutti quei miliardi, un dramma che non la sfiorava.

All'improvviso distinse la voce di suo padre in un «Basta!» urlato a piena gola. Poco dopo riconobbe il suono dei suoi passi nel corridoio del piano superiore, seguito dall'inconfondibile ticchettio dei sandaletti alti di sua madre, la quale, adesso, era lì inginocchiata accanto al suo letto, il trucco un po' sfatto, lo sguardo stanco, a supplicare da lei una parola o un segno.

Maria Carlotta la guardava in silenzio e si sentì avvolta da una nebbia vellutata e buia. Pensava alle poesie che amava scrivere, a quelle che leggeva, ricordò lo scintillio delle stelle nel cielo. Queste erano le cose importanti per lei. La famiglia era una realtà che non la riguardava. Non si riconosceva in quel gruppo che sentiva estraneo e lontano da lei.

Aveva avvertito solo un sottile disagio per la morte del nonno. Adesso la infastidiva la presenza della madre, che aveva interrotto la visione del suo programma preferito per costringerla a parlare dei miliardi del nonno, un argomento che per lei non aveva nessun significato.

«Ti prego, Maria Carlotta, dimmi qualcosa.» Sonia aveva le lacrime agli occhi. Non era tanto il mutismo della figlia a ferirla, quanto il suo sguardo ostile e sprezzante.

Nessuno ignorava che Maria Carlotta era andata col nonno nella casa editrice il giorno di Ferragosto. Si sapeva che Giovanni Rovesti aveva lungamente chiacchierato con la nipote prediletta, ma lei non aveva niente da dire. O non voleva parlare.

«Là sotto, nella sala da pranzo», si lamentò Sonia, «sono tutti convinti che il nonno ti abbia rivelato un segreto. Se lo sai, perché non ne parli con me? Sono tua madre.»

Il profumo di Sonia suscitava nella bambina un segno appena percettibile di turbamento, che evocava ricordi lontani, recuperati negli anfratti della memoria e che subito si dissolvevano. Restava, invece, un senso profondo di solitudine e di abbandono.

Dalla nebbia di velluto emergeva una sequenza che le procurava dolore: la madre china su di lei e subito dopo, di spalle, mentre usciva in punta di piedi dalla sua stanza lasciandola sola con la Signorina.

«La mia Ina», diceva Maria Carlotta, «ha la faccia scura e le mani ruvide e pesanti come legno grezzo.»

Però amava la sua Ina ignorante e punitiva: preferiva una sgradevole presenza alla solitudine. Se piangeva, la Ina la rinchiudeva nello spogliatoio, al buio, dove la sua immaginazione produceva ombre spaventose che la terrorizzavano. Allora si accasciava a terra, si raggomitolava su se stessa e smetteva di piangere, impietrita dalla paura. Quando la Ina riapriva la porta, rovesciando all'interno una cascata di luce, Carlotta la seguiva docile come un cagnolino.

Spesso sua madre ritornava nel cuore della notte o alle prime luci dell'alba e passava a darle un bacio, lasciando nella stanza quel suo profumo per il quale la bambina provava una repulsione istintiva. Se andava da lei durante il giorno sperava soltanto che la lasciasse presto sola, per abbandonarsi indisturbata alle sue elucubrazioni, che le consentivano di rifugiarsi in una totale indifferenza senza emozioni, senza sofferenze.

«Cosa c'è che non va?» le domandò Sonia.

«Non va il tuo profumo», rispose senza guardarla negli occhi.

«Che ti succede piccola mia? Cosa c'è?» insisté Sonia.

«C'è che la tua presenza mi dà fastidio. Il tuo profumo mi fa venire il mal di testa.» Aveva la voce garbata, ma sicura e rifiutava la madre dalla quale si sentiva rifiutata. Ma non provava dolore. Era ripiombata nella sua apatia.

«Stai parlando con tua madre», si addolorò Sònia.

«Per questo cerco di essere sincera», sorrise.

C'era qualcosa nello sguardo di Maria Carlotta che a Sonia ricordava se stessa bambina. Anche lei aveva provato la stessa avversione per la madre, ma non aveva mai osato dirglielo. Eppure, ieri come oggi, riteneva di essere dalla parte della ragione. Ma che infanzia era stata la sua? Non aveva niente e desiderava tutto, mentre Maria Carlotta aveva tutto e non desiderava niente.

Si rialzò faticosamente, con lo sguardo obliquo di chi ha ricevuto un pugno nello stomaco. Chiamò a raccolta il suo autocontrollo, che per la verità non era molto, e disse: «Ne riparliamo domani, d'accordo?» Quella figlia indecifrabile nascose la testa sotto il cuscino. Era un segno inequivocabile. Qualunque cosa le avesse chiesto, Maria Carlotta non avrebbe risposto.

Sonia non pensava in quel momento ai mille miliardi del suocero, volatilizzati nel trasferimento da Panama a Londra e di cui le spettava una congrua parte, pensava alla vulnerabilità di quella figlia lontana da tutto e da tutti, impenetrabile e ostile.

«Buona notte, bambina mia», disse piano.

Maria Carlotta non rispose. Sonia stava uscendo quando notò sulla moquette rosa una valigetta nera. La prese. Era pesante. La osservò alla luce dell'abat-jour; era una valigetta di Gucci che poteva essere aperta solo da chi conosceva la combinazione.

«E questa che roba è?» domandò.

«È del nonno», rispose Maria Carlotta da sotto il cuscino. Poi si corresse: «Era del nonno, me l'ha regalata.»

Sonia avvampò, sperando che in quella valigetta ci fosse una traccia di tutti quei miliardi.

«Sai aprirla?»

«Non lo so.»

«Posso prenderla?» Era seriamente intenzionata a verificarne il contenuto.

«Se vuoi», disse la bambina.

Sonia spense la luce e uscì con la valigetta. Anna era davanti alla porta.

«Stai sempre a origliare», l'aggredì Sonia.

Anna Rovesti, non era un segreto per nessuno, origliava e rovistava dappertutto; nemmeno i cestini per la carta straccia si salvavano dalle sue ispezioni. Intercettava le conversazioni telefoniche e diffidava di tutti. E tutti la temevano. Soltanto Sonia le teneva testa.

«Sono in casa mia e posso origliare quanto mi pare e dove voglio», dichiarò assumendo un atteggiamento di sfida. «Non dimenticare che io sono una Rovesti. Tu sei soltanto un'ospite», la sfidò Anna.

Sonia aveva vent'anni meno di lei ed era tanto più bella. Anna guardò la cognata con l'astio accumulato negli anni che soltanto adesso, morto il padre, osava manifestare apertamente.

Sonia osservò il volto di Anna solcato da una fitta rete di rughe, più evidenti dove i muscoli facciali avevano perso tono. Paragonò la propria bellezza intatta a quella della cognata, che portava male i suoi cinquantacinque anni, e constatò, ancora una volta, la somiglianza di Anna con il padre, Giovanni Rovesti. Questa riflessione intenerì Sonia, che aveva amato il vecchio suocero di un affetto sostanzialmente sincero e basato sulla reciproca stima.

«Sono una Rovesti», ripeté Anna.

«Ma questo non ti autorizza a rompere più del necessario», la liquidò con una brutalità che non ammetteva repliche.

«Ora ti riconosco. E riconosco le tue radici. Finalmente sei te stessa.»

«Vieni al dunque», la sollecitò Sonia.

«Quella valigetta da dove arriva?» l'interrogò.

Sonia aveva due alternative: mandarla a quel paese con il risultato di causare una lite, o accettare il confronto, che non escludeva arroganza e colpi bassi. Spiazzò la cognata con un luminoso sorriso.

«Hai origliato e sai già da dove viene. Andiamo da

Antonio. Questa valigetta era stata affidata da papà a Maria Carlotta. Antonio troverà il modo di aprirla.»

Antonio era nella camera del padre e singhiozzava seduto sul letto. Non era la prima volta che Sonia lo vedeva piangere. Eppure continuava a provare un intimo disagio di fronte alle lacrime dell'uomo, apparentemente forte, che un tempo aveva accarezzato il progetto di diventare un grande uomo d'affari.

«Possiamo tornare in un altro momento. O vederci in salotto più tardi», propose al marito.

«No», intervenne brutalmente Anna. «Dobbiamo parlare adesso. Qui. Subito.» Strappò letteralmente la valigetta dalle mani della cognata e la posò sul letto. «Aprila», ingiunse al fratello.

Sonia spiegò brevemente al marito com'era venuta in possesso della valigetta.

«È della bambina... Se papà l'ha data a lei...» esitò Antonio, «non è corretto; forse non dovremmo...» balbettò, indeciso come sempre.

Antonio non aveva nulla in comune con Giovanni Rovesti. E non somigliava nemmeno a sua madre, l'intraprendente Veralda, donna energica e determinata che aveva riservato tutta la sua tenerezza per il ruolo di moglie e di madre.

Antonio non si era mai lasciato veramente coinvolgere dal lavoro nell'azienda di famiglia. Appena entrato in casa editrice, aveva deciso che preferiva subire piuttosto che lottare. Gli mancavano grinta e intuito. Nell'organigramma aziendale era direttore generale. Nella realtà si trattava soltanto di una carica formale. Perciò si era sentito sollevato quando il figlio Pietro e il nipote Giovanni Falconeri avevano manifestato il desiderio di avere incarichi di responsabilità.

Anna afferrò un tagliacarte dal tavolino accanto al letto. «Lo apro io questo oggetto misterioso», decise. «E siccome nessuno conosce la combinazione di una simile trappola, faremo saltare questa maledetta serratura.»

L'operazione riuscì dopo diversi tentativi. La valigetta si aprì rivelando il contenuto: due pesanti chiavi inglesi pulite e lucenti.

«Che cosa significa?» domandò Anna, livida, guardando alternativamente il fratello e la cognata che si erano irrigiditi per lo stupore. «E tua figlia non sa nulla, naturalmente», sbottò. Aveva afferrato una chiave inglese e l'agitava minacciosa sotto il naso di Sonia.

Sonia si portò una mano alla bocca nel tentativo di frenare una risata che irruppe comunque, giovane, sincera e liberatoria.

Anna la guardò sbigottita e per un momento pensò che il dolore può causare reazioni imprevedibili.

Antonio, che aveva ancora gli occhi gonfi di lacrime, fu contagiato dal riso della moglie e diede sfogo fragorosamente alla propria ilarità.

«Che cosa c'è di tanto divertente?» sibilò Anna, furibonda.

«Nostro padre era davvero un grand'uomo», riconobbe Antonio. «Le sue beffe lasciavano il segno. Ma questa volta ha superato se stesso. Io dico che, se da lassù ci vede, si sta facendo anche lui delle matte risate.»

Anna cominciava a rendersi conto della situazione e i suoi piccoli occhi celesti sembravano più grandi per la sorpresa.

«Tu credi che queste chiavi inglesi siano in qualche modo legate alla scomparsa dei mille miliardi?» Aveva perduto la sua carica aggressiva e per la prima volta sembrava smarrita.

«Io non lo so, ma siamo di fronte a una caccia al tesoro o, se preferisci, a un rebus di non facile interpretazione», concluse Antonio. «Chissà se un giorno riusciremo a decifrarlo. Ma quando accadrà, forse non ci sarò. E quello che succederà dopo di me mi lascia del tutto indifferente.»

«Vieni, andiamo via», intervenne Sonia tendendogli

una mano. Provava una grande pietà per quell'uomo abulico e sfinito che le stava accanto.

Sonia richiuse la valigetta dopo aver sistemato all'interno le due chiavi inglesi.

«Questa è di mia figlia», affermò con decisione, «e la conserverò io.»

Sonia non riusciva neppure a immaginare vagamente quale nesso potesse esserci, se pure c'era, tra le chiavi inglesi e i mille miliardi. Ora la valigetta e il suo contenuto li voleva per sé, prima di tutto, per far dispetto alla cognata. E dall'occhiata che questa le lanciò si rese conto di aver colpito nel segno.

1988

1

«Florio! Florio!» sbraitò il dottor Michele Profumo sventolando rabbiosamente un foglio azzurrino di carta da lettere. La voce baritonale, piena di fumo e di nebbia, superò lo spazio angusto dell'ufficio, al quarto piano del Palazzo di Giustizia, e attraverso la porta bisunta di legno scuro penetrò nella stanza accanto dove il segretario, Antonino Florio, aveva appena gustato il secondo caffè della giornata. Stava godendosi in santa pace una sigaretta e scorreva i titoli del suo quotidiano preferito.

Quello vuol farmi cominciare male la giornata, pensò ripiegando il giornale mentre aspirava avidamente quello che restava della sigaretta, col rischio di bruciarsi le labbra e le dita. Antonino Florio abbandonò la scrivania, barriera invalicabile di fascicoli, e si affacciò sulla stanza del magistrato. Ricacciò indietro tutti gli insulti che affiorarono nella sua mente. Era stato disturbato nel momento più sacro della giornata, quando mancavano ancora dieci minuti all'inizio dell'orario di lavoro.

«Eccomi, dottore», disse sospingendo verso l'alto gli occhiali dalle lenti bifocali che tendevano a scivolare verso la punta del naso, lungo e adunco come quello delle streghe.

Il giovane magistrato Michele Profumo, vestito con qualche pretesa di eleganza, guardava il segretario che apparteneva alla vecchia scuola e si era consumato la vita tra polvere e fascicoli slabbrati diventando, nel tempo, tutto grigio, dalla punta dei capelli a quella dei piedi.

«Che cos'è questa roba?» sbraitò sventolando il foglio azzurro come una bandiera.

Florio guardò con aria imperturbabile quell'uomo giovane, pieno di sacri furori, e commentò: «La solita lettera anonima, suppongo».

«Risposta esatta», ironizzò l'altro. «Ma io vorrei sapere quando finirà questa storia», soggiunse battendo sulla formica verde del tavolo un colpo così violento da far tintinnare i vetri sporchi del finestrone.

Il sole di marzo, frenato dallo smog e dai vetri non lavati da tempo immemorabile, trovò un varco rivelando il pulviscolo iridescente che illuminava un *ficus beniamina* che intristiva nel supponente cache-pot di plastica bianca, similporcellana.

Il cancelliere osservò quei puntini luminosi che vorticavano come un micro universo e per un attimo si chiese se anche in quella costellazione dorata esistesse la vita. Ma la vita reale era in quelle stanze con i buoni, i cattivi, guardie e ladri, ricchi e poveri, imputati e giudici che pretendevano un intervento fuori orario e una risposta impossibile a una domanda idiota.

«Allora?» chiese il magistrato continuando a sventolare il foglio di carta azzurrina. Urlare con il segretario era il suo modo di reagire quando annaspava nel buio di un'indagine senza vederne la soluzione.

Florio non voleva la guerra, perché era convinto che le battaglie non le vince nessuno. Non doveva pronunciarsi sui massimi sistemi, né affrontare problemi di vita o di morte. Doveva semplicemente trovare una risposta accettabile che piacesse al magistrato. «Qualche volta le lettere anonime ci indicano la via giusta», sentenziò. E poi attese la reazione del superiore.

Michele Profumo fortunatamente si calmò, sedette

alla scrivania e dedicò un lungo sguardo a quello stramaledetto foglio.

«È l'ultima di una lunga serie», ricordò.

«Le lettere anonime, da noi, sono uno sport nazionale», generalizzò il cancelliere che, in tanti anni, ne aveva viste di tutti i colori.

«Certo, certo», ammise il dottor Profumo.

I messaggi anonimi cui si riferiva erano tutti perfettamente uguali: stesso testo, identica carta, stessa grafia, uno stampatello tremolante. L'anonimo informatore aveva fatto il suo esordio dopo che il magistrato aveva cominciato a indagare sul dissesto della casa editrice Rovesti e sulla scomparsa dei mille miliardi.

Florio prese il foglio che il magistrato gli tendeva e lesse il testo: «Perché vi ostinate a non interrogare Maria Carlotta Rovesti? È la sola che conosce la verità».

Maria Carlotta aveva diciassette anni quando l'impero del nonno era stato travolto da una bufera di debiti. Lei, come tutti gli eredi, si era trovata da un giorno all'altro a stringere in pugno il nulla. Da allora, per i Rovesti era cominciato il calvario degli interrogatori, delle indagini patrimoniali, delle convocazioni. Erano passati tredici anni dalla morte del vecchio e la storia, invece di dipanarsi, si era ulteriormente ingarbugliata.

Ai tempi del crollo, Maria Carlotta non era stata coinvolta in quanto minore. Successivamente non era stata sentita perché era completamente estranea ai fatti. Ora che i Rovesti avevano perduto la casa editrice e ceduto gran parte delle loro proprietà per pagare i debiti, Maria Carlotta era una pedina ancora meno importante di prima. Perché dunque, da mesi, il magistrato riceveva sempre la stessa lettera anonima che sollecitava un interrogatorio della ragazza?

Il dottor Profumo esitava a convocarla sulla base di un'accusa anonima, perché un amico intimo dei Rovesti gli aveva parlato della sua fragile personalità.

«È una ragazza innocente e tormentata», gli aveva detto. «Sentila se proprio non puoi evitarlo, ma non dimenticare che ha un equilibrio psicologico precario. Se puoi farne a meno, rinuncia a parlarle.»

Era stato il professor Giulio de Bros, insigne giurista e suo insegnante di diritto all'Università, a dargli questo suggerimento. La dirittura morale del docente era fuori discussione. Di lui si era molto parlato quando aveva avuto una storia d'amore con Sonia Rovesti, seconda moglie di Antonio e madre di Maria Carlotta.

Giulio de Bros aveva superato da qualche anno la sessantina, ma restava un uomo pieno di fascino di cui molte studentesse si innamoravano. Non si era mai sposato e questa scelta di vita aveva suscitato non pochi pettegolezzi. La voce più insistente lo dava ancora legato a Sonia, con cui aveva avuto una storia che risaliva alla prima giovinezza di lei. Ma era soltanto un pettegolezzo.

«Allora?» domandò il cancelliere tenendo a mezz'aria il foglio celeste.

«Allora la metto insieme alle altre», decise Profumo prendendo la lettera che infilò nel terzo cassetto della scrivania, dentro una cartelletta di plastica. «Quale sarà il prossimo passo?» domandò poi rivolto all'uomo grigio e indifferente che gli stava di fronte.

«Aspettare», suggerì Florio con gelido disinteresse.

A volte il magistrato provava una sorta d'invidia per quel collaboratore che aveva i tempi e i colori della burocrazia. Eseguiva scrupolosamente le disposizioni ricevute e non si lasciava mai coinvolgere. Entrava nella vita delle persone per registrarne con fredda sicurezza il bene e il male e ne catalogava i fatti. Per lui l'eredità Rovesti, il caso che tredici anni prima aveva suscitato tanto clamore, era assolutamente privo di interesse. Eppure il mistero dei mille miliardi scomparsi dopo la morte del vecchio editore era appassionante. Il magistrato ricordò l'oro di Dongo e il conte di Montecristo: *decisamente i tesori non si addicono al nostro tempo*, pensò. Lui credeva sinceramente agli interessi politici, ai colpi bassi, alle cordate economiche, agli sporchi maneggi e alle sordide ripicche. Ma non ai tesori nascosti.

«Così, siamo al punto di partenza», concluse Profumo.

«Sembra proprio di sì.»

«Mi aspettavo da lei un parere. Una possibile chiave di interpretazione.»

«E se la giovane Rovesti sapesse davvero dove sono finiti i mille miliardi del nonno?»

Il magistrato sbarrò gli occhi. Finalmente Florio aveva espresso un'opinione. «Forse», continuò, «si è confidata con qualcuno. Provare non costa nulla.»

Il magistrato era sempre più stupito.

«Tanto più che ormai non si tratta più di una ragazzina», annotò.

Michele Profumo conosceva Maria Carlotta solo attraverso i servizi fotografici realizzati prima al funerale del nonno e poi a quelli del padre. In tutte e due le occasioni era tra il fratello Pietro e Sonia, la bellissima madre. Le immagini mostravano una ragazza altrettanto bella, indubbiamente di classe, sicuramente infelice. «Innocente e tormentata», commentò il magistrato. «Mandiamo un fonogramma a Venezia. Poi, con le opportune cautele, la sentiremo.»

2

«PUTTANA! Sei una grandissima puttana!» gridò Sonia e, per sottolineare l'autenticità del suo disprezzo e la profondità della sua rabbia, l'aveva contemporaneamente colpita con un manrovescio che la fece barcollare. Carlotta si portò una mano alla guancia schiaffeggiata e sentì il bruciore del ghiaccio. Non era quel gesto violento, quell'aggressione inattesa a farla soffrire. Era il veleno che la madre aveva messo nella sua invettiva: giudice spietato e ottuso che non teneva conto della psicologia labile di Maria Carlotta, dei suoi tormenti.

La ragazza ebbe per la madre un amaro sorriso. «Senti da che pulpito viene la predica», replicò con voce appena percettibile. «Non avresti mai sposato mio padre se non fossi la puttana che sei», soggiunse.

La donna si passò le mani fra i lunghi capelli e sollevò lo sguardo per osservare la figlia che, per la prima volta, a ventitré anni, con una sintesi volgare ma sicuramente efficace, diceva quello che pensava di lei.

Maria Carlotta si lasciò andare sulla sedia imbottita sotto l'ampia finestra che dava sulla Calle del Rosa. Il traffico sul Canal Grande era un brusio fastidioso. Era la prima volta che rispondeva a tono, di solito lasciava perdere. Ma quello schiaffo aveva provocato in lei una reazione improvvisa. Maria Carlotta sapeva che l'elemento scatenante della collera materna non era stato l'annuncio della sua gravidanza, ma il fatto che il padre fosse Maxi Solman, «fotografo intelligente» e incompreso che sbarcava il lunario traducendo saltuariamente in immagini sofisticate la filosofia di alcuni periodici di prestigio.

«Dovrai abortire», aveva sentenziato Sonia.

«Non ci penso neppure», l'aveva sfidata la figlia.

E in quel momento erano partiti gli insulti e lo schiaffo.

Era trascorsa una settimana da quel giorno e Maria Carlotta ricordava quella scena incresciosa mentre la gondola la stava traghettando sull'altra riva.

La ragazza osservò la facciata dell'antico palazzo Mazzon, la sua casa, che si specchiava tremula nelle acque increspate dal vento e dal passaggio dei vaporetti. Sebbene alcuni dei precedenti proprietari fossero intervenuti con un restauro non appropriato, l'edificio, con le belle finestre a ogiva, costituiva ancora uno splendido esempio di architettura gotica, impreziosita all'esterno dal loggiato ad archi del primo piano, molto simile a quello del Palazzo Ducale. Giovanni Rovesti lo aveva acquistato nei primi anni Cinquanta, aveva provveduto a risanarlo e lo aveva lasciato in eredità a Sonia. Madre e figlia si erano definitivamente insediate a Palazzo Mazzon alla morte di Antonio Rovesti, cinque anni prima. Era una residenza ricca di storia e di storie: da Alvise Mazzon che l'aveva costruita a Sonia Brenna Rovesti, l'attuale proprietaria.

Maria Carlotta osservava la sua bella casa che le veniva incontro, scoprendo i segni di un nuovo degrado. La porta d'acqua stava marcendo, i gradini del piccolo imbarcadero si stavano infossando. L'umidità dal livello dell'acqua saliva verso il primo piano. E il degrado esteriore era soltanto un pallido riflesso di quello interno, dove i pavimenti s'imbarcavano, gli intonaci si sgretolavano, i preziosi affreschi sbiadivano sotto le muffe dei secoli. Per rimettere in sesto il palazzo occorrevano gli ingenti capitali che i Rovesti avevano perduto in pochissimi anni in una folle impresa editoriale.

Quando il vecchio Rovesti era morto aveva lasciato un'eredità che comprendeva, oltre la casa editrice, ville, palazzi, terreni e ingenti partecipazioni in aziende diverse sparse nel mondo. In pochi anni tutto era andato perduto.

La sola che in mezzo a quello sfacelo aveva conservata intatta l'eredità del nonno era proprio lei, Maria Carlotta, anche perché la macchina tipografica che il nonno le aveva lasciato aveva un inestimabile valore simbolico, ma nessun valore intrinseco.

Adesso la «romanina» stava lì, nel vestibolo di Palazzo Mazzon: bella, lucente e inutile.

Povero nonno, pensò Maria Carlotta, *mi ha lasciato il suo feticcio, il suo portafortuna, la radice del suo impero*.

Tornava dall'avere accompagnato Maxi, il suo ragazzo, fino al garage di piazzale Roma. Lui andava a Milano dove aveva rimediato un servizio fotografico per *Style*, una delle più prestigiose riviste di moda. Lei avrebbe voluto seguirlo, ma lui non aveva voluto. «Sto via solo un paio di giorni. Ti telefono appena torno», si era congedato bruscamente. Maxi era un americano stravagante, pieno di bizzosi atteggiamenti divistici che Maria Carlotta considerava divini, anche perché era molto bello.

Stavano insieme da quasi un anno e lei si considerava a pieno diritto la sua compagna. Era stato il suo primo uomo.

Lui aveva riso come un matto davanti alla sua verginità. Lei si era lasciata amare: la prima volta, dominata dalla paura del sesso, ma in seguito attratta da questo rapporto piacevole, che la faceva sentire meno sola e meno spaventata.

«Puttana!» L'insulto della madre continuava a bruciarle. Maria Carlotta riteneva che sua madre fosse una donna che guardava uomini e cose essenzialmente sotto l'aspetto patrimoniale. L'aspetto fisico, la sensibilità e l'intelligenza erano elementi secondari. Il genio squattrinato non le piaceva.

All'approdo il gondoliere le tese la mano per aiutarla a scendere. La ragazza percorse la passerella fino alla riva stringendosi addosso la mantella di loden verde bordata di volpe. E fu subito nella calle stretta che correva lungo il fianco di Palazzo Mazzon.

Era il tramonto. Il suono delle campane si diffondeva nell'aria. Maria Carlotta era sola e le sembrava di camminare sull'orlo di un abisso, attratta e spaventata da questa vertigine che la chiamava. Svoltò all'angolo, percorse il vialetto lastricato che attraversava il giardino e raggiunse il vestibolo del palazzo, dove indugiavano gli ultimi raggi del sole morente. Sedette sulla panca appoggiata alla parete dell'ingresso. Sullo schienale di legno dipinto c'era in bella evidenza lo stemma dei Mazzon. Era affranta e il suo cuore galoppava come un cavallo impazzito. Al centro dell'atrio la «romanina» del nonno era la patetica testimonianza di un naufragio che aveva trasferito a nuovi padroni più abili e meno sognatori la casa editrice Rovesti che, in tempi brevissimi, era ritornata in attivo.

All'improvviso, Maria Carlotta si sentì osservata. Sollevò gli occhi e si rese conto che c'erano due persone che la stavano guardando. Erano un uomo e una donna, le cui figure si stagliavano in controluce nell'arco d'accesso alla scala marmorea.

Lei era giovane, bionda, graziosa e probabilmente americana.

Lui era anziano, elegante e sicuramente architetto, almeno a giudicare dall'abbigliamento ispirato a una raffinata e dispendiosa apparente casualità.

L'ultimo gioiello del patrimonio Rovesti stava cambiando padrone. Sonia, dopo avere venduto i pezzi più importanti dell'arredamento e gran parte dei gioielli per tentare la fortuna che sistematicamente le sfuggiva sui tavoli del Casinò, stava adesso vendendo l'intero palazzo già gravato da pesanti ipoteche. Lo sconosciuto le si avvicinò.

«La signorina Rovesti, suppongo», disse con mieloso ossequio incrociando lo sguardo gelido di Carlotta. Poi, indicando la donna al suo fianco, soggiunse: «Mrs Teddy Reinhold. Vorrebbe conoscerla. È seriamente intenzionata ad acquistare questo palazzo...»

Maria Carlotta interruppe il monologo del presunto architetto girandogli le spalle e si avviò con passo svelto verso lo scalone. Lo sfacelo della famiglia Rovesti la lasciava indifferente. La perdita del palazzo, invece, la sconvolgeva. Nel corridoio del piano superiore incontrò Silia, l'anziana cameriera della madre.

«Dov'è la mamma?» chiese.

«Dal parrucchiere», rispose premurosa la donna.

Un classico di Sonia, pensò la ragazza. Andavano verso la rovina totale e sua madre non trovava di meglio che andare dal parrucchiere.

«Ci sono sempre i mille miliardi di tuo nonno», ripeteva sua madre, con la certezza che prima o poi i soldi sarebbero saltati fuori, e questo convincimento le forniva un alibi per le spese folli e le perdite al Casinò.

Maria Carlotta entrò nella sua stanza, si buttò sul letto e pianse. «Mamma», sussurrò fra le lacrime, «perché quando ti cerco non ci sei mai?»

Si alzò, si tolse la mantella e si guardò intorno. Quella stanza tutta fiorellini e nuvolette rosate non le era mai appartenuta, ma era pur sempre la sua stanza. C'erano il bagno, il salotto e lo studio. Per quanto tempo ancora sarebbe stato suo il piccolo quieto appartamentino a Palazzo Mazzon? Era la sola realtà alla quale si sentiva legata, un rifugio, una tana in cui si sentiva protetta. E aveva tanto bisogno di certezze per sé e per la creatura che portava in grembo. Un figlio suo, concepito con amore. Ma il padre, Maxi Solman, aveva giocato con i suoi sentimenti più intensi e profondi e l'aveva lasciata sola. Tutti l'avevano abbandonata, anche Maxi non era vicino a lei nel momento in cui aveva più bisogno di aiuto. Era sempre stato così. Dov'erano tutti gli amici di un tempo, prodighi di doni e di affetto? Si erano dispersi come uno stormo di passeri spaventati. Intorno a lei si era fatto il vuoto: ministri, attori, finanzieri, gente del gran mondo, armatori e manager, donne ricche e bellissime, uomini affascinanti e colti si erano tutti dileguati. Lei e sua madre erano su una zattera alla deriva. E tuttavia Sonia si comportava con folle ottimismo continuando a vivere la sua vita di sempre.

Maria Carlotta allungò una mano verso il telefono e compose un numero di Roma. Le rispose Pietro, suo fratello, con la voce impastata dall'alcol.

«Hai bevuto di nuovo», constatò conoscendo il vizio del fratello.

«Sorellina», la riconobbe lui. C'erano vent'anni di differenza tra loro, e lei, più che un fratello, lo considerava un padre.

«Pietro», pianse, «sono a terra.»

«Se ti può consolare, sono anch'io nella stessa, scomoda situazione.»

La ragazza rise fra le lacrime. «Ho scelto la persona giusta», disse. «Possiamo fare un'associazione.»

«Adesso ti riconosco», replicò lui.

Pietro Rovesti, dopo essere stato il giovane editore più importante d'Italia e tra i primi in Europa, aveva perso tutto nel tentativo di realizzare progetti colossali con infantile superficialità, mal consigliato da collaboratori avidi che avevano abbandonato la nave prima della tempesta. In pochi anni aveva perso tutto, comprese le figlie e la moglie, che si era affrettata a lasciarlo dopo la catastrofe. Eppure, aveva trovato la forza di ricominciare.

«Mia madre sta vendendo il palazzo», annunciò Maria Carlotta, «non abbiamo più un soldo.»

«Tua madre riuscirebbe a giocarsi anche l'anima. Se l'avesse.» Non era mai corso buon sangue tra Pietro

Rovesti e Sonia Brenna, la seconda moglie di suo padre. Il che non gli aveva mai impedito di considerare Maria Carlotta come una sorella vera e propria. Era una ragazza tormentata, volubile e strana, tendenzialmente portata a ingigantire le cose.

«Che ne sarà di me?»

«Vuoi proprio risolvere con una telefonata tutti i tuoi problemi? Vediamoci uno di questi giorni e discutiamone.» L'alcol solitamente lo induceva a buoni consigli.

«Ma io sono incinta.»

«Io no», scherzò Pietro.

«Lo sapevi?» insisté.

«No. Ne sei sicura?»

«Sì. E Maxi è partito.»

«Aspetta che ritorni.»

«Ti ho disturbato?»

«No. Adesso però facciamo un break e rimandiamo la discussione a un giorno in cui siamo meno depressi.»

Era seccato e Carlotta lo intuì. «Okay, fratello. Grazie per il prezioso suggerimento», disse interrompendo la comunicazione.

Frugò in un cassetto della scrivania e trovò uno spinello. Sedette sul divanetto sotto la finestra, lo accese e aspirò avidamente il fumo. Avvertì un acuto bruciore al petto mentre la testa diventava più leggera e i pensieri si facevano meno cupi.

«Maria Carlotta, ti serve niente?» domandò la vecchia, fedele Silia, dietro la porta chiusa.

«Sto bene e non ho bisogno di niente», rispose mentre quell'odore aspro e penetrante l'avvolgeva come una nuvola.

Le venne in mente Maxi, il suo studio a grandi vetrate sul tetto di un'antica casa oltre il ponte dell'Accademia. Pensò che quello studio fosse un bel posto dove attendere l'uomo che amava. Il palazzo dove ancora viveva assieme alla madre praticamente non era più suo. Apparteneva al passato. Mentre lo studio di Maxi rappresentava il presente e il futuro. Lasciò che lo spinello si consumasse in un grande posacenere. Indossò la mantella di loden e uscì. Aveva voglia di correre ed effettivamente correva verso un mondo di cose concrete, di affetti disinteressati, di progetti per il domani. Aggredì con un certo affanno le scale fino al quarto piano dove c'era la porta dello studio di cui aveva la chiave. Bastò un giro per aprire la porta.

Tipico di Maxi, pensò con tenerezza, *vivere pensando che gli altri siano come lui: onesti e leali*. I ladri, secondo lui, erano un'invenzione della civiltà. Aleggiava nel grande studio l'odore degli acidi per lo sviluppo e per la stampa. E c'era nell'aria il profumo di Maxi, che si faceva più intenso a mano a mano che si avvicinava alla parete di fondo dove, dietro un paravento, c'era il loro letto. Dalle alte vetrate ad arco irrompeva il chiaro di luna.

«Ti telefono appena torno», lui le aveva promesso. Invece Carlotta lo avrebbe aspettato lì, nel loro nido, nel loro letto. In quella che sarebbe stata la loro casa. La casa del loro bambino. Per Maxi sarebbe stata una rivelazione, perché Maria Carlotta non gli aveva ancora parlato della sua gravidanza. Ora che gli esami avevano cancellato ogni dubbio poteva comunicargli la notizia.

La ragazza aggirò il paravento. Maxi era lì, nel grande letto dalle lenzuola blu, la zazzera bionda scarmigliata, il corpo nudo che tanto amava, lo sguardo azzurro corrucciato e stupito per quella visita inattesa.

«Che accidenti fai qui?» Si era espresso velocemente nel suo slang dell'Idaho, fatto di monosillabi duri che lei aveva imparato a capire nei lunghi mesi della loro storia.

«Volevo farti una sorpresa», si giustificò mantenendo nello sguardo una fissità disperata.

«E invece l'ho fatta io a te», sorrise lui con un cinismo di cui non l'avrebbe mai ritenuto capace.

Maxi non era solo nel grande letto: una ragazza di

colore, nuda, bella, sgranava sulla nuova venuta i suoi occhi neri e splendenti come chicchi d'uva.

Maxi l'aveva ingannata, l'aveva tradita, aveva amato e posseduto quella donna nello stesso letto in cui avevano concepito il figlio che adesso cresceva in lei. Carlotta si sentì brutta, goffa, umiliata e respinta.

«Perché l'hai fatto?» gli domandò con voce calma.

«Perché ne avevo voglia», la sfidò lui e proseguì: «Sentimi bene, grandonna. Ti si è presentata una splendida opportunità e tu l'hai afferrata al volo. È stato bello, ma adesso sei arrivata al capolinea. Devi scendere», concluse Maxi infilando una vestaglia di seta.

Lei non era nuova a questo tipo di tradimenti e di abbandoni. Barcollò per un'improvvisa vertigine cadendo all'indietro e il paravento frenò la caduta rovinando al suolo con fragore. Poi la ragazza si riprese e si rese conto che stava correndo a perdifiato nella notte.

3

Pietro Rovesti si tolse gli occhiali dalla pesante montatura di tartaruga e, con un gesto che gli era abituale, si passò il palmo della mano sugli occhi che gli bruciavano. Conosceva la ragione di quel fastidio: stanchezza e bourbon. Appoggiò gli occhiali sul piano della scrivania, abbassò le palpebre e si abbandonò sullo schienale della poltrona.

Erano giorni infami: i francesi che avevano accettato di finanziare con lui la messa in scena del suo ultimo lavoro teatrale, di fronte al lavoro ultimato avevano fatto marcia indietro, lasciandolo solo a fronteggiare l'impegno economico. I critici che aveva invitato per un'anteprima dell'opera sulla quale aveva puntato gran parte delle sue speranze e dei suoi soldi se n'erano andati con sorrisini di circostanza e strette di mano consolatorie.

Questo spettacolo sarebbe stato un fiasco e non ci avrebbe ricavato neppure un terzo del capitale investito.

Eppure non era stata una cattiva idea quella di mettere in scena il celebre *Bel Ami* di Maupassant in chiave moderna, trasferendo i personaggi e le situazioni sullo sfondo di una Roma piena di intrighi.

La regia era stata affidata a Jasmine de la Roche, che aveva firmato opere di grande impegno sociale e culturale. Pietro era sicuro che la regista avrebbe pennellato a regola d'arte i personaggi tratti dal grande romanzo.

«Coglioni!» Jasmine siglò con rabbia l'andamento negativo dell'incontro con la stampa. Aveva un alto concetto di sé e del suo lavoro. «Coglioni!» ripeté.

«Soltanto sinceri», mormorò Pietro rassegnato.

«Vorresti dire che la mia opera non è all'altezza delle precedenti?» lo sfidò. Era una donnina piccola e sottile, di una magrezza tanto accentuata da sembrare malata, ma i suoi grandi occhi neri brillavano e riflettevano astuzia e creatività.

Pietro riprese gli occhiali, li inforcò, appoggiò le mani sul piano della scrivania e la fissò intensamente.

«Allora, che cosa mi rispondi?»

L'uomo sospirò come se si fosse finalmente deciso a vuotare il sacco. «Vuoi la verità?» chiese.

«È un'ora che aspetto.»

Pietro era immobile, ma sembrava un grosso scimmione pronto a balzare sulla donna.

«Allora stammi bene a sentire», disse puntandole contro l'indice della mano destra. «Sei una spaccapalle, nella vita come nel lavoro. Ai produttori di cinema e di teatro hai sempre fatto perdere miliardi. E io ho voluto sbatterci il grugno prima di rendermi conto che sei il più grande bluff dello spettacolo mondiale.»

Jasmine si accese all'improvviso come una lampadina. «Che grandissimo stronzo sei», sibilò.

«Esatto», replicò Pietro. «I tuoi film non arrivano mai al grande pubblico. Credi di essere Fellini e sei soltanto la più odiosa mistificazione della storia del cinema e del teatro.»

Jasmine esplose come il tappo di una bottiglia di champagne e scagliò in faccia a Pietro il whisky e il ghiaccio contenuti in un grande bicchiere di cristallo. «Sei soltanto un clamoroso imbecille», lo accusò. «Imbecille e inetto. Cretino e alcolizzato. Sei bacato come il resto della famiglia», continuò. «Oggi vuoi una cosa e domani la butti via. Ma il teatro non è il Luna-Park che sognavi da bambino. Non hai opinioni. Sei lo zimbello dei tuoi stessi cortigiani. Ma soprattutto non hai mai conosciuto, non conosci e non conoscerai mai l'inesprimibile voluttà di un atto creativo. Vuoi una cosa perché qualcuno ti dice che è interessante e un minuto dopo cambi idea perché qualcun altro afferma il contrario. Non hai saputo neanche sceglierti una donna. Hai sposato la prima puttana che non ha ceduto subito alla tua bellezza e al tuo fascino, soltanto perché mirava all'eredità del nonno. E tu non l'hai capito. Così, quando ha visto i quattrini volar via come coriandoli a un colpo di vento, ti ha piantato prendendosi quello che restava.» Era sulla porta e lo guardava con il furore di una belva ferita.

Pietro era immobile alla scrivania. Un pianto silenzioso gli riempì gli occhi di lacrime, come un bambino perduto nel buio.

«Il mio *Bel Ami* è una grande opera», l'aggredì Jasmine. «E tra cent'anni se ne parlerà ancora.»

«I critici non la pensano come te», ironizzò Pietro.

«Perché tu glielo permetti», l'accusò lei. «Tuo nonno li avrebbe messi subito in riga. Ho cinquant'anni», continuò Jasmine, «e mi sono dannata l'anima per dare il meglio di me stessa. *Bel Ami* è il mio capolavoro. Il tempo mi darà ragione, mentre tu... Tu sarai ricordato per le puttanate che hai fatto.»

Jasmine uscì sbattendo la porta. Pietro, invece, rincasò a notte alta. Era rimasto solo a piangere come un bambino nel teatro deserto. Per la prima volta, all'improvviso, a più di quarant'anni aveva trovato sollievo e consolazione nelle lacrime. Piangeva le lacrime di tutta la vita di splendori e di miserie, di elaborati fallimenti, di tortuose manovre economiche che in pochi anni l'avevano rovinato.

Pietro era solo nell'appartamento che occupava all'ultimo piano di un antico palazzo in via dell'Oca. La legione di domestici della sua infanzia si era ridotta a una donna a giornata e a un cameriere-autista che si occupava anche del suo giardino pensile dove fiorivano grandi forsizie, azalee bianche e viola, cespugli di rose e alberi di lillà. Era un colpo d'occhio veramente gradevole, ma niente che ricordasse il sontuoso parco di via Serbelloni a Milano, venduto alla zia Anna insieme con il palazzo nell'inutile tentativo di salvare la casa editrice dal fallimento.

Andò in cucina, un locale ampio, asettico, ultramoderno, dove giganteggiava un frigorifero americano capace di contenere cibo per una famiglia di dieci persone. Lo aprì, afferrò la vaschetta del ghiacchio e riempì un bicchiere largo e tozzo. Raggiunse il salotto e pescò a colpo sicuro la bottiglia del bourbon. Innaffiò il ghiaccio con il liquore ambrato, poi mise sul piatto dello stereo l'*Adagio* di Albinoni.

Quindi si accostò a un tavolino dove era collocata, in una cornice d'argento, una fotografia di Manuela con le bambine.

«Salute a te», disse, «moglie puttana. Soprattutto salute a voi, mie tenere, innocenti bambine.»

Il cicalino del telefono annunciò una chiamata. Pietro rispose e riconobbe subito la voce di Maria Carlotta. Si sentiva affine alla sorellasta per quel particolare tipo di solidarietà che si stabilisce tra portatori dello stesso male: la depressione. In quel momento erano entrambi disperati. Pietro avrebbe voluto aiutarla. Ma che cosa poteva fare per quella ragazzina allo sbando? Maria Carlotta, dopotutto, aveva il tempo che giocava in suo favore. Aveva solo ventitré anni e tutta una vita davanti per tornare a galla. Era certo che Sonia, da quella intrigante che era, sarebbe riuscita a catturare per lei il marito giusto: abbastanza ricco per poter risolvere i problemi economici e abbastanza sensibile per puntellare la sua fragilità psicologica. Ma lui, Pietro Rovesti, che cosa poteva fare? Aveva perduto il suo patrimonio che, quando era morto il nonno, sembrava essere illimitato. Aveva perduto case, ville, palazzi e una gloriosa impresa editoriale. E tuttavia era ancora favolosamente ricco, perché i mille miliardi del nonno, misteriosamente scomparsi da una banca svizzera, un giorno sarebbero ricomparsi. Da anni pagava investigatori privati per approdare a questo: tornare in possesso della fortuna di Giovanni Rovesti. Un simile tesoro non poteva essere svanito come neve al sole. I miliardi erano da qualche parte, ben nascosti, e da tredici anni aspettavano che qualcuno li trovasse.

Si sdraiò sul divano, incurante del bicchiere che aveva in mano. Whisky e ghiaccio inzupparono il tappeto. Le ultime note dell'*Adagio* di Albinoni sottolinearono la sua disperazione mentre si stava addormentando. L'ultimo pensiero fu per Maria Carlotta. *Sarò il suo paladino*, pensò prima di scivolare nel sonno.

4

Paolo Montecchi uscì dal *Danieli* e si fermò sulla Riva degli Schiavoni. Il sole brillava sul marmo bianco del ponte, alla sua sinistra, e soffiava un vento freddo di tramontana. Le trasparenze primaverili l'avevano tratto in inganno. Sollevò il bavero dell'impermeabile chiaro, stretto in vita da una larga cintura e calcò in testa il cappello perché non volasse via. Si voltò per un attimo a guardare la semplice eleganza della facciata quattrocentesca dell'albergo, con i candidi balconcini in stile gotico veneziano.

C'era qualcosa, quel giorno, nella città più inverosimile del mondo, che lo metteva terribilmente a disagio e le gondole, che scivolavano silenziose, lo facevano pensare a delittuose avventure nello sciacquio dei canali. Era come se un sinistro presagio affiorasse dai delicati colori di quel mattino di marzo. Paolo si scrollò di dosso quei tristi pensieri che non avevano nessuna giustificazione. Non era a Venezia per andare alla ricerca del tempo o dei sogni perduti, né con la romantica intenzione di accarezzare fantasmi. Aveva semplicemente un appuntamento di lavoro. Doveva incontrarsi con Maria Carlotta davanti al Conservatorio Benedetto Marcello, dove lei studiava violino. Aveva un programma preciso: l'avrebbe invitata a colazione alla Giudecca, da *Harry's*

Dolci, con la ferma intenzione di convincerla a lavorare per lui. La firma di Maria Carlotta Rovesti avrebbe conferito interesse e prestigio ai servizi di moda e alle inchieste giornalistiche, alimentando chiacchiere, infiammando le cronache pettegole, provocando invidie.

Si incamminò verso campo San Moisè. A quarantacinque anni Paolo Montecchi considerava la vita un happening da inventare e da movimentare giorno per giorno, uno spettacolo ininterrotto nel quale interveniva con l'intelligenza e l'istinto dell'istrione a beneficio dei lettori che eccitava e divertiva con imprevedibili colpi di scena. Viveva, pensava e agiva in funzione di questa platea, che non lesinava applausi e consensi al creatore di testate di successo.

Gli occhi scuri e fermi si inumidirono sotto il vento sferzante e anche la calle assunse i contorni fluttuanti di un'immagine riflessa nell'acqua. I rari passanti erano figure imprecise nell'aria di cristallo. Paolo sentì dentro un pizzicore scoppiettante simile alle bollicine dello champagne appena versato nel bicchiere. Era lo stato di tensione che, in genere, lo aiutava a superare una prova impegnativa. La ragazza che doveva incontrare era una persona difficile, e lo sapeva, ma lui contava molto sulla sua capacità di persuasione.

Maria Carlotta era il versante più delicato di una compagine familiare che, ormai, si era sgretolata da tempo. La più giovane erede del vecchio, grande editore, poteva essere un'occasione straordinaria per il giornalista. Il marchio Rovesti era ancora il prestigioso contrassegno di un grosso impero editoriale salvato sull'orlo del precipizio. Era un nome importante, un lasciapassare per le famiglie più esclusive, la chiave per entrare negli ambienti super riservati e cogliervi aneddoti, pettegolezzi e notizie capaci di aumentare la già considerevole tiratura di *Style*, il settimanale femminile che Paolo aveva raccolto agonizzante e che, in poco tempo, aveva portato al successo. La firma di Carlotta Rovesti poteva portare miliardi tra vendite e pubblicità.

L'uomo si passò sugli occhi un fazzoletto di batista, che profumava di colonia, ripristinando una corretta visione delle cose con l'effetto istantaneo del tergicristallo sul parabrezza. Scese dal ponte di San Maurizio e le absidi gotiche di Santo Stefano gli apparvero in tutta la loro tribolata, stupefacente fioritura. Paolo amava Parma, la sua città, adorava Milano, luogo della sua affermazione, ma era follemente invaghito di Venezia, raffinata e un po' torbida cortigiana capace di ammaliare con i suoi incanti, di stupire con i suoi intrighi, di sorprendere con la sua capacità di invecchiare restando giovane. *Chissà se i figli dei miei figli riusciranno a vedere questa magnificenza*, si sorprese a pensare, ed ebbe l'impressione di trovarsi in un teatro di posa abbandonato dopo la lavorazione di un film o in una città di fantasmi, una meraviglia che sarebbe sopravvissuta soltanto nel ricordo. «È il destino della bellezza che ha l'impercettibile respiro di un fiore che muore. Tutte le cose belle finiscono», mormorò addentrandosi nella calle dello Spezier.

L'idea della bellezza che precocemente sfiorisce lo accompagnava da sempre, tingendo di malinconia i suoi momenti più belli, come durante quel breve tragitto che lo separava, probabilmente, da un ottimo affare. C'era un'acuta sensibilità femminile dietro la virile fermezza di Paolo, una eccitabilità che produceva le fluttuazioni emotive da cui nascevano le sue intuizioni migliori.

«Sei più lunatico di una donna», lo sferzava Stelio, il marito di sua madre, che lo considerava come un figlio. Stelio era un direttore didattico. Cresciuto nel mito dell'Italia fascista, riteneva che un uomo, per essere tale, dovesse avere un carattere deciso. Le sfumature di Paolo, tanto difficili da interpretare, lo mettevano a disagio. Paolo intuiva, dietro l'atteggiamento sprezzante del patrigno, l'affetto che l'uomo nutriva per lui e il suo giudizio non lo feriva.

La capacità di Paolo di vedere oltre la facciata induceva gli altri a considerarlo un uomo astuto baciato dalla fortuna. In realtà, le sue scelte erano il risultato di un complesso lavorio interiore, l'effetto di un sofisticato meccanismo psicologico sul quale poggiava la sua creatività. Soltanto lui conosceva il groviglio di emozioni, talvolta dolorose, che questa sensibilità gli comunicava. Una sensibilità di tipo femminile che affascinava le donne e creava, tra lui e loro, una sorta di complicità, per cui le donne con le quali aveva avuto una relazione restavano molto legate a lui anche quando la storia d'amore era finita. Era accaduto così anche con Sonia Rovesti. Prima si erano amati, poi erano rimasti indissolubilmente amici. Ed era in nome di questa amicizia che Sonia si era rivolta a lui. Paolo era volato in suo aiuto non soltanto per onore di firma ma perché, nei confronti di Maria Carlotta, sentiva la solidarietà della parentela. Considerava la ragazza una nipote, poiché si riteneva figlio del defunto editore. Un figlio rifiutato, forse. Ma di questo rifiuto, Paolo non era assolutamente certo: Giovanni Rovesti aveva reso complice solo lui di una parte del suo segreto. Un segreto che valeva mille miliardi.

Perché lo aveva fatto? Da tredici anni gli eredi legittimi giravano attorno al grande mistero dell'eredità scomparsa come trottole impazzite. Lui, per assecondare la volontà del vecchio editore, continuava a tacere. Ma era davvero quella la volontà di Rovesti? Non vi era implicito l'invito a partecipare alla caccia al tesoro partendo da una posizione di vantaggio sugli altri eredi? Il vecchio non aveva mai affidato niente al caso. Da tempo Paolo cercava un indizio che lo guidasse verso la direzione giusta, quella voluta da Giovanni Rovesti. Lui era il solo, tra i suoi eredi, a non avere ereditato nulla; ma era anche il solo a sapere che la fortuna di mille miliardi era stata tramutata in diamanti. Che cosa ne aveva fatto, il vecchio? Paolo Montecchi aveva assistito da testimone neutrale allo sfacelo della casa editrice e allo sperpero di capitali che aveva impoverito la grande famiglia. Nel nuovo assetto editoriale lui aveva ulteriormente rafforzato il suo potere e dirigeva con successo tre testate importanti. Sospettava, come tutti, che Maria Carlotta conoscesse la chiave per aprire la porta sul mistero della grande eredità, ma come tutti sapeva che la ragazza si rifiutava di parlare, o fingeva di non sapere.

L'appello di Sonia, a coinvolgere la figlia nel mondo del giornalismo, poteva tramutarsi in un'occasione per imboccare la pista giusta. La pazienza, oltre che la tenacia, era la sua arma migliore.

Sonia si era fatta viva con lui qualche giorno prima, durante la riunione di redazione del giovedì. Era stata la segretaria a passargli la comunicazione. «Scusa, Paolo», aveva detto l'efficiente collaboratrice, «la signora Rovesti insiste per parlarti subito. Che cosa devo fare?»

«Passamela», aveva risposto con il grugnito delle peggiori occasioni. Non ammetteva di essere disturbato durante la riunione di redazione.

Aveva ascoltato per una quindicina di secondi, poi aveva salutato e riattaccato. Dopo aver girato sui presenti uno sguardo apparentemente distratto, aveva abbandonato la riunione senza dire una parola.

Si era incontrato con Sonia al *Grand Hotel*, in via Manzoni, dove la donna alloggiava nei rari soggiorni milanesi da quando la famiglia era stata costretta a vendere il palazzo di via Serbelloni.

«Ho bisogno di te», gli aveva detto abbracciandolo e mettendo in quella stretta una grande tenerezza. «Mia figlia ha bisogno di te», aveva soggiunto. Nell'intonazione c'era qualcosa di teatrale, ma Paolo vi aveva colto la reale portata delle emozioni e dei sentimenti. La preoccupazione per la figlia era autentica. «Io credo che se Maria Carlotta potesse trovare un lavoro gratificante, si sentirebbe più sicura.» Dietro la banale esemplificazione, Paolo aveva avvertito la sincera apprensione della madre. «Capisci quello che voglio dire?»

Era nata così l'idea di fare dell'ultima dei Rovesti una firma giornalistica di prestigio. Maria Carlotta era bella come sua madre, ingenua come suo padre, orgogliosa come il nonno, profondamente infelice per eccesso di insicurezza e per mancanza di reali motivazioni al suo vivere.

Paolo si affacciò nella luce chiara di Campo Pisani nel momento in cui dal campanile della chiesa di Santo Stefano rintoccava l'una. Il vento era caduto e nell'aria placida l'eco della campana si diffondeva in larghe onde concentriche mentre nascevano altri suoni: note di violino e di violoncello uscirono dalle alte bifore di Palazzo Pisani, la sede del Conservatorio. L'uomo guardò la facciata dell'imponente palazzo rivestito di chiara pietra d'Istria e si fermò intimidito. I giovani, a piccoli gruppi, erano fermi a chiacchierare rumorosamente nel loro delizioso dialetto veneziano davanti al grande portone spalancato. Sollevò ancora gli occhi verso la balconata sovrastante il portale, da dove provenivano note disordinate e allegre, come bambini che sciamano fuori dalla scuola. Eppure la sua straordinaria sensibilità colse in quell'anarchica allegria una nota di tristezza. Si sentì a disagio e cercò fra i ragazzi il volto familiare della giovane Rovesti. Gli parve di riconoscerla in una figura snella in jeans, giacca di montone e berretto di lana azzurro. Poi la ragazza si voltò e rivelò un ragazzo con barba e baffi sul volto dolcissimo da nazareno.

Paolo varcò il portone per togliersi dalla piazzetta dove si sentiva a disagio. Nell'atrio ammirò la prospettiva dei cortili soffocati, nonostante l'eleganza delle logge, dall'altezza dell'edificio. Le teste degli antichi imperatori romani collocate sopra gli archi del primo cortile fissavano su di lui i loro occhi spenti. C'era il senso della tragedia in quelle orbite cieche. Nell'aria rimbalzavano le note in libertà. Poi improvvisamente e inspiegabilmente venne un silenzio carico di attesa. Paolo udì l'eco dei suoi passi sull'acciottolato e si girò verso l'ingresso. Dalla rampa di scale che nasceva nella penombra del porticato, vide scendere alcuni uomini in camice bianco; trasportavano una barella e si avviavano rapidi verso l'uscita. Si immobilizzò. Nell'aria guizzò un'ultima, diabolica nota di violino simile a uno sberleffo. Volti di giovani si affacciarono alle alte finestre, voci irruppero nell'atrio. Quando gli passarono accanto, Paolo riconobbe, adagiato sulla barella, il corpo immobile di Maria Carlotta Rovesti. Indossava jeans un po' stinti e un maglione rosso. I morbidi capelli neri le scendevano sulle spalle come se fossero stati appena pettinati. Paolo le si avvicinò, si chinò su di lei e le prese una mano. Vide le strette fasciature inzuppate di sangue che le serravano i polsi. Il viso della ragazza aveva la perfezione diafana di una scultura di alabastro.

5

Bibi e Poupette, i due bassotti nero-focati che dormivano acciambellati sul tappeto, accanto al letto, si svegliarono di scatto, contemporaneamente, puntando i musetti affusolati e curiosi in direzione della porta. Poi, presero a dimenare la coda frustando l'aria, sbadigliarono emettendo un gioioso guaito e si scossero vigorosamente per manifestare la loro gioia. La grossa maniglia di ottone dorato della porta si abbassò e nel vano luminoso si profilò la sagoma sottile di una vecchia che reggeva il vassoio della prima colazione.

I cani aggirarono il letto e, dimenandosi festosamente, andarono incontro alla donna e improvvisarono una specie di danza di ringraziamento, un frenetico, silenzioso rituale fatto di saltelli, di mossettine, di sfregamenti.

«Buoni, cagnini, state buoni», li esortò a voce bassa la vecchia mentre posava il vassoio su un tavolino intarsiato a forma di mezzaluna.

Bibi e Poupette furono attratti dal pigro mugolio della padrona e tornarono verso il letto velato da una cascata di tulle color lavanda, che il sole illuminò irrompendo dalle persiane appena aperte.

«Bibi, Poupette, *venez ici*», chiamò una voce femminile arrochita dal sonno mentre i bassotti cominciavano a uggiolare aprendosi un varco nell'aerea cortina.

Confusero i loro corpi scuri e morbidi con la seta delle lenzuola, annusando freneticamente il volto e i capelli della donna che affondò il viso nel cuscino di piume. Dalla finestra aperta entrò lo sciacquio leggero di una gondola e la voce forte del gondoliere che chiedeva strada. Poi gli antichi vetri piombati vennero richiusi e tornò il silenzio.

«Com'è il tempo, Silia?» chiese la voce assonnata.

«C'è il sole. Il vento si è calmato», rispose la vecchia riattraversando la camera. Il sole illuminava il letto stile impero, sormontato da un grande baldacchino da cui piovevano le tende di tulle, un paio di poltrone a braccioli sostenuti da mostri alati, una psiche di grandi dimensioni con i due montanti a colonne fregiate in bronzo dorato. C'era anche una *commode* a cassetti e tavolini d'epoca sovraccarichi di ninnoli d'argento e fotografie in cornici d'oro e pietre dure.

Sul cassettone, una *pendule* in bronzo dorato e marmo nero batté dolcemente il suo rintocco.

«Che ore sono?» domandò la voce dal letto.

«L'una dopo mezzogiorno. Anzi», precisò la vecchia, «mancano dieci minuti all'una.» La pendola, da sempre, era dieci minuti avanti. Silia intanto si chinava paziente a raccogliere dal tappeto gli indumenti seminati qua e là: raffinata lingerie ricamata a mano, scarpette di seta, un abito da sera in crêpe de chine nero, una cappa di volpe, guanti di raso. La tappezzeria di seta color miele riverberava bagliori nel punto in cui era colpita da una lama di sole.

«Novità?» s'informò la voce che adesso aveva assunto un tono modulato, dolce e deciso.

«Le solite cose, signora», rispose Silia accostandosi al letto. «Il giardiniere ha potato le rose. Stamani è fiorita la forsizia. È arrivato un invito per l'inaugurazione della mostra dei Fenici a Palazzo Grassi. E la bambina, questa notte, non è rientrata.» Aveva il tono monotono e sinceramente appassionato di chi recita un rosario. La sua voce fervida era quella di una donna abituata a pregare e a credere nelle orazioni. Tirò un cordone di seta e le tende del baldacchino scorsero su invisibili binari come il sipario di un palcoscenico, mostrando Sonia Brenna, vedova Rovesti, e i suoi due bassotti.

Ex fotomodella, ex mantenuta di rango, ex protagonista del grande valzer della mondanità, a cinquant'anni Sonia aveva giocato tutte le sue carte. La mano capricciosa del destino, aiutata dalla sua irresistibile capacità di seduzione, dopo averla pescata nel grigiore di una condizione piccolo-borghese sollevandola tanto in alto da fare di lei una first lady vezzeggiata, adulata, corteggiata, desiderata e potente, l'aveva bruscamente abbandonata. Adesso Sonia Brenna annaspava in un tramonto senza splendori, abbandonata dagli adulatori di ieri, schernita dagli ex cortigiani, posseduta dal demone del gioco.

Si mise a sedere sul letto, completamente sveglia, e si passò una mano tra la massa dei capelli, un tempo fiammeggianti, ormai opachi per le troppe tinture. Passandovi le dita a pettine, li portò dietro l'orecchio, rivelando la pallida cicatrice di un recente lifting. Emise un sospiro che sembrava un singhiozzo.

«Lo so che questa notte la bambina non è rientrata», disse alzandosi. In piedi, accanto a Silia, la sovrastava di un palmo. Era decisamente alta e l'esigua tunica di seta rivelava una figura ancora invidiabile. La mano esperta di uno dei più grandi chirurghi estetici aveva fermato il tempo sul suo volto strano e bellissimo.

Sonia prese la vestaglia di raso bianco che la donna le porgeva e la indossò.

«La bambina», ripeté fra l'ironia e il rimpianto. Lei e la vecchia cameriera erano le sole che continuavano a chiamarla così. Tornando dal Casinò all'alba, Sonia era andata nella camera della figlia e aveva trovato il letto intatto. In altri tempi la cosa non l'avrebbe preoccupata. Prima ancora di compiere sedici anni Maria Carlotta l'aveva abituata alle trasgressioni; e quella di passare la notte in case estranee non era delle più dure da sopportare. Era giusto che facesse le sue esperienze. Ma da quando sapeva che la sua bambina era incinta, Sonia era preda di un'angoscia dolente. Il pensiero della figlia era un tormento che non le dava tregua.

Anche lei era stata una ragazza difficile. Anche lei, come Maria Carlotta, si era ritrovata incinta senza un marito. Ma lei aveva grinta, sapeva quello che voleva, mentre sua figlia, così fragile, così indifesa, così difficile e priva di motivazioni era un fuscello in balìa della tempesta.

Quando una settimana prima aveva saputo della sua gravidanza, per un attimo aveva provato gioia. «E lui chi è?» aveva chiesto piena di speranza.

«Maxi Solman», aveva risposto la ragazza fissandola con occhi inespressivi. Maria Carlotta era stata sempre sincera fino alla crudeltà. Lei l'aveva schiaffeggiata. Poi era corsa a Milano da Irene. Irene la veggente. Irene la consolatrice. Irene la consigliera. Irene l'amica affidabile. Irene l'ultima spiaggia. Irene leggeva passato, presente e futuro nelle carte e nelle linee della mano, ma soprattutto intuiva l'avvenire intrecciando le sue mani dalle lunghe dita affusolate e dalla pelle scura con le mani dell'interlocutore, alla ricerca della verità. Soltanto allora pronunciava il proprio responso con un tono di voce basso e monocorde, come in trance.

Da quanti anni Sonia la frequentava? Si era rivolta a lei la prima volta quando aveva diciotto anni. Adesso ne aveva cinquanta. Irene era vecchia, forte e sembrava immortale. Nei suoi occhi nerissimi e profondi brillava una luce vivacissima. Aveva un'espressione ferma e labbra senza sorriso. «Carlotta è incinta», aveva esordito Sonia rifugiandosi tra le braccia tenere e forti di Irene. Lei aveva consultato i tarocchi senza manifestare nessuna emozione. Poi aveva afferrato le mani di Sonia e stringendole tra le sue aveva detto: «Devi essere forte».

«Perché?» aveva chiesto spaventata.

«Sarai chiamata a prove durissime.»

«Che cosa vedi?»

«Un grande dolore.»

«Ma non si può evitare?»

«Non si può andare contro il destino», aveva sentenziato la donna.

«Sei una vecchia bugiarda», si era ribellata Sonia. «Spiegati!» le aveva intimato.

«I giorni che verranno si spiegheranno da soli.»

«Aiutami, Irene», l'aveva supplicata.

«Non posso aiutarti. Né posso aiutare tua figlia. Non venire più da me», aveva soggiunto, «sarei soltanto profetessa di sciagure.»

«Sei profetessa di stronzate!» l'aveva insultata andandosene.

«Vorrei che fosse vero», aveva ribattuto piano la veggente.

Sonia era decisa a dare un senso alla vita di sua figlia. E per istinto sentiva che Maria Carlotta aveva bisogno di lavorare. Basta con lo studio stiracchiato del violino, basta con le compagnie sballate, basta con la solitudine veneziana. L'avrebbe raggiunta a Venezia dopo aver chiesto aiuto a Paolo Montecchi.

Sonia guardò la *pendule* in bronzo dorato e marmo nero. Segnava l'una e dieci, cioè l'una esatta del pomeriggio. A quell'ora Maria Carlotta doveva incontrare Paolo. Tuttavia Sonia si sentiva più che mai inquieta e preoccupata. Quando, al ritorno dal Casinò, non l'aveva trovata, era cominciata l'apprensione e Sonia aveva preso due pastiglie di sonnifero per riuscire ad addormentarsi. Presto Paolo si sarebbe fatto vivo.

«Lo so che la bambina non c'era stanotte», ripeté attraversando a piedi nudi la stanza e andando verso il bagno. «Ma da oggi qualcosa cambierà nella sua vita», continuò mentre passava accanto alla fedele cameriera. Senza fermarsi le sfiorò una spalla in un gesto di istintiva tenerezza.

Non c'erano segreti tra Odersilia Prandini, detta Silia, al servizio di Sonia da trent'anni, e Sonia Brenna, che faceva parte della famiglia Rovesti da più di venti anni. Silia la guardò e sorrise. Sonia andò in bagno e prese a massaggiarsi energicamente le gengive con lo spazzolino, dopo avere aperto il rubinetto dorato del lavabo. Fu lo scroscio dell'acqua a coprire i colpi battuti con insistenza alla porta, così Sonia, quando sollevò il viso, vide l'immagine di Silia riflessa nello specchio: era pallida e aveva l'espressione smarrita di chi ha perso il contatto con la realtà.

Sonia abbassò lo sguardo per un attimo, quindi tornò a guardare nello specchio sperando di non rivedere più l'immagine della vecchia. Ma Silia era lì, immobile.

«Che cosa c'è?» chiese con voce alterata dall'emozione.

«La... la bambina», balbettò la domestica, incapace di controllare un tremore in tutto il corpo.

«Apri quella bocca e parla», ordinò. Dopo giorni di angoscia si sentiva inspiegabilmente lucida e calma. «Che cosa è successo a mia figlia?»

«Si è tagliata le vene nello spogliatoio del Conservatorio», sillabò la vecchia e subito dopo si coprì la bocca con la mano come se volesse cancellare la cosa atroce che aveva detto.

Sonia era impietrita di fronte al lavabo. Bibi e Poupette si accoccolarono ai suoi piedi.

Sonia ricordò le parole di Irene: «Devi essere forte. Sarai chiamata a prove durissime». Era a questo che alludeva la veggente?

Lentamente si girò verso la cameriera. Aveva ancora in mano lo spazzolino da denti.

Sorrise, scuotendo il capo. «Non è vero. Non può essere vero!» disse con calma.

Gli occhi acquosi di Silia erano gonfi di lacrime.

«Perché dovrebbe avere fatto una cosa simile?» chiese Sonia.

«Era una bambina sola. E aveva paura di vivere», disse brevemente Silia, il volto bagnato dal pianto.

«Anch'io sono stata una bambina sola», disse Sonia uscendo dal bagno e ritornando in camera da letto. «E dopo sono stata una donna sola e adesso sono una vecchia sola. Anch'io ho avuto paura di vivere...» soggiunse accostandosi alla finestra e guardando il cielo terso.

«Maria Carlotta ha accumulato sconfitte e delusioni», sussurrò Silia, come se iniziasse l'orazione funebre.

«Sconfitte e delusioni sono state il mio pane quotidiano», la incalzò Sonia. Poi si abbandonò su una sedia, sotto la finestra, incapace di muoversi e di provare dolore, di gridare e di piangere. Ricordò invece un caldo mattino d'estate quando era una bambina di sei anni.

Ieri

1

Sonia respirò l'odore dell'osteria che aveva la fragranza dei vini e dei liquori, dell'aroma del caffè, del tanfo di fumo e delle esalazioni provenienti dalla cucina. Quello era l'odore familiare in cui aveva passato la sua vita, l'aria che respirava da quando aveva memoria. L'aria e l'odore della sua famiglia e del suo paese. Si arrampicò sullo sgabello accanto al «cassetto dei soldi», dietro il banco della mescita. Scalare quel trabiccolo era una cosa da non fare, e lei lo sapeva, ma era il solo modo per raggiungere, nella scaffalatura dei liquori, la vaschetta dei gessetti bianchi, collocata accanto agli astucci delle carte da gioco. Il padre di Sonia nascondeva lì gessetti e carte per sottrarli agli avventori. Scelse anche una lavagnetta tra quelle che servivano ai clienti per segnare i punteggi di rissose partite a carte costellate di reciproci insulti e bestemmie feroci, scagliate più per abitudine che per cattiveria. Quindi scese dallo sgabello e si avviò lungo la pedana di legno verso l'uscita del bancone. I suoi genitori non avevano molto tempo per badare a lei. Passò accanto alla macchina dell'espresso evitando per un pelo di andare a sbattere la testa contro il cassetto sempre aperto dove venivano raccolti i fondi del caffè. Uscì dal bancone e si guardò intorno.

A un tavolo d'angolo c'era un paio di clienti anziani. Parlottavano sottovoce a proposito di una notizia pubblicata sul *Corriere della Sera*.

«La bomba atomica?» si interrogò uno con la faccia stupita e il cranio liscio e lucido come una palla da biliardo, indicando un articolo sul giornale che l'altro reggeva.

«È l'arma segreta che distrugge una città per volta», commentò l'altro con i baffi bianchi e spioventi.

«Possibile?» replicò incredulo il primo scuotendo energicamente il capo.

«Qui c'è scritto così», puntualizzò l'altro indicando la prima pagina. «Carta canta», soggiunse solenne.

«Ma se la guerra è finita?» obiettò il primo.

«In Italia è finita», precisò quello con i baffi spioventi, sfregando un fiammifero da cucina sulla scatola gialla e accendendo il glorioso e malandato avanzo di un mezzo toscano. Il lezzo del tabacco si diffuse nell'aria e il fumo bianco e denso si avvitò in una lama di sole che trafiggeva il locale. «In Italia», ripeté assumendo l'espressione di uno che la sa lunga, «ma il mondo è grande!»

L'altro si consolò pensando che Hiroshima era lontana e che a Cologno la paura era finita.

Apparve il padre di Sonia e posò sul tavolo un «mezzo» di frizzantino e i bicchieri. Su una mensola, troneggiava una monumentale Radio Marelli che in quel momento trasmetteva canzonette.

«Fiorellin del prato», cantava con appassionato fervore un invisibile interprete, «messagger d'amore, bacia la bocca che non ho mai baciato...»

Sonia pensò a quel fiorellino che doveva prendersi l'impegno di baciare una bocca sconosciuta, lo associò alla notizia della bomba che distrugge una città e fu presa alla gola dal fumo del sigaro che era la sola cosa veramente spiacevole di quella limpida e calda mattina d'agosto. Una tosse stizzosa le scosse il petto facendole lacrimare gli occhi. Suo padre l'avvolse in uno sguardo affettuoso e apprensivo. Aveva occhi piccoli e indifferenti a tutto, che avevano visto passare senza lampi di partecipazione persino le atrocità della guerra ma che, a volte, si addolcivano quando la guardava.

Si chiamava Antonio Brenna, e tutti lo chiamavano Tognino, un nomignolo che si adattava alla sua figura minuta e al suo carattere taciturno. Sapeva essere ironico e sferzante, ma questa sua capacità era soffocata dalla paura di dispiacere a qualcuno. Così si limitava a manifestarla quando si concedeva una partita a carte. A scopone scientifico, la sua intelligenza matematica faceva di lui un compagno richiestissimo e un avversario temibile. A modo suo era un sognatore e assumeva nelle fantasie, che traeva dal cinema e dai libri d'avventure, il coraggio spavaldo dei cavalieri senza macchia e senza paura. La realtà, invece, lo atterriva, imponendogli quella mitezza che non dipendeva solo da bontà d'animo, ma dal timore di essere travolto. Aveva una bella voce tenorile e sapeva cantare vecchie romanze e canzoni. Qualche volta, soprattutto ai banchetti, si esibiva accompagnandosi con la fisarmonica e Sonia, incantata, lo stava ad ascoltare piena di ammirazione.

La madre di Sonia aveva l'arcigna imponenza e la spinosa aggressività di una cattedrale gotica, la severità e la determinazione di un militare di carriera e un autoritarismo lucido e spietato che il nome, Bambina, esaltava per contrasto.

La signora Bambina stava spolverando la vetrinetta di un'étagère che conteneva le stoviglie belle che venivano usate per i banchetti. Le stoviglie comuni, quelle di impiego quotidiano per il pranzo frugale degli impiegati e degli operai di due fabbriche vicine, stavano nella credenza in cucina. Sua madre indossava un abito di seta rosa a piccoli fiori grigi e neri che a Sonia piaceva molto e che lei mortificava sotto un grembiulino celeste con pettorina. La donna strofinava energicamente la vetrina e quel movimento ritmico le faceva tremolare il ventre che sporgeva coperto dal grembiule. Sonia fissò lo sguardo su quella pancia ballonzolante provando un senso di disagio.

Allora, girò gli occhi e vide Mario, il carbonaio, un cliente abituale dell'osteria che aveva la deprecabile abitudine, se gli passava a tiro distrattamente, di allungarle un pizzicotto sul sedere. Percepiva quel gesto come un'aggressione, perciò evitava accuratamente quell'uomo sgradevole. Una volta, piangendo, ne aveva parlato con i suoi genitori e si aspettava che proibissero al carbonaio di tornare in bottega a disturbarla.

Invece le dissero: «Non vedi che scherza? Se proprio ti dà tanto fastidio giragli al largo. E vedrai che non ti viene a cercare».

Il loro tentativo di minimizzare aveva aumentato il suo terrore e il suo senso di abbandono di fronte a un pericolo che, istintivamente, sentiva incombere su di sé. Mario il carbonaio era un uomo minuto come suo padre, ma aveva una faccia da lupo che esprimeva una forza animalesca. Era sempre sporco di nero, aveva gli occhi piccoli e ardenti come tizzoni e grandi baffi neri. Anche le mani e le unghie erano nere al pari della camicia e dei pantaloni che indossava. Il suo magazzino, che era proprio di fianco all'osteria, era una grotta buia piena di carbone, di legna e di gatti che vivevano tra le cataste e si moltiplicavano.

Sonia decise di dirigersi verso la porta d'uscita e scelse attentamente un percorso fuori della portata dell'uomo nero, tenendo lo sguardo obliquo, persuasa che, se non lo avesse guardato, anche lui non l'avrebbe vista. Invece, quando credette di essere al sicuro, si immobilizzò atterrita. Il carbonaio aveva colpito ancora, non con un pizzicotto, ma con un suono animalesco simile al miagolio rabbioso di un gatto quando aggredisce. Il cuore della bambina prese a battere furiosamente. Sonia si voltò verso quel rumore osceno e vide il carbonaio che la guardava e le sorrideva ostentando una chiostra di denti bianchissimi e forti sotto i baffi neri. «Eh?» alluse l'uomo.

La bambina uscì e sedette sul gradino di pietra dell'osteria in attesa che il suo piccolo cuore impazzito si placasse. Erano le dieci del mattino e il sole era alto. L'asfalto del marciapiede riverberava calore nonostante la protezione del tendone che teneva in ombra l'ingresso della bottega. Si pose la lavagnetta sulle ginocchia e con il gesso incominciò a tracciare dei segni con mano sicura.

Il tram verde a due carrozze, proveniente da Milano e diretto a Gorgonzola, arrivò sferragliando e scampanellando. Era un allegro spettacolo che interrompeva la monotonia del paese. Da quando era finita la guerra, il tram aveva ripreso a passare regolarmente quattro volte il giorno e, a Cologno, si fermava proprio davanti all'osteria dei Brenna, caratterizzata da una vistosa insegna con la scritta: *Trattoria Sant'Antonio*.

Scesero diverse persone: un paio di viaggiatori di commercio accaldati, con il loro campionario nelle valigie malandate, che ridevano per una storiella appena raccontata, una donna vestita a lutto che prese subito la via del cimitero e il parroco che era andato all'Arcivescovado, in città, dove, almeno a giudicare dalla sua faccia lunga e acida, non avevano tenuto in molta considerazione le sue richieste. Il tram ripartì e la strada fu nuovamente deserta sotto il sole. In quel momento Sonia vide «la bambina di fronte». Aveva pensato a lei, con questo soprannome, fin dalla prima volta in cui l'aveva vista, anche se sapeva benissimo che si chiamava Loredana, che aveva sei anni come lei e che in autunno sarebbero andate a scuola insieme. Sonia aspettava con trepidazione quel giorno, del quale i genitori parlavano con solennità, per poter finalmente incontrare «la bambina di fronte». Pensava che Loredana fosse un nome bellissimo, soprattutto se paragonato al suo, che considerava banale e insulso. Suo padre l'aveva preso pari pari da un romanzo russo ottocentesco che parlava di un delitto e dell'inevitabile castigo.

Le piaceva tutto della bambina che abitava dall'altra

parte della strada e alla quale non aveva mai rivolto la parola: i lunghi boccoli biondi accuratamente pettinati — che paragonava ai suoi capelli rossastri e dritti come fili d'erba che sua madre raccoglieva frettolosamente ogni mattina in un ciuffetto stiracchiato — la pelle bianca come il latte, le guance paffute e rosee come quelle di una bambola, i molti abiti colorati e sempre perfettamente stirati.

Sonia, invece, aveva la pelle olivastra, la faccia spigolosa, gli zigomi alti, immensi occhi d'ambra e un naso stravagante che lei detestava. «La bambina di fronte» sedeva sul gradino di pietra di un'altra bottega, che inalberava la prestigiosa insegna di *Caffè Sport*, frequentata da tifosi di calcio e di ciclismo che, la sera, si accanivano in interminabili partite a biliardo. A quell'ora il *Caffè Sport* era in ombra e Loredana comunicava un gradevole senso di fresco mentre vestiva la sua bambola preferita. La madre di Loredana apparve sulla soglia. Era una donna bionda, piacevole e garbata, calzava scarpe di sughero dal tacco vertiginoso e indossava un abitino bianco e blu. Parlò alla figlia e le sorrise offrendole una caramella. Sonia sorrise alla «bambina di fronte» che la guardò ricambiando il sorriso, poi si chinò sulla lavagnetta e riprese a disegnare. Ripeteva ossessivamente lo stesso disegno: una chiesetta con il campanile sghembo e un sole ridanciano che aveva le labbra all'insù.

Splendeva un bel sole d'agosto, nessuno la importunava, era seduta con la sua lavagnetta davanti alla porta dell'osteria, eppure sentì il suo piccolo cuore dilatarsi fino quasi a farle male e fu assalita da un improvviso bisogno di piangere. La sazietà d'amore che vedeva nell'azzurro sguardo sereno di Loredana la faceva sentire sola e diversa, suscitando in lei il bisogno di una madre affettuosa e prodiga di doni. La signora Bambina non le avrebbe mai regalato una caramella. Si giustificava affermando che i dolci guastano i denti. Ed era senz'altro una verità scientifica che, però, escludeva un gesto affettuoso che avrebbe giovato all'equilibrio psicologico di sua figlia.

Anche i sorrisi, in casa Brenna, si dovevano elargire con parsimonia. Non era bello che una bambina sorridesse troppo, soprattutto a Loredana, diceva sua madre.

«Tu non devi fare amicizia con quella», le aveva ingiunto la signora Bambina, escludendo ogni possibile opposizione.

«Perché?» domandava Sonia facendo tanto d'occhi.

«Perché sua madre non è una donna perbene.»

Con quella sentenza senza appello tempo addietro era stata respinta la richiesta di Sonia di poter giocare con Loredana. La strada continuava a dividere le due bambine come un'invalicabile linea di confine.

Sonia non sapeva che cosa significasse non essere una donna perbene. Per lei la signora di fronte era una madre affettuosa che metteva una cura forse eccessiva nel pettinare i boccoli della figlia, nel farle indossare abiti deliziosi, nel sorriderle offrendole le caramelle. Loredana non aveva un padre, questo lo sapevano tutti in paese. Ma che differenza poteva fare l'avere un padre o non averlo? Lei non si era mai accorta di averne uno, dal momento che sua madre decideva per tutti.

Improvvisamente cominciò a piangere e le lacrime lungamente represse furono liberate da un singhiozzo. Scattò in piedi come una molla, scagliò in terra la lavagnetta che si spezzò in due, rientrò di corsa in bottega, andò in cucina passando accanto alla signora Gilda, la cuoca grassa e maleodorante che rimestava i cibi nelle casseruole tra vapori caldi di verdure e di carne, infilò la porta della cantina e fu investita dal fresco che regnava nel sotterraneo della vecchia casa. Il refrigerio dell'aria accompagnato dall'odore acre del vino, conservato in alcune botti lungo una parete scurita dagli anni e dalle muffe, agì su di lei come un calmante. Le lacrime velavano il suo sguardo e inciampò nel primo di una lunga fila di bottiglioni posati per terra. Alcuni andarono in mille pezzi spargendo sul pavimento una cascata di pallini di piombo per scrostare il tannino che si depositava sul fondo delle bottiglie. Era un guaio irrimediabile e lei sapeva come sarebbe andata a finire: l'avrebbero costretta a raccogliere pezzi di vetro e pallini di piombo, tutti fino all'ultimo; e quello era davvero un lavoro noioso.

Montò su un trespolo a tre gambe e facendo forza con entrambe le mani riuscì ad aprire un po' il rubinetto della botte, dal quale scaturì un rivolo sottile ambrato e fresco di Barbera. Sonia si mise sotto il rubinetto con la bocca spalancata e bevve alcune sorsate. Poi si tirò in piedi e si accorse di sentirsi meglio. Le era passata la voglia di piangere e le era venuto sonno. Era davvero gradevole il clima della cantina. Da una finestra a feritoia, proprio sopra di lei, arrivavano i rumori della strada e si stupì che un raggio di sole potesse trasformare una polverosa ragnatela in un disegno luminoso e bellissimo fatto di mille puntini iridescenti.

Su un rialzo era appoggiata una grande sporta rettangolare di tela di sacco imbottita di crine, con lunghi manici, di cui si serviva suo padre per il giro delle consegne di vino a domicilio. Vi si sdraiò dentro e fu come essere in una culla, in un nido dove si sentì protetta e invulnerabile. La disperazione si attenuò fino a scomparire e un piacevole senso di benessere subentrò in lei. Si rannicchiò raccogliendosi su se stessa, si mise il pollice in bocca e cominciò a succhiare lentamente, come quando era piccola, traendone un piacere immenso, mentre i cattivi pensieri svanivano in un sonno beato.

Qualcosa di ruvido si era insinuato all'interno delle cosce e intorno a lei, all'odore acre e umido della cantina, si era sovrapposto un puzzo che conosceva bene: di carbone e di legna da ardere, lezzo di selvatico. Sonia aprì gli occhi, paralizzata dal terrore: la faccia da lupo di Mario incombeva su di lei, gli occhi accesi come tizzoni ardenti, il respiro affannoso e spezzato e la sua mano rapace che la frugava nei recessi più intimi. La bambina spalancò la bocca per urlare, ma non le uscì alcun suono, e del resto l'uomo era stato svelto a tapparle la bocca con l'altra mano.

«Sta' buona che non ti faccio male», sussurrò. In tutto quel nero spiccava il biancore del suo sorriso animalesco.

Sonia ricordò un piccolo merlo che aveva raccolto in primavera ai piedi di un cespuglio di sambuco, nel campo dietro casa. Aveva un'ala ferita e, tenendolo delicatamente nella mano, aveva sentito battere il suo cuore. Adesso si sentiva come quel piccolo merlo, nelle mani dell'uomo nero che alitava su di lei la sua folle bramosia.

«Sta' buona», si affannava a ripetere con voce bassa. «Non ti pizzico mica il culo.»

Fu così che la signora Bambina li sorprese giungendo alle loro spalle.

Il carbonaio si ritrasse terrorizzato. «Non facevo mica niente», tentò di giustificarsi, pronto a implorare pietà.

La donna scoccò un'occhiata ai pantaloni dell'uomo per metà sbottonati che non potevano nascondere la sua eccitazione.

«Lo dirai ai carabinieri», replicò minacciosa.

Il carbonaio si ricompose e fuggì. Sonia chiuse gli occhi, illudendosi che quando li avesse riaperti avrebbe sorriso di sollievo perché quello che era successo apparteneva a un sogno. Un brutto sogno.

«Quella bambina ci darà un sacco di grattacapi», profetizzò la madre. «Attira gli uomini come il miele le mosche.»

Il marito, che stava togliendosi le scarpe, sollevò su di lei uno sguardo carico di ironia.

«Stai scherzando?» l'interrogò.

«Scherzando! Ma non ti sei accorto di niente?»

«Di che cosa avrei dovuto accorgermi?» replicò lui massaggiandosi i piedi indolenziti per la stanchezza.

«Te lo dico io di che cosa», si accinse a spiegare la donna abbassando il tono della voce. «La bambina è calda», rivelò. «Molto calda.»

«Ma non diciamo eresie», si oppose il marito accompagnando le parole con un gesto deciso della mano. «Come si fa a dire di una bambina di sei anni se è calda o fredda? Per fortuna era mezzo ubriaca e non ha capito niente», continuò. «Sono sicuro che non ricorda neppure quello che è successo.»

Sonia era nel suo lettino e sentiva i genitori che discutevano sottovoce, ma non abbastanza per non essere uditi dalla stanza vicina, una via di mezzo fra un magazzino di liquori e un soggiorno, dove lei dormiva.

Sonia era sveglia, seguiva il dialogo dei genitori e ricordava tutto, perché ubriaca non lo era stata mai. Rivide la faccia atterrita dell'uomo nero, l'espressione fredda e severa della madre che li scrutava entrambi e riudì la voce sferzante che le ingiungeva: «Tirati giù la sottana, tu!»

La bambina si era messa a sedere e aveva avuto un capogiro mentre un malessere doloroso si era impadronito di lei. Aveva vomitato nella cesta delle consegne a domicilio e sua madre non se n'era neanche accorta, tutta presa a cacciare il carbonaio, che vicino a lei sembrava piccolo ed esile. Era stato suo padre a prenderla in braccio e a portarla nella sua stanza. Sua madre l'aveva spogliata, l'aveva messa in una tinozza d'acqua tiepida e le aveva strofinato energicamente tutto il corpo con una spugna intrisa di sapone di Marsiglia. Non le aveva chiesto nulla e neanche suo padre le aveva parlato.

«Lo sa, lo sa quello che è successo», riprese la madre con malizia. «Se lei non gli avesse fatto segno di seguirlo, quello sporcaccione del carbonaio non le sarebbe andato dietro fin giù in cantina.»

«E questo chi lo dice?»

«Lui lo dice. Mario.»

«E tu gli credi? Credi a un porco simile? Quando la pizzicava lei piangeva di paura», ricordò il padre. «E tu l'hai sempre presa in ridere», l'accusò il mite Tognino.

«E io ti dico che la bambina è calda. Quando li ho sorpresi, lui faceva il comodo suo e lei neanche fiatava.»

«Era spaventata. L'ho guardata e mi sono ricordato la faccia del maestro Mazzoni quando il venticinque aprile i partigiani l'hanno stanato là in fondo, dietro il gioco delle bocce. Aveva la faccia spaventata dell'animale senza scampo. La faccia di nostra figlia.»

Sonia capiva soltanto in parte il significato di quel dialogo; alcune parole le sfuggivano, ma concordava con la madre su un fatto: lei era calda, molto calda, così calda che la testa le bruciava e stava per scoppiarle.

«Di questo non dovremo mai parlare con anima viva», intimò la signora Bambina al marito. «I panni sporchi si lavano in casa.»

«E il carbonaio?» chiese il marito.

«Pagherà. Ci penserò io a sistemarlo una volta per tutte.»

Un'improvvisa stanchezza fece piombare la piccola in uno stato di profondo torpore. Mentre affondava lentamente in quella densità vischiosa vide l'immagine fresca di Loredana nella parte in ombra della strada, con i suoi boccoli biondi ben pettinati e l'abitino a fiori e la madre che le sorrideva offrendole una caramella. Poi entrò nel buio della grotta del carbonaio e sentì la sua mano forte che la soffocava, urlò ancora ma dalla sua bocca non uscì alcun suono, solo dolore per l'oltraggio subito e per la solitudine in cui si dibatteva.

Venne il medico a visitarla perché aveva la febbre alta e delirava. Le diedero del chinino e la costrinsero a bere limonata. La sua permanenza nella buia grotta del delirio durò due giorni. Affiorò alla realtà durante un temporale. Era stato il tuono a svegliarla. Aprì gli occhi e vide le tendine di pizzo della finestra fluttuare nell'aria che, fresca, le accarezzò la faccia. Nel cielo bluastro si accesero lampi cui seguirono cupi rimbombi di tuono. Sonia respirò con piacere il profumo della terra bagnata. Dalla strada giunsero lo sferragliare del tram della sera e lo scroscio dell'acqua sul selciato. Girò la testa e, dalla porta aperta, vide suo padre che, seduto sul letto, aveva sollevato gli occhi dal libro che stava leggendo e la guardava. Sua madre si spalmava una crema sul viso davanti allo specchio della petineuse. Aveva perduto parte della sua aggressività in quell'atteggiamento frivolo, nella lunga camicia di seta celeste con volant al posto delle maniche. Sonia la vedeva di profilo, un'angolazione che le metteva in rilievo il ventre e quell'immagine le rinnovò un senso di disagio.

«La bimba è sveglia», disse il padre scendendo dal letto e andandole vicino. Anche sua madre si alzò e si accostò a lei mettendole una mano sulla fronte in un gesto tenero e insolito.

«Come stai, Sonia?» domandò premuroso il padre. Indossava soltanto i calzoni del pigiama. A torso nudo sembrava ancora più vulnerabile: le guance scavate, il naso affilato, le spalle cadenti e la pelle abbandonata su un torace esile. Si voltò verso la moglie. «Non parla», osservò riferendosi alla bambina che lo fissava muta.

«Si vede che non ha niente da dire», fu la giustificazione di lei.

«Mi sembra strana», insisté l'uomo.

«Lo credo bene. Ha avuto la febbre per due giorni.»

Sonia non aveva né pensieri né parole. Nel deserto della memoria c'era soltanto il ricordo di una mattina di sole con la bambina dai boccoli biondi che giocava con la bambola dall'altra parte della strada, poi il buio di una caverna piena di paura.

«Hai sete?» si preoccupò il padre sedendo sul bordo del suo lettino e accarezzandole una guancia.

Sonia lo guardò sgranando gli occhi e non rispose.

«Sonia, fammi sentire che parli», le ordinò la signora Bambina che per la prima volta sentiva vacillare le proprie certezze, lasciando affiorare finalmente una luce di umanità nel volto e nello sguardo.

Sonia aprì la bocca, si sforzò di rispondere, ma non riuscì ad articolare alcun suono. I genitori si guardarono sgomenti e spaventati, rendendosi conto che la loro figlia era diventata muta.

«La bambina è sotto choc», diagnosticò il medico.

«Che cosa vuol dire?» domandò la madre.

«Vuol dire che ha subito un colpo.»

«Nessuno l'ha picchiata», si difese la madre alterandosi.

«Non ho detto questo», replicò burbero. «Secondo me, ha avuto un'emozione improvvisa e violenta che l'ha sconvolta profondamente.»

Sonia guardò con attenzione il dottor Osti, che conosceva da sempre e temeva da sempre, perché ogni volta le ficcava in bocca il manico di un cucchiaio per esplorare la gola e le faceva male. Anche in quell'occasione aveva ripetuto la procedura e per vedere meglio si era servito di una lampadina tascabile.

«Devi dire aaaaah!» le aveva ripetutamente ingiunto.

Lei ce l'aveva messa tutta per esaudire la richiesta diventando paonazza per lo sforzo, ma dalla gola le era uscito soltanto un sibilo afono. Così il vecchio medico di famiglia aveva ripreso l'esplorazione con la lampadina, poi l'aveva auscultata, palpata, percossa con dita martellanti. E alla fine aveva espresso la sua diagnosi.

«Vostra figlia ha preso un grande spavento», ripeté allontanandosi dal lettino e andando a sedersi dietro la scrivania di metallo. Era un bel vecchio con i capelli d'argento e gli occhi vivaci. Non era facile al sorriso, ma era buono e su di lui tutti potevano fare affidamento.

La donna rivestì la bambina e raggiunse il medico che la fece accomodare su una sedia di fronte a lui.

«Se lo dice lei sarà vero», disse la donna.

«Voi però non ne sapete niente», incalzò fissandola e si lisciò la barba appuntita color sale e pepe. Fedele alla tradizione fascista continuava a dare del voi a tutti. Era convinto che Mussolini fosse stato un uomo giusto, tradito dai vili pretoriani che avevano portato l'Italia alla rovina.

«Io non ne so niente», mentì spudoratamente la signora Bambina.

«E invece io sono convinto che voi lo sappiate e non me lo vogliate dire. È da quando mi avete chiamato per via di quel febbrone apparentemente senza motivo che ne sono convinto.» Aveva pesanti borse sotto gli occhi chiari e penetranti. Quello sguardo aveva fermato anche lo sparuto drappello di esaltati, fino al giorno prima nascosti nei loro rifugi, che all'ultima ora si erano scoperti la sacra fiamma dell'antifascismo e il 25 aprile avevano fatto irruzione in quello stesso studio con l'intenzione di fargli pagare i trascorsi fascisti. Ma lui li aveva guardati con la franca intensità con cui adesso stava guardando la signora Bambina e quelli si erano ritirati in buon ordine di fronte all'uomo che li aveva curati, che aveva curato i loro figli e le loro mogli. Ma la signora Bambina non si era lasciata mettere in difficoltà. Si considerava, ed era, una sposa fedele, una madre giusta cui toccava di difendere con ogni mezzo il buon nome della famiglia Brenna. Era lo scontro di due filosofie, il confronto tra due persone che ritengono di essere dalla parte della ragione e sono pronte a tutto per difenderla.

«Se la bambina ha preso uno spavento, noi non lo sappiamo», ripeté la donna sostenendo lo sguardo fermo del medico.

«E allora, cara signora», concluse il dottor Osti accarezzando Sonia sui capelli, «non portatela più da me.»

«Che cosa devo fare?» lo implorò la madre.

«Portatela a Lourdes», la liquidò, certo com'era che la donna mentisse.

Tognino le aspettava davanti alla porta dell'osteria. «Che cosa dice il dottore?» chiese.

«Dice che non ha niente. Questa cosa, com'è venuta, passerà.» Quest'ultimo era un suo personale convincimento.

«Se non ha niente, perché non parla?»

«Dice che è stato lo choc.»

Tognino guardò la moglie come se fosse uscita di senno. «Cerca di non farmi arrabbiare.»

«È la verità. Vuol dire che la paura che ha preso le ha tolto la parola. Lo choc è una grande paura.»

«E tu gli hai raccontato quello che è successo?» si preoccupò l'uomo.

«Mai più», ribatté lei scandalizzata.

«E se non riprendesse a parlare?»

«Parlerà. È sana come un pesce. Questo è quel che conta.»

«Sarà, ma questo fatto non mi convince», obiettò, rassegnato a seguire come sempre gli schemi imposti dalla moglie.

Il grande caldo soffocava il paese. Nel locale il ventilatore recentemente installato combatteva senza speranza l'impari battaglia contro l'afa e le mosche.

La signora Bambina andò dietro il banco, sedette davanti al «cassetto dei soldi» e si mise a controllare l'incasso delle poche ore di assenza, mentre Sonia già sedeva con lavagna e gessetti sul gradino di pietra fuori della bottega.

Era apparentemente serena, come se nella sua vita non fosse successo niente. Non aveva nemmeno notato che Mario il carbonaio non c'era più. Era come se non fosse mai esistito.

Vide Loredana sul marciapiede di fronte davanti al *Caffè Sport*, accucciata sul gradino di pietra, che colorava con belle matite un album di figure. Questa volta Sonia non le sorrise, la guardò dapprima con ostilità, poi concepì per lei un odio feroce. E non c'era una ragione. Tutta la sua ammirazione per Loredana si era tramutata in disprezzo e l'amore era diventato odio. Mossa da un impulso incontrollabile, attraversò la strada con passo deciso e puntò dritta su di lei, che la guardò prima stupita e poi annichilita dalla sorpresa quando Sonia le strappò di mano l'album facendolo a pezzi e si accanì calpestando con tutte le sue forze le matite colorate nuove di zecca.

«Le mie Stabilo! Il mio album!» mormorò Loredana prima di cadere per terra, spinta brutalmente da Sonia che ritornò subito con passo baldanzoso verso la sua bottega inseguita dagli strilli laceranti della bambina aggredita.

Per una volta la signora Bambina si abbassò, come diceva lei, a chiedere scusa e si offrì di rimborsare i danni.

«Roba da ragazzi», minimizzò la madre di Loredana. «Faranno presto pace», sorrise.

«Meglio che tutto resti come prima, visti i risultati», decise la donna ritrovando in quel momento l'antica sicurezza.

Tognino si avvicinò a Sonia e la prese in braccio. «Voglio farti un regalo», disse.

La bambina lo guardò con attenzione.

«Che ne diresti di un cagnolino?»

Sonia sgranò gli occhi e sorrise. Senza che se ne rendesse conto erano cambiate molte cose nella sua vita e nel comportamento dei suoi genitori che, invece di punirla per quello che aveva fatto, la premiavano realizzando un sogno al quale aveva ormai definitivamente rinunciato: un cagnolino.

«Presto lo avrai», promise suo padre che per la prima volta prendeva una decisione autonoma e sembrava disposto a difenderla.

Il giorno dopo la svegliò qualcosa di fresco sulla guancia. Aprì gli occhi e si trovò accanto un cucciolo nero e tremante che l'annusava col suo nasino umido.

«Ha appena tre mesi», disse suo padre, fiero della promessa mantenuta. «È un bassottino. Ti piace?»

Sonia annuì.

«Dovrai dargli un nome. Come vuoi chiamarlo?»

«Bobi», rispose la bambina. «Lo chiamerò Bobi», ripeté, come se non avesse mai smesso di parlare.

2

La signorina Adele Chirico osservò con soddisfazione le bambine in grembiulino bianco e i maschietti in grembiule nero seduti sui banchi in un silenzio perfetto. Si alzò, scese dalla predella su cui poggiava la cattedra e, ancheggiando sugli alti tacchi a spillo, si diresse verso la lavagna. Sonia aveva una sorta di venerazione per quella maestra che profumava di cipria e di colonia, le labbra dipinte di rossetto scarlatto, le unghie laccate di rosso e gli abiti vivaci ai quali non rinunciava neppure durante la stagione fredda. Sonia amava la bellezza sorridente della sua maestra: i grandi seni, la vita sottile, le natiche rotonde su cui i vestiti si tendevano, il ventre piatto quasi incavato, le lunghe e forti gambe dai polpacci sodi e la faccia un po' cavallina ma luminosa d'intelligenza e vitalità. Sonia amava anche il suo accento meridionale e le storie infinite che con quella cantilena musicale sapeva raccontare. E non si trattava soltanto delle leggendarie imprese di Orazio Coclite o del toccante episodio della *Piccola vedetta lombarda*. La signorina Chirico raccontava alle sue scolare di prima elementare anche di quando lei era una ragazza appena diplomata e insegnava a Reggio Calabria in una scuola da cui si vedeva il mare: spesso d'estate, finite le lezioni, andava sulla spiaggia con le sue alunne e insieme facevano il bagno in quelle magnifiche acque limpide. Sonia non aveva mai visto il mare e cominciava a sospettare che fosse un'invenzione degli adulti come Babbo Natale, Cappuccetto Rosso e il Paese dei balocchi. Ma ora che la sua maestra le confermava, per esperienza diretta, l'esistenza di quella immensa distesa d'acqua azzurra e trasparente di cui non si vedeva la fine, decise che la signorina Chirico e le bambine cui aveva insegnato nella sua città lontana dovevano essere delle creature speciali. Doveva essere bello avere tanta confidenza con la maestra da poterci fare il bagno insieme. Una volta aveva sentito definire la sua insegnante come una zitella di quarant'anni. Ma non ci fece caso, conquistata com'era dai racconti di quell'instancabile e affascinante narratrice.

L'episodio che la faceva andare in visibilio era quello della signorina Chirico, giovane studentessa in gita sull'Aspromonte con le sorelle, che si era attardata a una sorgente per dissetarsi. Mentre beveva quell'acqua fresca che scaturiva dalla roccia, vide nel sole il balenio di una lama e subito dopo un volto maschile chino su di lei. Per un attimo la ragazza, che aveva udito storie di briganti e di aggressioni, si era sentita perduta, ma il giovane le aveva subito sorriso dicendo: «Così berrete meglio», e aveva messo la falce sotto il getto dell'acqua in modo da creare uno zampillo di fontana. Era un bellissimo pastore che aveva diviso, con le signorine di città, pane, formaggio e cipolle all'ombra di grandi cespugli di ginestra.

Ma quella che avevano appena iniziato non era una mattinata dedicata ai racconti.

«Ora che abbiamo imparato a scrivere tutte le vocali e molte consonanti», esordì la maestra piazzandosi di fianco alla lavagna, «cominceremo a scrivere alcune parole. Oggi vi insegnerò a scrivere due parole molto importanti e molto belle che occupano un posto di primo piano nella vita di ognuno di noi.»

Gli alunni l'ascoltavano con attenzione.

«Le due parole sono», proseguì cominciando a scrivere in bella grafia sulla lavagna, «mamma e casa.»

Nel mormorio di approvazione che ne seguì, Sonia si alzò e, inspiegabilmente, raggiunse la finestra. L'aveva assalita, irresistibile, il desiderio di andarsene.

«Sonia, torna subito al tuo posto», la sollecitò la maestra con fermezza.

La bambina obbedì e sedette mettendo le mani dietro la schiena. Tutti, più o meno faticosamente, si ingegnarono nel ricopiare sul quaderno le parole scritte sulla lavagna; soltanto Sonia continuava a mantenere la sua posizione di attesa forzata.

«Sonia, perché non scrivi?» chiese la maestra che era risalita in cattedra cercando di sdrammatizzare la ribellione dell'alunna.

«Perché queste parole non mi piacciono», rispose lei con disarmante semplicità.

La signorina Chirico la chiamò accanto a sé. Si era accorta dall'inizio dell'anno che Sonia era una bambina strana, diversa dalle altre e la teneva spesso vicina.

«Non ti piace la tua casa?» indagò.

«Non lo so se mi piace o se non mi piace», esitò.

«È tanto difficile rispondere?»

«Sì, dal momento che io non ho una casa.»

La maestra sapeva bene che non era vero. Conosceva Tognino e la signora Bambina e conosceva la loro attività. Quando il tram per Milano ritardava, lei entrava nella loro trattoria per bere un cappuccino o un caffè.

«Sei proprio sicura di non avere una casa?» la sollecitò con voce paziente.

«Sono sicura.»

«E dove vivi?» sorrise.

«In bottega. In una bottega piena di estranei che bevono, mangiano e giocano a carte. E soltanto loro contano.»

La donna fece cenno di avere capito.

«E la mamma? Non hai neppure la mamma?»

«Sì, la mamma ce l'ho», rispose Sonia dopo un lungo momento di esitazione.

«E allora?»

«Il nome mamma non mi piace», affermò decisa.

«Allora dimmi due parole che ti piacciono», tagliò corto l'insegnante.

Il sorriso illuminò il bel volto della bambina e i suoi occhi ambra si riempirono di luce.

«Bobi», disse. «Bobi è una parola che mi piace. E un'altra parola che mi piace è cane.»

«Allora torna al tuo posto e copia quelle», fece la donna, conciliante, porgendole un foglietto sul quale aveva scritto a penna: Bobi e cane.

Guardò Sonia ritornare al suo posto con passo vittorioso e si ripropose di affrontare con la signora Brenna il problema di quella bambina difficile.

Suonò la campanella della ricreazione e i bambini delle cinque classi elementari sciamarono vociando verso il cortiletto della scuola, delimitato da grandi tigli su cui rosseggiavano le ultime foglie. L'area era protetta da una rete metallica dietro la quale Bobi aspettava paziente che le lezioni finissero.

«Ciao, cagnino», lo salutò la bambina accostandosi e facendo passare le dita tra le maglie della rete per accarezzarlo. Il cagnolino uggiolò di piacere dimenando la coda diritta come uno spadino. Sonia considerava Bobi il suo unico amico e non lo abbandonava mai. L'animale l'accompagnava a scuola e l'aspettava davanti al piccolo edificio fino al termine delle lezioni. Durante l'intervallo delle dieci, mentre tutti giocavano, lei stava addossata alla rete a parlare con il suo cane. Dividevano merenda e affetto.

Sonia scartò la «banana di pane» al latte tagliata in due, spalmata di burro e spolverata di zucchero che sua madre le aveva preparato e offrì a Bobi il primo boccone.

«Oggi ho scritto il tuo nome sul mio quaderno», lo informò mentre la bestiola, ingoiato il primo pezzetto, reclamava con il muso proteso in avanti, gli occhi vispi e il codino vibrante, un supplemento del panino di cui era goloso. L'orgoglio di Sonia, lieta di avere inaugurato il quaderno con il suo nome, lo lasciava del tutto indifferente.

I bambini giocavano senza prestare attenzione allo spettacolo della bambina e del cane, al quale erano abituati. Le insegnanti che sedevano su una panchina di pietra tenevano d'occhio distrattamente gli scolari continuando a chiacchierare tra loro. La signorina Chirico osservava la sua scolara difficile senza mai perderla di vista. Pensò che la guerra aveva prodotto molti guasti nelle case e nelle persone, ma era sicura che il tempo avrebbe sanato le ferite materiali e quelle psicologiche. La ricostruzione sarebbe stata lenta ma inarrestabile: anche la piccola Sonia avrebbe ritrovato il suo equilibrio. Intanto la bambina giocava quietamente col suo cane.

«Oh, guarda guarda, la cocca della maestra!» la sferzò Loredana passandole accanto. Ostentava in una mano una veneziana ricoperta di glassa alle mandorle. Da quando aveva subito l'ingiusta aggressione, Loredana detestava Sonia e non si lasciava sfuggire l'occasione per punzecchiarla. Loredana era sempre elegante e ordinata e la sua arma migliore era l'ironia che inaspriva Sonia, trasandata, aggressiva e lesta di mente e di mano.

Così quando Loredana, un tempo tanto amata e poi improvvisamente detestata, le passò accanto, Sonia la colpì al braccio facendo volare la veneziana nella polvere. Quindi si chinò e, a grossi pezzi, la gettò al suo cane.

«Basta così o vuoi che ti dia il resto?» la minacciò subito dopo.

Loredana questa volta non era disposta a lasciarsi sopraffare. «La mia mamma dice che devo compatirti», reagì.

«Così dice?» replicò Sonia, pronta a colpire.

«Dice anche che sei così gialla, brutta e cattiva perché hai i vermi», rincarò la dose sempre sorridendo e muovendo il capo appena appena in modo che i suoi splendidi boccoli biondi ondeggiassero.

Sonia si riteneva brutta, ma sentirselo dire da quella smorfiosa le bruciava. «Che ho i vermi è una bugia», si difese. «Che tu non hai un padre è la verità», contrattaccò, pronta a passare a vie di fatto. Anche lei riferiva per sentito dire.

«Meglio non avere un padre che avere un padre strozzino come il tuo.»

Sonia accusò il colpo. Non sapeva che cosa significasse strozzino e probabilmente non lo sapeva neppure Loredana, che ripeteva pappagallescamente una parola sentita in casa. Entrambe le bambine erano tuttavia sicure che si trattasse di un'offesa e anche grave.

«Parli perché hai la lingua in bocca», temporeggiò Sonia, alla ricerca di una chiave per decifrare quella parola odiosa.

«Parlo perché so», disse Loredana scimmiottando l'atteggiamento di una persona adulta e aggiunse: «Lo so io e lo sanno tutti, in paese».

«Tutti chi?»

«Tutti.»

Sonia fece il gesto di mandarla a quel paese. «Dici balle che fanno fermare il tram.»

«Lo sanno anche i sassi che Mario il carbonaio è andato in rovina per colpa di tuo padre.»

«Mio padre?»

Bobi si stava strozzando con l'ultimo boccone di veneziana, che, finalmente, riuscì a ingollare.

«Tuo padre», la sfidò l'altra, «gli ha portato via perfino la bottega.»

Sonia annaspava in quel buio estraneo. Ma di che cosa stava parlando Loredana?

«Mario il carbonaio?» si interrogò, stupita come se pronunciasse quel nome per la prima volta.

«Guardatela lei», replicò la bambina chiamando in causa invisibili testimoni con un gesto teatrale della mano. «Adesso fai finta di cadere dalle nuvole.» Era perfetta nell'imitazione di una donna adulta. «Così vuoi farmi credere che di fianco alla tua trattoria non c'era la bottega di Mario il carbonaio?»

«Di fianco alla mia trattoria c'è la bottega dell'ortolano. E non c'è mai stato altro», affermò Sonia scuotendo il capo con commiserazione. Ma poi le parve di essere stata troppo magnanima con quella farfallina presuntuosa che lavorava di fantasia e lanciandosi su di lei le scompigliò i boccoli biondi e la gettò con uno spintone nella polvere del cortile facendola strillare come un aquilotto ferito.

«La tua ricreazione finisce qui», intervenne la maestra afferrando Sonia per un braccio e sospingendola verso la scuola. «Torna subito in classe. Poi ne riparleremo.»

La signorina Chirico accompagnò Sonia a casa proprio nell'ora in cui il locale era gremito e i coniugi Brenna non avevano tempo per badare alla figlia e alla sua insegnante.

La maestra valutò in un attimo la situazione e tradusse in una proposta insolita le conclusioni cui era giunta. Voleva assolutamente capire quale dramma ci fosse dietro il comportamento di una bambina che lei intuiva particolarmente intelligente e sensibile.

Indicò Sonia alla signora Bambina, che stava uscendo dalla cucina con il vassoio dei lessi. «Le dispiace se oggi la porto a casa con me?»

«Ma le pare?» accettò la madre che sembrava non aspettasse altro. «Se prende mia figlia dovrà prendersi anche il cane. Sono inseparabili come i gemelli siamesi.»

Sonia ebbe per la signorina Chirico un radioso sorriso di riconoscenza. Fu così che, per la prima volta, Sonia montò sul tram verde e andò a Milano.

Non vide molto della città durante il percorso: case sventrate che mise in relazione con i bombardamenti che l'avevano terrorizzata, operai che caricavano le macerie su vecchi camion per trasferirle chissà dove. C'erano molte auto in circolazione, alcune alimentate a metano, altre che andavano a carbonella, così almeno le spiegò la signorina Chirico. Le prime avevano due bombole sul tetto, le seconde una specie di fornello fissato dietro. Certo che Milano era piena di cose da vedere e di gente indaffarata!

Sonia ammirò soprattutto il palazzo di via Settembrini, dove abitava la maestra, e lo classificò tra i monumenti storici della città. Era un edificio solido, elegante, di pietra grigia e la sovrastava con la sua imponenza. L'atrio aveva il pavimento di marmo tirato a specchio e una cancellata in ferro battuto che dava su un fresco cortile in ombra. C'erano le scale e anche un grande ascensore di legno lucido. La signorina Chirico schiacciò il pulsante numero tre e la cabina si fermò al piano indicato.

«Siamo arrivate», annunciò l'insegnante a Sonia, che sgranava tanto d'occhi su quelle novità. Si sentiva come Alice nel Paese delle Meraviglie.

La signorina Chirico la introdusse in un appartamento che a lei parve molto elegante, con un salotto nel quale c'erano il divano, poltroncine con i pizzi sui braccioli, quadri alle pareti e tanti libri allineati in un mobile che sembrava fatto apposta per contenerli. Sonia non parlò molto, presa com'era da tutte quelle novità che la rendevano felice. Anche Bobi era contento. Quando la sera la maestra le preparò un letto di fortuna sul divano, a lei sembrò di toccare il cielo con un dito. Il suo ultimo pensiero, prima di addormentarsi, fu che la parola «maestra» era un altro bellissimo nome da scrivere sul quaderno appena cominciato.

3

Sonia sedeva compunta sulla panca di legno lucido del tram, teneva i libri in grembo e intanto ripeteva mentalmente i celebri versi di Cecco Angiolieri: *S'i' fosse foco, ardere' 'l mondo*... Le piaceva quella dichiarazione di rivolta contro gli uomini, il mondo, la natura, la famiglia. Aveva fatto del poeta senese l'idolo dei suoi giovani anni e si riempiva la mente e il cuore dei suoi sonetti blasfemi, irriverenti e beffardi. Aveva un bel dire, l'insegnante di lettere, che il cinismo verbale dell'Angiolieri andava considerato e valutato nell'ambito di una tradizione retorica molto diffusa nel Medio Evo. Altro che retorica, pensava Sonia, questa è verità allo stato puro! Avrebbe voluto, come il poeta, essere papa e imperatore per castigare, ma soprattutto avrebbe voluto essere morte: «S'i' fosse morte, andarei da mi' padre», mormorava impercettibilmente, «e da mia madre», soggiungeva storpiando gli spietati versi, «s'i' fosse vita, fuggirei da loro...» Poi si pentiva delle sue fantasie feroci e cercava inutilmente di cancellarle. Pensò ad altro, ai dieci anni che erano passati da quando, in prima elementare, era stata invitata dalla signorina Chirico nell'appartamento di via Settembrini. Pensò alla tragica fine della maestra tanto amata, stroncata da un attacco cardiaco nel settembre del 1948. Era morta nel sonno e gli scolari avevano posato un gran mazzo di fiori sulla cattedra vuota. Quel giorno Sonia si era sentita molto sola e disperata. Le restava Bobi, che viveva ancora, anche se manifestava segni di vecchiaia. L'accoglieva sempre festosamente al ritorno da scuola, ma aveva imparato ad aspettarla alla fermata del tram davanti all'osteria, non potendo seguirla nella scuola superiore, nel centro di Milano.

Sul tram c'era gente che la conosceva e la guardava con ammirazione e rispetto. In fondo, quella ragazzina dalla faccia strana e dal corpo ancora acerbo nonostante i sedici anni compiuti, così ben vestita, così educata, così studiosa, sempre china sui libri anche in tram, era la sola del paese a frequentare la scuola delle Orsoline. Faceva il secondo anno delle magistrali ed era la prima della classe.

Nessuno avrebbe immaginato che sotto quell'aspetto irreprensibile si nascondesse un animo ribelle, uno spirito inquieto, una ragazza profondamente infelice, un animo esacerbato da un conflitto insanabile e perpetuo con i genitori nei quali non si riconosceva. Aveva scelto le magistrali in ricordo della signorina Chirico, ma i metodi di insegnamento non erano quelli che pensava, la scuola stessa era diversa da come se l'era immaginata; comunque era sempre meglio degli schemi e dei ritmi imposti dalla signora Bambina, che con il passare degli anni era diventata sempre più intransigente, autoritaria e insopportabile.

«È molto calda», seguitava a lamentarsi di lei con il marito. «Guarda i giovanotti che entrano in bottega come se volesse mangiarseli.»

Tognino annuiva e la guardava con i suoi occhi tristi e rassegnati. Aveva imparato a considerare vangelo le parole della moglie: era sempre meglio che assumersi la responsabilità di contraddirla. E poi, essendo donna di buon senso e di sicuro intuito, poteva anche avere ragione.

Che Sonia avesse ereditato le torbide inquietudini della nonna?

Capitava che Antonio Brenna indugiasse, non visto, per lungo tempo su una vecchia fotografia color seppia della madre, che custodiva gelosamente nel portafogli. Era l'immagine di una donna che serbava ancora i tratti dell'adolescenza, il viso levigato, il naso imperioso ma non brutto, le labbra morbide e ben disegnate, gli zigomi alti, i capelli gonfi raccolti in una crocchia sulla sommità del capo.

Tognino cercava analogie di sangue e di carattere tra la figlia e la madre, che si assomigliavano come due gocce d'acqua. Alla fine l'uomo si convinceva che sua moglie aveva ragione di ritenere la figlia, poco più che bambina, una mangiatrice d'uomini. Non si comportava così anche sua madre? Il padre, che aveva digerito più corna che minestre, la chiamava «la furfantessa». E Tognino, che amava appassionatamente sua madre, soffriva quando era oggetto degli sguardi maliziosi e delle battute volgari degli uomini che incontrava. E adesso Sonia.

«L'unica è trovarle presto marito», suggeriva l'uomo.

«Appena avrà finito la scuola, quando avrà compiuto i diciotto anni, faremo in modo che si sposi», conveniva la moglie, rassicurata dalla solidarietà del marito. «Ma intanto non possiamo perderla d'occhio.»

Non perderla d'occhio significava esercitare uno spietato controllo poliziesco sottoponendo a sistematiche indagini quotidiane libri e quaderni per scoprire indizi di una tresca amorosa che avrebbe potuto mandare a monte i suoi piani. Nei progetti della donna c'era un interessante matrimonio con il figlio dei Porta, i tabaccai, che avrebbe contribuito al consolidamento della fortuna patrimoniale dei Brenna che possedevano, oltre l'osteria, anche la bottega di fruttivendolo, che un tempo era stata la rivendita di carbone di un certo Mario, scomparso misteriosamente dopo aver ceduto l'esercizio a Tognino, una drogheria e due appartamenti in una palazzina di nuova costruzione proprio sulla strada maestra per Milano.

Sonia era all'oscuro di queste macchinazioni e l'intolleranza materna, che arrivava al punto di proibirle di partecipare a una gita scolastica, la esasperava. Così si rifugiava in Cecco Angiolieri che le offriva le parole della sua vendetta e della sua ribellione.

Proprio quella mattina, prima di uscire, aveva litigato selvaggiamente con la madre perché voleva passare il pomeriggio a casa di Virginia, una compagna di scuola che abitava a Milano, e lei glielo aveva proibito ingiungendole di rincasare puntualmente alla fine delle lezioni.

Il tram era giunto al capolinea scampanellando nel traffico. Erano scomparse le vetture a metano e avevano fatto la loro apparizione le Seicento, un tipo d'auto che avrebbe voluto possedere e che continuava a essere un sogno, come la libertà che pure desiderava più d'ogni cosa al mondo.

Sonia si alzò, infilò sotto il braccio il pacco dei libri, tenuti insieme da una cinghia di gomma, e si mise in fila per scendere. Indossava una gonna a pieghe blu e una camicetta di flanella azzurra con un fiocco blu che chiudeva il colletto. Calzava mocassini color cuoio. Era più alta della media delle ragazze della sua età e conservava dell'adolescenza qualche cosa di acerbo e di spigoloso. I capelli erano raccolti in una grossa treccia che le scendeva lungo la schiena.

Attraversò i Bastioni e prese per corso Venezia, verso la scuola delle Orsoline. E intanto ripassava mentalmente la lezione di italiano, decisa a farsi interrogare e a ottenere un bel voto. Essere la più brava della classe era l'unico modo per imporsi in un ambiente dove prevaleva la spocchia del danaro. Questa era la ragione che aveva indotto sua madre a spendere tanti soldi per mandarla dalle Orsoline: per riempirsi la bocca con la gente del paese, e anche perché era convinta che le religiose vigilassero sulla morale delle studentesse e influenzassero il loro comportamento. Quanto a vigilare, vigilavano;

ma il loro concetto di moralità consisteva nel guardare con sospetto le calze di nylon, nel proibire il rossetto e lo smalto e nel denunciare quelle allieve che arrivavano a scuola in compagnia di un ragazzo. Il cinismo e l'egoismo, le piccole angherie che le fanciulle più arroganti consumavano con sorridente sadismo ai danni delle più vulnerabili, non riguardavano il tipo di moralità previsto tra le mura dell'Istituto. Sonia detestava la scuola, le suore e le compagne. Tranne una: Virginia, la figlia dei custodi di un palazzo di via Bigli, animati da un frenetico desiderio di promozione sociale identico a quello che possedeva la signora Bambina. Sonia e Virginia si incontrarono nel corridoio prima di entrare in classe.

«Vieni da me oggi?» le domandò ansiosa Virginia.

«Certo», rispose Sonia con una sicurezza maturata in quell'attimo.

«Ti ha dato il permesso?» fece stupita l'amica.

«No. Me lo ha negato.»

«Ma allora?»

«Allora va bene così. Io oggi vengo da te», sentenziò.

«E dopo?»

«Dopo si vedrà», concluse Sonia entrando in classe.

4

Sonia e Virginia svoltarono da via Manzoni e percorsero via Bigli seguite dall'eco dei loro passi che avevano l'allegria e la grazia della giovinezza. La striscia azzurrina del cielo sembrava sostenuta e accentuata dalla compatta eleganza dei palazzi.

«Palazzo de Bros è quello laggiù», spiegò Virginia indicando un solido edificio, più basso rispetto agli altri, culminante con una terrazza su cui verdeggiava una vite canadese.

Le due ragazze varcarono l'androne. Sonia notò nel cortile due strisce di granito nell'acciottolato: un tempo vi poggiavano le ruote delle carrozze. C'erano un soffitto a cassettoni e un cancello interno di ferro battuto sormontato da punte di lancia di ottone tirate a lucido. Dentro il vasto cortile c'era una costruzione più bassa con porte-finestre al pianterreno, un primo piano a balconi e più in alto un terrazzo fiorito. Paragonò mentalmente la casa della sua maestra, la signorina Chirico, con il palazzo di via Bigli e concluse che, decisamente, non reggeva il confronto. Questa era una casa patrizia di fronte alla quale lei si sentì attratta e intimorita.

«Guarda che lì non ci puoi entrare», l'ammonì Virginia vedendo l'amica guardare con occhi sognanti la costruzione oltre il cancello.

Sonia annuì e ricordò che l'amica era soltanto la figlia dei custodi del palazzo de Bros, e che la loro meta era la portineria.

«Noi abitiamo qui», disse Virginia indicando la guardiola dai vetri di cristallo, a sinistra dell'androne.

«Questo non è un palazzo!» esclamò estasiata. «È una reggia.»

«Meglio che te lo scordi», replicò Virginia con buon senso.

Sonia pensò ai suoi genitori, all'osteria dov'era nata e cresciuta, al paese in cui viveva che si andava estendendo e correva incontro alla città dalla quale presto sarebbe stato fagocitato trasformandosi in una squallida periferia. Era un borgo pieno di gente invidiosa che Sonia detestava. Persino la chiesa barocca, l'edificio più bello, assumeva i contorni della tanto aborrita mediocrità.

Lei cercava orizzonti più vasti che avessero la grandiosità del palazzo di via Bigli. La bellezza era una necessità, un modo per placare la rabbia; e la ricchezza colta e raffinata era uno dei suoi sogni inespressi.

«Questo significa vivere come si deve», disse a Virginia seguendola di malavoglia verso la guardiola, la cui porta, aprendosi, aveva azionato una campanella che diffuse intorno un tintinnio di convento.

«Chi è?» chiese una voce di donna proveniente dalla cucina insieme con un appetitoso profumo di minestrone.

«Sono io, mamma. C'è anche Sonia con me», rispose la ragazza.

«Andate in camera tua. Vi chiamo io quando è pronto», disse la donna.

Sonia intravide due braccia esili che armeggiavano con una pentola invisibile. In quelle poche parole e in quei gesti consueti riconobbe la modestia della sua esistenza, che era accentuata dal confronto con la sontuosa dimora.

Virginia, pur appartenendo a una famiglia più povera di quella di Sonia, aveva una cameretta tutta per sé, mentre lei doveva accontentarsi di un letto dietro un paravento, nella stanza che faceva da magazzino, al piano sopra l'osteria.

Sonia fece questi confronti e si sentì invasa dallo sconforto. Quella che doveva essere una grande evasione stava naufragando nella malinconia dei raffronti che accentuavano la mediocrità della sua vita.

«Chi sono questi de Bros?» domandò impetuosamente, divorata dal bisogno di sapere, di ricostruire attraverso i racconti dell'amica i personaggi che potevano permettersi di vivere in un palazzo come quello.

Le due ragazze sedettero sul letto. La cameretta di Virginia era perfettamente in ordine.

«Sono dei matti», confessò Virginia. «I ricchi sono tutti matti», soggiunse. «E avari, per giunta. Tu nemmeno te l'immagini l'avarizia della vecchia», commentò. «Ma lo sai che la vecchia, tutte le sere, fa fare il bidet alla cagnetta? Poi se la prende a letto con sé.» Virginia preferì imboccare la strada del pettegolezzo abbandonando il tema dell'avarizia appena accennato.

«Che cosa c'entra questo con l'avarizia?» domandò Sonia.

«Forse niente. Però avari lo sono», tagliò corto l'altra. «Ascolta questa, invece.» Si avvicinò al tavolino, ai piedi del letto, su cui era appoggiato un grammofono; il ripiano sottostante era pieno di dischi.

Non le interessava parlare dei de Bros, preferiva coinvolgere la compagna nell'ascolto delle canzoni e dei pezzi musicali che più amava.

«Senti questa», insisté Virginia mettendo sul piatto un pesante settantotto giri, «e dimmi se non è bella. È *Singing in the rain*, cantata da Gene Kelly.» La canzone evocò le immagini di un'America fantastica, moderna e grandiosa, descritta dai film musicali di Hollywood che furoreggiavano in tutto il mondo.

«Virginia, il cancello!» Era la voce della madre che giungeva dalla cucina. Poi si affacciò alla porta della camera. Era una donna appassita e smunta, minuscola e nervosa, le maniche della camicia rimboccate sulle braccia bianche di farina. «E spegni quel marchingegno, per l'amor di Dio», intimò, dissipando il fluire di un desiderio.

Virginia si trasformò in un attimo da studentessa sognante a solerte collaboratrice. Alzò il braccio del grammofono interrompendo la musica e si precipitò nell'androne. Sonia la seguì fermandosi, tuttavia, dietro la porta a vetri della guardiola. Vide l'amica aprire il cancello, mentre il rombo del motore di un'Alfa bianca risuonava nell'androne. L'auto scivolò verso il cortile interno. Sonia ebbe pochi secondi per imprimersi nella memoria il profilo dell'uomo al volante: un volto aristocratico, la piega arrogante delle labbra, un ironico sguardo azzurro, capelli corti, neri e ricci. Virginia, dopo aver richiuso il cancello, la raggiunse.

«Sembra che tu abbia visto la Madonna», commentò con sorridente ironia.

«Chi è?» chiese Sonia trasognata.

«È Giulio de Bros. In famiglia lo chiamano l'avvocato. È il figlio più giovane della padrona», spiegò Virginia.

Sonia aveva sedici anni e credeva che l'amore fosse una parola inventata dai poeti, ma nel volgere di pochi minuti mise il termine in relazione ai turbamenti e ai languori che le avevano fatto dimenticare tutto il grigio e la mediocrità che aveva intorno. Sentì di essersi innamorata e si lasciò travolgere dalla piena di quel sentimento sconosciuto. Poi, pensò di essere troppo lontana e troppo in basso per aspirare a Giulio de Bros.

«Stai ancora sognando?» scherzò Virginia, che era una ragazza concreta e si lasciava guidare dal suo innato buon senso.

Sonia la guardò dritto negli occhi, mentre la sua espressione diventava ferma e determinata.

«Ti sbagli», replicò. «Sto elaborando progetti per il futuro.»

Apparìva calma e decisa. Il suo progetto si chiamava

Giulio de Bros. Adesso voleva sapere tutto di lui, divorata com'era dal desiderio di entrare nella sua vita.

«Ecco l'uomo che sposerò», disse con aria assorta.

«Sei sicura di star bene?» l'interrogò Virginia, che cominciò a dubitare dell'equilibrio mentale dell'amica.

«Mai stata bene come in questo momento», la rassicurò lei.

«Allora sei matta», concluse la ragazza.

«Matta, certo. Un ingrediente essenziale per mettersi in sintonia con i ricchi. Che sono matti. Per elevarmi al loro livello. Oltre la follia, ci vuole la ricchezza. Io sarò molto ricca, un giorno.»

Virginia sgranò gli occhi e appoggiò una mano sulla fronte di Sonia per sentire se aveva la febbre. Era fresca come una rosa. E sorridente.

«Andiamo a mangiare», propose, sapendo che la madre le avrebbe chiamate, ma soprattutto per evitare che Sonia continuasse a sconvolgerla con i suoi scherzi e le sue invenzioni.

Era il tramonto quando Sonia scese dal tram. Suo padre l'aspettava alla fermata. Da come la guardò si rese conto che era un sicario indottrinato dal mandante: sua madre. Si strinse al petto i libri di scuola come se con quel gesto istintivo potesse difendersi dal disagio provocato da quell'ometto in attesa.

«Dov'è Bobi?» gli domandò. Era la prima volta che il suo cane non l'aspettava alla fermata. Quando Sonia tornava dalla città, il bassotto non si abbandonava più ai frenetici contorcimenti dei primi anni, si esibiva soltanto in un paio di salti acrobatici di benvenuto prima di riprendere la compostezza di un vecchio e saggio cagnolino.

Il padre rispose a Sonia colpendola sulle guance con due schiaffi secchi e pesanti. Era la prima volta che le metteva le mani addosso. Sonia arrossì più per la vergogna che per i ceffoni. Era l'affronto subìto sotto gli occhi di tutti che l'offendeva. «E adesso fila a casa», disse l'uomo precedendola verso l'osteria, dall'altra parte della strada.

Sonia aveva osato sfidare la madre che le aveva proibito di trascorrere il pomeriggio in città, a casa di Virginia, e, per ritorsione, aveva imposto al marito di schiaffeggiarla davanti a tutti. «La vita è un treno che corre sui binari dell'obbedienza», sentenziava la signora Bambina. «E non ammette errori. O deviazioni.»

Sonia, prima di quel giorno, aveva accettato gli schemi imposti, soprattutto per evitare di vedere quel ventre ballonzolante che la metteva a disagio e le incuteva paura.

Seguì il padre unicamente per sottrarsi agli sguardi odiosi e maliziosi della gente. Alcune donne stavano già imbastendo, a giudicare dai loro sorrisetti ironici, un pettegolezzo malevolo. E mentre lei cercava di fuggire in fretta da quel palcoscenico sul quale interpretava il ruolo della fanciulla di paese cattiva e un po' perversa, si rese conto di tutti gli oltraggi subiti da bambina, da adolescente e ora da ragazza. I suoi persecutori erano sempre «i coniugi Brenna». Così Sonia, prendendo le distanze, definiva i genitori.

Attraversò l'osteria, bersagliata dalle occhiate incuriosite degli avventori. Poi si rifugiò in cucina. Il locale non era cambiato granché dagli anni della sua infanzia. La signora Gilda era stata rimpiazzata da un cuoco emiliano, la ghiacciaia aveva lasciato il posto a un grande frigorifero e c'era molto lavoro in più, perché la gente veniva a mangiare anche la sera, soprattutto d'estate.

In cucina c'era solo sua madre. Stava disponendo con cura meticolosa fette di prosciutto e sottaceti su un piatto di portata. Bobi saltò fuori da chissà dove e imbastì, vecchio com'era, una specie di danza di ringraziamento intorno a Sonia. Il cane era stato chiuso in cucina per farle dispetto. Lei gettò i libri sul tavolo, si chinò per accarezzarlo e cominciò a piangere. Il cane le leccò le guance inondate di lacrime.

«Non c'è ragione di piangere», disse la madre senza alzare gli occhi dal piatto ormai interamente coperto dalle fette di prosciutto e dai sottaceti. «Hai disobbedito e tuo padre ti ha punita.»

Quelle parole ipocrite furono il detonatore che fece esplodere tutta la rabbia che lei aveva accumulato in anni di ottusa tirannia.

Si alzò di scatto e si piazzò davanti alla madre, che insisteva a non degnarla di uno sguardo.

«Tu mi hai punita», cominciò. «Tu hai mandato tuo marito a svergognarmi davanti a tutti. Tu che mi detesti. E io non so perché. Tu che vuoi entrare nella mia vita con la tua testa piena di assurdi princìpi. Io non ti voglio. Non voglio te e la tua testa bacata. Io lascerò questa casa. Te lo ripeto: me ne vado. Hai capito bene?»

Sonia aveva alzato la voce, che aveva un tono decisamente aggressivo. Bobi, impaurito, saltò a terra rifugiandosi nell'angolo tra il muro e il frigorifero.

La signora Bambina non si scompose. Finalmente sollevò la testa solo per lanciare alla figlia un'occhiata carica di ironia e di sarcasmo.

«Hai la natura torbida di tua nonna», disse. «Forse non è tutta colpa tua, ma il risultato non cambia. Io ho il dovere di tutelare il buon nome di tuo padre.»

«Che cosa suggerisci per difendere questo gran casato? Quale atteggiamento dovrei assumere?» urlò Sonia, singhiozzando.

«Credo sia arrivato il momento di darti marito.» La madre scopriva finalmente le carte mentre osservava compiaciuta il piatto di portata ormai ultimato. «Proprio così», sospirò, «un marito risolverebbe il problema. E bisogna far presto, anche se riconosco che potresti sposarti fra qualche anno. Ma la mia paura», continuò, «è che tu non riesca ad arrivare vergine all'altare.»

«Sposarmi?» mormorò Sonia asciugandosi le lacrime. «L'altare?» soggiunse alzando il tono di voce. «Ma sei impazzita?» urlò con tutte le sue forze.

«Hai visto come è venuto bene?» le domandò la madre invitando la figlia ad ammirare il piatto degli antipasti. Era gelida e impenetrabile, sicura delle sue convinzioni assolute dalle quali si sentiva difesa come in una fortezza.

«Ti ho chiesto se sei impazzita!» ripeté la ragazza, che aveva ormai maturato la certezza che sua madre fosse un'antagonista sleale, pronta a colpirla a tradimento. Sonia non aveva nessuna fiducia di quella donna dal ventre gelatinoso e dallo sguardo di ghiaccio che si ergeva a guardiana di tutte le virtù.

«Sono tua madre», disse finalmente guardandola negli occhi, «e devo avere buon senso anche per te. Tuo padre e io avevamo deciso di darti marito quando ti fossi diplomata. Ma la tua condotta ci obbliga a stringere i tempi. Non diventerai maestra, ma porterai in dote la tua verginità. Almeno lo spero.»

In pochi minuti gli schiaffi del padre e le farneticazioni materne avevano cancellato il ricordo delle ore passate con Virginia.

Svanito il pomeriggio in via Bigli, dissolto il palazzo settecentesco dei de Bros, la canzone di Gene Kelly, le chiacchiere frizzanti con l'amica, la visione e il sogno di un amore travolgente per Giulio de Bros. Sonia ritornò a essere una ragazza di paese piena di paure e di incertezze, di solitudine e di disperazione.

Salì di corsa la scala a chiocciola di ferro che mandò cupi rimbombi e si rifugiò nel suo letto, dietro il paravento, nella stanza ingombra di casse di liquori, sacchi di caffè, pacchi di zucchero, scorte di bicchieri e di piatti.

Bobi, il fedele bassotto, la seguì rassicurato dal silenzio, ma disturbato dalla tensione che c'era ancora nell'aria. Sonia lo abbracciò e il cane annusò le sue lacrime e mugolò, quasi volesse consolarla.

Pensieri contrastanti nacquero in lei, ma in mezzo a tanta confusione maturò un convincimento: sarebbe fuggita da quella osteria, da quel mondo nel quale non si riconosceva. Sarebbe fuggita lontano da quella madre che forse non la detestava, ma certo si comportava in modo detestabile.

Ricordò che il giorno dopo l'attendeva a scuola un compito in classe di latino e ancora non si era preparata. Ma che senso aveva studiare se la signora Bambina non voleva più mandarla a scuola? Pensò al matrimonio imposto dai genitori. E poi, con chi si sarebbe dovuta maritare? Che accidenti aveva tramato quella donna a sua insaputa? Si sentì come una marionetta che agisce e parla solo perché qualcuno tira i fili e le dà una voce. Sperò di morire. Quello che sua madre pretendeva da lei era intollerabile e immorale.

«Mi dispiace», si scusò suo padre sedendosi sul bordo del letto. Sonia nascose la testa sotto il cuscino per non vederlo. «Tua madre e io siamo stati in ansia tutto il giorno», cercò di giustificarsi. «Abbiamo perfino telefonato a scuola per avere tue notizie.»

«Ero da Virginia Crippa», precisò. «E tua moglie lo sapeva», sbottò emergendo da sotto il cuscino e trovandosi a faccia a faccia con quell'ometto mite e pieno di paure che l'aveva colpita come colpiscono i deboli per dimostrare che sono forti. Sonia si vergognò per lui.

«La mamma ti aveva proibito di stare fuori tutta la giornata», disse Tognino. «Era sicura che avresti obbedito.» Nelle sue parole c'era un tono accorato.

Sonia pensò a Don Abbondio, il celebre personaggio manzoniano che aveva conosciuto studiando, a scuola, *I promessi sposi*. Suo padre gli somigliava molto.

«Non voglio più obbedirle», replicò. «Mi sono stancata delle sue imposizioni e della tua passività. Per te quello che lei dice o fa è Vangelo. Vivi nella sua ombra e accetti perfino di mettermi le mani addosso davanti a tutti pur di non contrariarla», si sfogò.

«Ti ho già chiesto scusa per averti schiaffeggiata. Tu non hai chiesto scusa per avere disobbedito. E non credo che a sedici anni tu abbia il diritto di criticare le decisioni di tua madre.»

Sonia si tirò a sedere sul letto e lo abbracciò piangendo. Bobi si insinuò fra loro per avere la sua parte di tenerezza. In quel momento la ragazza ricordò che la madre non l'aveva mai abbracciata.

«Dice che non mi manderà più a scuola», mormorò. «Dice che devo sposarmi. Ma ti rendi conto?» Non osò tirare in ballo il discorso sulla verginità.

«Continuerai la scuola», la rassicurò lui. «Te lo prometto. E ti sposerai quando il Signore vorrà. Ma non devi scambiare per odio l'amore di tua madre. E non puoi condannarla se vuole per te il meglio della vita», insisté l'uomo, commosso dal dolore della figlia.

«Certo», mentì Sonia. In cuor suo sapeva che né il padre né gli altri potevano capirla. Quando Antonio Brenna parlava del meglio della vita si riferiva alla sistemazione di alcune ragazze del paese che la madre considerava esempi da imitare e che Sonia, invece, detestava. Ad esempio Letizia, la figlia della lattaia, baffuta ma non brutta come la madre, che, dopo il diploma, aveva sposato il figlio dei Passoni, proprietari di una fabbrichetta di termometri. A vent'anni, Letizia faceva «la casalinga agiata».

Sonia la vedeva, a volte, scuotere dalla finestra i tappetini della camera da letto, la testa piena di bigodini e le unghie laccate di rosso. Instancabile lettrice, Sonia vedeva in Letizia Passoni una specie di Madame Bovary: un personaggio che lei trovava detestabile. Non era così che immaginava il suo futuro.

E le parole di sua madre che magnificavano Letizia come un fulgido esempio di ragazza perbene, con la testa sulle spalle, gliela rendeva ancora più odiosa. Ma come faceva a spiegare tutto questo a suo padre?

«Perché non posso, una volta ogni tanto, stare un pomeriggio a casa di una compagna di scuola?» Voleva valutare la reale consistenza di quella trasgressione.

«La città è vasta e terribile», tentò di spiegarle il padre, «piena di pericoli e di tentazioni. Tu sei ancora piccola per affrontarla da sola.»

Sonia si rese conto che c'era del vero nelle parole del padre. Più che vasta e terribile, però, a lei sembrava che la città fosse enorme e bellissima, e la tentava con il lusso dei palazzi, l'eleganza degli abiti delle donne, il fascino degli uomini. Era molto piacevole lasciarsi tentare. Era un mondo pieno di insidie, ma era il mondo nel quale lei sarebbe entrata. In quella confusione di sentimenti e di umiliazioni subite, di sogni e di desideri, questa era la sola certezza. «E se io invitassi Virginia a venire qualche volta fin qui, credi che la mamma accetterebbe?» domandò.

«Penso di sì», rispose il padre.

Nacque così una solida amicizia. Sonia ottenne di passare altri pomeriggi in città e si rese conto che quei momenti di libertà, in un certo senso, aumentavano le sue frustrazioni, anche se contribuivano a chiarire il mistero di un uomo splendido di cui si era follemente innamorata. Sonia riuscì a sapere tutto, o quasi, di Giulio de Bros e decise che sarebbe stato l'uomo della sua vita. «Il più è fatto», si complimentò un giorno davanti allo specchio. «L'importante adesso è trovare il modo e il momento giusti per farglielo sapere.»

5

«Che meraviglia!» esclamò Sonia guardandosi intorno, affascinata da tanta grandiosità. Era la prima volta che vedeva un atelier d'alta moda e si sorprese a paragonarlo a una cattedrale dell'eleganza. C'era qualcosa di magico nell'ampio salone rivestito di specchi dalle cornici rococò.

Sonia piroettò davanti a un grande specchio e la sua immagine si moltiplicò riflettendosi su tutti gli specchi con un magico effetto. Pensò di essere capitata nel bel mezzo di una favola.

Virginia la guardò con ammirazione. Le sarebbe piaciuto essere come Sonia che per strada faceva voltare uomini e donne: i primi con sguardi golosi, le seconde con una sorta di ammirazione e di invidia. Perché Sonia era bellissima, di una bellezza inconsueta e superba.

Lei invece era minuscola e scialba, ma non si sentiva in competizione con l'amica. Si compiaceva, invece, della sua bellezza e della sua innata eleganza, che in qualche modo si riflettevano anche su di lei.

Era la fine di giugno e l'estate appena nata diffondeva il profumo dei tigli. Le ragazze indossavano gonne ampie trattenute in vita da cinture simili a bustini che sottolineavano la flessuosità della figura, portavano camicette dai colli sciallati e si pettinavano come Brigitte Bardot che aveva inventato la «coda di cavallo».

La signora Bambina sfuggiva alle imposizioni della moda, obbligando Sonia a indossare gonne ampie perché era disdicevole che una ragazza perbene si mostrasse oltre il lecito. Lo stesso principio valeva per le scarpe, che erano basse e senza tacco. I capelli lisci e folti, di un bel castano ramato, le ricadevano sulle spalle trattenuti da un cerchietto. La carnagione ambrata aveva sugli zigomi alti una sfumatura rosa-dorato che nessun cosmetico avrebbe potuto darle. Il naso imperioso, lievemente aquilino, sembrava fatto per valorizzare i grandi occhi a mandorla. La fronte bombata e le labbra ben disegnate le conferivano un profilo molto particolare, un che di aristocratico che colpiva.

La Sonia bruttina, che invidiava la «bambina di fronte» per i suoi boccoli d'oro, era diventata una meraviglia. Ma tanto splendore metteva in ansia i coniugi Brenna, sui quali pendeva l'obbligo di tutelare la moralità della figlia, indissolubilmente legata alla salvaguardia della sua verginità. I genitori di Sonia non avevano dubbi: la loro figlia aveva ereditato i caratteri della nonna paterna che era stata bella, altera e inquieta.

Si erano resi conto che a Sonia erano spuntate le ali e che prima o poi avrebbe preso il volo. Era irrilevante che sua madre le imponesse abiti castigati, che le proibisse di truccarsi, di portare orecchini, di andare alle feste, di frequentare i ragazzi. La barriera che la signora Bambina le aveva costruito intorno aveva il cielo per soffitto, un cielo aperto e luminoso. L'educazione severa che avrebbe dovuto trasformare Sonia in una ragazza repressa aveva invece prodotto una ribelle che prediligeva tutto quello che la madre detestava.

«Smettila di sognare», la richiamò alla realtà Virginia. «Questa non è la reggia di Versailles. È soltanto il salone di Lidia Mantovani. E tu sei un'intrusa, una clandestina che verrà sbarcata se non avrai il buon senso di scendere.» Virginia era preoccupata per i volteggi di

Sonia. Intuiva che se fossero state sorprese a giocare nel salone della grande sarta, come minimo sarebbero state messe alla porta.

«Non aver paura», la esortò Sonia. «Non sono una ladra, e non sto rovinando nulla», continuò prendendo un'ampia sciarpa di seta abbandonata su una poltroncina e drappeggiandosela sulle spalle.

«È mezzanotte, Cenerentola! L'incantesimo sta per finire», l'ammonì Virginia. «E smettila di sognare. Siamo venute solo per una commissione. Nessuno ti autorizza a indossare quella roba. Se si strappa o si sporca non avremo mai i soldi per pagarla.»

L'atelier di Lidia Mantovani occupava tutto il primo piano del palazzo adiacente la casa dei de Bros. La cameriera di Carla de Bros aveva incaricato Virginia di un piccolo favore: portare un pacchetto in sartoria. Sonia, che era con lei, l'aveva accompagnata.

Le due ragazze trascorrevano molti pomeriggi a ripassare il programma scolastico nell'imminenza degli esami di maturità.

Accadeva però, come quel giorno, che venisse loro affidata un'incombenza che rappresentava una parentesi rilassante nel duro programma di studio.

«Ti porto a vedere la sartoria più importante di Milano», le aveva promesso Virginia, scatenando un'immediata, gioiosa adesione.

«Fantastico!» aveva esclamato Sonia, appena varcato il portone d'ingresso del palazzo.

«È l'atelier di Lidia Mantovani», aveva detto piano Virginia quasi fosse un grande segreto. «Pensa che un abito fatto dalla Mantovani costa fino a mezzo milione. E anche di più, se si tratta di un vestito da sera.»

Sonia si era illuminata. Con mezzo milione, suo padre riforniva l'osteria di vino per un anno.

«Chissà che meraviglia quei vestiti», aveva osservato. «Credi che se indossassi un modello così Giulio de Bros mi noterebbe?»

Ridevano sommessamente salendo lo scalone, con il

corrimano di velluto, che portava alla sartoria. Erano passati due anni dal primo, folgorante incontro con l'uomo dei suoi sogni e ancora il ricordo si annidava nel suo cuore. Giulio de Bros era nei suoi pensieri anche se non poteva sperare di rivederlo, perché insegnava in una qualche università negli Stati Uniti. Questa era la versione di Virginia. Ma c'era dell'altro a renderlo più desiderabile ai suoi occhi: godeva fama di grande amatore. Le donne che si avvicendavano nel suo appartamento durante i brevi soggiorni milanesi erano numerose. I domestici riferivano in portineria delle mitiche scenate che la madre di Giulio, Carla de Bros, gli faceva ogni volta che riusciva a incontrarlo. La sua opposizione non era motivata da un problema morale. Non aveva niente contro le signore che frequentavano la sua camera da letto, ma la propensione del figlio minore alle facili avventure gettava un'ombra sul progettato matrimonio di Giulio con Serena Zuccoli. La famiglia Zuccoli era proprietaria degli omonimi stabilimenti tessili, a Varese, quotati in Borsa.

«La vecchia è furibonda», raccontava Virginia, «perché l'avvocato proprio non vuole saperne.»

«Meno male», replicava Sonia con un sospiro e un sorriso di sollievo.

«Credi che aspetti te?» la scherniva l'amica.

«No. Sono io che aspetto lui e lo tengo d'occhio. Se sposasse un'altra morirei di dolore.» Faceva una smorfia di finto pianto, poi scoppiava a ridere e Virginia rideva con lei. Era un modo per riportare nei binari del buon senso una grande illusione giovanile.

«Allora, rispondi», la incalzò Sonia continuando a piroettare davanti agli specchi, «se avessi un abito così, credi che Giulio mi noterebbe?»

«Anche senza un modello da mezzo milione il tuo Giulio ti noterebbe», intervenne una voce di donna dalla erre arrotata. «Non sei il tipo di ragazza che passa inosservata.»

Sonia non ebbe bisogno di voltarsi. Si immobilizzò

davanti allo specchio che, oltre la sua, rifletteva l'immagine di una signora non molto alta e sottile, pericolosamente in bilico su vertiginosi tacchi a spillo. Aveva capelli biondi e vistosi occhiali da miope con la montatura di strass.

«Ci scusi tanto... signora... Mantovani. Noi... stiamo andando. Avevamo un pacchetto per lei... da parte della signora... de Bros.» Virginia balbettava e avrebbe voluto sprofondare per essere stata sorpresa nel bel mezzo di quel gioco.

«Non è il caso che tu vada in confusione, amore mio», cercò di rassicurarla la donna, anche se il rossore di Virginia e il suo stato confusionale non la interessavano più di tanto. La liquidò con un buffetto. «Tu, piuttosto, chi sei?» Era sbrigativa, andava diritta allo scopo.

«Sono una compagna di scuola di Virginia», rispose Sonia togliendosi dalle spalle la stola di seta. Adesso si pentiva per non aver tenuto conto dei consigli dell'amica.

«Come ti chiami?» domandò avvicinandosi a lei.

Sonia pensò che la donna doveva avere passato la quarantina per via delle rughe che le solcavano il collo nascoste, in parte, da un doppio filo di grosse perle. Ostentava anche due perle enormi agli anulari delle mani grassottelle.

«Sonia», rispose finalmente con voce calma. La paura era stata esorcizzata. «Mi chiamo Sonia Brenna», ripeté.

«È un nome bellissimo», osservò la donna allargando le labbra pesanti in un sorriso. «Un nome che sembra fatto su misura per te. Un nome russo che si è diffuso anche da noi alla fine dell'Ottocento. La protagonista dello *Zio Vanja* di Čechov. Per non parlare della Sonia di *Delitto e castigo*.» Voleva sorprenderla con la sua cultura e c'era riuscita. «Lo sapevi?»

«No», rispose la ragazza sorridendo compiaciuta.

«E poi è un nome che ti va a pennello», continuò. «Un nome russo con questo tuo viso un po' mongolo.

E la figura... davvero incantevole.» Parlava con aria pensosa come se stesse valutando un'opera d'arte e volesse elencarne i pregi. «Sei una meraviglia», soggiunse muovendo le braccia come se stesse disegnando nell'aria un modello per Sonia.

Sonia che aveva sentito il suo cuore impazzire quando era stata sorpresa in flagrante, con addosso un capo non suo, avvampò sentendosi oggetto di un'indagine inattesa e imbarazzante.

«Mi scusi, signora, non l'ho sgualcita», si giustificò indicando la stola, e mosse alcuni passi verso Virginia che, non vista dalla padrona di casa, sollecitava con lo sguardo l'amica a tagliare la corda.

«No no no no», disse la signora Mantovani bloccandola con un gesto imperioso. «Rimettiti quella sciarpa e fatti un po' vedere.»

Sonia ebbe il sospetto che la donna si stesse prendendo gioco di lei.

«Noi dobbiamo studiare», cercò di giustificarsi. «Avevamo interrotto per fare questa commissione. Sa, domani cominciano gli esami.»

«Tutto quello che vuoi, ma prima rimettiti la sciarpa di seta», le ingiunse la sarta.

Sonia si avvolse in quella nuvola di tessuto con gesti affrettati e un po' goffi, mentre lanciava occhiate imploranti a Virginia perché trovasse il modo di toglierla da quella situazione. La donna di avvicinò alla ragazza e con dita lievi le sistemò la stola sulle spalle.

«Adesso fammi vedere come cammini», ordinò andando a sedersi su una poltroncina all'altro lato del salone. «Allora, vuoi darmi retta?»

Sonia obbedì, anche se l'obbedienza non era il suo forte. Questa volta aveva assecondato la sarta perché la piccola donna le imponeva ordini piacevoli. Passato l'affanno del primo momento, la ragazza aveva ritrovato la sua disinvoltura.

«Allora, vuoi camminare?» disse la sarta.

Sonia incominciò a camminare con il suo passo altero.

«Non così rigida», la corresse. «Più sciolta. Più naturale. E ancheggia un po'. Così è troppo. Una mannequin non dimena il sedere. Mai.»

Virginia sgranava gli occhi su quella scena. Cominciava a capire quello che stava accadendo a Sonia e si allarmò. «Dobbiamo andare, Sonia», quasi implorò, ma sapeva che l'amica non le avrebbe dato ascolto.

«Impari presto», intervenne Lidia Mantovani. I suoi occhi miopi brillarono dietro le lenti spesse. «Ma soprattutto hai classe.»

Per tutta risposta Sonia si tolse la stola e la lasciò scivolare con un gesto stanco ai suoi piedi. Sorprendendo persino Virginia, disse: «Devo proprio andare».

«Formidabile!» esclamò la sarta. «Farò di te una mannequin», soggiunse alzandosi e andando verso di lei. «Hai stile e classe da vendere.»

Sonia, che sembrava aver capito tutto, le sorrise. Aveva la certezza che quell'incontro casuale sarebbe stato il preludio di un'opera che lei, Sonia Brenna, avrebbe interpretato nel ruolo della protagonista. Lidia Mantovani evidentemente era a caccia di indossatrici e la ragazza aveva un disperato bisogno di evadere. La grande sarta poteva essere uno strumento per realizzare il suo disegno.

«Ma lo stile e la classe non sono sufficienti per superare gli esami di maturità», intervenne Sonia, senza più l'ombra della timidezza iniziale. «Bisogna studiare.»

«Parliamo la stessa lingua, noi due», replicò la sarta, piena di entusiasmo. Rifiutò la mano che la ragazza le porgeva e la strinse in un caldo abbraccio. «Chiamami quando vuoi», concluse.

Lidia Mantovani era certa che quella ragazza piena di temperamento sarebbe tornata da lei.

6

«Le proibisco di interferire nella vita di mia figlia. La nostra è una famiglia onorata.» La signora Bambina aveva provato per molte ore questo esordio che poteva anche diventare una conclusione. Finalmente aveva detto il fatto suo a quella «chiamiamola sarta». Era una donna che non aveva paura nemmeno del diavolo, figuriamoci se temeva questa specie di bambolona piena di boria. Mentre pronunciava il suo diktat, la donna continuava a fissare Lidia Mantovani come se volesse incenerirla. E in effetti era esattamente quello che le sarebbe piaciuto fare se ne avesse avuto il potere, per vedere svanire quella donna truccata pesantemente come una ballerina d'avanspettacolo. Gli uomini all'osteria parlavano spesso, e ad alta voce, delle case di tolleranza. Il personaggio ripetutamente descritto, quello della maîtresse, aveva le caratteristiche fisiche della donna che aveva di fronte, diceva fra sé la signora Bambina.

«Lei è soltanto una donnicciola di paese», reagì la sarta.

«E lei», replicò energicamente la signora Brenna, «una creatura senza scrupoli. Ma non le permetterò di mettere le mani su mia figlia.»

«Lei sta tarpando le ali di quella meravigliosa farfalla che è Sonia», l'accusò la sarta con accenti melodrammatici e frusti luoghi comuni. «Il Signore ha dato a sua figlia la bellezza e il dono della naturalezza e lei vorrebbe gettare tutto questo ben di Dio nella spazzatura?»

Le due donne certo non usavano il fioretto, ma la sciabola, e menavano fendenti terribili.

«Io non butto niente nella spazzatura», affermò la signora Bambina. «Io cerco di salvarla.»

«E io cerco di portarla al successo. Sa che cos'è il successo?»

«Una cosa che tutti sognano, ma soltanto pochi raggiungono. Molte, invece, finiscono nelle camere da letto delle case d'appuntamento.» La signora Bambina non si lasciava sedurre dai luccichii del salone.

Lidia Mantovani era coinvolta in un dialogo rabbioso, senza vie d'uscita, che le dava un senso di impotenza facendole arrotare più che mai la erre.

Quando Sonia, dopo la maturità, aveva parlato alla madre delle proposte di Lidia Mantovani, si era sentita rispondere con un evasivo: «Non ti preoccupare. Ci penso io».

L'indomani la signora Bambina aveva noleggiato una macchina con autista nel garage del paese ed era piombata, come un uragano, nell'atelier di via Bigli.

La première, il tagliatore e alcune lavoranti avevano lasciato il laboratorio che dava sul cortiletto interno per trasferirsi nel salottino di prova più vicino al salone e poter così seguire le fasi dello scontro.

La signora Brenna aveva indossato un tailleur di seta a fiori che si tendeva sul ventre e aveva esumato dal secretaire della camera da letto gli ori che il marito le aveva regalato in vent'anni di matrimonio. I suoi gioielli stavano alla pari, nella sua personale valutazione, con le perle della sarta, che tra l'altro a lei non piacevano. I gioielli dovevano essere d'oro. L'oro pesante e lucente che faceva crepare i vicini d'invidia. Lei, così agghindata, si sentiva protetta e avrebbe difeso le ragioni di una madre dall'intrusione di Lidia Mantovani che, con le sue illusioni, rischiava di mandare a monte un suo antico progetto.

Voleva, per sua figlia, quello che a lei non era toccato: essere considerata la donna più ricca e rispettata del paese. Con questa prospettiva aveva lavorato fino all'abbrutimento e aveva risparmiato soldo su soldo investendo oculatamente in botteghe e appartamenti.

Aveva vegliato sull'educazione scolastica e morale della figlia, facendola arrivare a diciott'anni vergine e con un diploma di maestra.

Adesso, per completare l'opera, doveva farla sposare con Aldo Porta, il figlio maggiore dei tabaccai, tornato recentemente dal servizio militare. Aldo, unico figlio maschio, avrebbe aggiunto al patrimonio di Sonia, oltre la tabaccheria, sei appartamenti in un palazzo di recente costruzione e sei ettari di terreno edificabile al confine con Milano. Nella sua posizione, con il progetto che aveva in mente, poteva trattare da pari a pari con quella sgradevole piccola donna, antipatica come le sue perle.

Quel «donnicciola di paese», espresso con il tono di un insulto, ebbe come effetto immediato la reazione rabbiosa della signora Bambina.

«Non è a una ruffiana come lei che affiderò mia figlia», replicò con fermezza. «Sonia è minorenne e fino a quando non avrà compiuto ventun anni farà quello che decido io. Pertanto l'avverto: lasci stare mia figlia o finirà con quel suo gran culo per terra.»

«Confermo il mio primo giudizio: lei è soltanto una piccola donnicciola di paese.» Scrollò la testa e fece per andarsene.

«Aspetti un momento, grande sarta dei miei stivali», le intimò la signora Bambina e descrivendo un ampio arco con il braccio colpì la sarta in pieno viso con la borsetta. Gli occhiali le volarono via e la donna, che già faticava a mantenere l'equilibrio a causa dei tacchi vertiginosi, finì per terra. La morbida moquette attutì l'impatto, ma non le impedì di trovarsi in una posizione umiliante, che la mortificava ancora di più sapendo che il personale aveva assistito, non visto, alla scena e ne sarebbero nati chissà quali pettegolezzi. La signora Bambina era quindi uscita sbattendosi la porta alle spalle.

«Povera bambolina mia. Ma come è potuto accadere?» domandò avvicinandosi a lei un tipo alto, snello, piacevole, sulla cinquantina, l'espressione ferma e rassicurante di un uomo di mondo.

Dopo che Lidia si fu sistemata la gonna che scopriva le gambe, rivelando una biancheria intima di seta color avorio, l'uomo riuscì a tirarla in piedi. Era rossa, congestionata per lo sforzo e per la vergogna; e scoppiò in lacrime.

«Adesso arrivi?» lo rimproverò. «Comandante, non potevi comparire un momento prima?» lo aggredì rassettandosi l'abito e continuando a frignare come una bambina viziata. Poi, rivolta all'uscio dietro il quale stavano in agguato i collaboratori come uccelli rapaci, gridò: «So benissimo che siete lì dietro, ma dal momento che vi pago, siete tenuti a riprendere il vostro lavoro». Si udì un trapestio frenetico.

Il comandante era il marito di Lidia Mantovani e il factotum della sartoria. Dopo aver rimesso in piedi la moglie, raccolse gli occhiali che non avevano subito danni, alitò sulle lenti e cominciò a pulirli con un fazzoletto immacolato. Lei era furibonda.

«Io vorrei sapere dove stai tutto il tempo», l'aggredì con rabbia.

«Ma cara», si giustificò il comandante, «ti avevo pur detto che andavo dal commercialista.»

«Ma quale commercialista», lo assalì continuando a frignare. «Ti ho fatto cercare e tu non c'eri. Prega il tuo Dio che non ti colga sul fatto, tu e quella puttana che ti porti a letto mentre io sto qui a spaccarmi la schiena, e vedrai che cosa ti capita.»

Gennaro Soriano, napoletano di Pozzuoli, si vantava di avere comandato, durante l'ultima guerra, un battaglione d'assalto sul fronte russo. Di quel ricordo inventato, perché in realtà Gennaro non si era mosso da Milano, era rimasto il grado. Così, per tutti, continuava a essere il comandante.

In realtà non comandava nessuno, nemmeno se stesso. Era Lidia che disponeva di lui a suo piacimento, considerandolo un maggiordomo a tempo pieno. Lui si occupava del settore amministrativo, ma diventava, all'occasione, anche autista, fattorino e garbato intrattenitore.

Il comandante amava poco il lavoro e molto le donne. Lidia era al corrente di certe sue frequentazioni, sapeva e tollerava. Lei era una donna pratica, concreta e lasciava che il marito uscisse qualche volta dal seminato, in cambio della devozione e della capacità amministrativa. Il napoletano era un piccolo genio con i numeri e riusciva a far quadrare il bilancio pur mantenendo una soubrettina cui piacevano pellicce e gioielli. Questo Lidia non poteva tollerarlo. Donne sì, quante ne voleva, mantenute no. Quelli erano i patti, che contemplavano la sua libertà di fornicare con le indossatrici che, per interesse o per vocazione o per tutt'e due le cose, si compiacevano di giocare con lui. Un conto è l'avventura più o meno costosa, un altro conto è mantenere un'amante.

Su questo punto si era scatenata la bagarre. Mentre Lidia Mantovani e Gennaro Soriano si scannavano a insulti, la signora Brenna, sventagliandosi con un fazzoletto per il gran caldo, tornava a casa sull'auto presa a nolo, ormai placata e soddisfatta di avere rimesso le cose a posto. La situazione si era capovolta in suo favore.

In questo ritrovato equilibrio c'era, tuttavia, un elemento negativo: un dolore sordo e continuo allo stomaco.

Quella sera la trattoria sarebbe stata chiusa ai clienti, perché lei aveva allestito una cena in grande per la famiglia Porta. Era necessario che Sonia si fidanzasse al più presto con il giovane Aldo. A questo punto ogni ingranaggio del complicato meccanismo funzionava alla perfezione. Ma la signora Bambina aveva fatto i conti senza Sonia. Sua figlia aveva in testa un progetto completamente diverso.

Sul retro dell'osteria, sotto il pergolato, era stata allestita una tavola sontuosa. La signora Brenna aveva tirato fuori da un'antica cassapanca uno dei pezzi forti del suo corredo: una tovaglia in tela di fiandra ricamata a mano. Poi c'erano le posate d'argento e due candelabri anch'essi d'argento, i piatti di porcellana, un servizio per trentasei di Richard Ginori e i bicchieri di cristallo Baccarat, tre per ogni commensale. Tutto era costruito in funzione di un avvicinamento tra Sonia e Aldo.

I cibi erano semplici e genuini, i vini freschi e leggeri. Prosciutto con fichi e melone, cicoria fresca con ovoli e scaglie di grana, roast-beaf con salsina al limone e, per finire, macedonia di frutta con gelato alla fragola.

C'era persino un pretesto, anzi due, per giustificare l'incontro tra i due giovani. Ufficialmente, il pranzo sfarzoso, era stato organizzato per festeggiare il diploma di Sonia e l'inaugurazione del primo supermercato del paese. Un emporio non molto grande, ma bene organizzato in modo da contenere di tutto un po': dai generi alimentari ai detersivi. L'avevano chiamato *BrePor Market*, dal nome dei due soci proprietari: Antonio Brenna e Massimo Porta. Il bottegone era partito a razzo. Occupava l'intero pianterreno di un'antica casa restaurata. Il brillante inizio aveva superato le previsioni più ottimistiche: il tabaccaio e l'oste avevano investito bene i loro capitali. Comunque i coniugi Brenna, risparmiatori per vocazione, non avrebbero ostentato tanto sfarzo se non avessero avuto un preciso progetto: il fidanzamento di Sonia con Aldo. Quella messinscena voleva essere una dimostrazione del loro benessere economico, della loro ricchezza. Anche Sonia doveva capire che la fusione dei capitali delle due famiglie le avrebbe consentito di vivere come una signora, e che il suo nome sarebbe stato oggetto di invidie e di ammirazione.

Naturalmente Sonia era all'oscuro di questi maneggi. Aveva superato brillantemente l'esame di maturità, ma la lettura sui tabelloni dei bellissimi voti l'aveva lasciata quasi indifferente; al contrario di Virginia che, invece, aveva letto e riletto gli otto e i nove che sembravano riflettersi sulla sua faccia illuminandone l'espressione beata.

«E adesso?» aveva domandato Virginia.

«Adesso che cosa?»

«Abbiamo il diploma. Ma adesso... cioè dopo, che cosa faremo?»

«Tu farai la maestra», pronosticò con sicurezza Sonia. «Io diventerò indossatrice dalla Mantovani. La migliore.»

«Ci tieni tanto a quel lavoro?»

«L'idea non mi dispiace», spiegò Sonia. «Ti dirò sinceramente che ho imboccato questa strada perché è l'unica che mi porterà a Giulio de Bros.»

L'uomo bello, elegante e ricco continuava a essere nei suoi pensieri anche mentre sgranava gli occhi sulla ricchezza della tavola preparata dalla madre.

«Da dove spuntano questi argenti, i cristalli e le porcellane?» le chiese.

«Da casa nostra», rispose la donna con un sorriso compiaciuto.

«Allora siamo ricchi», constatò Sonia, sbalordita.

«Certo. Mi stupisce che tu te ne accorga soltanto adesso», ironizzò la signora Bambina.

«Come facevo ad accorgermene dal momento che viviamo come pezzenti?» osservò Sonia. «Io dormo dietro un paravento in un locale adibito a magazzino. E tu da anni mi rivolti lo stesso cappotto. Non siamo mai andati in vacanza perché tu sostieni che non possiamo spendere. Per la stessa ragione non possediamo nemmeno un'automobile. E adesso scopro tutto questo splendore», disse indicando la tavola imbandita.

«Danaro liquido», precisò la madre, «ne abbiamo poco. È tutto investito. Ma possediamo una notevole fortuna. Ora lo sai», le confidò la madre con un sorriso forzato, avvelenato dal dolore allo stomaco che si faceva sempre più insistente.

«Ricchi e taccagni», replicò Sonia stizzita, elencando mentalmente tutte le cose che avrebbe voluto avere e che sua madre le aveva rifiutato negli anni.

«È tutta roba tua, Sonia», l'avvertì la madre. «Quando ti sposerai avrai una dote grandiosa. Sarai una vera signora.»

Nella mente di Sonia si affacciò di nuovo l'immagine odiosa di Letizia, la figlia della lattaia, con la sua fabbrichetta di termometri, i bigodini in testa e il marito galantuomo e lavoratore. Pensò alla vita che l'aspettava e provò un senso di angustia. Avrebbe saputo sfuggire alla ottusa mediocrità dei benestanti del paese? Sonia non parlò per tutta la durata del pranzo, senza curarsi di nascondere il suo cattivo umore. Rispose con monosillabi alle domande dei signori Porta e non degnò della minima attenzione il giovane Aldo, che invece la divorava con gli occhi. Lei lo conosceva bene, quel ragazzo, e lo trovava prevedibile e insopportabilmente noioso come l'abito grigio che indossava. Guardò con disprezzo le due sorelle di Aldo, ancora ragazzine, che sarebbero certamente diventate donne petulanti e insopportabili come il fratello.

I coniugi Brenna fecero del loro meglio per vivacizzare la cena. Suo padre fu un vulcano di battute spiritose, sua madre dispensò i sorrisi che aveva risparmiato nel corso di una vita. Ma tutti si erano resi conto che non era più il caso di sperare in un matrimonio tra i due ragazzi. Solo la signora Brenna, cocciuta com'era, non rinunciava a considerare possibile il suo sogno. «Cantaci qualcosa, Tognino», disse al marito cercando di rallegrare l'atmosfera.

«Forza, facci sentire una bella romanza», lo incalzò Massimo Porta.

La fisarmonica era a portata di mano, qualcuno l'aveva messa su un tavolino pensando che alla fine della cena Tognino Brenna, accompagnandosi con lo strumento, avrebbe intonato il suo cavallo di battaglia: *Una furtiva lacrima* dall'«Elisir d'amore» di Gaetano Donizetti. Ma Antonio Brenna, quella sera, non era in vena di esibizioni canore. Dall'espressione di Sonia, capiva tutta la sua infelicità e non aveva nessuna voglia di cantare e di suonare.

«Dai, Tognino, non farti pregare», lo incitò la moglie.

L'uomo guardò la figlia che gli sorrise e gli fece un cenno d'incoraggiamento. Prese la fisarmonica e trasse alcuni accordi prima di intonare la romanza preferita. La sua voce tenorile dilagò sotto il pergolato e andò dritta al cuore dei commensali coinvolgendoli nella melodia accorata.

Sonia provò un'infinita tenerezza per il padre. Ricordò la violenza ingiustificata e la mortificazione per i due schiaffi ricevuti un paio d'anni prima, ma le venne in mente anche il giorno in cui le aveva regalato Bobi. Bobi adesso non c'era più. Era morto due anni prima per un attacco di cuore. Quando il vecchio bassotto, con un estremo sussulto, se ne era andato per sempre, vicino a lui c'erano Sonia e suo padre.

«È stato un buon cagnolino», aveva detto Tognino accarezzandogli il muso.

«Unico e irripetibile», aveva singhiozzato lei.

«Te ne prenderò un altro», aveva cercato di consolarla.

«Non adesso, papà. Non potrei sopportarlo.»

«Quando tu lo vorrai», aveva detto l'uomo che comprendeva il dolore della figlia.

Bobi era stato sepolto nella striscia di prato, oltre il pergolato, sopravvissuta all'invasione e alla speculazione edilizia, proprio dietro la casa dei Brenna.

Mentre le ultime note si perdevano nella notte estiva, in quella striscia di prato dove palpitavano lucciole inquiete come stelline vagabonde, Sonia ricordò tutto il bene e tutto il male di quel piccolo uomo, sempre in bilico tra gli estremi: mite e aggressivo, comprensivo e intollerante, coraggioso e vile, e si interrogò sui suoi sentimenti per il padre.

Quando, tra gli appalusi, Antonio Brenna ripose la fisarmonica sul tavolinetto, Sonia credette di vedere una lacrima furtiva come quella della romanza brillare negli occhi del padre. In quel momento si rese conto di volergli tanto bene. Si alzò di scatto e si rifugiò nell'osteria deserta, con le saracinesche abbassate. Andò dietro il banco dove stavano gli scaffali dei liquori. Le lavagnette e i gessetti dei giocatori erano al loro posto. La ragazza prese una lavagna e, sedendo sull'alto sgabello di fronte alla cassa, cominciò a disegnare una chiesetta col campanile sghembo e un sole ridanciano con le labbra all'insù. Improvvisamente cancellò il sole, disegnò una nuvola, riempì quel piccolo cielo con pioggia e lacrime. Sotto quello strambo disegno scrisse: *per papà*.

Uscì di casa e acchiappò al volo l'ultimo tram che andava in città.

7

«Lo sapevo che saresti tornata», disse Lidia Mantovani correndole incontro a passettini traballanti. Indossava un abito di seta nera, di linea diritta, molto elegante.

Sonia provò una sensazione imbarazzante tra le braccia di quella donna che fino a un momento prima rappresentava la salvezza dal grigiore della mediocrità.

«Mia madre farà il diavolo a quattro quando scoprirà che sono fuggita», disse ansando per la corsa e l'emozione, mentre cercava di liberarsi da quell'abbraccio che la infastidiva e le procurava un senso di malessere. Era riuscita a saltare il fossato, ma ancora non sapeva che cosa avrebbe trovato sull'altra riva.

Pensò alla signora Bambina che sicuramente stava minimizzando e giustificando l'atteggiamento della figlia. Le sembrava di sentire la madre mentre diceva agli ospiti: «È stanca. Ha studiato molto per superare brillantemente gli esami. Bisogna capirla. È un po' esaurita».

La signora Brenna avrebbe continuato a sorridere. Poi, appena congedati i Porta, sarebbe salita di corsa per affrontarla e chiederle ragione del suo comportamento. Ma non trovandola avrebbe cominciato a crocifiggere il marito. Vide il padre che osservava il disegno dedicato a lui comprendendo che sua figlia se n'era andata. Ma dove?

«Il diavolo a quattro tua madre lo ha già fatto qui da me, stamattina», le rivelò la sarta. «In ogni caso credo che tu debba telefonarle e dirle che sei qui», la consigliò.

Sonia sgranò su di lei i grandi occhi d'ambra. Cercava un segno che l'aiutasse a capire quale sarebbe stato il suo futuro adesso che aveva reciso, con la fuga, il cordone ombelicale che fino a quel giorno, bene o male, l'aveva tenuta legata ai genitori.

«Farà il diavolo a quattro», ripeté Sonia, chiusa nella propria disperazione.

«Hai seguito il tuo istinto e la tua vocazione», la giustificò una donna che sedeva, tranquilla e composta, in un angolo del salotto adiacente la grande sala delle sfilate. «Non hai motivo di preoccuparti.»

Sonia si accorse della sua presenza solo in quel momento. La guardò. Era una figura indefinibile sullo sfondo della tappezzeria dorata a gigli di Francia. Vestiva di giallo. Di lei si notavano le gambe lunghe, affusolate, le grandi mani dalle dita sottili, il volto ovale, un grande naso, grandi labbra, grandi occhi. I capelli d'argento erano strettaménte raccolti sulla nuca. Ai lobi delle orecchie, minuscole come quelle di una bambina, pendevano grappoli di pietre dure, coralli e giade che andavano a lambire il collo lungo e sottile. La voce era profonda, pacata e suadente.

Per qualche attimo Sonia non capì se la donna avesse parlato con lei o con la sarta. Poi notò lo sguardo fermo che la inquadrava e non ebbe più dubbi.

«Loro saranno molto in ansia per me», disse coinvolgendo anche la madre in quel sentimento nuovo che somigliava molto alla tenerezza.

«In questo caso», proseguì la sconosciuta, «sono loro che hanno un problema.» Parlava con voce pacata sorridendole con aria amichevole.

«Lei è Irene», disse la sarta. «La famosa Irene.»

Aveva lo stesso viso della Madonna col Bambino che stava appesa, in una cornice dorata, sopra il letto di sua madre, pensò Sonia e si sentì protetta e rassicurata, come se la donna avesse grandi ali sotto le quali poteva rifugiarsi.

Le tornò in mente la sua maestra, la signorina Chirico. Era stata la sola persona, quando era bambina, a darle sicurezza. Irene aveva su di lei un effetto analogo. Sembrava che quella creatura misteriosa sapesse tutto di lei, della sua vita, dei suoi tormenti, delle sue predilezioni.

«Che cosa devo fare?» le chiese andandole vicino.

«Quello che ritieni giusto», rispose Irene.

Sonia incominciava a capire che la sua fuga da casa era un gesto insensato.

«Dovrò tornare a casa. Questa fuga non ha senso», ragionò. «Ha senso, invece, dimostrare loro che intendo vivere la vita che scelgo io. Ma sarà difficile convincere mia madre.»

«Ci riuscirai, se è davvero questo che vuoi», osservò Irene.

«Ti riaccompagnerà il comandante», decise allora Lidia.

«Andrò con lei», intervenne Irene alzandosi. Era alta quanto Sonia. Poteva avere una quarantina d'anni. Vestiva come una contadina: gonna lunga, una camicetta dalle maniche rimboccate, uno scialle dalle lunghe frange. Emanava da lei un profumo di erba appena tagliata.

Sonia non riusciva a classificarla: non sembrava ricca, ma non aveva neppure l'aspetto di una povera. Non era certamente una delle facoltose clienti della Mantovani. Ma chi era questa «famosa Irene»? Sonia non osava fare domande, anche perché la sua curiosità passava in subordine rispetto al dramma che stava vivendo e alla battaglia che si preparava ad affrontare con i genitori.

«Andiamo, cucciolotta», disse Irene circondandole le spalle con un braccio e racchiudendola dentro il suo scialle proprio come se l'avesse presa sotto l'ala.

L'auto che la riportava a casa era una Jaguar grigia. Sonia vide la mano del comandante sfiorare la gamba di Irene.

«Tu non ti rassegni mai», gli disse lei sferzante.

«È più forte di me», ammise l'uomo rimettendo la mano sul volante.

«Ci prova con tutte», proseguì rivolgendosi a Sonia. «Ci proverà anche con te. Evidentemente qualche volta gli va bene.»

Nel mondo in cui era capitata le regole erano diverse da quelle che le erano state inculcate a casa sua.

«Lei si occupa di moda?» azzardò la ragazza rivolta a Irene.

«Mi occupo soprattutto di vivere. Ed è un'impresa non indifferente, te lo garantisco.»

«Diglielo che sei una strega», intervenne Gennaro Soriano.

«Sono una strega», ammise la donna con noncuranza.

«Le streghe non esistono», mormorò Sonia che incominciava a credere di essere il bersaglio di una burla. E la fiducia che aveva riposto nella donna vacillò.

«Lei è la sola eccezione», replicò l'uomo. «Legge passato e futuro. Prepara filtri magici e se le stai antipatico ti fa pure il malocchio.» Tra il serio e il faceto affiorava la napoletanità del comandante. «A me lo ha fatto», continuò. «Ammettilo, vipera, che non mi puoi soffrire.» Lei esplose in una fresca risata. Si voltò verso Sonia e la ragazza vide i suoi occhi verdi brillare e le sue labbra dischiuse sulla chiostra dei denti bianchissimi.

«È una chiromante, dunque», sintetizzò con l'entusiasmo di chi finalmente scopre un mistero.

«Così dicono gli altri.»

«Allora può predirmi il futuro», incalzò la ragazza.

«Sta' tranquilla, cucciolotta», ribatté la donna con la sua voce forte e pacata. «Impara a guardare dentro te stessa. È ancora lontano il tuo futuro. Semmai dovrai affrontare il presente dove si annida un grande dolore», soggiunse stringendole una mano e comunicandole un senso di forza e di fiducia. No, la donna non si stava prendendo gioco di lei, stava invece aiutandola a superare una prova difficile.

«Io abito qui», avvertì Sonia in prossimità della sua casa.

La macchina accostò al marciapiede.

«Di quale dolore parla?» chiese infine senza decidersi a scendere.

«Non so, cucciolotto. È soltanto una sensazione», rispose Irene.

Le strinse ancora la mano. La ragazza e la donna scesero dalla Jaguar. Sonia vide suo padre appoggiato al muro dell'osteria. Fumava una sigaretta e la brace rossastra si consumava nel buio.

«Le ho riportato Sonia», disse Irene ad Antonio Brenna. «È una creatura preziosa e rara. La tratti con il rispetto che merita», soggiunse dando a Sonia un buffetto sulla guancia.

Lei la guardò tornare verso l'automobile e aspettò che la macchina si rimettesse in moto prima di avvicinarsi a suo padre.

«È stata una fuga da poco, come vedi», gli disse.

Antonio Brenna spense il mozzicone schiacciandolo con il tacco. Aprì le braccia e Sonia vi si rifugiò. Senza una parola. Poi alzò lo sguardo verso di lui e vide che stava piangendo.

«Ti voglio tanto bene, papà. Ma la mia vita è altrove.»

«Lo so», disse l'uomo. «Solo che adesso abbiamo un problema. La mamma sta male.»

8

FURONO giorni crudeli. La signora Bambina era stata ricoverata in una clinica milanese dove venne operata.

«Aperta e richiusa», come spiegò Antonio Brenna ai parenti e agli amici.

«Spacciata», come sintetizzò la signora Porta a quanti, in paese, le chiedevano notizie.

Il grande ventre della madre, che a Sonia incuteva da sempre una sorta d'imbarazzo, conteneva da tempo un fibroma che lei non aveva mai voluto curare. Le era stato detto, infatti, che la sola cura possibile era un intervento chirurgico e la donna non aveva mai accettato di farsi «mettere i ferri addosso». Così il fibroma si era trasformato in un mostro cattivo che aveva invaso tutto l'addome. Ora stava morendo e per alleviare le sue sofferenze, che erano atroci, le somministravano dosi massicce di morfina.

Sonia ricordò le parole di Irene: «Sii forte. C'è un grande dolore nella tua vita». Era proprio così.

Tante volte, nel corso degli anni, quando i rapporti con la madre si facevano via via più tesi e la sua ribellione all'autoritarismo materno si accentuava pericolosamente, Sonia aveva concepito pensieri di morte per questa donna insensibile e ottusa.

Ora che si stava spegnendo fra atroci dolori, Sonia

considerava in modo diverso la personalità e il modello di vita di sua madre, che aveva lottato strenuamente, giorno dopo giorno, accumulando ricchezza e «onorabilità» da offrire a lei, la sua unica figlia, per assicurarle un futuro agiato e una condizione sociale brillante. Soltanto adesso Sonia cominciava a capirla e per la prima volta aveva l'impressione di essere vicina alla madre, dalla quale si era sentita rifiutata e che a sua volta aveva rifiutato. Aveva voglia di stare con lei e avrebbe desiderato ricominciare una nuova vita insieme.

Stringendo la sua mano scarna si rese conto che aveva dato voce ai propri pensieri e la signora Bambina le rispose con un sorriso.

«Non mi perderai», disse con voce flebile. «Se hai capito l'amore che ti porto, vivremo sempre insieme. Io sarò sempre con te.»

Sonia annuì tra le lacrime, turbata dalla comprensione e dall'affetto generoso che non avrebbe mai supposto in lei. Avrebbe voluto tornare indietro per rimangiarsi pensieri, parole e atteggiamenti ostili. E non potendo cancellare il passato, viveva un presente tormentoso. Non lasciava quasi mai la stanza della madre. L'assisteva notte e giorno.

Considerava folli i progetti che aveva accarezzato. L'infatuazione per Giulio de Bros, l'idea di fare l'indossatrice, il sogno di palazzi, vita mondana, successo, tutto quello che l'aveva indotta alla fuga veniva sgretolato dalla sola realtà che contasse: la malattia, il dolore, la rassegnazione coraggiosa della madre che affrontava con dignità le ombre della notte.

Lidia Mantovani aveva assunto i contorni di una figura grottesca, mentre sua madre, da quel confronto, usciva ampiamente vincente.

«Ho già fatto testamento. A ventun anni, ma anche prima, se ti sposi», le confidò, «erediterai tutto quello che mi appartiene: l'argenteria, i gioielli, gli appartamenti.»

«Non so che farmene dei tuoi appartamenti. È te

che voglio», cominciò a piangere Sonia. «Ora che ti ho ritrovata non voglio perderti. Se te ne vai, che ne sarà di me?» le domandò smarrita.

«Guarda dentro te stessa. E ricorda i miei insegnamenti», disse la madre.

Sonia ricordò Irene che le aveva dato lo stesso consiglio.

«Che cos'è questo guardarsi dentro?» domandò. «È una cosa che non riesco a capire.»

«Prima o poi», ribatté la madre, «capirai. Bada sempre alla solidità dei sentimenti e delle cose. Perché è importante essere, non sembrare.»

«Sì, mamma», replicò Sonia, che continuava a non capire.

«Credo di avere individuato un buon marito per te», disse la donna.

«Un marito per me?» Sonia asciugò le lacrime.

«Sai bene che parlo di Aldo Porta. È un ragazzo solido, quadrato. Con buoni sentimenti e so che ti vuol bene.» L'intenzione di un sorriso si spense in una buia coltre di dolore. La donna prese a lamentarsi insistentemente con la voce sottile e disperata di un bambino che vuole la mamma.

Sonia si attaccò al campanello. Quando l'infermiera comparve l'aggredì: «È mezz'ora che la cerco. Mia madre sta male, non vede? Le faccia subito la morfina», le ordinò.

L'infermiera la guardò impassibile, accingendosi a intervenire. Ma la madre si oppose. «Non subito», implorò guardando Sonia. «Devo ancora parlare con te... dirti, finalmente, tutto quello che non ho avuto il tempo di raccontarti prima.»

La signora Bambina morì quello stesso giorno, subito dopo il tramonto, mentre nel cielo si accendeva una pallida luna sormontata da una stellina e nell'aria estiva frullavano gli ultimi passeri alla ricerca di un rifugio.

Venne sepolta nel cimitero del paese, in fondo a un lungo viale di cipressi. Le saracinesche dell'osteria rimasero abbassate per tre giorni in segno di lutto. Sonia e suo padre passarono molte ore seduti a un tavolo nella bottega buia e vuota. Lui faceva dei solitari con le carte e sua figlia gli teneva compagnia. Vennero amici e parenti a testimoniare il loro dolore. Venne Virginia.

Sonia le disse: «Con mia madre se n'è andata una parte di me. È finito il tempo dei sogni a occhi aperti. Credo che non ci rivedremo più», sentenziò incurante della costernazione dell'amica.

Venne Aldo Porta a ricordarle, anche a nome della madre, che la loro casa era sempre aperta. Era confuso, un po' impacciato e aveva lo sguardo adorante.

«Verrò a casa tua», disse. «Sappi che ho promesso a mia madre, in punto di morte, che ti avrei sposato, se tu me lo avessi chiesto.»

Il ragazzo avvampò per l'emozione. «Vuoi diventare mia moglie?» le chiese. «Veramente pensavo di fare la mia domanda in altro modo.»

«Voglio diventare tua moglie», confermò Sonia con freddezza. «Papà verrà a vivere con noi», soggiunse.

Era settembre quando Sonia fu accompagnata all'altare da suo padre e divenne la signora Porta. Senza sfarzo, senza allegria, senza grandi pranzi.

Antonio Brenna regalò agli sposi una Millecento azzurra sulla quale partirono per Roma. Sonia volle trascorrere la sua prima notte di sposa all'albergo *Massimo d'Azeglio*, dov'erano stati anche suo padre e sua madre in viaggio di nozze.

9

Sonia vide il ragazzo che si avvicinava a lei e quello che lesse nel suo sguardo le procurò un senso di disagio. Erano nella camera del grande albergo romano che, a giudicare dalle tappezzerie, aveva conosciuto tempi migliori. Nonostante il lindore della biancheria e l'efficienza del personale, difatti, vi si respirava un'aria di declino.

Lei indossava una camicia da notte di nylon azzurro, Aldo un pigiama a righe grigie e blu. Erano esausti per il viaggio interminabile e faticosissimo. Sonia si era sforzata di provare interesse per i racconti del marito e aveva scoperto, costernata, che non riusciva a entrare negli schemi e nella mentalità di Aldo.

Durante il mese di fidanzamento era stata presa da mille cose banali, ma anche divertenti, che l'avevano aiutata a superare il dolore per la perdita della madre. Aveva aperto i due grandi bauli che contenevano lo sfarzoso corredo preparato dalla madre per lei: lenzuola di lino ricamate a mano, tovaglie damascate con intarsi di pizzo a tombolo, camicie di seta e vestaglie così belle che non aveva avuto il cuore di chiuderle in valigia dove si potevano sciupare.

Con suo padre e la madre di Aldo, erano andati in Brianza a scegliere i mobili per arredare un villino dei Porta che sarebbe diventato la loro casa. Ma anche la scelta di una camera da letto o di una cucina mostrava la divergenza dei gusti tra i due giovani. La sera, prima di coricarsi nel suo lettino sgangherato dietro il paravento, Sonia dialogava con un ritratto giovanile di sua madre.

«Sto facendo come volevi tu, mamma?» chiedeva dimenticando che la risposta poteva trovarla soltanto in se stessa.

Aldo era un ragazzo molto perbene e aveva cercato soltanto di carpirle qualche bacio, ma di fronte alla ritrosia di Sonia aveva desistito per non contrariarla. Avrebbe avuto tutta la vita per amarla come desiderava.

Adesso, nella stanza dell'albergo, era finalmente arrivato il momento tanto atteso. Sonia, che da anni sembrava aver dimenticato il brutto episodio del carbonaio di quando era bambina, all'improvviso ricordò ogni particolare di quell'orribile esperienza e ritrovò nello sguardo del marito l'espressione animalesca dell'aggressore. Istintivamente afferrò un cuscino cercando di difendersi dal legittimo attacco che ormai era inevitabile. Sonia era davvero bellissima e Aldo, più che mai deciso ad averla, sedette accanto a lei. Il giovane aveva la bocca riarsa e la testa piena di pensieri aggrovigliati cui non riusciva a dare voce. Sonia chiuse gli occhi e dagli abissi della coscienza riemerse un odore di carbone e di legna da ardere, e un lezzo di selvatico che le serrava la gola.

Aldo insinuò una mano fra le sue cosce e lei risentì la mano ruvida, rapace del carbonaio che frugava nell'intimità più segreta. La faccia da lupo di Mario, gli occhi accesi come tizzoni ardenti, il respiro affannoso e spezzato incombevano su di lei.

Sonia spalancò la bocca per dare voce al suo disperato bisogno di aiuto, ma non produsse alcun suono. Di fronte al terrore di quegli occhi sbarrati Aldo si ritrasse, a sua volta, impaurito.

«Che cosa c'è, tesoro?» la interrogò e si interrogò il marito. «Non... non ti ho fatto niente», balbettò confuso.

Sua moglie continuava a fissarlo con uno sguardo allucinato.

«Vuoi che smetta?» domandò quasi supplicando.

Lei non rispose. Aldo non aveva molta esperienza in fatto di donne: aveva posseduto un paio di ragazze del paese sui sedili della sua vecchia Topolino, ma si era trattato di acrobazie erotiche più che di veri amplessi. Durante il servizio militare aveva avuto un rapporto con la figlia di un albergatore in un paesino di montagna del Veneto. Tutte e tre le ragazze si erano arrese pronunciando dei fermissimi «no, non farlo». Sonia non negava e non gemeva. La guardò e il desiderio si riaccese. La sua voglia di lei non consentiva ulteriori proroghe. Le tolse il cuscino che Sonia abbracciava e si avventò su di lei con l'ardore dei suoi vent'anni.

Allora la ragazza gridò. Fu un urlo lacerante da animale trafitto a morte. Aldo si ritrasse atterrito. C'era il suo seme e c'era il sangue di lei sul lenzuolo. Aldo pensò che sarebbe accorsa gente se non interrompeva quel grido senza fine. Per richiamarla alla realtà, la schiaffeggiò e finalmente lei tacque.

Poi Sonia parlò affannosamente. «Mario il carbonaio», disse con voce spezzata, «Mario il carbonaio», continuò a ripetere. Si riprese il cuscino sotto il quale nascose la testa e pianse silenziosamente.

Quanti anni erano passati da quel giorno? Com'era possibile che avesse dimenticato tutto? Rivide il cortile della scuola e Loredana che diceva: «Meglio non avere un padre che un padre strozzino come il tuo. Lo sanno tutti che Mario il carbonaio è andato in rovina per colpa di tuo padre. Perfino la bottega gli ha portato via».

Tutti i pensieri rimossi da anni brulicavano nella sua memoria. L'aggressione di Aldo aveva riportato a galla episodi dimenticati per anni. Loredana diceva la verità. Del carbonaio e della bottega si era persa qualsiasi traccia, ma la responsabilità di questa sparizione non era del padre; Sonia ebbe la certezza che era stata sua madre a punire l'uomo traendone anche un vantaggio economico.

«Sonia, stai male?» chiese Aldo posandole una mano sulla spalla.

Lei scoprì il viso e lo guardò con un'espressione pacata, consapevole, quasi serena.

«Non è niente. Sto bene», cercò di rassicurarlo.

«Mi hai spaventato», replicò Aldo. «Prima l'urlo selvaggio. Poi Mario il carbonaio. Avrai ripetuto tre volte questo nome. Che cosa significa?»

«Niente. Non è successo niente. Vorrei soltanto lavarmi», rispose mettendosi a sedere sul letto.

«Come prima volta non è stata gran che», osservò lui. «Vero?»

«Come prima volta mi pare sia successo tutto», disse lei indicando lo stato pietoso del lenzuolo e della sua camicia.

«Forse la prossima volta andrà meglio», insistette Aldo che non era molto convinto.

«Forse», sospirò Sonia sapendo che una prossima volta non ci sarebbe stata. Il sesso era proprio una cosa sporca, pensò. Aveva ragione sua madre.

Sotto il getto violento della doccia riprese a piangere. Era infelice, la più infelice delle donne, com'era stata la più infelice delle bambine. Ma avrebbe imparato a convivere con la sua infelicità, cercando di trarre, dai rari momenti di gioia, il massimo del piacere.

10

L'ADDOME era gonfio, teso come un tamburo. Il dolore diventava sempre più forte. Il medico le aveva prescritto iniezioni di Buscopan diagnosticando una colite spastica. Ma nel giro di ventiquattr'ore la situazione era peggiorata.

«Papà. Voglio il mio papà», si lamentò con voce flebile.

«Sono qui, Sonia», disse Antonio Brenna che sedeva da alcune ore su una poltroncina. «Sono qui», ripeté mettendosi al suo fianco.

«Mandalo via», sussurrò lei, indicando il marito che, fino a quel momento, le era rimasto accanto disperandosi di non poter alleviare le sue sofferenze.

«Cerca di stare tranquilla», la supplicò il padre.

«Papà. Ho lo stesso male della mamma. Credo che morirò.»

«Presto questa malattia che ti fa soffrire sarà soltanto un brutto ricordo.»

Sonia aveva occhiaie bluastre che segnavano il suo bel volto e il padre la guardò e sentì il cuore stretto in una morsa. Frenò a stento le lacrime. No, non poteva essere così. Sonia era una ragazzina e la sua vita era appena cominciata. «Non pensarle nemmeno certe cose», l'ammonì. «Io sono convinto che il dottor Poli non abbia capito niente del tuo male. Qui bisogna chiamare subito un medico più competente», disse. Pensava a sua moglie che, se fosse stata ancora con loro, avrebbe già preso una decisione.

Antonio Brenna si guardò intorno smarrito. Oltre le tendine di pizzo bianco vide i rami scheletriti di una magnolia e pensò al cespuglio di bosso che intristiva sulla tomba di sua moglie. Nonostante il calore che avvolgeva la stanza, rabbrividì.

Era una bella camera, rivestita di carta azzurra. Azzurre, a ramage lucidi, erano la coperta di raso del letto e la fodera delle poltroncine. Azzurro era il fondo dei tappeti ai lati del letto, arabescati con fiori rosa, foglie verde pallido e boccioli color panna. Il letto era di ottone lucido, come le lampade dei due comodini.

Accanto alla finestra, Aldo guardava il giardino bianco di brina e si interrogava sulla malattia di Sonia e sulla loro vita. Non se l'era immaginato così il suo futuro, con la ragazza più ricca e più bella del paese. Malattia a parte. Lui l'avrebbe voluta a casa a fare la vita della signora. Invece Sonia passava le giornate nell'osteria del padre e trafficava in cucina come aveva fatto sua madre. Nell'osteria, che nel frattempo aveva assunto le caratteristiche di un ristorante tipico, si divertiva a collaborare con il cuoco nella preparazione dei cibi, rendendosi conto che quel lavoro creativo le dava una gioia immensa.

Anche Antonio Brenna si stupiva che sua figlia, non ancora ventenne, che era stata sempre ribelle e ipercritica nei confronti della madre, si fosse messa a imitarla in ogni cosa.

«Papà, mi sono ricordata di Mario il carbonaio», gli aveva detto un giorno che sedevano in cucina insieme. Stavano bevendo un caffè e lei fumava una sigaretta. Fumare la faceva sentire più sicura.

«Sono passati tanti anni», aveva minimizzato l'uomo che aveva confinato l'episodio tra le cose spiacevoli da dimenticare.

«Era un vizioso. Non è così?» aveva insistito Sonia. Era tornata dal viaggio di nozze da diversi giorni e non sembrava affatto felice.

«Ma non ti ha fatto del male», era arrossito il padre. «Fisicamente, voglio dire.» Era una vicenda di cui si vergognava, anche se non ne aveva colpa. «Pensavo che dopo tanti anni tu avessi dimenticato.»

«Infatti. L'avevo dimenticato», aveva ammesso. «Mi è tornato in mente la prima notte di nozze.» Era un argomento difficile. Soprattutto la imbarazzava parlarne con suo padre, per il quale il sesso era sempre stato tabù. «Ogni volta che Aldo rivendica i suoi diritti coniugali», aveva confessato, «alla sua faccia si sovrappone quella di Mario il carbonaio. È una sensazione terribile.»

Antonio Brenna avrebbe voluto sprofondare per l'imbarazzo. Imprecò contro il destino che gli aveva portato via la moglie. Lei sapeva districarsi nelle situazioni più scabrose. Lei avrebbe saputo come fare e cosa dire. Il mite Tognino, invece, aveva semplicemente e dolorosamente capito che Sonia non sarebbe stata una buona moglie per nessuno.

«Passerà», aveva replicato banalmente. «Comunque il carbonaio è stato punito a dovere dalla tua mamma.»

«Che fine ha fatto?»

«Non lo so bene. So che tua madre minacciò di denunciarlo. Lui aveva moglie e figli. Così se ne andò e noi comprammo la bottega. Tua madre eliminò la sua bottega dalla faccia del quartiere come un punto nero.»

Sonia aveva ragionato su quelle parole scarne che nascondevano una complessa realtà: la paura dello scandalo aveva indotto il carbonaio a vendere il negozio alla signora Bambina per un prezzo irrisorio. Scomparso lui e il suo antro buio di carbone, i coniugi Brenna avevano creduto di cancellare per sempre il ricordo di una brutta storia.

«Io non accetto di avere rapporti con mio marito», aveva confessato al padre arrossendo.

«Passerà», aveva replicato ancora Antonio Brenna.

Invece non era passato. Avrebbe potuto, per rispetto alla volontà materna, accettare di dormire sotto lo stesso tetto di Aldo, ma non nello stesso letto.

«Papà, portami all'ospedale», supplicò Sonia.

Aldo si girò allarmato verso di lei. Guardò il suocero che annuì.

«Telefona per un'ambulanza», ordinò seccamente al ragazzo. «Subito.» Poi si chinò sulla figlia e le sussurrò: «Presto sarai guarita. Te lo garantisco io».

Il medico che la visitò al pronto soccorso dell'ospedale di Niguarda mandò a chiamare il ginecologo. Da quel momento fu un susseguirsi frenetico di esami, di visite, di iniezioni. Infine il ginecologo sentenziò: «La signora deve essere operata immediatamente».

«Di che cosa si tratta?» domandò il padre.

«Una cisti ovarica. Questo sembra certo», spiegò il medico con una insolita cortesia. «Poi ci sono complicazioni a livello peritoneale. Devo intervenire subito per scoprire che cosa c'è lì dentro.»

Sonia era arrivata in ospedale all'incirca a mezzogiorno. Alle tre del pomeriggio usciva dalla sala operatoria. Si lamentava sotto l'effetto dell'anestesia che andava svanendo. Quando aprì gli occhi per la prima volta vide fluttuare, in una nebbia dolorosa, suo padre, Aldo e la suocera. Un'infermiera spingeva il lettino su cui era adagiata, lungo un corridoio fiocamente illuminato. Questo scivolare lento le fece pensare a un viaggio verso l'ignoto. Era forse quella la morte?

Sentì, nella sua, la mano del padre. E udì la voce di Aldo che chiedeva: «Come sta?»

«Bene, bene», rispose una voce femminile forte e chiara. Forse un'infermiera. «Adesso la portiamo in reparto», soggiunse, «poi il professor Bignardi vi spiegherà meglio.»

Sonia cadde in un torpore opprimente. Quando si risvegliò udì un parlottio ai piedi del letto.

«L'abbiamo salvata per miracolo. Un'ora più tardi

e avrebbe avuto il peritoneo perforato. Era una gravidanza extrauterina», spiegò una voce maschile carica di certezze. «Chi ha diagnosticato una colite?»

Antonio Brenna disse qualcosa, ma Sonia non riuscì a capire il senso di quella risposta. In quest'altalena fra lucidità e torpore, percepiva alcune parole ma non era capace di tradurle in pensieri. Aveva capito soltanto che era stata afferrata sull'orlo di un precipizio, ma non avrebbe mai più potuto avere figli.

11

«Assaggia questo. È ripieno di mandorle e crema al caffè», le consigliò Virginia indicando nel cofanetto azzurro un cioccolatino a forma di barchetta.

«Sentissi il mio. Dentro c'è la ciliegina col liquore», ribatté Sonia, le labbra sporche di cioccolato, la bocca piena e l'espressione estasiata. Era pallida, molto dimagrita e le occhiaie profonde facevano sembrare più grandi i suoi occhi d'ambra.

«Guarda che il cioccolato ti fa male», l'ammonì Antonio Brenna che si era affacciato sulla porta della camera e reggeva su un vassoietto un bicchiere pieno di succo d'arancia. «Questo devi bere. Hai sentito o no che cos'ha detto il dottore?» Il tono era burbero ma dentro di sé era felice di vedere finalmente ritornare il sorriso sul volto sofferente della figlia.

Sonia era stata dimessa dall'ospedale da un paio di giorni e aveva deciso di insediarsi nella casa del padre. Si era appigliata a un vacillante pretesto: il marito e i suoceri non avrebbero avuto tempo per occuparsi di lei che doveva stare a letto ancora per molti giorni. In realtà non voleva più vivere con suo marito.

Era riuscita a tornare nel suo vecchio, comodo giaciglio dietro il paravento.

Antonio Brenna aveva accettato come una benedizione la scelta di Sonia che adesso sedeva sul letto, sotto un piumino caldo e leggero, le spalle protette da una liseuse che era stata di sua madre. Nonostante la spossatezza, accanto a Virginia si sentiva ancora ragazza.

«È un infermiere zelante e rompiscatole», sorrise alla sua amica alludendo al padre che la riempiva di vitamina C.

Antonio Brenna se n'era già andato. Doveva tornare in bottega a dare le necessarie disposizioni ai due camerieri, al cuoco e ai suoi aiutanti. La *Trattoria Sant'Antonio* era diventata famosa per la sua cucina regionale e, soprattutto la sera, richiamava clienti da tutti i dintorni.

«Ti piace fare la maestra?» domandò Sonia.

«Ancora non lo so», rispose Virginia. «Adesso faccio soltanto supplenze. Devo vincere un concorso per avere una cattedra.» Virginia non era cambiata molto dai tempi della scuola. Era sempre scialba e minuta e nei suoi occhi piccoli e scuri non c'era più la luce gioiosa di un tempo.

«Non è bello stare in mezzo ai bambini?» insisté Sonia.

«Ci sono bambini adorabili e altri odiosi», spiegò l'altra con grande sincerità. «E poi credo che tutto quello che abbiamo imparato a scuola serva a poco. Questi ragazzini sono diversi da come me li immaginavo. Non so come prenderli», replicò mentre una lacrima stava per tradirla.

«Che cosa c'è che non va, Virginia?» le chiese Sonia con dolcezza, afferrandole una mano.

«Ho preso una cotta», confessò la ragazza.

«Lui chi è?» si incuriosì subito Sonia.

«Un maestro. Il primo uomo che mi ha corteggiato. E io sono cascata come una pera matura.»

«E non sei contenta?»

«È sposato», confessò con un filo di voce abbassando lo sguardo.

«Santo Cielo!» fu tutto quello che Sonia riuscì a dire.

«Ci sono andata a letto», continuò Virginia quasi mangiandosi le parole.

«Porca miseria!» imprecò Sonia stringendosi addosso la liseuse.

«E adesso sono incinta», rivelò infine scoppiando a piangere.

«Non è possibile!» esclamò Sonia.

«Mi ammazzerò. È l'unica soluzione che posso adottare», concluse fra le lacrime.

«Mi sembra giusto», ironizzò Sonia. «Una cosina leggera leggera tipo buttarsi sotto il tram.»

«Ho sbagliato e devo pagare.»

«Ma non dire sciocchezze. Sbagliare, hai sbagliato. Perché non c'è niente di più disgustoso che andare a letto con un uomo», affermò sulla base della sua esperienza.

«Io non l'ho trovato tanto disgustoso», precisò Virginia asciugandosi le lacrime e guardandola sorpresa. «A me è piaciuto molto. E se devo ascoltare il desiderio che nasce in me quando lo vedo, ti garantisco che, con tutte le grane che ho, mi piace ancora.»

«E vuoi ucciderti?»

«Di questo farei volentieri a meno. Ma il fatto è che se non mi ammazzo io, mi ammazzano i miei», disse con un brivido seguito da un lungo sospiro.

«E lui? Che cosa dice lui?»

«Lui è un vile. È terrorizzato perché sono minorenne. Tutto quello che ha saputo dirmi è che lui, ogni volta che siamo stati insieme, è stato attentissimo. E mi ha fatto capire che il figlio non è suo», concluse Virginia singhiozzando nuovamente.

«E nonostante questo lo desideri ancora?»

«Farei qualsiasi cosa lui mi chiedesse», rispose la ragazza sinceramente.

«Povera Virginia», la compatì Sonia. «Sei irrimediabilmente innamorata. Ma non posso permetterti di morire. Dovrai abortire. Ho del denaro. Te lo do e tu farai quello che va fatto.»

Virginia si buttò tra le braccia di Sonia sfogando la disperazione a lungo contenuta.

«Ma non è soltanto per il fatto che sono rimasta incinta», cercò di spiegarsi. «È che lui adesso non vuole più saperne di me, mentre io l'amo ancora. Capisci?»

«Capisco che sei tremendamente suonata», replicò Sonia battendo un indice contro la tempia per sottolineare il suo stato di confusione mentale.

«Parli così perché hai un marito che ti ama.»

«Esatto», replicò Sonia con sarcasmo.

«Perché hai perso un figlio, ma avrai altre possibilità di essere madre.»

«Sbagliato.»

«Che cosa c'è di sbagliato?»

«Sbagliato e basta», disse Sonia che non aveva voglia di aprire il libro delle confidenze.

«Comunque sei una donna sposata», le rinfacciò Virginia quasi con astio.

«Mio marito te lo regalo volentieri», la spiazzò lei con un'imprevista sincerità.

«Ma che cosa dici?» si spaventò Virginia.

«Che di mio marito non so che farmene», la sorprese brutalmente. «E figli, per fortuna, non potrò più averne. Non ne ho mai voluti. E la cosa non mi tocca più di tanto», precisò Sonia rivolgendosi più a se stessa che all'amica. Aveva espresso con quelle parole taglienti esattamente quello che pensava da mesi e non aveva mai avuto il coraggio di ammettere.

Le due ragazze stavano vivendo, in modo diverso, esperienze ugualmente tragiche e dolorose. La realtà era l'opposto di quella che avevano sognato sui banchi di scuola.

«Perché ti sei sposata se non c'era amore?» l'interrogò Virginia assumendo un'espressione corrucciata.

«Per rispettare un patto.»

«Tua madre?» indagò Virginia che cominciava a capire.

«Mia madre», confermò Sonia.

«È per questo che sei tornata a vivere qui invece che nella tua bella casa?»

«Credo che non tornerò mai più a vivere con Aldo.»

«E lui lo sa?»

«Forse lo immagina. Ma non vuole crederci. Avrò contro tutta la sua famiglia. E forse anche mio padre. Vedi, Virginia, io sono stata sul punto di morire. L'ho vista in faccia la morte, capisci? E in quei giorni d'ospedale ho avuto modo e tempo di pensare.» La sua voce era venata di tristezza. «Avrei potuto finire i miei giorni a diciannove anni, senza avere mai davvero vissuto.»

«Ma tu», replicò Virginia, «che cosa intendi per vivere?»

«È difficile spiegarlo», ragionò.

«Se avessi quello che hai tu, sarei felice.»

«Ma tu non sei me. Questo è il punto. Gli uomini sono come le impronte digitali: non ce n'è una uguale all'altra. Mi chiedevi prima che cosa intendo per vivere. Io dico che vivere significa respirare il mondo.»

«E dopo?»

«Non c'è mai un dopo. C'è solo il presente, bello o brutto che sia.»

«Mia povera Sonia! Credo proprio che la tua situazione sia più seria della mia», ammise Virginia. «C'è sempre un dopo che ti presenta il conto per quello che hai fatto. C'è per me a breve scadenza. E ci sarà anche per te. C'è un dopo anche per Giulio de Bros. Te lo ricordi ancora Giulio de Bros?»

Quel nome schioccò nella mente di Sonia come un colpo di frusta che liberò il ricordo di un'infatuazione tanto violenta quanto assurda. Era così lontano da lei e dai suoi pensieri che, vedendolo, forse non l'avrebbe riconosciuto. Era un uomo appena intravisto e a lungo favoleggiato svanito alle prime luci dell'alba quando finiscono i sogni.

«Me lo ricordo», disse Sonia. «Sempre così belloccio?» si informò con un pizzico d'ironia.

«Non saprei dirtelo», la stupì Virginia.

«Come mai?» si incuriosì Sonia.

«Perché è sparito. Da un giorno all'altro.»

«Sarà partito per un viaggio», azzardò Sonia.

«Mah! C'è sotto un grande mistero. La signora de Bros piange, ma non parla. La servitù, per una volta, è all'oscuro di tutto. Un grande mistero, ti dico», concluse Virginia.

La notizia non le fece l'impressione che Virginia aveva previsto. Era lontana anni luce da Giulio de Bros e dal suo mondo. O, almeno, così credeva.

12

«C'È sempre stato un rapporto strettissimo tra arte pura e arte applicata alla moda. Era così nel Rinascimento e, grazie a Dior, è così anche adesso», spiegò l'architetto Mauro Sabelli Contini.

«È una sintesi mirabile che condivido in pieno», lo adulò Lidia Mantovani. «Non se ne poteva più del pressappochismo degli anni passati», aggiunse prima di portarsi golosamente alle labbra una forchettata di patate intrise di burro sciolto e coperte di caviale.

«Dior potrebbe far sfilare in passerella dei manici di scopa e nessuno se ne accorgerebbe», intervenne Brunetta Simoncini, giornalista mondana, grande esperta di moda, mondanità e pettegolezzi. «È stato il primo a far rivivere l'arte della couture. Ogni cucitura è rinforzata dai nastri. Le gonne sono tenute in forma con la teletta. E il punto vita ha sempre una cintura incorporata. Nel suo atelier...»

L'architetto Sabelli la interruppe.

«Sì, carina», ironizzò, «sappiamo tutti delle tue frequentazioni parigine. Christian, Jacques e tutti gli altri si prostrano al tuo passaggio. E quando parti per Parigi lasci un vuoto incolmabile fra noi. E un grande dolore.»

«Come sai essere carino, Mauro», sorrise lusingata Brunetta.

«Il dolore è dovuto unicamente al fatto che poi ritorni», la sferzò. «Mi chiedo, anzi, perché ti ostini a ritornare, mentre saremmo tutti felici se ti sapessimo fuori dalle scatole.»

Brunetta Simoncini, che era disposta a credere a ogni forma di adulazione, era caduta nella trappola e, per una volta, si trovò spiazzata. Odiava l'architetto con tutte le sue forze, ed era sinceramente ricambiata.

«Quando ti riferisci alle scatole, dovresti precisare a quali scatole alludi. Le tue o quelle di Sandro Mereu?» sciabolò la giornalista.

Il giovane architetto aveva il dente avvelenato con lei che, nella rubrica che teneva su un giornale molto diffuso, lo aveva definito «intrattenitore galante di vecchie e facoltose signore. Gaio ragazzone tutto mamma e lavoro».

L'ultima provocazione alludeva inequivocabilmente al rapporto tra Mauro e Sandro Mereu. L'anziano arredatore aveva preso sotto la sua ala il giovane brillante architetto associandolo al suo studio.

Quella sera erano riuniti nella sala da pranzo di Lidia Mantovani per una cena speciale; del resto gli incontri gastronomici in casa Mantovani erano tutti speciali. Nessuno si meravigliò dei colpi di fioretto che avevano riaperto il contenzioso fra la giornalista di moda e l'architetto emergente. Erano appena al caviale e quelle erano soltanto le prime scaramucce. La serata prometteva bene.

Amicizia e complicità creavano un'atmosfera un po' particolare. Fra i convitati non c'era esattamente una celeste corrispondenza d'amorosi sensi, ma un gioco al massacro sostenuto da reciproci interessi. La malignità e il pettegolezzo erano scontati entro certi limiti che nessuno pensava di superare.

Lidia Mantovani si illuminava quando, dalle prime schermaglie, si poteva prevedere la vivacità della serata. Sarebbero volati, come nei pranzi memorabili, cucchiaiate di caviale e qualche prezioso bicchiere. Volgarità stupidissime che però alimentavano la spirale del pettegolezzo e qualche volta entravano nella leggenda fra le persone dell'ambiente.

«Brunetta, fammi il piacere. Datti una calmata.» Il comandante intervenne col garbo, l'ironia e l'inconfondibile accento da gentiluomo napoletano. «E tu, Mauro, anche se di virile hai il minimo indispensabile, comportati per una volta da cavaliere. Dopotutto, se la divina Brunetta smettesse di scrivere cattiverie, chi leggerebbe più le sue rubriche?»

«Non certo tu, impegnato come sei a leggere, nei rapporti del tuo detective privato, la sintesi delle imprese erotiche della tua puttana», lo sferzò la moglie. «Esercizi costosissimi che tra l'altro non sono neppure deducibili dalle tasse.»

Il comandante aveva perso una nuova, splendida occasione per tacere, evitando così le stoccate della moglie. Ma il suo gusto della battuta era irresistibile. La sua nuova avventura sentimentale gli procurava molte inquietudini e grandi spese.

Sonia ascoltava con fredda, metodica e razionale compostezza da prima della classe; aveva imparato a non lasciarsi coinvolgere dall'ambiente nel quale ormai doveva vivere. Non si scandalizzava di nulla. Si limitava ad ascoltare. E imparava l'arte di navigare in quel mare dalle imprevedibili burrasche. Era stata invitata a cena dalla grande sarta che ormai l'aveva presa sotto la sua ala e voleva introdurla nel bel mondo. Lidia considerava quella serata una buona lezione introduttiva per lei. Brunetta Simoncini l'aveva trovata «divina» a prima vista. Mauro Sabelli Contini l'aveva definita «radiosa». Il conte Pippo Meles di Pratolongo, cameriere segreto del re in esilio, non si era espresso in alcun modo, ma Lidia era matematicamente certa che stesse già elaborando dei progetti per Sonia Brenna.

Il conte Giuseppe Meles, che gli amici chiamavano semplicemente Pippo, era maestro inimitabile nel rifornire i «parchi dei cervi» dei ricchi e dei potenti. Il serbatoio delle bellezze internazionali era la sua vera industria, che gestiva con l'impegno del manager, l'eleganza e il cinismo dell'uomo di mondo.

Mieteva le sue messi nel mondo delle indossatrici, delle aspiranti attrici e delle ballerine. Nel ruolo del Pigmalione si occupava della loro educazione mondana. Le introduceva nelle migliori case di Milano, di Roma, di Parigi e di Londra dove ognuna trovava il suo Creso. Le più fortunate si sposavano. Molte, in cambio di favori, si limitavano a vivere una breve, intensa relazione.

Il conte Meles, che i nemici definivano «grande ruffiano», dalla sua attività di talent-scout traeva una immensa gioia interiore, e non rifiutava i doni con i quali le sue bambine, una volta sistemate, gli testimoniavano in concreto la loro riconoscenza. Una delle sue protette, avendo sposato grazie a lui un baronetto inglese, gli aveva addirittura regalato un cottage nel Kent.

Per il conte Pippo Meles, Sonia era uno splendido felino e si sarebbe fatta largo nel gran mondo con pigre, micidiali zampate.

«Che te ne pare, tesoro, di questo gioco per adulti annoiati?» le chiese Pippo. «Si chiama scorticarsi lembo a lembo. Lo trovi divertente?»

«Lo trovo molto stupido», rispose Sonia con assoluta sincerità. «Non ho ancora capito se è un bel romanzo con un brutto prologo o un brutto racconto con un inizio demenziale.»

«Sei più straordinaria di quanto pensassi», riconobbe il conte. «Se vuoi, puoi interrompere la comunicazione», le consigliò.

«No. M'incuriosisce la storia. E non vedo l'ora di conoscere il seguito», sorrise lei.

Pippo annuì, piacevolmente sorpreso da quella ragazzina. Aveva classe.

La cena andò avanti tra insulti, risate e grandi insulsaggini. Sonia fu la prima a congedarsi. Il conte Meles mise a disposizione la sua Rolls e l'autista per un felice ritorno a casa. Sonia era libera e relativamente soddisfatta. Si era separata dal marito. Il naufragio del suo matrimonio aveva fornito al paese un eccitante spunto per un'infinità di pettegolezzi.

I suoceri si erano scagliati contro di lei e contro suo padre, accusandoli di oscure manovre ai loro danni. Avevano persino deciso di togliere loro il saluto. Il piccolo supermercato che si era affermato grazie all'efficienza dei soci era il solo settore nel quale erano costretti a incontrarsi. Poco tempo dopo, l'emporio era stato venduto per una cifra considerevole. E così i rapporti con quella poco di buono della nuora e con quel padre smidollato erano chiusi. Quando poi Sonia era diventata indossatrice, lo scandalo aveva assunto i colori accesi del peccato e della lussuria.

Soltanto Aldo aveva preso le difese di Sonia, garantendo sulla sua moralità. Ma come faceva a spiegare ai genitori che Sonia aveva paura del sesso ed era negata per la vita matrimoniale? Questa era la verità. Ogni volta che lui le si avvicinava, lei tremava di paura. Tanto che, alla fine, aveva deciso di non avvalersi più dei suoi diritti coniugali.

Sonia si era sposata per rispettare una promessa, per un malinteso senso del dovere. Adesso voleva recuperare la propria libertà riservandosi il diritto di sbagliare in proprio. Aldo aveva capito e accettato.

Lei si era buttata nello sfolgorante Luna-Park della moda con l'accanimento della disperazione. Viveva tra pezze di taffettà, faille, shantung, chiffon, lana, nylon, velluto e lino, tra guaine, plissé soleil, arricciature e godet. Imparò a distinguere senza esitazione i modelli dei grandi sarti, l'uno dall'altro.

Imparava a camminare, a piroettare, a gestire, a indossare con elegante disinvoltura gli abiti più sofisticati. Con il suo passo felino aveva già percorso le passerelle di Palazzo Pitti e i viali dei Giardini di Boboli. E aveva fatto una importante scoperta: il piacere di tornare nella casa dalla quale pochi anni prima aveva tentato di fuggire, nella sua vecchia stanza sopra l'osteria, ingombra di casse di liquori e pacchi di caffè.

L'auto percorreva a velocità sostenuta la provinciale per il paese. E Sonia ricordò la bambina che tanti anni addietro, quando era in prima elementare, si era rifiutata di scrivere la parola casa perché non sentiva di averne una. Il tempo le stava dimostrando che si era sbagliata. Ricordò anche che non aveva voluto scrivere la parola mamma. Sorrise a quel ricordo e rivide il volto di sua madre, un volto soffuso da una dolcezza estrema. Era la madre che avrebbe voluto o la madre che aveva avuto e non aveva saputo riconoscere? Era una domanda che avrebbe chiarito molte ombre della sua vita e rivelato verità nascoste. Intanto stava prendendo coscienza di molte cose. Una riguardava il suo lavoro di indossatrice. Lo aveva voluto con tanta rabbiosa ostinazione e adesso si rendeva conto che non era certo il massimo delle sue aspirazioni.

Ancora per poco, pensò mentre la Rolls del conte Meles accostava al marciapiede, proprio davanti all'osteria dalle saracinesche abbassate.

Lidia Mantovani si stava congedando dall'ultimo dei suoi ospiti: Pippo Meles.

«Allora, che ne dici della mia mannequin preferita?» gli domandò.

«Ha vita breve come mannequin», replicò Pippo assumendo una espressione pensosa.

«Perché?» si insospettì la donna.

«Perché diventerà una stupenda puttana. E un giorno strisceremo tutti ai suoi piedi», sorrise lui accompagnando le parole con piccoli cenni del capo.

13

Era la fine di febbraio. In una Milano grigia e compassata, il carnevale ambrosiano esplose con gaiezza repentina e arruffata. Era come se un prestigiatore avesse fatto spuntare da un grandioso cilindro fiori di carta, fazzoletti di seta e svolazzanti bianche colombe. Le strade, ricoperte da un tappeto di coriandoli, furono invase da maschere, carri allegorici, musiche assordanti, mentre nei palazzi più austeri dilagavano feste e balli tra fiumi di champagne e montagne di frittelle alla vaniglia.

Anche gli austeri conti Mandelli aprirono i saloni del loro palazzo per una grande festa a soggetto: la corte dei Borgia. Nel tema della festa era implicita la voglia di trasgredire. C'era, nei più vecchi, un'ombra di rimpianto per antichi carnevali di cui non si era perduto il ricordo. Il carnevale era un momento in cui peccato e penitenza avevano una loro grandiosità.

Sonia faceva coppia con il conte Pippo Meles e fu l'ultima degli invitati che passarono sotto il grande arco che dava accesso al salone delle feste.

«Sua Santità papa Alessandro VI Borgia e la di lui serenissima figlia contessa Lucrezia», scandì con voce stentorea un gran ciambellano che indossava un costume di broccato grigio.

Gli occhi degli ospiti si volsero ammirati verso i due

fastosi personaggi e per qualche secondo nella antica sala cadde il silenzio. Tutti ammirarono Sonia, la sua bellezza purissima che il ricco abito rinascimentale esaltava.

«Qui c'è il fior fiore del gran mondo, mia cara. Le donne ti invidiano. E questi uomini si dannerebbero l'anima per averti», sussurrò il conte Meles, chinandosi su di lei. «Non hai che l'imbarazzo della scelta. Ma saprai scegliere bene?»

«Stammi vicino e fammi un cenno se pensi che stia sprecando il mio tempo.»

Lidia Mantovani aveva disegnato il costume di Sonia ispirandosi in parte al ritratto della dissoluta Lucrezia del Pinturicchio e mescolandovi altri elementi tratti dal celebre dipinto di Lorenzo Lotto che raffigura una cortigiana dallo stesso nome.

Il risultato, davvero sorprendente, era un abito di pesante velluto di seta verde cupo e rosso rame con ricami in filo dorato e perle. I capelli, sciolti sulle spalle, erano trattenuti da una ghirlanda di perle e nastri intrecciati.

Qualcuno applaudì. A quell'applauso isolato se ne aggiunsero altri, finché l'ammirazione esplose in un unanime riconoscimento dell'eleganza e della classe di quella sorprendente Lucrezia. Agli applausi subentrò il ritmo grave e solenne di una pavana spagnola.

Il padrone di casa, nello striminzito costume di Niccolò Machiavelli, si avvicinò a Sonia. Al suo fianco c'era una figuretta bionda, delicata come una porcellana, cui il ruolo di Vannozza Catanei, amante di Rodrigo Borgia, si attagliava alla perfezione.

«Così è proprio lei la meraviglia di cui Pippo favoleggiava», esordì il conte Mandelli baciandole la mano.

«Benvenuta alla nostra festa», le disse la moglie.

A Sonia piacque il suo accento francese e lo sguardo triste.

«Chi di noi due è la più infelice?» le sussurrò quasi dovesse confidarle un grande segreto.

La contessa le sorrise. «Almeno tu hai la fortuna di essere bellissima», ribatté. «È l'emozione che qualsiasi donna scialba vorrebbe provare almeno una volta nella vita.»

C'era qualcosa di intensamente sofferto in quella donna insignificante che gliela faceva sentire amica. Tutto ciò che Sonia sapeva di lei veniva dai racconti di Pippo Meles. La contessa Mandelli nasceva Arcanteuil, figlia unica di un produttore di formaggi provenzale. Aveva portato in dote al conte Mandelli un pacco di miliardi che aveva consentito all'illustre famiglia milanese di restaurare il palazzo di via Gesù e rimpinguare le languenti finanze.

«E lei ha la fortuna di essere particolarmente dolce», disse Sonia con sincera ammirazione.

«Cara Valerie, ti prego di presentarmi subito a questo fiore stupendo.» Era una voce calda, potente, ricca di vibrazioni che si era inserita nel dialogo tra le due donne, interrompendolo con piglio da padrone. Sonia si voltò e si trovò di fronte a un uomo di mezza età, la bionda testa leonina, una barba fluente, la figura massiccia che si intuiva sotto la veste serica di un blu acceso con bordi di pelliccia.

«Onorio Savelli», lo presentò la contessa. «O, se preferisci, Leonardo da Vinci», soggiunse alludendo al costume che indossava.

Sonia collegò subito quel nome con le grandi acciaierie Savelli.

L'uomo le prese la mano e la sfiorò con un bacio. «Così abbiamo finalmente con noi la torbida, sensuale e disinibita Lucrezia. L'alba è lontana. Siamo disponibili per i giochi d'amore.» C'era nelle parole dell'uomo una lunga abitudine al comando e dietro il pretesto del carnevale che fa valere ogni scherzo, si intuiva che sarebbe subito passato ai fatti se soltanto Sonia gli avesse fornito un pretesto.

Lei lanciò uno sguardo implorante alla padrona di casa che venne in suo aiuto.

«Onorio non bada alle sfumature», la difese Valerie. «Non riesce a modulare la sua ironia che risulta a volte grossolana e offensiva.»

«È pericoloso scherzare con i Borgia», si riprese Sonia.

«Diciamo che la mia Lucrezia si accontenta di un risarcimento», propose Pippo Meles che intanto si era avvicinato alla sua protetta.

«Può chiedere quello che vuole», disse Onorio.

Mentre tutti pensavano a una penitenza degna del personaggio di cui Savelli vestiva i panni, Sonia stupì tutti con un inaspettato intervento.

«Voglio Mandrake», disse.

Nessuno si aspettava una richiesta tanto sorprendente.

«Mandrake è il mio purosangue più bello», ribatté Onorio con afflizione.

«Perciò lo voglio», replicò secca Sonia. «Ho la sua parola, ma se volesse considerarlo uno scherzo di carnevale, sono anche disposta a mandare tutto a monte.» Sorrise, riportando la richiesta al sapore di uno scherzo innocente.

«Onorio Savelli», affermò solennemente lui, «ha una parola sola.»

«Allora gettiamoci nel vortice della danza», rise Sonia offrendosi all'abbraccio di Pippo Meles.

«Ti rendi conto del valore di Mandrake?» le domandò il suo accompagnatore.

«No. Ho soltanto visto la fotografia del cavallo su un rotocalco, dal parrucchiere», chiarì la ragazza. «È stata la prima cosa che mi è venuta in mente per arginare l'aggressività e la spocchia del travolgente Leonardo.»

Cominciò a sentirsi frastornata e invidiava la disinvoltura delle signore che sembravano legate tra loro da un filo invisibile attraverso il quale passavano frasi di circostanza e graffianti pettegolezzi. Sonia si sentiva sempre più sola. Anche la padrona di casa, che per un momento era stata tanto amabile con lei, l'aveva subito dimenticata. Si avvicinò al tavolo dei rinfreschi e chiese dello champagne. Con un bicchiere in mano si sentiva meno impacciata. Scorse Pippo Meles che sembrava cercarla, ma si sottrasse alla sua vista e uscì dal salone. Si trovò in una sala con le pareti rivestite da arazzi a soggetto mitologico. Le porte, lo notava soltanto adesso, recavano lo stemma dell'antica casata milanese. Il soffitto a cassettoni era interrotto al centro, dove formava un grande ottagono affrescato con una scena mitologica. Le finestre erano coperte da pesanti tendaggi di velluto cremisi sorretti da preziose inteleiature in legno dorato finemente intarsiato. Anche lì i numerosi ospiti si accalcavano intorno al lungo tavolo a ferro di cavallo coperto da tovaglie di antico pizzo veneziano, con trionfi di fiori e di frutta al centro, e piatti di portata pieni di cibi raffinati.

I camerieri indossavano farsetti di velluto verde e calze cremisi. Tutti portavano corte parrucche con la frangia sulla fronte.

Sonia si sentiva a disagio al centro di tanto sfarzo e fra tutta quella gente che non conosceva. *Che cosa ci faccio qui?* si chiese. Per un attimo desiderò la sua vecchia osteria e il lettino dietro il paravento. Mentre cercava Pippo Meles, sentì una mano che le sfiorava una spalla. Si voltò e si trovò di fronte a una dama austera in abito grigio, il capo coperto da un velo scuro, che le sorrideva.

«Come va Sonia?» la salutò la donna con voce dolcissima.

Più che dall'aspetto la riconobbe dalla voce. «Irene!» esclamò la ragazza che sentì irresistibile il desiderio di abbracciarla.

«Hai imparato a guardare dentro te stessa?»

«Ci ho provato. Ci sto ancora provando.»

«E che cosa vedi?»

«Una gran confusione. Non appartengo più al mondo dal quale provengo e non so ancora dove sto andando», spiegò Sonia con amarezza.

«Quando si incomincia a disporre della propria libertà può accadere di sentirsi confusi. Ma hai buone carte in mano: bellezza, intelligenza, sensibilità. Devi solo imparare il meccanismo del gioco. E giocarlo con prudenza.»

«Mi manca la qualità più importante per essere una giocatrice: la freddezza.»

«Non è la freddezza ma la fortuna a fare il buon giocatore. Saprai approfittare della fortuna quando verrà? Saprai riconoscerla?» La donna la osservava intensamente.

«Sei tu la veggente, Irene. Sei tu che devi dirmi se saprò farlo.»

«Un uomo molto ricco e influente ti ha appena regalato un cavallo. Un purosangue. Questo dono è l'argomento della serata. Ti sembra poco?»

«Non credo agli scherzi di carnevale», minimizzò Sonia.

«Allora stai attenta», la richiamò la veggente. Ma non fece in tempo a completare la frase perché due paggi scanzonati la sollevarono di peso trascinandola nel salone dove l'orchestra suonava un frenetico twist. Sonia sorrise di fronte allo spettacolo grottesco dei ballerini che affrontavano in costumi sfarzosi e ingombranti quel nuovo ballo scatenato.

Un cameriere le passò accanto offrendole una coppa di champagne. Sonia l'afferrò al volo e ne bevve un sorso prima di proseguire l'ispezione del palazzo. Si inoltrò in un corridoio insolitamente largo con le pareti rivestite da pannelli di seta color fiordaliso. C'erano preziosi vasi cinesi collocati su consolle barocche in una confusione di stili che creava un effetto piacevole.

Il clamore della festa giungeva attutito e Sonia, passando davanti a una porta socchiusa, udì le voci di un dialogo pacato.

«Non ti sto evitando, Federica», diceva una voce

d'uomo. «E soprattutto non mi costringere a pietose giustificazioni.»

«Sono mesi che non ti vedo», replicò una voce di donna. «Quando ti ho cercato ti sei sempre fatto negare. Solo adesso riemergi dal nulla. Dov'eri?»

«Sai bene che sono stato assente a lungo.»

«Ma dov'eri? A Boston no. 'Il professore è in Italia', mi ha riferito la tua segretaria americana. 'Il professore è sulla Costa Azzurra', mi ha detto la segreteria del tuo studio a Milano. A Cap Ferrat mi hanno detto che eri a Milano. Tua madre mi ha giurato che stavi facendo un giro intorno al mondo. Hai un'altra donna: è così? Dimmelo francamente.»

Seguì un lungo silenzio, poi si risentì la voce della donna supplicare: «Giulio, se non mi vuoi più, abbi il coraggio di dirmelo».

In quel momento la porta si spalancò e Sonia si trovò di fronte a un uomo che indossava un abito nero con farsetto di velluto da cui spuntava, al collo e ai polsi, il pizzo candido di una camicia. Indossava pantaloni aderenti di panno e in testa aveva un berretto che non riusciva a nascondere i capelli neri e ricci. Gli intensi occhi azzurri e l'indimenticabile profilo le riproposero il volto incorniciato al finestrino di un'auto rombante.

«Giulio de Bros», si lasciò sfuggire Sonia con un moto di stupore.

«Cesare Borgia, duca di Valentinois», la corresse lui. «E tu sei la mia dolcissima Lucrezia.» Le sfiorò una guancia con l'indice ed ebbe per lei un difficile sorriso che implicava sorpresa, complicità, ammirazione, desiderio.

Sonia non ebbe il tempo di rispondere perché accanto a Giulio si profilò una donna non più giovanissima che Sonia riconobbe immediatamente perché era una delle clienti di Lidia Mantovani: Federica Rovesti, la bellissima moglie di Antonio Rovesti, il celebre editore milanese.

«Stavo cercando la porta del giardino», si giustificò

goffamente Sonia che era arrossita come una scolaretta colta in fallo.

«Federica Rovesti», la presentò Giulio de Bros.

«Carlotta d'Albret, duchessa di Valentinois», precisò lei. «Sorella del re di Navarra e sposa legittima del Valentino. Ma queste nozioni storiche forse sono faticose per una ragazzotta di paese», l'aggredì la donna.

Sonia sentì sulla pelle e nel cuore l'odio di Federica.

«Cercavi il giardino?» le domandò Giulio.

«Sì. Il... il giardino», balbettò.

«Allora vieni con me», le ordinò lui sorridendo. Le offrì il braccio come se Federica Rovesti non esistesse e si allontanarono insieme dagli echi della festa e dall'odio della donna.

14

Sonia si accorse che stava tremando. Da quando lavorava per Lidia Mantovani era stata avvicinata da molti uomini: ricchi, affascinanti, generosi, ai quali era rimasta completamente indifferente. Giulio de Bros, invece, aveva acceso in lei una dolcissima malattia che si manifestava con un caldo tremito sotto la pelle che, al tempo stesso, la rendeva più debole e più forte.

Giulio la sospingeva delicatamente lungo interminabili corridoi. Sonia ricordò le parole di Virginia: «Ha un sacco di donne. Sua madre si dispera perché lui non vuole sposarsi. È sparito. C'è sotto un mistero».

Era l'ultima persona che si aspettava di incontrare a quella festa. E invece era proprio al suo fianco e lei ritornava a essere l'adolescente che era stata, con la testa piena di sogni, innamorata di un uomo che non sapeva neppure della sua esistenza.

«È questo il giardino che cercavi?» domandò aprendo sulla notte una porta a vetri che dava su un parterre circondato da siepi di bosso. Sonia rabbrividì.

«Fa freddo, fuori», disse lei ritraendosi.

Giulio chiuse la porta. Era più alto di lei di una spanna. Posò le mani sulle sue spalle nude e le chiese: «Cercavi davvero il giardino?»

«Forse cercavo te», rispose come se le parole fossero pronunciate da un'altra persona. «Ti ho cercato per tanto tempo», soggiunse piano.

Lui la guardò con aria grave.

Sonia indovinava sulle sue labbra il segno dei baci di altre donne e provò il tormento della gelosia. Lui fece scivolare le mani lungo la sua schiena, l'attirò a sé e si chinò sul suo viso. La ragazza respirò il profumo di Giulio, fresco e intenso, così diverso da quello che aveva sentito addosso a suo marito le rare volte in cui si era lasciata avvicinare.

Si aspettava di essere baciata, invece Giulio le parlò a fior di labbra: «Donna, contra la mia voglia / mi convien da te partire / e non creder per fuggire / del tuo amore mai si spoglia», recitò quasi in un mormorio.

«Che cos'è?» domandò incuriosita e delusa.

«È la canzone del duca Valentino. Un modo per dirti quello che sento per te, mia dolcissima Lucrezia.» Le sfiorò una guancia con un bacio e si allontanò barcollando leggermente.

Per qualche istante Sonia rimase impietrita, incapace di una qualsasi reazione. Poi ritornò correndo nel grande salone. Cercava Pippo Meles. Voleva essere riportata a casa. Aveva dentro un groviglio di emozioni che non riusciva a spiegare e si sentiva profondamente infelice. Che strano potere aveva quell'uomo su di lei per lasciarla così frastornata? Si ritrovò nella calca del gran ballo, tra le braccia di un capitano di ventura che la trascinò in uno sfrenato cha-cha-cha.

Il conte Meles giunse in suo aiuto.

«Portami fuori da questa baraonda», ordinò Sonia.

«Credevo ti stessi divertendo», osservò l'uomo, paterno e protettivo come sempre.

«Portami via o mi metto a urlare», replicò con rabbia.

Prima di mezzanotte Sonia varcò la soglia dell'appartamento di Lidia Mantovani. In casa erano rimasti soltanto Stelio e Madì, la coppia di domestici gentili ed efficienti. Lidia e il comandante erano a un altro veglione.

«Signorina Sonia, è già pronta per lei la camera degli ospiti», disse Madì che notò la sua espressione sconvolta. «È successo qualcosa?» domandò preoccupata.

«Va tutto bene», intervenne il conte Meles. «Di' a Stelio di prepararle una delle sue celebri tisane mentre tu l'aiuti a cambiarsi. Io aspetterò qui», decise dirigendosi verso il mobile bar del salotto.

Sonia ricomparve completamente struccata. Indossava una princesse di mussola di un bel verde smeraldo e trascinava la sua pelliccia di visone nero come se fosse uno straccio per spazzare il pavimento.

Si lasciò cadere sulla poltrona di fronte all'amico che stava sorseggiando un whisky. Stelio arrivò per servirle una tisana.

«Non si è divertita alla festa, signorina Sonia?» chiese premuroso.

«Le cose non sono mai così divertenti come uno se le immagina. Mi sono stancata», rispose gentilmente lei.

L'anziano cameriere uscì e Pippo le chiese: «Perché quella pelliccia? Non passi la notte qui?»

«Ho voglia di ritornare da mio padre.»

«Che cosa ti sta succedendo, piccola?»

Sonia passò dalla tristezza a un riso giovane e irrefrenabile.

«Che cosa c'è di tanto divertente?» si preoccupò Pippo.

«Sei buffo, fuori della festa», ridacchiò la ragazza. «Ma se non hai mai visto un papa rinascimentale sorseggiare whisky sullo sfondo di una casa moderna, non puoi capire!»

«Capisco molte più cose di quante tu ne possa immaginare. Sono un giullare consapevole. Un cortigiano professionista», affermò con tristezza. «Il sistema premia le specializzazioni. Nel mio genere sono uno specialista insostituibile negli ambienti dove, ormai, vivi anche tu. Io ho risposto alla tua domanda. Non mi hai detto invece che cosa ti sta succedendo. Vuoi rispondere o preferisci che ci arrivi da solo?»

«Che cosa mi dici di Giulio de Bros?» chiese lei a bruciapelo.

L'uomo sembrò riflettere per un lungo istante. Poi scosse il capo con aria di disapprovazione. «Stai prendendo la strada sbagliata», l'ammonì. «Quando l'hai conosciuto?» indagò.

«Quando ero una ragazzina e andavo a studiare nella portineria di palazzo de Bros.»

«Non fa per te», tagliò corto lui.

«Stasera l'ho rivisto dopo tanti anni», disse.

«Dimenticalo», ordinò Pippo.

«Lui non sa neppure che io esisto. Ma voglio sapere tutto di lui. Federica Rovesti è la sua amante?» si informò.

«Lui ha sempre avuto molte donne, ma non ne ha mai presa nessuna sul serio. Lascialo perdere», le consigliò Pippo.

«Questo è un altro discorso», lo richiamò ai fatti Sonia. «Io ti ho rivolto una domanda. Che cosa sai di Giulio de Bros?»

«Molto poco», ammise. «Frequenta le famiglie più potenti e importanti. Non fa vita mondana. Scopa e lavora. È tutto casa e garçonniere. È un abile giurista per la sua età. L'ho incontrato a una partita di caccia in Boemia. L'ho rivisto a Londra in casa del duca di Marlborough.»

«Mai nel bar sotto casa», ironizzò Sonia.

«Qualche mese fa sembrava avesse qualche problema. Era sparito dalla circolazione. Si interessava a un processo di mafia, a Roma. Qualcuno disse che era stato rapito. Poi è ricomparso senza una spiegazione. Questo è tutto quello che so. Ti interessa tanto?» chiese con aria scettica.

«Abbastanza per stare qui a parlare di lui. Ma visto che non sai niente, tanto vale che me ne vada.»

Meles incaricò il suo autista di riaccompagnarla a casa. Quando scese dalla Rolls, davanti all'osteria, c'era un camion adibito al trasporto di cavalli. Suo padre, vedendola arrivare, trasse un sospiro di sollievo.

«Senti un po' che cosa vuole questo tizio», la sollecitò.

Era un uomo di una certa età, ma aveva il fisico piccolo e asciutto del fantino.

«Le ho portato Mandrake», disse. «Glielo manda il commendator Savelli.»

Era l'una di notte e le ultime frange del carnevale sollevavano anche in paese polvere e coriandoli. Un gruppo di buontemponi vestiti da donna lanciava talco e stelle filanti sui rari passanti e soffiava nelle lingue di Menelik.

Sonia si avvicinò al camion. Dentro c'era un cavallo nero dal manto lucente. La guardava con occhi tristi. Aveva lo stesso sguardo del suo bassotto quando si trovava in una situazione che non capiva. Provò tenerezza per quello splendido animale.

«Riferisca al commendator Savelli che lo ringrazio per la sua generosa offerta, ma francamente non posso accettare. Le auguro buona notte», disse all'uomo accanto al camion. Poi si rivolse a suo padre: «Andiamo a casa, papà. Con questo freddo rischi la bronchite».

L'uomo ripartì con Mandrake mentre padre e figlia entrarono nel ristorante deserto dove una grande stufa Becchi diffondeva un caldo tepore. Sedettero a un tavolo l'uno di fronte all'altra.

«Che storia è questa?» chiese Antonio Brenna pensando che non si era mai trovato in una situazione simile.

«Quale storia?» tergiversò Sonia.

«Quella del cavallo.»

«È una storia lunga che non ci appartiene», quasi si scusò lei. Poi riprese: «Una volta la mia amica Virginia mi ha detto che i ricchi sono tutti matti. Aveva ragione, papà».

«Come sei cambiata, Sonia! Ti guardo e non ti riconosco più. E mi domando: dov'è finita la ragazzina ribelle che giocava con Bobi?»

«L'aspetto forse è cambiato. Ma dentro sono quella di sempre», cercò di tranquillizzarlo. «Rimani qui vicino alla stufa. Preparerò del latte caldo per tutti e due», gli sorrise.

Mentiva. Era cambiata anche dentro. Soprattutto dopo l'incontro con Giulio de Bros.

15

Sonia aveva conservato, dai tempi della scuola, l'abitudine di alzarsi presto. Suo padre, invece, esattamente come quando la moglie era ancora in vita, si alzava soltanto verso le dieci, perché la sera si attardava all'osteria con i clienti più restii ad abbandonare le chiacchiere, il bicchiere e la partita di scopone o di briscola. Soltanto la promessa di rivedersi la sera dopo convinceva i più riottosi ad abbandonare la sedia e a ritrovare la strada di casa.

La mattina, era sempre la signora Bambina che, aiutata da un garzone, alzava le serrande della bottega, poi andava in cucina a predisporre il menu della giornata. Esattamente come sua madre, in quella prima domenica di Quaresima, Sonia scese alle sette e servì i primi clienti, poi andò in cucina a controllare la quantità di provviste nel grande refrigeratore.

«Signora, c'è un fattorino con un pacchetto per lei», l'avvertì un cameriere affacciandosi sulla porta della cucina.

«Puoi prenderlo tu», disse lei continuando l'inventario.

«Dice che deve consegnarlo a lei personalmente», si giustificò il giovane in giacca bianca.

«Ho capito, vengo io», sbuffò, contrariata. «Sarà

la solita offerta strabiliante», soggiunse entrando nella bottega.

Si trovò di fronte un ometto di sessant'anni quasi completamente calvo, dal naso pronunciato e le labbra sottili. Reggeva una cartella di pelle nera e aveva in mano un blocchetto di ricevute. Le sorrise ossequioso.

«Sono un dipendente della gioielleria di Roberto Cortesini», sorrise il fattorino. «Ho un pacchetto per lei.»

«Per me?» si stupì la ragazza. «Credo che si tratti di un errore», aggiunse.

«Lei è la signora Sonia Brenna?»

«Sì.»

«Allora non c'è nessun errore», affermò l'uomo posando la cartella su un tavolo e accingendosi ad aprirla.

«Dev'essere un malinteso», continuò sempre più stupita. «Io non ho mai acquistato niente da voi.»

«Signora, mi permetta di insistere», disse l'uomo estraendo dalla borsa un pacchetto largo e piatto, confezionato con carta bianca e legato con un gran nastro di seta azzurra.

Sonia pensò a Giulio de Bros. Chi, se non lui, con la sua aristocratica generosità, avrebbe potuto testimoniarle la sua ammirazione con un dono prezioso? La firma di Roberto Cortesini era da sempre legata ai gioielli, alle pietre bellissime e rare. E Sonia non ebbe più dubbi. Afferrò il pacchetto e cominciò a slacciare il nastro.

«Signora», si preoccupò l'uomo, «deve firmarmi la ricevuta.»

«Un momento», lo pregò lei, ammirando l'astuccio di camoscio bianco. Lo aprì e sgranò gli occhi. Adagiato dentro una scanalatura tonda c'era un collier di turchesi ovali, grandi come mandorle, circondate da brillanti purissimi. Al centro di questo gioiello regale, un paio di orecchini pendenti formati da turchesi a goccia sorretti da un diamante tondo, grande quanto una nocciola.

C'era un biglietto che Sonia si affrettò a leggere:

«Un cavallo è un dono inadeguato. Con questo posso sperare nella tua benevolenza, mia dolcissima Lucrezia? Spero proprio di sì. Onorio Savelli».

Sonia rimise il biglietto nella busta, richiuse l'astuccio e lo tese al fattorino.

«Riporti indietro questa roba», gli ordinò.

L'uomo la guardò sgomento. Era una vita che consegnava doni principeschi, ma non gli era mai accaduto che il destinatario rifiutasse un regalo. Era tragicamente spiazzato, anche perché conosceva il valore di quel dono che equivaleva a quello di un appartamento.

«Signora», disse assumendo un'espressione indecifrabile, a metà fra la dignità offesa e lo smacco professionale. «Io ho ricevuto un ordine di consegna. Lei deve soltanto prendere l'astuccio e firmare la ricevuta.»

«Mi rendo conto del suo problema, ma non intendo ritirare questo gioiello.»

«Mia figlia è stata chiara», intervenne Antonio Brenna comparendo alle loro spalle. Aveva assistito al breve dialogo e ammirato il tesoro contenuto nell'astuccio. «Ha sentito quello che ha detto mia figlia?» lo aggredì.

«Se vuole il mio parere disinteressato», suggerì l'uomo, «la cosa più semplice da fare è accettare il dono. A restituirlo c'è sempre tempo. No?»

«È stato un piacere conoscerla», sorrise Sonia ponendo fine alla conversazione.

Due camerieri osservavano la scena e sogghignavano. In paese, Sonia godeva di una dubbia reputazione ed era spesso al centro di malevoli commenti da parte della gente.

Antonio Brenna entrò in cucina richiudendo la porta dietro di sé. Sonia sedeva ora davanti alla macchina da scrivere per battere il menu della giornata.

Suo padre la osservò come se la vedesse per la prima volta. Era davvero una bella ragazza. Indossava un maglioncino di lana d'angora azzurro e al collo portava un filo di perle che erano appartenute a sua madre. Aveva una faccia pulita, solare. Eppure c'erano molte cose in lei che non andavano. Era diversa da tutte le ragazze che conosceva, aveva frequentazioni discutibili e atteggiamenti aristocratici.

«Ieri sera il cavallo. Stamattina i gioielli. Non ti sembra di esagerare?» domandò il padre, in piedi davanti a lei, con una voce aspra e nebbiosa che Sonia non conosceva.

La ragazza interruppe il lavoro per guardarlo. «Papà, ho già la luna per traverso. Non mettertici anche tu, adesso», protestò.

«Ma che vita fai?» le chiese il padre, disperato. «Esci di giorno, rincasi quando rincasi. Con quelle macchinone americane che vanno e vengono a tutte le ore. Sei sulla bocca di tutti. A volte mi vergogno per i risolini che la gente fa quando pronuncia il tuo nome. Dove vuoi arrivare? Fino a quando abuserai della mia pazienza?» disse con dolore e rabbia.

Sonia ebbe uno scatto d'ira. «Ho capito bene?» chiese, sapendo di avere compreso perfettamente.

«Hai sentito benissimo», sottolineò Antonio. «Se vuoi c'è dell'altro: ieri sera ti ho detto che mi sembravi cambiata. Invece sei sempre stata così. Aveva ragione tua madre a non lasciarti le briglie lente sul collo. Se avessi fatto così anch'io, adesso saresti con tuo marito e nessuno si permetterebbe di offrirti doni da mantenuta», urlò picchiando un gran pugno sul tavolo.

L'uomo mite, dolce, rassegnato che Sonia aveva sempre conosciuto aveva lasciato il posto a un inquisitore spietato che si associava ai giudizi della gentucola del paese.

«È davvero quello che pensi?»

«È esattamente ciò che ho nel cuore», confermò il padre in tono definitivo.

«Allora non ho alternative. Lascerò questa casa per sempre», dichiarò Sonia con voce calma alzandosi e fronteggiandolo.

«È bene che tu lo faccia», la incoraggiò il padre, ormai travolto dall'indignazione e dal dolore. «Eviterai a me lo sgradevole compito di metterti alla porta.»

«Addio, papà. E non cercare messaggi scritti col gesso sulle lavagne dei giocatori», annunciò con voce rabbiosa, incrinata da un singhiozzo.

Uscì dal retro agguantando al volo la pelliccia e si infilò nel cortiletto interno dove era parcheggiata la Seicento acquistata con i soldi delle prime sfilate. Salì in macchina e partì per Milano. L'antica *Trattoria Sant'Antonio* era un capitolo della sua vita definitivamente chiuso.

16

Sonia, spaventata, accese di scatto la luce sul comodino e guardò l'intrusa con imbarazzo.

«Lidia, sei pazza? Che cosa vai cercando?» inveì contro la sarta, mentre schizzava fuori dalle lenzuola e cercava di indossare la vestaglia. Ci riuscì con qualche difficoltà.

Lidia Mantovani, seduta sul suo letto, completamente nuda, la guardava con i piccoli occhi miopi intorno ai quali il trucco si stava disfacendo in rigagnoli bluastri.

«Abbi pietà di me, Sonia. Sono una povera donna sola e disperata», piagnucolò come una bambina stanca che non riesce a prendere sonno.

«Queste parole hanno il sapore di una formuletta. Con me non attacca», replicò Sonia. Si era annodata strettamente in vita la cintura della vestaglia di raso bianco. Si accese una sigaretta con mani tremanti per la rabbia e prese a misurare avanti e indietro, con passi nervosi, la cameretta arredata con una punta di civetteria sui toni del rosa e dell'avorio.

«Tu sei proprio fuori di testa», dichiarò aspirando una boccata di fumo. «Quello che vorrei capire è se sei soltanto lesbica oppure se sei una lesbica in crisi depressiva.»

«Depressa e lesbica», piagnucolò la sarta.

«Bel colpo», ironizzò Sonia che non provava per la donna neppure un sentimento di pietà.

«Zitta, per carità», si allarmò Lidia. «Il comandante potrebbe sentirti. E anche i domestici. Non lo farò mai più. Te lo giuro. Ma non sollevare un polverone, ti supplico», continuò a piagnucolare la sarta che tentava di coprirsi con la trapunta del letto.

«Sai che cosa mi importa del tuo comandante e dei tuoi domestici?» sbottò Sonia guardando con disgusto il corpo nudo di Lidia che, senza abito e monili, si rivelava in tutta la sua decadente miseria. Sonia si sorprese a paragonarla a un soufflé mal riuscito o a un impasto di farina non lievitata.

«Che schifo», sibilò Sonia che considerava quella che stava vivendo una nuova, sgradevole ma istruttiva esperienza di una realtà spietata che la circondava.

Lidia Mantovani cambiò improvvisamente registro e tono. «Senti, bella, adesso smettila», l'aggredì mentre si alzava dal letto con insospettata agilità drappeggiandosi addosso il lenzuolo rosa. E soggiunse: «Mi piacciono le donne, quelle belle e giovani come te. Non è un segreto, ma l'importante è salvare le apparenze. E non mi dire che tu, giglio immacolato, eri l'unica a non saperlo».

«Le cose stanno esattamente così», si infuriò Sonia. «Puoi scommetterci che non sapevo un accidenti delle tue strane predilezioni.»

«Peggio per te», replicò Lidia.

«Questo è tutto da vedere», la sfidò Sonia. Se n'era andata da casa e aveva chiesto ospitalità a Lidia Mantovani nella convinzione di trovare un nido caldo e confortevole per riordinare le idee, recuperare le forze e ricominciare da zero. Lo stacco dal paese, dall'osteria, dal padre, dalla memoria della madre, era stato molto doloroso e difficile per lei.

Adesso scopriva che anche la solidarietà umana ha un prezzo che prima o poi bisogna pagare. Sonia cominciava a rendersi conto che la sua aggressività e la sua sicurezza erano fatte di fragilità. Aveva ancora il candore delle anime semplici. Se così non fosse stato, avrebbe capito da un pezzo che Lidia Mantovani voleva, oltre la mannequin, la splendida donna che era diventata.

D'altra parte nessuno le aveva mai parlato della diversità della sarta, neppure Pippo Meles. Anche lui, come gli altri, dava per scontato che lei sapesse e stesse al gioco.

Improvvisamente aveva sbattuto contro una realtà rocciosa, sgradevole e sporca. In quel momento, se non avesse bruciato i ponti alle sue spalle, avrebbe ripreso la strada di casa.

Ma che razza di gente era quella? Uomini e donne senza principi che non ponevano alcun limite alla propria immoralità. Le vennero in mente i sorrisi maliziosi delle altre indossatrici quando, dietro le quinte delle sfilate, assistevano alle tenerezze che Lidia le dedicava.

«Sei una povera scema», la insultò quella piccola donna, bersagliandola con i suoi occhietti miopi. «Avresti potuto avere il mondo in mano e ti ritroverai con un pugno di mosche», disse in un minaccioso falsetto, abbandonando la camera di Sonia.

Lei sorrise. Non era proprio quello il mondo che voleva avere in mano. Il successo era il suo obiettivo principale, ma non voleva certo conquistarlo passando attraverso le camere da letto.

Si tolse vestaglia e camicia, indossò la gonna e il maglioncino azzurro che aveva quando era arrivata da casa, si buttò sulle spalle la pelliccia e uscì. La Seicento era parcheggiata sotto il palazzo di via Bigli. Si infilò nell'utilitaria. Erano le tre del mattino. Faceva freddo. Non aveva più casa, era senza soldi e senza un amico. Mise in moto, ma non si decideva a partire, non sapeva dove andare. Le tornò in mente sua madre e fu come una presenza concreta al suo fianco.

«Lo vedi in che pasticcio mi sono messa? Tu magari mi diresti che era inevitabile che finisse così», osservò in un dialogo immaginario con la madre. «Ma io non credo che sia finita, mamma. Voglio qualcosa dalla vita.

Non so che cosa, ma la voglio.» Singhiozzò, appoggiando la testa sul volante. Il palazzo successivo era quello de Bros. E c'era Virginia. Una Virginia sempre più smunta e smarrita che aveva avuto il coraggio di portare avanti la sua gravidanza affrontando il giudizio dei genitori. Avrebbe aspettato il mattino e l'apertura del portone per chiederle aiuto. Quella con Virginia, grazie al cielo, era un'amicizia vera, l'unica che le rimaneva. «E poi domani si vedrà», disse risolutamente ad alta voce fra le lacrime, parlando a se stessa. Sollevò lo sguardo e vide sull'angolo della strada un orologio luminoso: segnava le tre. Il portone, lo ricordava bene, veniva aperto alle sette dalla madre di Virginia. La sua attesa sarebbe durata ancora quattro ore.

Mentre era immersa in questi calcoli elementari, lo vide arrivare dal fondo della via con un'andatura lievemente barcollante. Sopra lo smoking indossava un cappotto nero, sbottonato. La brezza notturna faceva ondeggiare i lembi della sciarpa bianca che aveva al collo. Aveva le mani affondate nelle tasche, i riccioli neri scomposti gli ricadevano sulla fronte. Sonia ebbe un tuffo al cuore. Le sembrò che il buio fosse svanito per lasciare il posto a una radiosa aurora e in quella luminosità veniva verso di lei il primo, unico e impossibile amore della sua vita: Giulio de Bros.

Si asciugò le lacrime col dorso della mano, sgusciò fuori dall'auto e gli corse incontro chiamandolo. «Giulio!»

Lui si fermò. «Ci conosciamo?» domandò l'uomo, esitante e sorpreso, alla ragazza che lo aveva raggiunto.

«Giulio», ripeté Sonia sconsolata.

Finalmente la riconobbe e abbozzò un sorriso.

«Lucrezia!» esclamò puntandole contro l'indice.

«Lucrezia», confermò lei.

«Eri bellissima.»

«Tanto bella che adesso quasi non mi riconoscevi.»

«Probabile, dal momento che adesso sei ancora più

bella.» E aggiunse: «Sei ubriaca anche tu?» sperando in una risposta affermativa.

«Detesto l'alcol.»

«Dovevo immaginarlo che sei il tipo della brava ragazza. Non c'è niente di peggio di un ubriaco per una donna sobria», disse riprendendo il cammino verso casa.

«Ma perché ogni volta che ti incontro scappi da me?» reagì con rabbia, gli occhi pieni di lacrime.

Giulio si voltò lentamente verso di lei con uno sguardo incuriosito. «Che cosa ci fa una ragazza acqua e sapone, che non beve, per la strada, di notte?»

«Una brava ragazza sola, per la strada, di notte, potrebbe cercare una spalla su cui piangere», replicò Sonia scoppiando in singhiozzi.

«Vieni con me, bambina», disse Giulio abbracciandola teneramente. «Andiamo a piangere insieme.»

17

Lo studio era tappezzato in velluto moiré rosso spento. Le due librerie, come le poltroncine e la scrivania, erano in stile Reggenza. Sul caminetto un busto marmoreo di Cicerone. Sonia, acciambellata sul divano, aveva bevuto un altro bicchiere di whisky.

«Credo di essere ubriaca fradicia», annunciò.

Giulio, sprofondato in una poltrona, gli abiti gualciti e gli occhi arrossati, annuì con aria grave. «Fradicia», le fece eco.

«E dire che l'alcol mi fa schifo», affermò lei scoppiando in una risata.

«L'alcol», spiegò l'uomo, «può essere un lasciapassare temporaneo per il paradiso. Il fatto è che alla fine, dopo averti lusingato, ti precipita nell'inferno.»

«Per sempre?»

«Per sempre.»

Le scarpette di Sonia, la sciarpa e il cappotto di Giulio erano seminati per terra. L'aria era satura del fumo delle loro sigarette.

«Una volta avevo un cane.» Sonia si avventurò per i sentieri della memoria alla ricerca di un punto di riferimento. «Era un bassotto. Si chiamava Bobi», continuò senza più preoccuparsi se incespicava nelle parole. «Mi aiutava a vivere. Era la mia medicina.»

«E poi?» domando Giulio.

«Poi è morto.»

«Anch'io una volta...» Giulio lasciò a mezzo la frase che aveva in mente e strinse i braccioli della poltrona.

«Tu che cosa?» lo sollecitò Sonia.

Giulio eluse la domanda e disse: «Credo che dovremmo dormire un po'». Si alzò per primo e spalancò la finestra. La luce del primo mattino scivolò nella stanza insieme con l'aria gelida. Come tutti i bevitori abituali, Giulio riusciva a mantenersi in un precario equilibrio. Sonia rabbrividì. Si tirò in piedi a fatica, si accostò alla finestra e guardò il cortile del palazzo dove un domestico stava pulendo l'acciottolato con una scopa di saggina. Respirò l'aria fresca e chiara e fu colta da una vertigine mentre lo stomaco le si contraeva dolorosamente. Si volse a guardare Giulio portandosi una mano alla bocca e sgranando gli occhi per quello che stava accadendo. L'uomo capì al volo e spalancò la porta del bagno. Sonia vi si precipitò. In pochi minuti, con atroci conati, si liberò dell'alcol e recuperò un po' di lucidità.

Giulio cercò di sdrammatizzare l'episodio porgendole gli asciugamani e assistendola con una dolcezza quasi materna. Sonia era troppo sconvolta per notare la magnificenza di quella salle de bain con marmi policromi, le rubinetterie di ottone lucido, i cristalli di Lalique. Accolse invece le cure di Giulio con una sorta d'imbarazzo. Perché non era esattamente così che aveva sognato il loro primo incontro.

«Ho sporcato il golfino», constatò arrossendo per la vergogna.

«Toglilo. Lo faremo lavare e tornerà come nuovo», disse lui aiutandola a spogliarsi e offrendole uno dei suoi kimono di seta.

Erano passate poche ore da quando si erano incontrati sulla strada e Sonia aveva raccontato tutto a Giulio di sé, della sua infatuazione giovanile per lui, del suo matrimonio sbagliato, delle sue aspirazioni, dell'approccio di Lidia che l'aveva messa tanto in crisi. L'alcol l'aveva aiutata a vincere il naturale riserbo e l'aveva resa loquace. Era grata a Giulio per non avere mai cercato di approfittare della situazione.

«Adesso riposerai e presto tornerai nella tua forma più smagliante», le sorrise lui. «Ti farò portare un beverone che è un toccasana per una sbornia solenne», soggiunse guidandola verso la camera da letto.

«Non lasciarmi sola. In questa grande casa mi sento a disagio», protestò debolmente. Adesso che aveva recuperato la lucidità, si sentiva un'intrusa nell'aristocratica dimora che per anni aveva considerato una meta irraggiungibile. Pensò a Carla de Bros, la terribile signora autoritaria e severa, di cui Virginia parlava sempre a bassa voce. Era sicura che se l'avesse sorpresa in quel letto l'avrebbe cacciata come un insetto molesto.

Entrò una cameriera in grembiule di satin nero sul quale risaltava il grembiulino bianco con la pettorina inamidata. La domestica, con estrema naturalezza, salutò Giulio, poi si rivolse a Sonia. «Buon giorno, signorina.» Posò il bicchiere pieno per metà del «beverone miracoloso» sul tavolino da notte e si limitò a chiedere: «Serve altro, signore?»

«Desidero che nessuno disturbi la signorina fino al mio ritorno», disse. «E il suo golfino deve ritornare nuovo», concluse.

La donna annuì e scomparve silenziosamente com'era venuta. Sonia ebbe la certezza che presto la notizia di una ragazza nella camera degli ospiti sarebbe arrivata in portineria. Virginia l'avrebbe saputo, ma non avrebbe mai supposto che la ragazza di turno di Giulio de Bros fosse lei, la sua amica del cuore.

Giulio rimboccò la coperta di visone grigio.

«Fatti una bella dormita», consigliò.

Lui aveva la faccia stanca, gli occhi cerchiati, ma era pur sempre l'uomo più bello che Sonia avesse mai visto.

«Dove vai?» gli chiese con voce flebile.

«All'università. Ho una lezione alle nove. A proposito», le domandò, «qual è il tuo vero nome?» Fino a quel momento aveva continuato a chiamarla Lucrezia.

«Mi chiamo Sonia», rispose. «Sonia Brenna.»

Lo vide esitare, poi sul suo viso stanco aleggiò l'ombra di un sorriso.

«Sonia Brenna», ripeté Giulio esplodendo in una risata schietta. «Adesso capisco tutto. Tutta la città parla di te.»

«Di me?»

«Sei la sola donna che abbia rifiutato un gioiello da cento milioni. Onorio Savelli l'ha raccontato a tutti.» Poi la salutò con un sorriso e aggiunse: «Hai fatto bene. Ognuno ha il suo prezzo. Anche tu. Il tuo, però, deve essere molto alto. Adesso Savelli lo sa».

18

Sonia si svegliò perché il velluto uniforme del sonno era stato incrinato da un fruscio lieve come il respiro e qualcosa di umido le solleticava la guancia. Aprì gli occhi. Acciambellato sulla coperta di visone grigio c'era un bassottino nero focato che dimenava la coda in segno di gioia. E c'era Giulio in piedi vicino al letto. Indossava un elegante doppio petto grigio e la scrutava con curiosità e ammirazione.

Sonia recuperò lentamente il senso della realtà. Svegliandosi aveva creduto di essere ancora nel suo letto, nella stanza sopra l'osteria e credeva che il bassotto fosse Bobi. Poi ricordò il letto nella camera degli ospiti in casa di Lidia Mantovani. E infine la notte passata con Giulio a parlare senza sosta.

Adesso Giulio era lì e le sorrideva.

«Ti piace il mio regalo?» domandò alludendo al bassotto.

«Bobi», sussurrò lei con la voce ancora piena di sonno e allungò una mano per toccare il cucciolo.

«Come stai?» le chiese Giulio passandole una mano fresca sulla fronte.

«Sono in una forma splendida», mentì tirandosi a sedere sul letto.

«Lo sai che ore sono?»

«No», rispose stropicciandosi gli occhi. Era davvero straordinariamente bella e desiderabile.

«Sono le otto di sera. Hai dormito più o meno dodici ore», l'aggiornò.

«Forse è per questo che ho tanta fame», lei sorrise esprimendo soltanto una minima parte della felicità che aveva dentro.

Giulio accese l'abat-jour sul tavolino da notte e Sonia, per la prima volta, vide la camera in cui si trovava, mentre il bassotto cominciò a esplorare, correndo e annusando freneticamente l'ambiente nel quale si trovava. Era una stanza in cui dominavano il grigio perla e il bianco panna. Il letto era per metà dentro un'alcova foderata di legno. Un alto zoccolo di legno correva lungo le pareti e rivestiva il camino su cui era appeso un batik di cotone adeguatamente incorniciato. C'erano due poltrone ricoperte di velluto grigio perla e un tavolo rettangolare vestito con lo stesso tessuto. Sul tavolo, una lampada, l'occorrente per scrivere e un cesto di primule.

«Allora vestiti. Ceniamo fuori», la sollecitò Giulio.

Sonia sgusciò fuori dal letto stringendosi addosso il kimono di Giulio, prima di chinarsi a prendere in braccio l'irresistibile cucciolo che già amava.

C'era una psiche, nell'angolo fra il letto e la porta del bagno. Vide la propria immagine riflessa.

«Sono mostruosa», esclamò. Nonostante i capelli arruffati che la facevano più giovane della sua età e gli occhi ancora pieni di sonno, Sonia aveva una bellezza così intensa che stupiva anche un uomo di mondo come Giulio de Bros.

«Bugiarda e falsa», la rimproverò l'uomo. «In bagno troverai tutto quello che ti serve per un adeguato restauro. Io ti aspetto nella stanza accanto», soggiunse allontanandosi.

Sonia lo raggiunse e l'obbligò a fermarsi, afferrandolo per un braccio.

«Giulio», domandò con la voce incrinata da nuove paure, «perché stai facendo tutto questo?»

«Perché era quello che tu volevi.»

«Questa non è la risposta giusta.»

«Mi piace rendere omaggio alla bellezza. Voglio che le donne, quelle che mi piacciono davvero, abbiano almeno una ragione per non dimenticarmi tanto presto.»

Sonia colse nello sguardo di lui una profonda amarezza, come se una pena costante gli impedisse di essere sereno.

«Prendere o lasciare», minacciò infilando le mani nella matassa dei suoi capelli arruffati. Quel contatto le mise addosso un desiderio nuovo, piacevole, tormentoso. Come era avvenuto durante la festa di carnevale, desiderò con tutta se stessa che Giulio la baciasse.

«Io ti amo», confessò Sonia. «Ti ho sempre amato. Ti voglio bene dai tempi in cui ero alle prese con le versioni di latino. Passavo i giorni e le notti a pensarti e a sognarti», soggiunse con un filo di voce.

«Questa è un'altra storia», l'interruppe. «Una storia che mi racconterai con calma quando ti sarai resa presentabile», concluse in modo quasi brusco.

Giulio si staccò da lei come se fosse un pericolo e uscì dalla stanza.

«Al diavolo!» gridò lei attraversando a lunghi passi la stanza e sbattendosi alle spalle la porta del bagno.

Sonia si lavava e piangeva per l'umiliazione subita. Perché Giulio continuava a giocare con lei in quel modo crudele? Eppure aveva letto il desiderio nei suoi occhi. Perché allora continuava a respingerla dopo averle dato l'illusione di volerla?

Quando uscì dal bagno era vestita di tutto punto. Trovò Giulio che la stava aspettando. Le andò incontro e quando furono vicini le prese il volto tra le mani e, chinandosi, la baciò con tenerezza e passione.

Sonia reclinò il capo sulla spalla di Giulio incapace di parlare.

«Era questo che volevi?» le chiese dolcemente.

Sonia non rispose e si lasciò cullare dalle sensazioni

meravigliose che provava in quel momento che aveva tanto desiderato.

Pensò a suo marito, per il quale non aveva mai sentito niente di simile. Perché Giulio era l'uomo della sua vita. Ma Giulio non l'amava; di questo era consapevole. Però la desiderava, e anche questo era un dato certo.

«Dobbiamo proprio uscire?» gli chiese.

«Eri affamata, ricordi?»

Delicatamente Giulio le tolse il golf, che lasciò cadere ai suoi piedi, scoprendo un seno perfetto. Si chinò a sfiorarle i capezzoli eretti con le labbra e poi continuò a spogliarla fino a quando Sonia emerse, nuda, in tutto il suo splendore.

Giulio la prese in braccio e la depose sul letto. Sonia viveva un momento magico e una sensazione mai provata la possedeva completamente. Respirava il profumo di Giulio, sentiva il suo calore, scrutava nei suoi occhi chiari e sapeva che lui stava facendo quello che lei desiderava. Se Giulio l'avesse posseduta completamente probabilmente l'atmosfera magica in cui viveva si sarebbe subito dissolta. Lei non voleva essere penetrata e lui sembrava avere intuito il suo dramma e si limitava a deliziosi giochi erotici.

Giulio era nudo accanto a lei. E mentre la stringeva coprendola di baci, Sonia lo sentì fremere. Poi un singhiozzo eruppe dal suo petto e i suoi occhi si riempirono di lacrime.

«Ma tu piangi», lei si stupì.

Lui affondò il viso nei suoi capelli profumati e singhiozzò come un bambino.

«Giulio, che cosa succede?» Sonia era smarrita.

L'uomo avvicinò le labbra all'orecchio di lei: «Succede che ho tra le braccia la donna più bella del mondo e non posso amarla come vorrei».

Sonia non riusciva a capire. «Mi stai offrendo esattamente quello che voglio», replicò.

Lui si alzò di scatto guardandola quasi con odio. «Vattene, Sonia, esci dalla mia vita. Nella mia vita non c'è posto per te. Non c'è più posto per nessuna donna perché sono impotente», concluse drammaticamente. Infilò la vestaglia e uscì sbattendo la porta.

A Sonia parve di precipitare in un abisso profondo e spaventoso.

Era dunque quello il segreto di Giulio de Bros. Qualcosa o qualcuno aveva reso Giulio impotente. Le tornò in mente la festa di carnevale, il dialogo concitato tra Federica Rovesti e Giulio. Lei che lo rimproverava di essersi fatto negare per mesi e di essersi dato a una latitanza inspiegabile.

Sonia indossò il kimono e raggiunse Giulio nello studio. Si accovacciò ai suoi piedi su un morbido tappeto e reclinò il capo sulle sue ginocchia.

«Che cosa ti hanno fatto, amore mio?» gli chiese piano.

«Un incidente», rispose brevemente lui.

Ricordava i più piccoli particolari di quella notte nella suite dell'hotel Excelsior di Roma. Rivide la nudità gloriosa di Giada, il latte e il miele della sua pelle elastica e i capelli del colore del sole, la furia travolgente di un amplesso che sembrava senza fine. Poi la porta della camera da letto si era spalancata e due figure enormi, la faccia nascosta dal passamontagna, l'avevano aggredito immobilizzandolo. Giulio era inchiodato al letto, mentre Giada, sconvolta dal terrore urlava disperatamente.

«Fatela tacere», aveva ordinato un terzo uomo emerso dal buio.

Giulio lo aveva riconosciuto subito. Era Salvo Pennisi, costruttore siciliano mafioso, che Giulio aveva accusato di essere il mandante di un efferato delitto.

Giada era stata coperta con una giacca da uomo e presa in consegna da un quarto individuo.

«Ti sei portato dietro un esercito», aveva commentato Giulio, sprezzante.

L'uomo si era avvicinato al letto con un'espressione calma e terribile.

«Eccolo il principe del foro. In tribunale fa il cavaliere senza macchia e senza paura e nel suo letto compromette mia figlia.» Nella sua voce c'era la cupa risonanza di una vendetta atroce e inesorabile. «Perché Giada è mia figlia. La luce dei miei occhi. E non dirmi che non lo sapevi.»

Giulio non lo sapeva, non poteva neppure immaginare lo stretto legame esistente tra Sandro Pennisi e la splendida fanciulla che quella notte era finita, per caso, nel suo letto. Che senso aveva spiegare le circostanze? L'uomo, con gli occhi iniettati di sangue, non gli avrebbe mai creduto.

«Che cosa vuoi, adesso?» aveva chiesto Giulio. Nella sua mente si stava facendo strada il sospetto che Giada fosse stata strumentalizzata per costringerlo a rivedere la sua posizione in alcuni processi di mafia.

In quel momento il boss aveva ordinato con un sorriso: «Fate il vostro lavoro ragazzi», e aveva soggiunto, guardandolo negli occhi: «Così questo galletto smetterà di razzolare nei pollai altrui».

Quel che era accaduto dopo era stato terribile. Giulio aveva sentito un ago che penetrava in una vena del braccio. Poi il buio di un sonno ipnotico.

Quando era riemerso dal silenzio era su un letto di ferro, in una camera spoglia e c'era un uomo che stava misurandogli la pressione. Sentiva il fuoco nello scroto, il bruciore si diffondeva all'inguine e il male arrivava direttamente al cervello. Insieme alla cognizione del dolore era tornato a galla anche il suo ultimo ricordo: Salvo Pennisi e i suoi uomini.

«Che cosa mi hanno fatto?» Giulio aveva domandato allo sconosciuto, sicuramente un medico, che si stava occupando di lui.

«Un brutto lavoro», aveva risposto l'uomo, con la voce cavernosa di una persona dedita accanitamente al fumo e all'alcol, togliendogli dal braccio la fascia del misuratore della pressione. Era un uomo piccolo, la faccia spenta, scavata e giallastra del fumatore irrecuperabile, occhi scuri, sporgenti.

«Lei chi è?» aveva chiesto Giulio che impazziva dal dolore.

«Un medico. C'è stato un tempo in cui ero un eccellente chirurgo. Poi... ho commesso uno sbaglio. E adesso sono qui. Ho fatto del mio meglio con i suoi testicoli. Tra qualche giorno, quando le avrò tolto i punti, potrà andarsene da qui», aveva garantito portando alle labbra una sigaretta.

«Che cosa mi hanno fatto?» aveva insistito Giulio.

«Questo lo vedrà da solo, quando sarà il momento», aveva concluso il chirurgo.

Adesso Sonia era lì, ai suoi piedi, lo sguardo adorante, colmo di smarrimento e di desiderio.

«Un brutto incidente», ripeté Giulio meccanicamente alla fine del racconto.

«Io sono il tuo rimedio, la tua medicina miracolosa», esclamò Sonia con slancio e aggiunse in un soffio: «Non riesco ad accettare di essere penetrata. Questo è il mio segreto. Ti prego, amore mio», insisté Sonia «lascia che io ti ami.»

Giulio si inginocchiò accanto a lei. Il kimono che indossava scivolò a terra e lei abbandonò la sua limpida nudità sul folto tappeto, davanti al caminetto. Giulio si chinò sul suo seno e cominciò a sfiorarlo con labbra morbide e calde mentre una mano esitava carezzevole sulla setosità del pube. Il cuore di lei accelerò i battiti e Sonia si inarcò cercando un contatto più intimo e profondo. Giulio insinuò i polpastrelli all'interno delle cosce e con un tocco lieve, lento ma inarrestabile raggiunse il centro del piacere, dapprima lentamente poi sempre più in fretta senza mai smettere di baciarle il seno. La sentì fremere e infine sussultare. Quando uscì dall'onda lunga, colorata e magnetica di un orgasmo sconosciuto, si abbandonò reclinando il capo sulla spalla di lui. Quella che Giulio le aveva dato era l'essenza stessa del piacere e dell'amore, una sensazione nuova, straordinaria, commovente, totale.

«Voglio essere amata così, da te, per tutta la vita», disse.

«Nessuna donna vuole essere amata soltanto così», replicò lui con amarezza.

«Io sì», ribadì Sonia.

«Tu devi dimenticare che esisto.»

«Questo è impossibile, Giulio. Non ti libererai mai di me», concluse Sonia.

19

Irene le aprì la porta di casa e avvolse Sonia in un affettuoso abbraccio.

«Ti aspettavo», disse.

«Davvero?» Sonia aveva un'aria innocente e credula come quella di una bambina.

«Non so dirti come e perché, ma qualcosa mi avverte sempre quando una persona cara si avvicina alla mia porta.»

Irene indossava pantaloni di fustagno e un maglione giallo di lana. I capelli erano raccolti in una lunga e pesante treccia che le scendeva dal lato destro sul petto. Al collo portava una vistosa collana d'ambra. Sonia notò che l'amica era a piedi nudi e che i suoi piedi erano bellissimi, incredibilmente magri, ben proporzionati nonostante la lunghezza insolita. Alle caviglie aveva tre catenelle d'oro. «Dai, entra», le sorrise Irene. Era la prima volta che Sonia andava a trovarla nella sua casa. Il vestibolo prendeva luce da una finestra con vetri colorati a motivi floreali. Il pavimento era di un bel legno chiaro, lucido. Profumava di cera e di pulito. C'erano kenzie alte e verdissime nell'angolo accanto alla finestra, e un gatto persiano dal muso ferocemente severo, immobile su un divanetto *capitonné* che occupava la parete fra due porte.

«Sei sicura che non ti disturbo?» domandò Sonia seguendola oltre la porta che si apriva su un corridoio illuminato da un lucernario di vetro. L'appartamento di Irene era una graziosa mansarda in un vecchio palazzo liberty, a porta Vittoria.

«Poco fa ho dichiarato chiusi i lavori», la rassicurò. «E stavo preparando il tè per due persone.»

«C'è un altro ospite?» si incuriosì la ragazza.

«No. Siamo solo noi due, appunto», rispose.

«E tu vorresti farmi credere che mi aspettavi proprio oggi?» insisté.

«Il fatto di credere o non credere è un problema tuo.» Irene era un'apprezzata disegnatrice di moda e lavorava in esclusiva per *Vogue*. Era richiestissima per la sua abilità, ma ancora di più era richiesta per la innata capacità di leggere nel futuro e nel cuore delle persone. Teneva accuratamente separate la professione e la vocazione. E a chi le suggeriva di dare un prezzo ai suoi poteri paranormali rispondeva: «Non potrei mai monetizzare un dono di Dio».

Irene guidò l'ospite verso la cucina che era vasta e di un biancore assoluto, con pentole e casseruole di rame lucente appese a una rastrelliera. Un grande sole si stagliava sui vetri di un finestrone a quadri colorati.

«Disegno d'autore», commentò Sonia. «Lo hai dipinto tu?» chiese.

«È così avaro di sole il cielo di Milano che ho deciso di farne uno per mio uso e consumo», scherzò Irene spegnendo la fiamma sotto il bollitore.

Accanto alla finestra, su un tavolo antico dalle gambe sagomate e tarlate, ricoperto da una tovaglietta candida, c'erano una teiera di porcellana e due tazze da tè.

«Accomodati», la invitò Irene mettendo in infusione un cucchiaino di foglie molto aromatiche. «È gelsomino», continuò mentre versava acqua bollente sul tè e si diffondeva nell'aria un profumo delicato. «Sei una meraviglia», riconobbe Irene guardandola di sotto in su, mentre versava il tè nelle tazze.

Sonia indossava un tubino grigio di vigogna con le maniche corte e portava al collo il filo di perle di sua madre. I capelli, sciolti sulle spalle, erano legati con un nastro azzurro di seta. La sua era un'eleganza così sobria da passare quasi inosservata. Le due donne sedettero una di fronte all'altra.

«Se vuoi vuotare il sacco sono pronta ad ascoltarti», soggiunse Irene sorseggiando la bevanda aromatica. Era proprio come voleva lei: calda e profumata al punto giusto.

«Non so da che parte incominciare», confessò. «E non so nemmeno se voglio cominciare. So che sono terribilmente infelice.»

«Non è una novità. Se può consolarti ti dirò che soltanto gli imbecilli sono completamente felici. O credono di esserlo. Poi ci sono le persone di vera fede. I santi. E i portatori di certe forme di follia. Gli altri sono tutti poco felici. Apparentemente hai tutto per essere felice: vivi infatti con l'uomo che ami. Questo è un dato positivo.»

«Tu sai di me e di Giulio?» si stupì.

«E senza la complicità dei miei cosiddetti poteri divinatori», replicò. «Lo sanno tutti. Milano è un grande paese dove si sa sempre tutto di tutti.»

Sonia si coprì il volto con le mani come se volesse nascondere tutti i suoi segreti o cercare la chiave per risolvere i suoi problemi.

«Irene, che cosa ne sarà di me?» chiese fissando dritto negli occhi la sua interlocutrice. «Ti prego di non consigliarmi di mettere ordine nel caos che ho dentro di me.»

Irene le dedicò uno sguardo intenso colmo di comprensione e di sincerità. Parve riflettere alcuni brevi istanti prima di alzarsi, poi disse: «Andiamo nel mio studio».

Sonia la seguì in una stanza piuttosto piccola, molto raccolta e intima, il pavimento coperto da un tappeto Kirman dai colori molto delicati, in cui predominavano l'azzurro, il rosa e il blu. Azzurra e blu era la marezzatura della carta da parati inglese che rivestiva le pareti, incorniciata da bordure a piccoli fiori che richiamavano il disegno del tappeto. C'era un divano rivestito da un pesante e prezioso Gobelin. Sopra il divano, una splendida natura morta del Seicento. Irene andò a sedersi a un tavolo-scrivania collocato in diagonale rispetto alla finestra. Sonia sedette di fronte a lei.

«Ora rilassati, se puoi», la invitò Irene estraendo da un cassetto della scrivania un sacchettino di seta rossa, legato con un cordoncino di velluto.

«Che cosa stai facendo?» domandò Sonia. Irene accarezzava quel sacchetto come se contenesse il suo cuore.

«Scaldo i tarocchi», le rispose senza distogliere lo sguardo dal sacchetto. «Vedi», proseguì, «le carte riposano da molti giorni. È venuto il momento di farle lavorare.»

«Sono soltanto carte», minimizzò Sonia. «Che senso ha parlare di riscaldamento e di lavoro o di riposo? Che bisogno c'è di scaldarle?»

Irene fissò sulla ragazza il suo sguardo indagatore. «Sono gli Arcani Maggiori. E sanno tutto di te, piccola mia», cominciò a spiegare Irene. «Ma per farli parlare occorre renderli disponibili verso di noi. Io siedo in questa posizione con la fronte rivolta verso est, com'erano orientate le chiese. In questo modo, la luce dell'alba, durante la celebrazione della messa, era alle spalle dei fedeli e illuminava l'officiante.»

Irene aprì il sacchetto, estrasse il piccolo mazzo di tarocchi, li depose sul piano del tavolo con movimenti delicati e precisi.

«Via le braccia conserte», ordinò con tono pacato, «sciogli le gambe accavallate. Devi eliminare tutto quello che tende a chiuderti in te stessa. Appoggia le mani sui braccioli della sedia.» Sonia ubbidì. «Ecco. Così va bene. La tua disponibilità renderà più loquaci gli Arcani.»

Sonia cominciava a rilassarsi aiutata dalla calda e leale voce dell'amica. «Mi sento bene», si stupì la ragazza.

«Allora andiamo avanti», decretò Irene. «Adesso alza il mazzo.»

Sonia obbedì. Se quel gioco le consentiva di recuperare un po' di serenità valeva la pena di continuare.

«È importante alzare?» si incuriosì Sonia.

«Solo così le carte si organizzano e tu le influenzerai per ottenere un responso chiaro. Usa la mano sinistra», suggerì la veggente. E proseguì: «La sinistra è la parte della luna, della sensibilità, della ricettività».

«E la mano destra?» la interruppe.

«È la mano del sole», rispose Irene. «Vedi, bambina», spiegò, «ho scelto gli Arcani Maggiori, perché possono riprodurre certe situazioni della tua vita.»

Irene mescolò le carte.

«A partire da questo momento mi dirai un numero ogni volta che te lo chiedo. E io deporrò in croce, da sinistra a destra, dall'alto in basso e infine al centro, le carte che tu chiami. Così vedremo il pro e il contro, il condizionamento, la soluzione e infine il momento attuale.»

Irene parlava e spiegava, guardava Sonia e disponeva i tarocchi sul tavolo.

La donna cominciò a leggere le carte: «Ecco. Questo è il papa. Un personaggio favorevole. Ma la positività del segno e dell'immagine è osteggiata dal Carro che rappresenta una spinta frenata».

«Da chi?» chiese Sonia.

«Fin qui posso dirti che l'uomo che ti ama non può amarti come vorrebbe. C'è da parte di lui il dramma di una rinuncia imposta dal destino. Dietro la solarità dei suoi slanci c'è il buio di un sacrificio enorme.»

«Non si può cercare di eliminare questo buio?»

«No», rispose mestamente Irene. «Il danno provocato da un destino avverso non può essere recuperato. Vedo anche l'Imperatore», sospirò sollevata. «L'Imperatore corrisponde a un uomo potente e, che tu lo voglia o no, fa parte del tuo futuro. Al centro della composizione, come tu stessa la vedi, c'è l'Innamorato.»

«Che cosa significa questa carta?»

«Significa che sei a un bivio. Significa che devi scegliere.»

«Che cosa?»

«Devi scegliere tra un amore impossibile, sterile, senza futuro e un futuro con l'Imperatore. Gli Arcani Maggiori non mi dicono niente di più.»

«Ma questo Imperatore chi è?» volle sapere Sonia. In verità, attraverso le parole della veggente aveva visto Giulio, la sua incapacità di amarla completamente e la potenza dell'Imperatore incombente poteva essere Onorio Savelli.

«Possiamo tentare di scoprirlo», riprese Irene prendendo un altro sacchetto pieno di carte. «Questi sono gli Arcani Minori e definiscono nei particolari la tua situazione. Lasciamo qui l'Imperatore e vediamo di chiamare altre carte.»

Sul tavolo si allinearono il tre e il nove di denari, un Cavaliere e un sei di spade.

«Che cosa vuol dire?» domandò Sonia.

«Il Cavaliere è l'uomo che, in questo momento, ti vuole tutta per sé. È ricco e potente e disposto a tutto pur di averti. E ti avrà.»

«Come fai a saperlo?»

«Le carte lo dicono e riassumono i fatti. È scritto che sia così. Ma è anche scritto che il Cavaliere ti tradirà.»

«Come Giuda?» Sonia tentò di scherzare per scacciare un brivido che le correva lungo la schiena.

«Come Giuda», sentenziò la veggente con una seriosità che non le era abituale. «Adesso riesci a vedere un po' meglio in te stessa?» le domandò rimettendo ordinatamente le carte nei rispettivi sacchetti.

«Capisco che Giulio mi ama come io amo lui. Questo nostro amore è molto tempestoso. C'è un motivo che non posso dirti e che condiziona lui, terribilmente, più di me. Il Cavaliere è Onorio Savelli. E lo sai anche tu. Sta facendo follie per avermi. Ma io che cosa devo fare?» domandò con aria disperata.

«Nulla», le consigliò Irene.

«Mi prendi in giro?»

«No», garantì Irene, «vivi e aspetta.»

«Finirà bene?» chiese ansiosa la ragazza.

Irene la avvolse con il suo sguardo intenso. «Finirà», rispose. «Il bene e il male, molte volte, sono soltanto opinioni. Punti di vista.»

20

«Vedi, Sonia, soltanto adesso mi rendo conto di avere sempre desiderato un bambino», confessò sorridendo Virginia. «Non me ne importa niente se suo padre si è comportato come un mascalzone. Quello che conta per me è questo piccolino che sta per nascere. Sono più forte di quanto gli altri credano. Ho energia per fargli da padre e da madre.»

Virginia, nell'imminenza della maternità, era finalmente sbocciata rivelando una bellezza nuova e insospettata. Il viso si era arrotondato, gli occhi erano diventati più grandi, languidi, scintillanti d'amore per quell'essere che le cresceva dentro. La sua figura esile e scialba aveva raggiunto un'imponenza statuaria.

«E pensare che ero tra quelli che ti volevano convincere ad abortire», ammise Sonia sentendosi in colpa.

Virginia le sorrise. «È stata una decisione intensamente sofferta, ma adesso mi rendo conto di avere agito nel migliore dei modi. Perfino mia madre, che non perde una messa, avrebbe voluto che mi liberassi di quel peso per paura della gente.»

«Figurati se la gente si lascia scappare un argomento così ghiotto. Avrebbe avuto comunque qualcosa da dire.»

«Ho seguito il mio istinto. D'altra parte, sono sicura

che questa creatura non avrà vita facile.» E proseguì: «Anche se siamo nel 1960 il ruolo della ragazza-madre non è facile da interpretare. Certamente non mancheranno le persone che mi daranno la croce addosso. Se vuoi la sincera verità, per ora non ho il tempo di occuparmi di questi pseudomoralisti. Credo che questo bambino mi stia cambiando. Mi sento più forte e perfino più bella». Virginia rise divertita.

Sonia approvò commossa l'analisi di Virginia e le cinse le spalle in un gesto affettuoso e protettivo.

Le due donne stavano passeggiando per via Montenapoleone, avendo cura di stare nella parte in ombra: il sole dell'estate appena sbocciata batteva impietoso.

Virginia indossava un abito di cotone premaman a piccoli quadretti azzurri e bianchi. Un gran fiocco azzurro spuntava dal collettino bianco di piquet; e bianchi erano i sandaletti che calzava con qualche difficoltà, a causa dei liquidi che il suo corpo cominciava a trattenere.

Era dai tempi della scuola che Sonia non si sentiva così vicina all'amica.

«Che ne diresti di un aperitivo al Cova?» chiese Sonia.

«Naturalmente sedute. Non hai idea di quanto pesi questo figlio.»

Entrarono da Cova e sedettero a un tavolino appartato. Il bar era assediato dai clienti che l'elegante ed efficiente cameriere smaltiva con sorridente professionalità.

Le due amiche, coinvolte dalle reciproche confidenze, non si accorsero degli sguardi pettegoli che si appuntavano su di loro.

«Come va il tuo lavoro?» chiese Sonia.

«Adesso sono una maestrina relativamente appagata, tollerante, con orari e programmi precisi. Una vita senza sussulti. Il solo fatto straordinario è questo bambino che mi cresce dentro, con il quale ho instaurato uno splendido, incessante dialogo. Tu piuttosto. Ti ho visto più di una volta fotografata sui giornali più importanti. Sei contenta?»

«È una meraviglia! Lavoro con i migliori fotografi italiani e stranieri», le comunicò Sonia. «Ci sono modelle che sbuffano, si spazientiscono, non fanno che ripetere che lavorare stanca. Personalmente non sento tutta questa fatica. Farmi fotografare, devo confessarlo, appaga il mio esibizionismo. Mi piace essere ammirata, vezzeggiata.»

«Non c'è niente di male. Ti ho vista sulla copertina di *Vogue*. Ne ho comperate dieci copie», confessò Virginia. «E mi sono pavoneggiata con le mie colleghe a scuola. 'È la mia più cara amica', ho detto a tutte. Eri l'immagine della felicità oltre che della bellezza», continuò Virginia. «Guardandoti bene, però, non mi sembri particolarmente felice. Sei distratta come se avessi pensieri tristi», constatò Virginia preoccupata.

Sonia era diventata la ragazza di copertina più ambita e questo, a parte i guadagni notevoli, aveva fatto di lei un personaggio di primissimo piano. Viveva in un elegante appartamento in via della Spiga e frequentava i migliori salotti dove Giulio la accompagnava suscitando i pettegolezzi più sfrenati. Dal legame con Giulio nascevano tutto il bene e tutto il male della sua vita. Quello con Giulio era un rapporto tormentato, travolgente e molto problematico.

«Tu mi conosci bene», affermò Sonia.

«Ti conosco abbastanza per capire se hai qualcosa che non va», replicò Virginia.

«Lo dici come se le mie tristezze dipendessero soltanto da me.»

«Probabilmente dipendono dal fatto che non ti accontenti mai di quello che la vita ti offre», la spiazzò Virginia. E soggiunse: «Volevi Giulio de Bros, e l'hai avuto. Non ti basta?»

«La vita mi prende continuamente a schiaffi», rivelò. «Ma non voglio parlarne», si incupì. «Non è con le parole che posso risolvere i miei problemi.»

Sonia vide avanzare verso di loro Onorio Savelli. Lo aveva incontrato altre volte, quando era in compagnia di Giulio, e Savelli aveva finto di non vederla. Questa volta l'uomo puntava dritto su di lei.

«Ciao Sonia», la salutò. «Spero di non disturbare», aggiunse sorridendo a Virginia.

«Non le importa affatto di avere interrotto la nostra conversazione», ribatté Sonia seccamente. «Sì, ci ha disturbate», puntualizzò dandogli volutamente del lei e fissandolo negli occhi.

«Via, Sonia, non tenermi il broncio solo perché ti amo. Sono paziente e so aspettare. Intanto potresti almeno ripristinare il tu», propose con simpatia.

Giulio le aveva detto che Onorio aveva quarantacinque anni ma sembrava molto più anziano. Aveva i capelli color sale e pepe, diradati sulla fronte solcata da una rete di piccole rughe, e gli occhi appesantiti da borse. Il mento, largo e sporgente, e il fisico tarchiato comunicavano una sensazione di forza. Indossava un abito di lino blu un po' sgualcito ma di taglio eccellente.

Sonia notò che Virginia stava alzandosi per lasciarli soli. La trattenne.

«Il commendator Savelli e io», volle chiarire, «non abbiamo segreti.» E rivolgendosi all'uomo soggiunse: «Va bene, ti darò del tu. Ma non credo che avremo altre occasioni per parlarci». Era serena in quel momento. Pienamente consapevole del fascino che esercitava, ma altrettanto sicura che ai suoi occhi Onorio Savelli non rappresentava nulla. «Se vuoi scusarci», concluse alzandosi e invitando Virginia a imitarla, «ce ne stavamo andando.»

Gli tese la mano che lui tenne ostinatamente tra le sue. L'uomo aveva mani tiepide, asciutte e nervose. E Sonia dovette convenire che quel tocco era piacevole.

«Vuoi fare da madrina al varo della mia ultima petroliera?» le chiese. «Scenderà in mare entro la fine del mese. L'ho chiamata Sonia Prima», disse Onorio portandosi alle labbra la mano di lei.

La ragazza provò un'emozione violentissima. Si sentì mancare il respiro. Un personaggio come Onorio Savelli che ospitava nel suo palazzo di Bergamo, in via Porta Dipinta, il duca di Edimburgo e il barone Rothschild, che pranzava con i principi di Monaco e andava a caccia con il duca di Kent, l'aveva invitata a fare da madrina a una petroliera che portava il suo nome. Doveva decidere subito. Ricordò le parole di Giulio: «Savelli ti avrà. Tutti hanno un prezzo: il tuo è alto». Le vennero in mente i tarocchi di Irene che indicavano un Cavaliere immensamente ricco e disposto a tutto per averla.

«*Suae quisque faber fortunae est*», citò Sonia ritraendo la mano da quella di Savelli.

«Lo so», disse l'uomo, «nessuno sa meglio di me quanto ognuno sia l'artefice della propria sorte.»

«Appunto», replicò Sonia. «Della tua sorte non della mia», precisò sfidando Arcani e pronostici. «È un grande e immeritato onore quello che mi fai. Troppo grande perché io possa accettare.»

Depose sul tavolino il prezzo della consumazione e uscì seguita da una Virginia esterrefatta.

21

Sonia alzò gli occhi dal libro che stava leggendo per seguire le mosse di Bobi che aveva sollevato di scatto il muso dal lenzuolo e rizzato le orecchie. Evidentemente un rumore insolito lo aveva messo in allarme. In quel momento si comportava come un radar. Girava la testina fissando tutt'intorno i suoi occhi vispi e neri come chicchi d'uva.

Il caldo umido di quell'inizio di luglio era una cappa insopportabile anche di notte. Sonia aveva spalancato le finestre del terrazzo che dava su via della Spiga sperando di catturare un refolo di vento.

Era rincasata all'imbrunire dopo dodici ore di lavoro nella sala di posa.

Era veramente stanca, accaldata. Bobi, vedendola, si era prodotto nell'abituale ballo di festeggiamento che consisteva in mugolii d'amore e rapidissimi spostamenti e contorsioni. Il cane era la sola presenza viva e affettuosa nella grande casa dove si era annidata la solitudine. L'appartamento era di Giulio. Dopo il loro incontro, lui le aveva offerto le chiavi dicendo: «L'ha arredato mia madre per quando avessi deciso di mettere insieme una famiglia. Di solito ha buon gusto. Spero che ti piacerà».

Per molto tempo questo insediamento le era piaciuto. Era una continua scoperta quella casa sui tetti della vecchia Milano, all'angolo tra via della Spiga e via Sant'Andrea. C'erano tre salotti, uno studio, tre camere da letto con relativi bagni, una cucina e un grande terrazzo fiorito. C'erano mobili Impero e ninnoli Déco, tavolini Settecento e tappeti persiani, sedie Luigi XV, disegni di Léger e dipinti di Duez. Sonia aveva imparato da Giulio a distinguere gli stili e ad apprezzarne gli accostamenti.

Aveva assaporato il piacere di fare colazione con argenteria inglese, di dormire in un *lit à la polonaise* sormontato da drappeggi in chintz, di avere una cameriera a tempo pieno che si occupava anche del suo guardaroba. Ma quando tutto questo era diventato routine, Sonia s'era ritrovata più sola che mai.

Giulio era negli Stati Uniti e lei si era buttata nel lavoro con accanimento, come se dal lavoro dovesse dipendere tutta la sua vita.

La sua professionalità le aveva consentito di ottenere risultati di grande prestigio. Il lavoro era tutto e per brevi periodi riusciva a rimuovere la sua frustrazione di amante inappagata, protagonista di una storia tanto coinvolgente e disperata. Giulio alternava momenti di amore appassionato a lunghi periodi di isolamento. Quando lui decideva di tornare, si rinnovava un rapporto nel quale, tutto sommato, il tormento prevaleva sull'amore.

Prima della sua partenza per gli Stati Uniti Sonia era riuscita a strappargli la promessa di una vacanza insieme in pieno agosto, in un paesino del Nord Europa, lontani dai clamori della mondanità pettegola e sofisticata.

Contando i giorni che la separavano dal ritorno di Giulio, Sonia trascorreva le serate nella dorata solitudine della sua grande casa, ignorando gli inviti dei pochi conoscenti rimasti in città. E leggeva, soprattutto romanzi, assetata com'era di storie d'amore che trasudavano lacrime e passione.

Ora stava divorando *Via col vento*, un romanzo che,

non molti anni prima, sua madre le aveva negato sostenendo che quelle storie le avrebbero riempito la testa di stupidaggini. Riconobbe che nella semplice filosofia della madre c'era qualcosa di vero.

Bobi balzò dal letto uggiolando e si avviò verso l'ingresso frustando festosamente l'aria con la coda: quando si muoveva per aggredire irrigidiva la coda tendendola come una scimitarra.

Sonia, messa in allarme dal cane, abbandonò il romanzo e seguì l'animale. Era rimasta sola nel palazzo, se si escludeva il portiere. Ebbe paura, nonostante Bobi annunciasse una presenza conosciuta. Lei non aveva amici all'infuori di Giulio il quale, nel corso di una telefonata, aveva annunciato il suo ritorno a Milano di lì a cinque o sei giorni.

Bobi uggiolava accucciato davanti alla porta d'ingresso, il musetto tra le zampe anteriori. Sonia, attraverso lo spioncino, esplorò lo spazio del pianerottolo senza aprire la porta. Era deserto. E tuttavia Bobi continuava a segnalare una presenza.

Sonia citofonò al portiere. L'uomo rispose dopo qualche istante con voce assonnata.

«Qualcuno è salito da me», gli disse. «Il mio cane è inquieto.»

L'uomo la rassicurò dicendole che il portone era chiuso, lui stava dormendo, non aveva aperto a nessuno e gli impianti di allarme tacevano.

«Comunque, farò un giro d'ispezione», disse con la voce ancora impastata di sonno. Poi aggiunse: «Non è possibile che Bobi abbia bisogno di uscire?» Sonia escluse questa eventualità e rimpianse il senso di sicurezza che le dava la sua casa al paese dove non c'erano rumori sospetti e suo padre dormiva nella stanza accanto. Decise di rivestirsi: indossò calzoni di tela, una camicetta bianca e si infilò ai piedi un paio di ballerine blu. Sedette nella sala d'ingresso, sul divanetto neoclassico, prendendo il cane in grembo, come fosse in attesa di un evento sconosciuto, ma inevitabile.

Il bassotto era quieto. Si sentì il fruscio metallico dell'ascensore che saliva lentamente. Poi il carillon della porta.

Sonia sussultò e dal pianerottolo le giunse rassicurante la voce del portiere: «Sono Oscar, signora».

Lei aprì e l'uomo le sorrise: «Sono venuto a dirle che ho fatto di nuovo il giro ed è tutto a posto. Stia tranquilla».

Non seppe neppure lei la ragione che la indusse a uscire. Era passata la mezzanotte.

«Mi aspetti, per favore. Ho deciso di scendere con lei. Credo che Bobi faccia volentieri una passeggiata supplementare.»

Uscì nell'afa notturna inoltrandosi con il cane lungo le antiche vie scarsamente illuminate e deserte. Il bassotto annusava l'aria e trotterellava felice precedendo di pochi passi la sua padrona.

Nel suo lento vagare Sonia aveva imboccato la via Bigli e si dirigeva, seguendo il cane, verso palazzo de Bros. Fece in tempo a vedere una donna che entrava dal portone mentre un taxi si allontanava. La riconobbe subito: era Federica Rovesti.

Si arrestò perplessa e incuriosita. Da chi stava andando la bella moglie dell'editore? Colta da un sospetto ritornò sui suoi passi e di corsa raggiunse la sua casa preceduta da Bobi che si stava godendo quella parentesi notturna.

Spalancò la porta dell'appartamento e afferrò il telefono. Ancora ansante compose il numero di Giulio, pregando in cuor suo che non rispondesse nessuno.

Invece fu proprio lui a dirle: «Chi parla?»

Sonia riattaccò lentamente senza una parola. Andò in cucina, si preparò un bicchiere di latte. Ne bevve una sorsata. Poi andò nello studio e cercò nell'agenda di Giulio il numero riservato di Onorio Savelli a Milano. Il telefono squillò a lungo prima che qualcuno rispondesse. «Pronto, chi parla?» chiese una voce potente e sgarbata.

«Sono Sonia Brenna», disse.

«Ciao, bellissima.» L'uomo cambiò subito tono.

«Farò da madrina alla tua nave. Ho sentito il bisogno di dirtelo. Però vorrei sapere qualcosa di più. Ti va bene se vengo da te subito?»

22

Onorio non aveva il corpo atletico di Giulio, la sua innata sensibilità, i modi sapienti e dolci per individuare i suoi punti più vulnerabili alle carezze e ai baci. Onorio non l'incantò con la dolcezza delle sue effusioni, ma la travolse con l'irruenza della passione e affondò in lei con la prepotenza del padrone. Non aveva la goffaggine impacciata di suo marito, né la sofferta delicatezza di Giulio. Era più semplicemente una forza della natura che dava e prendeva in uguale misura.

E Sonia, che era andata da lui spinta dalla gelosia e dalla disperazione per il tradimento di Giulio, pronta al sacrificio di un rapporto senza gioia, si stupì di avere tratto, suo malgrado, un piacere nuovo e una nuova consapevolezza da quella notte d'amore.

Finalmente aveva esorcizzato il fantasma del carbonaio che era riapparso durante la prima notte di nozze con Aldo e l'aveva accompagnata per mesi nella relazione con Giulio.

Era placata, soddisfatta e come ipnotizzata dal piacere recente che le provocava un brivido sottile a fior di pelle. Onorio l'accarezzò e dentro di lei si ricostituì il desiderio appena appagato.

«Non si può dire che tu sia una grande amante», fu

il giudizio di Onorio. «Ma hai stoffa di prima qualità. E imparerai», profetizzò con il sorriso del trionfatore.

«Non si può dire che tu abbia un minimo di delicatezza. E neppure la stoffa del gentiluomo. Tu non diventerai mai un gentleman», sottolineò Sonia.

«Credo che tu abbia ragione. Ma essere gentiluomo comporta una serie imponente di finzioni sempre uguali e molto noiose. No, Sonia: non diventerò mai un gentiluomo. Mi bastano i gentiluomini che mi vengono dietro scodinzolando come cuccioli indifesi. Io sono nato povero e non devo ringraziare nessuno per la fortuna che ho accumulato. Ho conquistato il successo con questa», precisò picchiandosi un dito sulla fronte, «e le donne con questo», soggiunse alludendo al suo arnese che stava già predisponendosi per una nuova erezione.

Sonia balzò giù dal letto e nuda di fronte a lui, sovrastandolo, disse: «La tua volgarità è davvero sconfinata».

Poi fece correre lo sguardo sugli arredi di quella stanza che era una sintesi del cattivo gusto dell'uomo. Il letto era una specie di piazza d'armi di tre metri per tre con lenzuola di seta nere. Le pareti erano rivestite di damasco grigio e costellate di quadri banali e costosissimi. Fra tutti emergevano due enormi, orribili quadri di Antonio Tapies. Nell'angolo una stupenda Venere di epoca greco-romana. Il pavimento era ricoperto da agnellino di Persia bianco latte.

«Gesù, come sei bella, Sonia. E altera. Ancora non riesco a credere di averti avuta», disse Onorio piano.

«Ma sei proprio sicuro di avermi avuta?» lo aggredì lei prima di girargli le spalle per raggiungere la stanza da bagno.

Il locale era molto grande; al centro, invece della vasca, una piccola piscina colma d'acqua profumava di essenza di sandalo. Lungo i bordi c'era un corrimano dorato e l'interno era rivestito di piastrelle in ceramica con decorazioni bianche e blu che formavano un paesaggio fluviale.

Sonia si immerse in quella specie di paradiso; l'acqua le impediva di affondare e galleggiava sul dorso immobile come una ninfea.

Quella orribile casa, fatta di capolavori antichi e di incomprensibili dipinti moderni, che occupava gli ultimi due piani in un palazzo nel centro di Milano, rispecchiava la personalità del padrone; esprimeva una sintesi di potenza e di volgarità. «Che gusto c'è a essere ricchi se poi non puoi raccontarlo agli altri?» le aveva detto Onorio sorridendo poco tempo prima. Sonia si persuase che questa miscela di potenza, volgarità e sincerità, comunicava un senso di grande sicurezza. Appartenere a Onorio era come adagiarsi nella culla dell'onnipotenza. Era una sensazione fantastica.

Fece due bracciate nuotando sul dorso e poi, con una capriola si immerse e subito riemerse. Si ritrovò alle prese con il pensiero di Giulio. Rivide la sua faccia splendida, i suoi modi delicati. Ripensò al suo dramma lacerante portato con tanta dignità e capì il bisogno che lei aveva ancora di quell'uomo straordinario che era l'antitesi di Onorio. Gli voleva ancora bene e, proprio per questo, si sentì maggiormente tradita.

Era offesa per il suo inganno meschino. Era ritornato dagli Stati Uniti senza avvertirla e aveva accolto in casa sua, nel cuore della notte, Federica Rovesti. Perché? Evidentemente tra loro l'antica storia non era ancora finita. Quante volte Giulio e Federica si erano rivisti senza che lei ne avesse il sospetto? Schiaffeggiò l'acqua dove aveva ricostruito il volto leale di Giulio.

«Vedo che ti diverti», disse Onorio che l'aveva raggiunta e sedeva sul bordo della vasca completamente nudo ostentando i segni di una virilità insaziabile.

«Non vieni anche tu?» l'invitò lei prima di fare un'altra capriola nell'acqua.

Voleva dimenticare Giulio, lasciarsi alle spalle il tormento di quel legame angoscioso e vendicarsi del tradimento.

Onorio le scivolò accanto, si portò sotto di lei e la

costrinse a risalire abbracciandola mentre la penetrava. Era un modo allegro di amare e i gemiti del piacere si alternarono al riso.

Uscirono dalla vasca mentre un domestico, giovane e inappuntabile, offriva loro gli accappatoi.

«Ci ha visti. Ha visto quello che facevamo», arrossì Sonia mentre comunicava la notizia a Onorio.

«Oh, lui ne vede tante che nemmeno ci fa caso», la rassicurò Onorio. «L'accoppiamento eterosessuale, per usare termini appropriati, non gli fa né caldo né freddo. Vero Checchina che non ci fai più caso?» l'interrogò.

«Se lo dice lei, non può essere che così», rispose con una voce in falsetto mentre strofinava le spalle del padrone di casa lanciando a Sonia un'occhiata piena di disapprovazione.

«In realtà si chiama Francesco», spiegò Onorio. «D'ora in poi la signora abiterà con noi. Quando e come vorrà», ordinò brevemente. «E i suoi ordini varranno quanto i miei.»

«Senz'altro, signore», replicò Francesco e scomparve silenziosamente.

«Sono i domestici migliori», le spiegò Onorio quando furono soli. «Sono fedeli e scrupolosi. Non mettono incinte le cameriere. E i loro drammi d'amore se li cullano in solitudine.»

«Chi l'ha detto che io vivrò in questa casa?» domandò Sonia stringendosi addosso il morbido accappatoio.

«L'ho detto io», si stupì lui. «Non basta?»

«Per me no.»

Sonia lo piantò in asso dirigendosi a passi decisi verso la camera da letto.

«Dai, non fare la sciocca», l'inseguì Onorio. «Lo sai anche tu che sei la donna per me. Non vorrai farmi credere che ti piace ancora Giulio de Bros. Tanto lui non ti sposerà mai.»

«Perché tu, invece...»

«Io sono già sposato. Ho sposato una decina di società quotate in Borsa. E altre che un eventuale divorzio ridurrebbe a un mucchio di contenitori pieni di niente.»

«E hai anche un'amante.»

«Una storia finita da tempo immemorabile», precisò lui.

Sonia si stava rivestendo con rapidità.

«È stato un piacere, Onorio. Una notte indimenticabile», sorrise tendendogli la mano.

«Ehi, ragazzina. Sono venuto da te perché ti voglio bene», protestò. «Io ti voglio davvero», aggiunse abbassando la voce.

Sonia ricordò il pronostico di Irene e le parole di Giulio: «Savelli ti avrà». Non le piaceva che i Tarocchi, le premonizioni, il destino decidessero per lei.

«Senti», si oppose, «oggi ho un numero massacrante di prove. Ne parliamo in un altro momento.»

Onorio le si parò dinanzi. «No», decise, «tu da oggi non lavorerai più. Io farò di te una delle donne più invidiate del mondo.» Senza aspettare una risposta la raggiunse sulla porta offrendole un piccolo astuccio.

«Apri», la sollecitò con orgoglio.

Sonia aprì la scatola che conteneva la pietra preziosa più importante che avesse mai visto.

Era un diamante tagliato a navetta, montato in oro bianco e non era inferiore ai cinque carati. Il valore della pietra superava certamente quello della collana di turchesi con la quale aveva tentato di sedurla la prima volta.

«Che cosa te ne pare?» chiese Onorio.

«Grazioso», rispose Sonia richiudendo l'astuccio e porgendolo all'uomo.

«Solo questo dici?» osservò l'uomo, sconcertato. «Hai idea del valore di questa pietra?»

«Credo proprio di sì, ma io ritengo di valere molto di più», concluse prima di girargli le spalle e andarsene. Forse aveva osato troppo e non avrebbe avuto niente, ma aver letto lo smarrimento negli occhi di Onorio Savelli era stato per lei un segno di vittoria.

All'uscita del palazzo, vide un autista in divisa blu

che spalancava la portiera posteriore di una Rolls color panna con interni di camoscio rosso.

«Sono a sua disposizione!»

«Chi l'ha detto?»

«Il signor Savelli.»

«La ringrazio, ma preferisco camminare», replicò Sonia avviandosi verso corso Venezia. Indossava ancora i pantaloni di tela e la camicetta bianca con cui era uscita la notte prima. Doveva ritornare a casa per prendere la valigetta del trucco e telefonare allo studio fotografico avvisando che sarebbe arrivata in ritardo.

La porta di casa era chiusa dall'interno e dovette suonare. Silia, la governante assunta per lei da Giulio, come sempre aveva lasciato la chiave nella serratura.

La porta si aprì inquadrando Giulio che la guardava con un'espressione carica di sentimenti contrastanti.

Sonia, senza sapere perché, incominciò a piangere. Prima furono lacrime silenziose sulla sua faccia innocente da bambina. Poi ruppe in singhiozzi. Giulio la prese delicatamente fra le braccia.

Dopo qualche attimo si sciolse dall'abbraccio e si mise di fronte a lui per guardarlo con rabbia.

«Che cosa fai, qui?» lo sfidò.

«Sono ritornato ieri sera e la prima cosa che ho fatto è stata di venire da te. Al telefono mi avevi detto della proposta di Onorio Savelli di coinvolgerti nel battesimo di una nuova petroliera cui aveva dato il tuo nome. Ci ho ripensato proprio quando l'ascensore si è fermato al piano e non ho avuto il coraggio di entrare. Mi sono detto che non aveva senso che io ti impedissi di vivere la tua vita. Me ne sono andato.»

Giulio era sincero e questo spiegava la reazione di Bobi che uggiolava a una presenza amica.

«Così te ne sei andato», replicò recuperando aggressività, «per consolarti passando la notte con Federica Rovesti», lo accusò.

«A questo non avevo pensato», confessò. «Ci siamo sbronzati insieme. Io pensando a te e lei rimproverandomi di non volerla più.»

Sonia, per un impulso irrefrenabile, tornò a rifugiarsi tra le sue braccia e ricominciò a singhiozzare come una bambina. «Giulio, amore mio, come ho potuto farti questo?» esplose divorata dal rimorso e dalla vergogna.

«Zitta, mia piccola, deliziosa bambina», la consolò. «Non mi dire niente. Non voglio sapere niente», le sussurrò sospingendola verso la loro camera.

Fu grata all'uomo che con mille cautele, accarezzandola, la liberava dagli abiti e la baciava teneramente.

Sonia affondò le dita nei suoi capelli attirandolo a sé spinta da un desiderio che le faceva riconoscere in Giulio il solo vero uomo della sua vita.

«Ho fatto un calcolo sbagliato», confessò. «Sono stato pazzo a pensare di volerti per me.»

«Non parlerai seriamente», protestò Sonia spaventata.

«Noi due dobbiamo lasciarci o io finirò per impazzire. Durante quest'ultimo viaggio ho pensato molto a noi due. La nostra storia deve finire», affermò con decisione.

«Non puoi dirlo seriamente», tentò disperata.

«Che senso ha illudersi?»

«Anche questo è amore», replicò lei con forza.

«È sofferenza, Sonia», la corresse. «No, niente più notti alla ricerca di un infinito che non può esistere fra noi.»

«Ho fatto l'amore con Savelli», rivelò Sonia per provocarlo.

La confessione fu un fulmine che lacerò la calma apparente. Giulio affondò il viso nel cuscino e tacque.

«Giulio, perché non mi insulti? Perché non mi rispondi?» lo sfidò dolorosamente.

«Perché lui non ti avrà mai», disse alzandosi dal letto. «C'è un legame tra noi che niente e nessuno potrà sciogliere. Questa è la verità. Ma tu devi vivere la tua vita e io la mia. Noi ci apparteniamo comunque e per sempre. Il nostro è un sentimento indistruttibile. Ma io devo trovare il coraggio di andarmene.»

L'aria del mattino ancora fresca invase la stanza.

«Insomma, Giulio, mi stai buttando tra le braccia di Savelli. Te ne rendi conto?»

«Prendilo e che Dio ti benedica.» Socchiuse la porta per uscire e Bobì ne approfittò per intrufolarsi nella stanza e salire sul letto.

«Giulio», lo chiamò Sonia scoppiando in singhiozzi.

«Nello studio, sulla mia scrivania, c'è una busta per te», disse lui prima di richiudere la porta.

Sonia si precipitò nello studio e vide subito sul ripiano la busta promessa. Lacerò il plico ed estrasse un paio di fogli protocollo con tanto di timbro e firma notarile. Era un atto di donazione: Giulio de Bros regalava a Sonia Brenna l'appartamento di via della Spiga con tutto quello che conteneva.

«Significa che non lo rivedrò più», Sonia spiegò a Silia, piangendo, «Giulio non mi vuole», continuò avvertendo dentro di sé lo sgomento dell'abbandono.

«Povera bambina», la commiserò Silia con affetto. Silia era una donna esile di quarant'anni che aveva avuto cura di sua madre fino a quando la morte non se l'era portata via. Prendersi cura degli altri era diventata per lei una specie di vocazione. E adesso prendeva su di sé il dolore di Sonia.

«Anche tu mi abbandonerai», disse Sonia tra i singhiozzi.

«No», sorrise. «Io starò con lei fino a quando vorrà.»

Suonò il telefono e Sonia aspettò a lungo prima di decidersi a rispondere.

Era Onorio Savelli. Quando riconobbe la sua voce fu tentata di riattaccare.

«Voglio sposarti. Ti porto in Messico e là ci sposiamo», dichiarò Onorio.

23

Il comandante, il secondo pilota, il cuoco di bordo, il cameriere e le due hostess erano disposti come un picchetto d'onore per salutare degnamente la nuova signora Savelli. Sonia cercò di immaginare i commenti dell'equipaggio che a ogni cambio di «fidanzata ufficiale» era costretto a quel ridicolo rituale. Anche il matrimonio messicano faceva parte della messinscena. Non si faceva illusioni su quell'uomo ricco e potente che otteneva tutto e subito ricorrendo anche a una scenografia che ricordava i personaggi cinematografici dell'epoca dei telefoni bianchi. L'insieme era così vistosamente kitsch che poteva persino piacere.

In fondo Sonia e Onorio per molti versi si somigliavano. Erano due esseri irrequieti, abituati a combattere per raggiungere traguardi che, una volta superati, li inducevano a ripartire verso una nuova meta.

Lei non era innamorata di Onorio, ma la forza che sprigionava da lui le dava sicurezza e l'aiutava a sentirsi meno sola. Chissà come l'avrebbe giudicata suo padre che non vedeva ormai da molto tempo! Aveva lasciato Bobi alle cure di Silia e, pur sapendolo al sicuro, rimpiangeva quel cucciolo caldo e festoso. Ogni volta che partiva, lasciava qualcuno da rimpiangere.

L'interno dell'aereo era strabiliante. Onorio la guidò

verso un salotto le cui pareti erano ricoperte da un *papier peint* di soggetto romantico; nelle sfumature dal rosa al grigio, dall'azzurro al giallo, era raffigurato un paesaggio di felci e rose rampicanti con resti di colonnati dorici.

«Questa carta viene dalle manifatture francesi di Delincourt. È stata fatta quasi cent'anni fa. Esattamente nel 1897», le spiegò Onorio. C'erano ampi divani a semicerchio, imbottiti di piuma e ricoperti di camoscio bianco e piccoli tavoli in radica chiara con apposite scanalature per l'appoggio dei bicchieri. Ovunque c'erano fiori freschi. Il pavimento era ricoperto da pelli d'agnello. Sonia si tolse le scarpe per goderne la morbidezza e Onorio sorrise a quel gesto infantile.

«La torre di controllo autorizza il decollo», avvisò il secondo pilota affacciandosi sulla soglia.

«OK», disse Onorio che subito invitò Sonia a prendere posto sul divano e le indicò due piccoli anelli dorati, che spuntavano da una fessura tra i cuscini, a cui erano collegate le cinture di sicurezza.

Subito dopo l'aereo si mosse.

Sonia guardò il profilo dell'uomo che le sedeva accanto. Aveva un'espressione indecifrabile, lontana e inaccessibile, dietro la quale teneva nascosti emozioni e pensieri.

Si chiese perché mai il mitico Savelli stesse montando quello sfarzoso spettacolo. Si interrogava spesso sui sentimenti che spingevano gli uomini verso di lei e non trovava mai una risposta completamente soddisfacente.

Tranne nel caso di Giulio. Sonia era certa che senza il dramma dell'impotenza Giulio non l'avrebbe mai presa in considerazione e il loro legame non sarebbe diventato così importante per entrambi. Nonostante tutto, loro continuavano a essere profondamente legati l'una all'altro, tanto che Sonia pensava che nessuno sarebbe riuscito veramente a separarli.

«Sta' tranquilla», la rassicurò Onorio, «tutto va bene», soggiunse aiutandola a slacciare la cintura. L'aereo era in perfetto assetto di volo.

«Leggi nel pensiero come Irene?» domandò allora Sonia.

«Leggo soltanto nel tuo. Sei trasparente come l'acqua.» Si alzò dal divano e la invitò a seguirlo. «Vieni. Ti faccio visitare la mia casa volante.»

La sala da pranzo, foderata in mogano aveva al centro un grande tavolo ovale in stile Direttorio, come le sedie. C'erano due stupendi Renoir che si fronteggiavano e altri due erano nella cabina di Onorio che era bella quanto le altre quattro riservate agli ospiti.

Tornarono in salotto dove una hostess stava spingendo un carrello che era ben fornito di bevande, dallo champagne al succo di frutta, di tartine salate e di pasticcini.

Sonia guardò fuori dell'oblò e si accorse che il cielo pieno di sole aveva il colore dell'oro liquido. Sotto di lei, osservò la distesa bluastra dell'oceano.

«Ma che cosa ci faccio qui, sospesa tra cielo e mare?» chiese piena di perplessità. «Ho abbandonato tutto per te. E ti conosco appena.» L'accorata riflessione mutò lo sguardo di Sonia rivelando la preoccupazione per una scelta che non dipendeva tanto dalla sua volontà, quanto dal bisogno di lasciarsi andare alla deriva.

«Stai andando incontro al mondo. Ti sembra poco? Stai per diventare la mia compagna», cercò di rallegrarla. Infilò le dita fra i capelli di lei e li scompigliò come si fa con un bambino.

«Ma quale compagna, Onorio! Hai già una moglie. E io un marito. Due matrimoni sbagliati non fanno un'unione decente», osservò con amarezza.

«È giusto», ammise lui.

«Per non parlare di altre storie, di altri legami», riprese Sonia. «Io non so se il legame con la tua cantante celebre fosse sbagliato. La mia storia con Giulio comunque non lo era», s'adombrò.

«E allora perché lo hai lasciato per venire con me?»

«È lui che mi ha lasciata. Altrimenti non sarei qui», dichiarò brutalmente.

«Sincera fino alla brutalità. Sei un animale di razza. È questo che mi piace di te. Hai idea di quante donne sarebbero disposte a mentire, a lusingare, a strisciare pur di infilarsi nel mio letto?»

«Ognuno ha il suo prezzo», osservò Sonia.

«E il tuo è sicuramente alto», disse l'uomo sorridendo.

Dopo la notte trascorsa insieme nell'appartamento milanese, Onorio non aveva mai più cercato di averla. E Sonia non sapeva come interpretare questo atteggiamento.

«La verità è che io non so più che cosa fare della mia vita. La sola certezza della quale dispongo è il desiderio di trovare il mio ruolo, uno scopo, la ragione vera della mia vita.»

«La tua ragione di vita sarò io. Il tuo ruolo quello di vivere accanto a me. Ti accorgerai molto presto che è un impegno tutt'altro che facile. Ma imparerai», Onorio le accarezzò una guancia, «e io ti insegnerò molte cose. Soprattutto, farò di te una primadonna.»

Sonia chiuse gli occhi abbandonandosi sullo schienale del divano. Ripensò a sua madre. La signora Bambina aveva desiderato ardentemente un avvenire da primadonna per sua figlia, ma limitatamente al piccolo mondo del paese.

Ripensò a suo padre e a Giulio: nessuno dei due le aveva assegnato un ruolo. Suo padre l'aveva accettata per quello che era, ma non oltre i limiti imposti da una morale rigorosa. Giulio, in fondo, aveva fatto la stessa cosa. Anche per questo lei li amava entrambi.

Onorio aveva preso fra le sue la mano di Sonia e le aveva infilato al dito un anello.

«Questo», disse, «non puoi rifiutarlo.»

All'anulare della mano sinistra Sonia vide risplendere un purissimo brillante blu, tagliato a diamante, montato in oro bianco. Era una pietra degna di una regina.

«A questo punto, sono costretta ad accettare», scherzò per nascondere l'imbarazzo provocato da quel dono meraviglioso. Concluse fra sé che Pippo Meles l'aveva introdotta con metodo e professionalità nel grande ed esclusivo giro dell'alta società.

24

La villa bianchissima incastonata nel verde lussureggiante della vegetazione ai piedi delle Montagne Rocciose si chiamava «Suerte».

La baia di Acapulco aveva accolto Sonia con una pioggia improvvisa e violenta, una burrasca che si era placata in meno di mezz'ora. E adesso il sole brillava sulle grandi agavi e sulle selci nereggianti.

«Coatlique, la dea della terra, ti ha dato il suo benvenuto», disse Onorio mentre scendevano dalla Cadillac bianca che dall'aeroporto li aveva trasferiti ai piedi della scalinata che conduceva alla porta d'ingresso della villa.

«È una specie di bollettino meteorologico?» chiese Sonia ironicamente.

«Da queste parti è consigliabile non sottovalutare la potenza degli dei locali», spiegò Onorio.

«I cattolici non sono in maggioranza qui?» chiese Sonia.

«Domanda pertinente», le sorrise Onorio. «Il fatto di essere cattolici non impedisce loro di credere al dio del fuoco, e a quello della terra e dell'acqua. Gli dei possono tutto, nel bene e nel male», continuò. «Quindi è meglio non offenderli, soprattutto se, come Coatlique, ti hanno regalato un prodigio», l'ammonì con aria divertita.

Domestici in livrea bianca, meticci e creoli, li aspettavano schierati in ordine d'importanza nel patio, riproducendo la stessa scena di benvenuto organizzata alla partenza. C'erano anche due bambini che andarono incontro a Sonia porgendole delle orchidee. Lei si chinò per ringraziarli, ma non seppe nascondere un certo imbarazzo davanti a quella parata.

«Suerte. Che strano nome per una casa», osservò Sonia, mentre Onorio la guidava attraverso il patio verso l'interno della villa.

«Tutto è *suerte*, nella vita. Anche il fatto che tu sia qui e che io sia in procinto di sposarti.»

Entrarono in una grande stanza, dalle pareti a calce, il pavimento in maiolica verde. Ovunque soffici tappeti, cuscini multicolori e tozze statue in pietra che riproducevano le divinità pagane.

«Sarà un matrimonio stupendo, vedrai. E manca un giorno soltanto», si rallegrò Onorio.

«Che senso ha aspettare un intero giorno per un matrimonio che è soltanto una burla?» obiettò lei.

«Perché il desiderio non è mai una burla. Bisogna rispettare tempi e modalità per soddisfare un desiderio.»

«Hai uno strano modo di desiderarmi. Dopo quella notte, non è più successo niente fra noi», obiettò lei.

«È il modo migliore. Voglio che tutto sia perfetto e degno di te», le sussurrò. E prima che lei avesse il tempo di replicare aggiunse: «E adesso devo lasciarti. Ho un paio di cose da fare in città. Pilar ti accompagnerà nel tuo appartamento».

Sonia si affacciò alla finestra in tempo per vederlo salire velocemente sulla Cadillac che ripartì frusciando lungo il viale del parco.

Se la trovò accanto come se si fosse materializzata dal nulla: era una fanciulla indiana di straordinaria bellezza che doveva avere all'incirca la sua stessa età. Indossava una gonna dai colori sgargianti e una camicetta bianca senza maniche. Aveva i capelli corvini stretti in una treccia e i piedi scalzi.

Stava osservando l'ospite con un misto di ironia e di curiosità. Le fece cenno di seguirla.

Quello che più la colpì, nel suo appartamento, fu il letto racchiuso in una cupola di tulle. Era così accogliente e fresco e il suo bisogno di riposo talmente grande che, nei pochi minuti spesi per sperimentarne la morbidezza, Sonia si addormentò.

Sognò sua madre. Indossava gli abiti di Pilar ed era giovane e bella come lei. Le veniva incontro sul viale dei cipressi che, al paese, dalla fermata del tram portava al cimitero. Aveva un'espressione assorta e stanca. Sonia le corse incontro. «Mamma», la chiamò. La donna si fermò, ma la gonna continuava a fluttuare sulle sue gambe come se stesse ancora camminando. «Mamma!» ripeté Sonia quasi supplicando una parola o un segno da quel volto assente e lontano. Sua madre finalmente la guardò. La avvolse con uno sguardo intenso, triste. «Sono tua figlia. Non mi riconosci?» chiese Sonia angosciata senza osare di avvicinarsi troppo a lei. La donna scosse il capo e riprese il cammino verso una meta lontana. Sonia fu svegliata da un vago malessere. C'era Pilar, in piedi accanto al letto, che la osservava attraverso la tenda di tulle con lo sguardo assente e lontano che aveva sua madre nel sogno.

«Mi stavi spiando?» domandò Sonia inquieta balzando dal letto.

La ragazza si limitò a sorridere mentre Onorio, che era fermo sulla porta della stanza da qualche minuto e aveva assistito alla scena, si avvicinò a Sonia: «Pilar non può risponderti. È muta».

«Mi dispiace», disse Sonia. «Mi preoccupavo del mio disagio e non capivo il suo dramma.»

«C'è abituata», spiegò Onorio. E soggiunse: «L'ho raccolta quando era bambina. Vagava lungo il Rio Bravo del Norte, ferita, affamata e sola. È un'amerinda della tribù degli Apaches. E non ha potuto raccontare a nessuno la sua storia. Io l'ho chiamata Pilar. È un nome che amo molto», concluse Onorio.

Pilar, con sorridente cautela, cercò di attirare su di sé l'attenzione dell'uomo indicando Sonia.

«Sta dicendo qualcosa su di te», disse Onorio.

La ragazza posò due dita sulle labbra e subito dopo sulla fronte mentre con un gesto dell'altra mano indicava le labbra e la fronte di Sonia.

«Che cosa dice?» si incuriosì.

«Ti sembrerà strano, ma sta dicendo che anche tu sei stata come lei.»

«In che senso?»

«Nel senso che non riuscivi a parlare», rispose l'uomo che traduceva i segni di Pilar. «E sostiene che la mancanza di parole ti veniva dalla mente e dal cuore.»

Sonia la guardò negli occhi con un senso di sgomento. In un attimo rivide il carbonaio e i suoi sporchi maneggi e i lunghi giorni di silenzio. Come poteva Pilar conoscere il suo passato?

«Questa ragazza non sa quello che dice», balbettò Sonia.

Onorio le osservò tutt'e due con uno sguardo dubbioso. Poi concluse: «Pilar non sbaglia mai».

Sonia cercò disperatamente di non dare spazio ai pensieri che si rincorrevano veloci nella sua mente. In un attimo ricordò il sogno che aveva appena fatto e lo sguardo triste con cui sua madre l'aveva guardata.

Pensò a suo padre e, all'improvviso, si accorse di avere uno struggente bisogno di lui. Si sentì profondamente sola e lontana da ogni possibile certezza, come una zattera alla deriva.

Onorio lesse un grande turbamento sul suo viso e si chinò dolcemente su di lei: «Ti aspetto tra mezz'ora. Prima dell'arrivo degli ospiti. Conto su di te per fare gli onori di casa».

«Quali ospiti?» chiese Sonia meccanicamente.

«Hai già dimenticato che domani ci sposiamo. Sarai l'ospite d'onore in questa specie di addio al celibato.»

C'era gente, nel patio, quando scese. E c'era la luna. Nel giardino un'orchestra eseguiva il meglio del suo repertorio.

Tra gli ospiti riconobbe Federica Rovesti che rimorchiava il marito Antonio, l'unico figlio maschio di Giovanni Rovesti.

«Cara cara cara», la salutò Federica gettandole le braccia al collo.

Sonia ricambiò l'abbraccio cercando di mitigare l'enfasi della donna.

«Come stai?» si informò accompagnando la domanda rituale con un convincente sorriso.

«Bene, cara. A te è inutile chiederlo. Sei splendida. Ne hai fatta di strada!» Federica aveva un'espressione forzatamente raggiante, dietro la quale cercava di nascondere l'invidia che la divorava.

Si rivolse al marito: «Saluta Sonia, caro». Lo richiamò alla realtà con l'aria e il tono di una madre paziente e rassegnata che si rivolge a un figlio complessato.

Antonio Rovesti, fisicamente, assomigliava a Onorio. Stessa corporatura, stessa calvizie, stessa statura. Mentre Onorio era una personalità vincente, Antonio era dominato dall'insicurezza che traspariva da ogni suo atteggiamento.

«Lei è molto bella», le disse guardandola con ammirazione.

Altri ospiti le avevano reso omaggio seguendo il rituale in uso nell'alta società: complimenti a raffica e sorrisi a ripetizione. Apparentemente Sonia era la più adulata, la più amata; sostanzialmente tutti pensavano che fosse soltanto uno splendido giocattolo nelle mani di Onorio Savelli. Sonia se ne rendeva conto perfettamente. Come sapeva che dietro quei sorrisi stereotipati c'era l'untuosità dei cortigiani che si sarebbe trasformata in sarcasmo il giorno in cui Onorio l'avesse messa alla porta. Allo stato attuale delle cose lei ostentava il serto regale ma per tutti era soltanto la nuova mantenuta di Onorio Savelli. E, tutto sommato, questo la divertiva.

Antonio Rovesti, che aveva l'innocenza e la perfidia di un bambino, la fissava in continuazione senza preoccuparsi delle reazioni della moglie.

Tu, poverino, pensò Sonia guardandolo, *hai più corna che giornali.*

Se paragonava la bellezza aggressiva della moglie e la bruttezza mite e rassegnata di lui, poteva in parte giustificare le trasgressioni di Federica. Ma solo in parte, perché nel viso dolce e mansueto di Antonio c'era il segno di una grande delicatezza d'animo che non meritava tradimenti. Il lato migliore della sua personalità era il difetto peggiore per chi deve muoversi nella sfera del potere, dove tutto è consentito tranne la delicatezza d'animo.

«Sono felice di conoscerla, signor Rovesti», lo salutò Sonia con accento sincero.

«Anch'io», replicò mentre cercava affannosamente il portasigarette che estrasse dalla tasca interna della giacca. «Ho sentito molto spesso parlare di lei. Ho anche ammirato le belle immagini pubblicate sui nostri giornali.» Più che parlare, sussurrava. «Ma anche le fotografie più belle non le rendono giustizia. Vista da vicino, con la sua faccia acqua e sapone, è davvero bellissima.» Una vampata di rossore gli imporporò le guance. Era impacciato, nervoso e nell'ansia di sfilare una sigaretta, che l'avrebbe aiutato ad attenuare il disagio che Sonia gli comunicava, fece cadere a terra l'intero contenuto del prezioso astuccio d'oro massiccio. Mentre un cameriere recuperava le sigarette, Antonio ne imprigionò tra le labbra una di cui si era finalmente impadronito, ma l'accese dalla parte sbagliata e, prima di accorgersi dell'errore, aveva già inalato una disgustosa boccata aspirata dal filtro.

«Lei è molto gentile», disse Sonia, mentre lui tentava di dominare l'accesso di tosse che gli alterava la fisionomia.

Antonio infilò in tasca il portasigarette sperando di chiudere, almeno per quella sera, la partita con la malasorte.

«Sa, devo essere sincero. Io a queste feste ci vengo malvolentieri. Perché mi annoio. E mi sento fuori posto.»

«Confidenza per confidenza, anch'io non mi sento a mio agio», sussurrò Sonia, indotta a questa confessione dal tono confidenziale di Antonio Rovesti.

Sonia gli offrì una delle sue sigarette.

«Vuole riprovarci?» La voce di lei aveva una nota di particolare tenerezza. «Vuole, signor Rovesti?» insisté porgendogli il pacchetto.

«Mi chiami Antonio, la prego», lui disse accettando la sigaretta. «Sa, non dovrei fumare. A causa del cuore», soggiunse. «Ma non so mai dove tenere le mani. La sigaretta aiuta. Mi fa sentire meno goffo.»

Sonia lo lasciò a malincuore, ma Onorio la reclamava imperiosamente e lei lo seguì.

Antonio Rovesti, quell'uomo tenero e dolce, aveva aperto nel suo cuore uno spiraglio di luce.

25

A VILLA Suerte era arrivata gente da tutto il mondo. Alcuni, come Savelli, avevano casa ad Acapulco, altri erano alloggiati nelle residenze più esclusive della città. Per far festa alla nuova accoppiata vincente, come venivano chiamati Sonia e Onorio, si erano scomodate alcune teste coronate, armatori e miliardari, famosi attori e attrici di Hollywood. E ancora industriali, petrolieri, scrittori e giornalisti pettegoli, nobili e buffoni, pochi amici e molti conoscenti.

Sonia, al centro di quel chiassoso Luna-Park, non riusciva neppure a pensare e si lasciava trascinare dalle circostanze.

Dalla Costa Azzurra era arrivato un grande cuoco con un commando di aiuti e di camerieri per preparare e servire il pranzo. Nel parco erano stati allestiti tavoli tondi per gli ospiti meno importanti, e un tavolo lungo con venti posti per gli ospiti di maggior riguardo. Erano arrivati anche gli artificieri per i fantastici e rumorosissimi fuochi artificiali e fioristi per addobbare la casa e il giardino.

Balenciaga aveva inviato una delle sue migliori sarte con diversi bauli di abiti per Sonia. Da New York due commessi di Tiffany avevano portato i regali per gli ospiti: portasigarette d'oro per gli uomini e portapillole d'oro, smalto e pietre preziose per le signore. Un camion aveva scaricato vini e molte bottiglie di champagne Krugg del 1958. Un andirivieni di limousine depositava o prelevava gente.

In questa mastodontica fiera di paese mancava il padrone di casa. Era letteralmente sparito.

«Il padrone dov'è?» chiese Sonia alla bella Pilar.

La ragazza indicò un punto lontano.

«Dove?» insistette.

Pilar la prese per mano e la condusse nello studio di Onorio. Dietro la scrivania c'era una grande carta geografica del Messico. Pilar indicò un punto tra il Rio Bravo del Norte e Zacatecas.

«Che cosa è andato a fare così lontano?» domandò Sonia.

Pilar si strinse nelle spalle.

«Vorrei proprio sapere perché non mi ha avvertito di questo spostamento, mentre tu...»

Era inutile chiedere alla fedele Pilar, che grondava devozione per il suo padrone, ulteriori chiarimenti.

Ma chi era, infine, questo Onorio Savelli che in Italia era soltanto un uomo ricco e in Messico sembrava essere quasi una leggenda? Perché aveva fatto arrivare gente da tutto il mondo per poi lasciarla sola al centro di quella folla chiassosa che non conosceva? Persone che, per lo più, si alimentavano di invidia, di odio, di pettegolezzi volgari, di complicità, di soprusi e di lussuosa infelicità.

Sonia era certa che quei personaggi, presi uno per uno, potevano anche essere umanamente accettabili, ma in gruppo diventavano spietati e pericolosi. Pensò a suo padre e desiderò ardentemente sentire la sua voce. Se gli avesse telefonato, oltre le frasi di circostanza che cosa poteva dirgli? Sulla scrivania di Onorio c'era della carta da lettere. Prese una matita e disegnò su un foglio una chiesetta con il campanile sghembo e uno spicchio di sole che faceva capolino da una nuvola. Sotto scrisse: «Questo pezzo di sole sei tu». Piegò il foglio in quattro e lo infilò in una busta dopo avere scritto l'indirizzo di Antonio Brenna.

Chiamò Pilar.

«Questa lettera deve partire. Subito.» La ragazza annuì.

Sonia raggiunse la sua camera e si gettò sul letto sperando di riuscire a prendere sonno. Sentì un fruscio che la indusse ad aprire gli occhi. Pilar l'aveva raggiunta e le sorrideva.

Sonia si commosse e provò un sentimento di riconoscenza profonda per quella ragazza delicata che sembrava capire tutto di lei. Poi, si addormentò.

Le sembrò di essersi assopita da poco quando si sentì battere delicatamente sulla spalla. Dalle persiane filtrava la luce del giorno pieno. Era Pilar che cercava di indurla ad alzarsi.

Sonia sentì che affrontare gli eventi di quel nuovo giorno non le dava nessuna gioia. Pilar insisteva nel sollecitarla.

«Il padrone è tornato?» domandò Sonia.

La ragazza annuì, spiegandole a gesti che Onorio l'aspettava nel suo studio.

«Va bene. Ci andrò», disse con sufficienza. *Credo che finalmente dirò quello che si merita a questa specie di dittatore che si è messo a giocare all'uomo ombra.*

Si sentiva umiliata anche dal fatto che Onorio non aveva neppure tentato di entrare nel suo letto. Non bruciava certo di desiderio, ma questa indifferenza la metteva a disagio.

Si vestì velocemente impedendo a Pilar di aiutarla. Percorse un dedalo di corridoi e spalancò con malgarbo la porta dello studio di Onorio.

«Ti informo che sto per partire», l'aggredì. «Questi modi da sultano probabilmente vanno bene per tua moglie. O per le tue amanti. Ma non per me.»

Onorio, in pantaloni di tela e polo verde, era appoggiato alla scrivania e sembrava divertito dal travolgente esordio di Sonia. Nel momento in cui esaurì il suo repertorio di rimostranze, Sonia si rese conto che non era sola con Onorio. C'erano altri due uomini seduti a un tavolino e consultavano dei documenti che facevano parte di un dossier. Non la degnarono della minima attenzione e continuarono a parlare sottovoce tra loro.

Sonia stava per andarsene quando le parole di Onorio la bloccarono.

«La lettera che hai scritto a tuo padre, ieri sera, è partita con un corriere diplomatico. La riceverà oggi», disse.

«A te non sfugge niente, vero?» lo sferzò.

«Cerco di garantire l'incolumità della gente che amo», spiegò l'uomo. «E il modo più efficace per proteggerla è avere tutte le informazioni che la riguardano.»

«È un metodo davvero singolare», protestò seccamente. «Metti il naso nelle mie faccende più intime e non ti degni neppure di dirmi dove vai o che cosa fai.»

La sensibilità dimostrata da Onorio nell'occuparsi personalmente della lettera per suo padre poteva indurla a un pensiero riconoscente, ma non volle ammetterlo nemmeno con se stessa.

«D'accordo», ammise alzando le mani in segno di resa. «Ma se prima di partire vuoi ascoltare anche la mia versione dei fatti, credo di poterti fornire delle spiegazioni esaurienti.»

Sonia fece vagare lo sguardo da Onorio ai due uomini che continuavano a parlare tra loro, ignorandola.

«In Messico ho molti interessi», riprese, «soprattutto miniere e piantagioni di canna da zucchero. Desideravo farti un regalo che fosse degno di te», sorrise avvicinandosi ai due uomini che smisero finalmente di parlottare tra loro e gli dedicarono tutte le loro attenzioni.

«Ti presento l'avvocato José Luis Costa del mio studio legale di Città del Messico.» L'uomo si inchinò e sorrise. «E l'avvocato Wilbur Buck di New York», disse Onorio.

«Dovrai firmare alcuni documenti», proseguì Onorio. «Stai per diventare azionista di alcune miniere d'argento e proprietaria di un appartamento a New York.»

Sonia sedette molto lentamente su una poltroncina. Non riusciva ancora ad afferrare appieno la portata e il significato di quei doni, ma si rendeva conto che le stava piovendo addosso una sostanziosa fortuna. Dal momento che era bollata con il marchio della mantenuta, tanto valeva stare al gioco.

26

Nel parco illuminato la festa era al suo culmine. Nel cielo esplodevano in progressione i fuochi artificiali. Molti degli ospiti ballavano, altri ridevano, tutti chiacchieravano rumorosamente.

Sonia si era appartata in un angolo buio del patio e osservava, da gelida testimone, quella festa senz'anima e senza gioia. Nessuno sembrava notare la sua assenza, tranne Onorio che aveva individuato il suo rifugio e cercava di non perderla d'occhio. Nemmeno lui, che pure era l'artefice e il regista della festa, sembrava particolarmente euforico. Si limitava a passare tra le persone più importanti scambiando battute e sorrisi. Si era intrattenuto pochi minuti in più con un paio di giornalisti e aveva fatto il galante con qualche bella signora senza particolare entusiasmo.

Poi raggiunse Sonia.

«Non ti diverti», constatò.

«Nemmeno tu», replicò Sonia.

«Avremo una splendida notte tutta per noi», garantì.

«Credi?»

«Ne sono certo», sorrise con fare malizioso.

Si allontanò lasciandola sola. Lo vide parlare e congratularsi con il capo delle guardie che in quella notte di festa aveva allestito un impeccabile servizio d'ordine. Fu un breve dialogo prima di proseguire incamminandosi verso la villa.

Pilar, apparsa improvvisamente con la leggerezza di una creatura dei boschi, la invitò a entrare in casa.

Poco dopo Sonia era immersa nella vasca da bagno che era una grande conca di pietra levigata. L'acqua era lattiginosa e profumava di sandalo. Pilar aggiunse alcune gocce di un liquido ambrato il cui profumo fece nascere in Sonia una sorta di dolce languore, di piacevole abbandono.

«Sono magie inca?» scherzò uscendo dalla vasca.

Pilar sorrise e l'avvolse in un ampio lenzuolo di spugna, guidandola verso il letto.

Entrarono nella stanza due giovani creole vestite di bianco che presero a spalmare il corpo della sposa con un unguento che profumava di geranio. Avevano braccia forti e mani delicate e sapevano manipolare il suo corpo sciogliendo i nodi della tensione.

Sonia si stava completamente rilassando e sentiva il piacere di abbandonarsi alle loro mani sapienti che agivano su tutti i muscoli, dalla punta dei piedi alla fronte, mentre nasceva in lei una sensazione nuova di diffuso, dolcissimo piacere.

Pilar se n'era andata e le due ragazze si fecero più audaci. Presero a sfiorare l'interno delle cosce con manipolazioni che coinvolgevano il centro del piacere producendo in Sonia un'ebbrezza colorata. Mani leggere come voli di farfalle le sfioravano il seno indugiando sui capezzoli. Sonia si sentì travolgere dal desiderio che saliva in lei a onde lente e lunghe. Prese a muoversi assecondando i movimenti delle due fanciulle che soltanto in quel momento si ritrassero. E lei si trovò accanto Onorio. Lo prese dentro di sé come se la virilità dell'uomo fosse il più grande e il più atteso dei doni. Urlò di piacere sopraffatta e vinta da un godimento che aveva la magnificenza di una grande scoperta.

«Così ti volevo», disse Onorio stringendola tra le braccia.

Il sesso non era più una cosa sporca. Anzi, poteva essere la più gloriosa delle sensazioni: Sonia finalmente lo sapeva.

27

Sonia scese dal taxi davanti all'ingresso del palazzo di Park Avenue e l'autista, che aveva avuto una buona mancia, l'aiutò a scaricare i pacchi che il portiere prese in consegna.

Era febbraio. I venti dell'Atlantico avevano ripulito l'aria e l'elegante geometria dei grattacieli di New York si stagliava nitida nell'azzurro rosato del tramonto.

Sonia si strinse addosso lo zibellino per il breve, gelido tratto di marciapiede che la separava dal tepore dell'ingresso. Salì al dodicesimo piano in compagnia del portiere, che depose gli acquisti sul tavolo dell'anticamera e incassò una notevole mancia con un largo sorriso.

Sonia aveva preso d'assalto nel pomeriggio i magazzini della Quinta Avenue, acquistando regali per sé e per gli amici: per Silia che era a New York con lei, per Virginia e il suo piccolo Alessandro, che erano suoi ospiti.

Si liberò della pelliccia ed entrò nel salotto. Attraverso la grande finestra vide rosseggiare il tramonto con bagliori di fiamma. Si lasciò cadere su una comoda poltrona, si attaccò al telefono e chiese di parlare con Bergamo. In Italia erano le undici di sera ed era certa di trovare Onorio in casa, a quell'ora. E infatti lo trovò. Aveva la voce impastata di sonno.

«Mi dispiace di averti svegliato», si scusò.

«È sempre un piacere sentirti», mentì come quasi tutte le persone che vengono svegliate in pieno sonno.

«Volevo dirti che ieri sera sono stata al concerto dei Beatles. È stato magnifico. Mi sono messa a strillare anch'io come una delle tante teen-ager», raccontò.

«E chi sono questi Bit... Bot...»

«È un gruppo musicale di esordienti che ha molto successo», spiegò lei. «Tu però non ti saresti messo a gridare.»

«Io detesto le meteore. Sono rimasto alla Piaf che durerà per sempre, mentre quelli che hai visto tu a primavera saranno dimenticati.»

«Però sono bravi. Bravissimi. E tu? Ti stai divertendo?» chiese Sonia.

«Lavoro, lavoro e ancora lavoro.»

«Perché non mi raggiungi? La solitudine mi pesa.»

«Credevo che Virginia e il piccolo fossero una buona compagnia.»

«Infatti lo sono. Ma tu mi manchi.»

«Vedrò che cosa posso fare.»

«E se tornassi io?» propose. Ci fu un lungo silenzio. «Caro, mi senti?»

«Sì, sì... Certo che ti sento», rispose lui esitante.

«Allora che ne dici?» insistette.

«Sei padrona del tuo tempo e della tua vita. Sei libera di rimanere o di ritornare», disse Onorio in tono formale.

«Onorio, che cosa c'è che non va tra noi?» chiese all'improvviso per cercare di sciogliere il senso di disagio che da qualche tempo si era creato tra loro. «Di chi è la colpa?»

«Forse mia. Forse tua. Forse di tutti e due. O del mondo», rispose laconicamente Onorio.

«Una risposta ovvia», rise Sonia. «Ti esprimi come i medici di Pinocchio: se il malato è vivo significa che non è morto.»

«Non mi sembra il caso di affrontare un tema tanto complesso al telefono, nel cuore della notte», osservò.

«Crepa», disse Sonia senza lasciargli il tempo di replicare e senza salutarlo. Si abbandonò con un sospiro contro il morbido schienale della poltrona, chiuse gli occhi e implorò il sonno. Da qualche tempo la convivenza con Onorio era diventata molto difficile. Nel palazzo bergamasco di via Porta Dipinta, dove da quattro anni Sonia viveva come padrona di casa, l'aria si era fatta irrespirabile. Onorio era quasi sempre in giro per il mondo. Quando tornava era silenzioso e ricorreva a tutti i pretesti per fuggire la sua compagnia.

Poco prima di Natale, durante un fine settimana a St. Moritz, lei si era lussata la spalla destra cadendo malamente durante una discesa con gli sci. Onorio era andato in Messico lasciandola sola, costretta a una semiimmobilità a causa di una vistosa ingessatura.

Era tornato a metà gennaio quando lei era ormai guarita, ma era ripartito per Tokio dopo un paio di giorni, lasciandola di nuovo sola. Non ci voleva un intuito particolare per capire che il suo trono di regina stava paurosamente vacillando.

A venticinque anni Sonia si era insediata da protagonista nel mondo che da bambina aveva spiato dalla portineria del cortile di palazzo de Bros.

Aveva avuto molto. Al fianco di Onorio era stata ammessa alla corte dello scià di Persia, e aveva pranzato con Margaret d'Inghilterra. Era stata invitata alle nozze di alcune famiglie reali, aveva seguito i funerali di John Kennedy.

A venticinque anni possedeva pacchetti di azioni di miniere messicane che davano ogni anno cospicui dividendi. Possedeva un appartamento a Milano regalatole da Giulio de Bros e uno a New York regalatole da Onorio. Aveva una somma considerevole in franchi svizzeri in una banca di Lugano, per non parlare dei gioielli e dei quadri antichi. Non aveva certo bisogno di lavorare per vivere.

Nonostante tutto non si sentiva appagata. Permaneva in lei un senso di insoddisfazione. Non sapeva esattamente quello che voleva, e lo voleva subito.

Vivere accanto a Onorio era stata e continuava a essere un'esperienza eccitante, tanto più che con lui aveva scoperto il piacere di fare l'amore nel senso più completo. Adesso, però, il suo istinto le diceva che la relazione con Onorio Savelli stava per finire.

«Che cosa fai, dormi?» domandò una vocina accanto a lei, mentre una mano leggera le sfiorava il braccio.

«Sandrino», lo salutò Sonia allargando le braccia perché il piccolo potesse rifugiarsi. Forse, se avesse avuto un figlio la sua vita sarebbe stata diversa. Ma Sonia non poteva avere figli.

«Dormivi?» ripeté il bambino scrutandola con occhi curiosi. Una settimana prima aveva deciso di mettere una certa distanza, tra lei e Onorio, per verificare la consistenza del loro legame ed era partita per New York con Virginia e il bambino che erano rimasti, assieme al padre, i soli legami con il passato.

«Non dormivo», rispose finalmente. «Stavo pensando.»

«E quando pensi chiudi gli occhi?»

«Dov'è la tua mamma?» chiese Sonia.

«La mamma e Silia sono in cucina a fare i ravioli», rispose. «Veri ravioli italiani per cena. Ti piacciono i ravioli, zia Sonia?» Il piccolo la chiamava zia. Lei e Onorio erano suoi padrini di battesimo.

«Moltissimo. Ne faremo una scorpacciata», promise alzandosi. Si diresse verso l'ingresso inducendo il bambino a seguirla.

C'erano, sul tavolo, pacchetti grandi e piccoli.

«Guarda quante cose ha comperato la zia, oggi. Ci sono regali anche per te. Vediamo se riesci a trovarli.»

Sandrino si mise in caccia e quel semplice gioco riuscì a farle dimenticare per un attimo i pensieri tristi.

Suonò il telefono e Sonia rispose. Riconobbe subito la voce dall'altra parte del filo. Era Pippo Meles. La chiamava da un grande albergo a pochi isolati dalla sua casa.

«Che ci fai a New York?» chiese lei.

«Affari», rispose lui in modo evasivo.

«Capisco», ribatté Sonia che conosceva perfettamente il tipo di affari di Meles: donne bellissime e di gran classe per le alcove e le garçonnière di uomini ricchi e annoiati. «Chi è la ballerina di turno?» indagò sparando al buio con eccellenti probabilità di centrare l'obiettivo.

«Che tu lo creda o no, niente donne, ma un'eccitante offerta di lavoro. *Vogue* mi offre una rubrica sul jetset», le rivelò. «Vita, morte e miracoli, pettegolezzi, amori, vizi e virtù dei protagonisti dell'alta società.»

«È un argomento che nessuno meglio di te potrebbe sviscerare e sviluppare. Tu sei il solo specialista di livello internazionale. Mi domando perché ci abbiano pensato soltanto adesso», si complimentò.

«Sei un tesoro», disse l'uomo. «Ceniamo insieme. Ti va?»

Sonia pensò ai ravioli che Silia e Virginia stavano preparando per la cena. «Vieni tu a casa mia. Ti prometto dei ravioli indimenticabili.»

«Il fatto è che non sono solo», annunciò. «E so quello che perdo rinunciando ai tuoi ravioli.»

«Ora ti riconosco: vicino a te c'è sempre una donna», disse Sonia.

«Soltanto una redattrice delle pagine culturali di *Vogue*.» Poi s'inceppò un istante. «C'è anche Fred Winner.»

«Il gioielliere?»

«Esattamente.»

Winner era un uomo di spicco nel campo del commercio delle pietre preziose. Lei non l'aveva mai incontrato, ma sapeva che Onorio, in più di una occasione, aveva acquistato da lui pietre bellissime. Due le erano state regalate.

Sonia ricordò anche che tra Winner e Onorio c'erano stati di recente dissapori per via di un grosso zaffiro appartenuto a re Faruk che Winner gli aveva promesso e che poi aveva venduto a un armatore greco per non molti dollari in più. Onorio si era molto offeso.

«Ceniamo al *Waldorf*», precisò Pippo.

«Va bene. Vengo», decise Sonia incuriosita.

Arrivò all'appuntamento quando i tre erano già a tavola. Indossava un abito nero in crêpe de chine di Saint Laurent. Non portava gioielli, tranne una rivière di brillanti al braccio sinistro. La sua bellezza non aveva bisogno di eccessivi ornamenti.

Fu una cena deliziosa. La giornalista americana era una donna di classe e per giunta spiritosa. Pippo era spumeggiante e garbato come sempre. Fred Winner era un vero gentiluomo, che portava stupendamente i suoi cinquant'anni, aveva una vasta cultura, e non assomigliava affatto all'avido personaggio descritto da Onorio.

Corteggiò Sonia con intelligenza e discrezione e lei civettò nella giusta misura. Nel momento delle presentazioni, lui l'aveva chiamata Mrs Savelli e lei Mr Winner. Quando si lasciarono lui era semplicemente Fred e lei Sonia.

Pippo accompagnò Sonia a casa. C'era ancora spazio per due pettegolezzi e un bicchiere.

«Sei un grandissimo ruffiano», scherzò Sonia quando furono in salotto.

«La definizione non mi offende», dichiarò ridendo. «Il solo rimpianto è che non posso scriverlo sui documenti. È un mestiere che mi piace perché sono un autentico professionista. Hai mai avuto noie per colpa mia? Ti ho forse mentito? Ho approfittato della tua innocenza? Ho sottovalutato la tua bellezza?»

Sonia seppe reprimere una risata. «Perché hai voluto che incontrassi Winner?»

«Perché è un uomo che vale la pena di conoscere.»

«Sai bene che Onorio lo detesta.»

«Onorio detesta tutto e tutti.»

«Che cosa diavolo bolle nella tua testa piena di peccati?»

«Sesso, amore e fantasia.»

«Pippo, voglio la verità. Tu non sei venuto a New York così per caso. E non mi hai invitata a cena per amore della compagnia. O sbaglio?» chiese Sonia a bruciapelo.

«Tu vuoi la verità», disse. «Eccola. Fred Winner, che è un mio buon amico, voleva conoscerti.»

«E tu ti sei prestato al gioco. Ma non sono in cerca di protettori. Io ho un uomo», precisò. «E quando anche non lo avessi, non sono una da proporre al miglior offerente.»

«Sincerità per sincerità», replicò Pippo, «neppure Winner lo è. Lo hai visto da te.»

«D'accordo, ma tu mi nascondi qualcosa, sbaglio?»

«Ho voluto arrivarci per gradi», disse con serietà.

Sonia si sentì gelare il sangue.

«E adesso che ci sei arrivato?»

«Sonia, tu sei giovane, ma conosci il mondo, soprattutto un certo mondo.»

«Va' avanti», si innervosì.

«Se vuoi tutta la verità, credo che sia venuto il momento per te di chiudere con Onorio.»

«Perché?» chiese esitante.

«Perché ha un'altra donna.»

«È una storia recente?»

«Se un anno ti sembra recente! Lo sanno tutti all'infuori di te.»

«E lei chi è?» chiese gelida.

«Patrizia Mauri», rivelò Pippo.

Sonia impiegò qualche secondo per inquadrare e mettere a fuoco il personaggio. Patrizia era la moglie separata di un famoso regista, ex attrice cinematografica di filmetti tra il boccaccesco e l'ironico, ex amante di un famoso attore di teatro. Aveva più di trent'anni, ed era ancora una bella donna che da poco si era scoperta la vocazione editoriale. Aveva creato una casa editrice che pubblicava soprattutto manuali scientifici.

«E tu ti sei venduto per trenta denari», lo sferzò.

«Molto di più, se devo essere sincero.»

«Adesso capisco da dove ti viene la collaborazione con *Vogue*. È il prezzo che la Mauri ti ha pagato per farla entrare nel letto di Onorio.»

«Ci sarebbe arrivata comunque. Conosce mezzo mondo e ha bisogno di soldi per quella sua casa editrice. E come sai bene anche tu, Onorio è molto generoso», replicò.

«E dal momento che sarò presto disoccupata, hai pensato bene di piazzarmi con Winner. Non è così?» argomentò Sonia che, nonostante tutto, non riusciva ad arrabbiarsi con Pippo. Lo aveva accettato e aveva messo, anche grazie al suo intervento, molto fieno in cascina. Con il patrimonio che aveva accumulato, Sonia non avrebbe avuto problemi per il resto della sua vita.

Mise alla porta il vecchio paraninfo con un buffetto sulla guancia dicendogli che non gli serbava rancore.

Poi si cambiò d'abito, prelevò del denaro dalla cassaforte e andò a svegliare Virginia.

«Parto per Milano», le disse. «Sarò di ritorno fra tre o quattro giorni. Allora ti spiegherò tutto.»

«È successo qualcosa?» si preoccupò l'amica. «Se vuoi, ritorniamo tutti con te», si offrì Virginia saltando dal letto.

«Ho bisogno di stare un po' sola.»

«Posso sapere perché?» la interrogò mentre si infilava una vestaglia.

«In sintesi la mia situazione è la seguente: Onorio mi ha piantata.»

«Ma è terribile», replicò Virginia che aveva un temperamento drammatico. «Sarai disperata.»

«Sono soltanto furibonda», ammise Sonia.

28

L'AEREO incominciò a ballare quando ancora era in fase di decollo e lei vedeva sotto di sé le luci di New York come un mare di stelle. Anche restando ai margini della turbolenza, il Jumbo continuò a sussultare e a ondeggiare per tutto il viaggio. Quando il maltempo lo consentì, hostess e steward servirono la cena che Sonia rifiutò. Ingoiò invece due pastiglie di valium con un bicchiere d'acqua, si coprì con un plaid, si distese occupando anche il posto libero accanto al suo e si addormentò di colpo.

La svegliò l'aroma del caffè. Allontanò allora la coperta, alzò la tendina del finestrino e vide, nel sole di un nuovo giorno che sorgeva, la costa francese lambita dall'oceano.

Erano le sei del mattino e l'aereo, da qualche tempo, volava perfettamente diritto. Se i suoi calcoli erano esatti, entro un paio d'ore sarebbe atterrato alla Malpensa. Con un taxi, Sonia poteva arrivare a Bergamo prima delle dieci.

Sapeva che Onorio non usciva di casa prima di quell'ora. Aveva buone probabilità di incontrarlo. Era una prospettiva lacerante ed eccitante insieme, una specie di sfida al traditore. A distanza di anni ricordò il vaticinio di Irene: il cavaliere di spade che dà generosamente e poi riprende vigliaccamente. Come aveva fatto a dimenticarsene?

Andò alla toilette dove si sistemò il trucco e i capelli, poi ritornò alla sua confortevole poltrona, nel settore riservato alla prima classe, decisa a consumare un'abbondante colazione.

29

All'aeroporto Sonia trovò subito un taxi. Durante il viaggio si era guardata, onestamente, fino in fondo all'anima. Aveva concluso che Onorio era stato per lei soprattutto una storia di sesso allo stato puro e il suo cuore non aveva mai vibrato d'amore. Era stato un gioco che l'aveva divertita, senza darle assuefazione.

Scese dal taxi davanti al portone del palazzo ed entrò nel vestibolo, dove notò un andirivieni di operai che stavano addobbando statue e colonne con ghirlande di fiori e frutti esotici intrecciate con rami di alloro e nastri di seta colorati.

In quel laborioso formicaio riconobbe l'autista di Onorio che la guardò costernato.

«Dov'è il tuo padrone?» chiese Sonia senza rispondere al suo saluto.

L'uomo deglutì guardando in su, verso lo scalone, da cui scendeva una donna anziana, in tailleur, che impartiva ordini ai domestici e agli operai. Aveva la faccia tirata da almeno un paio di interventi di chirurgia plastica e i capelli viola pallido. Un trucco pesante faceva del suo meglio per puntellare l'insieme, senza però riuscirci.

«La signorina desidera?» domandò la donna.

«Se lei mi dice il suo nome, è molto probabile che

decida di rispondere alla sua domanda», rispose Sonia sarcastica.

«Sono la signora Mauri. In che cosa posso esserle utile?» ripeté la sconosciuta.

Per tutta risposta Sonia fu presa da un'irrefrenabile risata. Era un riso fra l'isterico e il liberatorio. Puntando l'indice contro la donna esclamò: «Questo è davvero un classico: Patrizia si è portata a rimorchio anche la famiglia». Salì le scale e si diresse con passo altero verso la camera da letto distruggendo, lungo il suo cammino, tutto quello che si poteva distruggere. Rovesciò con fredda determinazione tre vasi cinesi dell'epoca Ming, tanto cari a Onorio, mandò in frantumi una decina di vasi greco-romani del secondo secolo, staccò dalle pareti due quadri di Miró e li lanciò malamente giù per le scale mancando di poco la signora Mauri paralizzata dallo stupore e dal terrore. Davanti alla camera da letto che per anni aveva spartito con Onorio, Sonia trasse un profondo sospiro, chiuse gli occhi e quando li riaprì fu pronta per l'irruzione.

Spalancò la porta e vide Onorio seduto sul letto con, a fianco, la nuova amante. Insieme stavano consumando una ricca colazione. Quando vide Sonia lui rimase con la brioche a mezz'aria, poi guardò la nuova concubina che manifestava la sua sorpresa con uno squittio da topolino.

«Ciao, caro», lo salutò con soavità. Si accostò al letto e incalzò: «Vedo che fervono i preparativi per una festa».

Il grande Savelli riuscì soltanto a deglutire il boccone che stava masticando. «Onorio Savelli», lo sferzò sorridendo, «sei un verme.» Sonia gli allungò un manrovescio così violento che la guancia dell'uomo sbiancò e subito dopo arrossì, mentre il vassoio della colazione rovinava miseramente sulle lenzuola di seta.

«Avrei dovuto ricordare che il rovescio è la tua arma migliore», scherzò l'uomo.

«La memoria comincia a tradirti», disse lei.

Onorio constatò: «Non avevo mai preso schiaffi da una donna».

«Però hai preso a schiaffi più di una donna», ricordò lei. «Consideralo il mio inadeguato ma sentito risarcimento. Anche a nome della categoria», concluse sarcastica.

La collera che abitualmente suggeriva all'uomo decisioni violente, questa volta non si manifestò. Sonia restava ai suoi occhi una donna straordinaria. E la sequenza di lei che, girando sui tacchi, abbandonava la stanza con orgogliosa dignità, non la dimenticò per il resto della sua vita.

30

«È MOLTO tempo che non ci vediamo», esordì banalmente Antonio Rovesti con un largo sorriso andando incontro a Sonia con passo lento e pesante. Il cavallo dal quale era smontato si scosse con un senso di sollievo. Il cavaliere superava abbondantemente i cento chili.

«Buono, simpatico, ma largamente prevedibile», lo ammonì Sonia ancora elegantemente in sella.

«E perché non bugiardo?» lui caricò la dose.

«I mentitori per vocazione sono abilissimi nel farsi credere», spiegò. «Lei si tradisce al primo colpo. Sentiamo: che cosa sa di me?»

«Credo di sapere, come tutti del resto, che lei è rimasta sola», replicò arrossendo l'editore.

«Caro Antonio», precisò lei per toglierlo dall'imbarazzo. «È vero: sono rimasta sola. Sono stata, come si dice, scaricata. O, se preferisce, licenziata in tronco.»

«Mi dispiace.»

«Perché?» lo consolò Sonia, «non mi sono mai sentita così libera e leggera», soggiunse smontando da cavallo con un rapido volteggio. Era ancora affannata per la corsa attraverso la brughiera rincorrendo una volpe finta.

La giacca di panno con i rever di velluto modellava la figura agile ed elegante. Si tolse il berretto e liberò una fiammeggiante cascata di capelli che si assestarono sulle spalle.

Anche Antonio indossava l'abito da caccia. La giacca gli andava stretta sullo stomaco gonfio e i bottoni sembravano sul punto di cedere, ma lui non si curava di questi particolari.

«Posso dirle che l'idea di saperla libera mi rende felice? Lo so che non è corretto, ma è esattamente quello che provo», e subito avvampò come un ragazzino colto in fallo.

«La sua sincerità mi lusinga», disse Sonia con simpatia.

La contessa Mandelli le fece sapere da un domestico che la stava cercando. Sonia interruppe la conversazione e si fece strada fra cani, cavalli e cacciatori per raggiungere la padrona di casa, inseguita da un appello di Antonio Rovesti. «Aspetti, la prego», cercò di richiamarla l'editore. «Volevo chiederle se una di queste sere... se vuole cenare con me.»

«Provi a telefonarmi. Può darsi che si possa combinare», lei consigliò sbrigativamente.

In realtà non aveva nessuna intenzione di cominciare una nuova storia con un uomo sposato. E Antonio Rovesti, nonostante le numerose trasgressioni della moglie, era ancora più sposato di Onorio.

«Guarda che Antonio sta spasimando per te», le annunciò Valerie Mandelli. «Mi ha supplicata, e sarebbe stato capace di inginocchiarsi, di farlo sedere accanto a te. Fra poco si pranza. Che faccio?» Era così insicura e così dolce, la bionda Valerie. E le era sinceramente amica.

Sonia si strinse nelle spalle.

«Ma sì, facciamolo contento», sorrise.

«Sonia, io lo conosco bene. Non è il tipo che corre dietro alle donne. È timido. Complessato. È un uomo solo. È l'erede del grande Giovanni Rovesti. Pensaci prima di escluderlo definitivamente dalla cerchia dei tuoi ammiratori», la consigliò l'amica.

Avevano lasciato i cavalli al responsabile delle scuderie e stavano avviandosi verso la villa.

«Mi stai parlando di un incontro dal quale potrebbe nascere una relazione sentimentale o di una transazione commerciale?» ironizzò Sonia.

Valerie si fece seria.

«Alla base di tutto c'è l'interesse», osservò. «Alla base di ogni sentimento, di ogni relazione amorosa, anche di quella tra genitori e figli, ci sono delle aspettative pratiche. Un uomo ricco e potente fa dimenticare molti dei suoi difetti ed è più affascinante di un uomo bello ma povero. Le barzellette più ignobili fanno sempre ridere se a raccontarle è un tale che siede su una montagna di miliardi.»

«In questo caso accetterei di legarmi a Fred Winner che è sposato, ricco e anche bello. È venuto due volte da New York per incontrarmi», confessò Sonia. «Ma non mi interessa. Non provo niente per lui.»

«Lo vedi? Perché non risponde alle tue aspettative. Perché non ti offre niente di cui tu abbia veramente bisogno», argomentò l'amica.

Raggiunsero l'appartamento di Valerie. Un nido azzurro e ridente come i suoi occhi colmi di dolcezza, delicato e prezioso come la sua persona. La contessa Mandelli cominciò a spogliarsi mentre Sonia si abbandonava con un sospiro soddisfatto su un divanetto Ottocento ai piedi del letto.

«Valerie, perché ti stai dando da fare per imbastire una storia tra me e Rovesti?» chiese Sonia con franchezza.

«Perché ritengo di avere un minimo di buon senso o se preferisci un pizzico di saggezza. Perché hai ventisei anni ed è tempo di trovare una collocazione stabile nella tua vita. Perché i Rovesti, con tutti i loro difetti, sono una famiglia pulita. Perché Federica, la moglie di Antonio, non ti renderà la vita troppo difficile. E infine perché Giulio de Bros non ti sposerà mai», concluse spazzolando l'oro dei suoi capelli.

Ogni volta che qualcuno tirava in ballo Giulio, il cuore di Sonia accelerava i battiti.

«Che cosa ne sai di Giulio e di me?» la sfidò.

«Né più né meno di quello che sanno tutti nel nostro giro. Che ti ha amato per una breve stagione, riconoscendoti una congrua liquidazione. L'appartamento di via Spiga è tuo, no?»

«È mio, d'accordo», insistette Sonia. «Ma perché Giulio non dovrebbe sposarmi?»

«Per la semplice ragione che è nato con la vocazione dello scapolo. Il mondo è pieno di uomini imprendibili come lui.»

Sonia si alzò pigramente.

«Vado a cambiarmi anch'io», disse sorridendo all'amica. «Siederò vicina a Rovesti. Sarò carina con lui. E dopo... sarà quel che sarà.»

31

Sonia arrivò alla stazione con mezz'ora di anticipo sull'orario di partenza. Il suo unico bagaglio era una bottiglia di Cristal. Indossava un abito a due pezzi: gonna e camicetta di seta con rose stampate su fondo giallo. La gonna a pieghe fluttuava sulle gambe perfette. Individuò il capotreno e l'avvicinò sfoderando il suo migliore sorriso.

«Ho bisogno del suo aiuto», disse. «Devo assolutamente andare a Roma questa notte. E lei mi troverà una cabina.» Aveva acquisito il tono sicuro della gente che conta.

«Lei è fortunata», l'informò. «Ci sono alcuni scompartimenti liberi. Posso dargliene uno sulla terza carrozza, posizione centrale», disse l'uomo consultando la lista delle prenotazioni.

«Da lei mi aspettavo un posto sulla seconda carrozza», disse Sonia con decisione. «Mi va bene la terza cabina. O la quinta.»

L'addetto guardò quella donna meravigliosa che sembrava uscita da uno schermo cinematografico e si rammaricò di non poterla accontentare.

«Sono desolato ma temo di non poterla favorire. Sono state prenotate», si scusò.

«Ma lei può cambiare la prenotazione. Lei può, se

vuole», insistette con un tono che era a metà tra un ordine e una supplica. Il capotreno, che faceva quel mestiere da vent'anni e aveva visto di tutto, andò dritto alla conclusione. Sorrise con aria complice.

«Farò del mio meglio», disse.

«Dovrà fare in modo che la porta di comunicazione con lo scompartimento numero quattro non sia chiusa a chiave.»

«Si chiude qui la lista delle sue richieste?» scherzò l'uomo.

«Per ora direi che è tutto a posto», concluse Sonia porgendogli una busta che conteneva alcuni biglietti da diecimila lire.

Quando il treno si mise in moto, Sonia chiuse la rivista che stava leggendo e spense la luce. Erano le dieci e mezzo di una tiepida sera di maggio.

Socchiuse il finestrino e respirò l'aria notturna che, appena fuori città, sapeva di campagna. Il profumo dei campi le era familiare. Era cresciuta in un paese quando il cemento cittadino non aveva ancora invaso il piccolo borgo e l'orizzonte era un susseguirsi di orti, separati da siepi di sambuco, cespugli di more e lamponi, piante da frutta, alberi di gelso e rogge d'acqua fresca e limpida.

Adesso, invece, per arrivare all'osteria di suo padre si passava attraverso una selva di palazzoni anonimi, fabbriche e superstrade che automobilisti spericolati trasformavano in un insidioso circuito. E tuttavia si poteva ancora vedere qualche prato incontaminato.

Alcuni giorni prima era stata a Cologno, di sera. Aveva parcheggiato la sua automobile a distanza di sicurezza e aveva aspettato che l'osteria si svuotasse. Quando anche i camerieri erano usciti in strada, suo padre si era presentato per il rito della chiusura con una lunga stanga di ferro che gli serviva per abbassare le saracinesche.

Antonio Brenna, che non si aspettava quella visita,

era rimasto immobile. Poi l'aveva fatta entrare nel ristorante. Era visibilmente emozionato ma fermamente deciso a stare sulle sue.

«Ho i conti da fare», le aveva detto, dando un colpo con il piede alla saracinesca per chiuderla definitivamente.

«Posso aspettare», aveva sorriso, «o, se preferisci, posso darti una mano. Non me la cavavo poi tanto male quando stavo con te.»

L'uomo si era avviato e Sonia lo aveva seguito nel retrobottega. Era tutto come sei anni prima, quando se ne era andata.

Antonio Brenna si era seduto al tavolo che fungeva da scrivania tra il massiccio frigorifero e la rastrelliera delle pentole. C'era una fotografia di sua madre, in una cornice d'argento, e c'era anche un suo ritratto: lei bambina con il piccolo Bobi. Antonio Brenna aveva una calcolatrice elettrica che usava con grande abilità.

Sonia lo aveva osservato e aveva visto un uomo vecchio e stanco. Le sopracciglia folte si erano ingrigite, le guance erano scavate e i capelli, che lei ricordava di un bel castano ramato, folti e ricci, si erano diradati alle tempie e sulla sommità del capo. Il bianco stava per prevalere. Il suo corpo si era asciugato, quasi avesse voluto chiudersi alla vita e accelerare un finale senza luce e senza applausi.

Quando era invecchiato, suo padre? Certamente il tramonto aveva seguito una lenta gradualità, ma lei se n'era resa conto soltanto in quel momento. La sua latitanza era durata sei anni. Qualche volta gli aveva scritto, spesso gli aveva telefonato, ma non aveva più osato ritornare. La sola idea la terrorizzava.

Sonia aveva allungato una mano a sfiorare quella del padre. L'uomo aveva alzato lo sguardo e per la prima volta aveva guardato la figlia dritto negli occhi.

«Come stai, papà?»

«Da vecchio», aveva risposto.

«Ma lavori sempre come un giovane.»

«Che altro potrei fare?»

«Voglio dire», aveva consigliato cautamente, «che potresti mettere sotto un paio di ragazzi. E riposare.» Le floride condizioni economiche gli avrebbero consentito una vita di tutto riposo.

«Un giorno potresti avere bisogno di danaro, per vivere», aveva argomentato lui.

«Ho tanti soldi che nemmeno te l'immagini», aveva cercato di rassicurarlo.

Il suo concetto di lavoro e di guadagno escludeva certi lavori e certi guadagni. Era forse un lavoro farsi fotografare per apparire sui giornali di moda? E i soldi così guadagnati erano soldi puliti?

«Sarai anche ricca, non discuto», aveva profetizzato. «Ma la farina del diavolo, non dimenticarlo mai, finisce sempre in crusca. Non hai un lavoro. Non avrai una pensione. Non hai neppure uno straccio di marito, perché quello che avevi l'hai buttato via come un fazzolettino di carta. Che ne sarà di te quando io non ci sarò più?»

Ragionava con la concretezza dei Brenna e la considerava una figlia avventata e incapace di amministrarsi. Sonia non era mai riuscita a dare importanza al danaro. E ripensandoci scoprì nelle parole di suo padre un fondo di verità e nella preoccupazione di lui una reale minaccia.

«Ho conosciuto un uomo. Si chiama Antonio, come te», aveva confessato. «Antonio mi sembra un bel nome, per un uomo.»

«Al tuo posto non ne sarei tanto sicuro», si era immalinconito lui. «Non sono più sicuro di niente. Non credo di essere stato neppure un buon marito. Per esempio non mi sono mai preoccupato per la salute di tua madre. Quando l'ho fatto era troppo tardi per curarla.»

Sonia aveva tentato di parlare per offrirgli le attenuanti di cui poteva avere bisogno, ma lui l'aveva interrotta.

«Non credo nemmeno di essere stato un buon padre», aveva dichiarato.

Sonia aveva cancellato il ricordo delle umiliazioni subite, mentre col passare degli anni tendevano a prevalere i lati positivi della vita familiare.

«Sei stato un padre magnifico», aveva esagerato lei.

«Comunque non sono riuscito a fare di te una donna felice. Ecco perché anche chiamarsi Antonio è una garanzia insufficiente.»

«Lui è un editore molto importante. E mi vuole molto bene. Sono venuta per dirti questo. Per quello che mi riguarda puoi stare tranquillo.»

L'uomo l'aveva abbracciata tenendola stretta stretta, come quando era bambina.

«Spero tanto che tu abbia ragione», le aveva augurato il vecchio.

Ora, nel buio dello scompartimento, rivedeva lo sguardo triste e dubbioso del padre che esprimeva la paura e l'infelicità di un vecchio solo.

Con un sospiro di rassegnazione prese a spogliarsi. Si tolse gonna e camicetta. Accese la lucina sopra la cuccetta. Era mezzanotte. Tese l'orecchio: dallo scompartimento accanto non veniva nessun rumore.

Sonia recuperò la bottiglia di champagne, poi socchiuse piano piano la porta di comunicazione. Lo vide sdraiato sul lenzuolo, le braccia incrociate dietro la testa.

Nella semioscurità dispersa, a ogni passaggio di stazione, da luci improvvise, Sonia lo ammirò e percepì il suo respiro tranquillo. Si accostò al letto e gli si sdraiò accanto. E subito fu avvolta dal suo profumo. Gli sfiorò le labbra con un bacio.

«Finalmente ti sei decisa», la rimproverò lui pacatamente attirandola a sé.

«Vuoi dire che sapevi che ero qui?» gli sussurrò all'orecchio.

«Come potevo non saperlo? Rifletti un momento. Una donna bellissima si presenta al capotreno. Unico bagaglio: una bottiglia di champagne. E questo è già un segnale. Come se non bastasse, vuole lo scompartimento vicino al mio e la porta di comunicazione sbloccata. Viaggio spesso sui vagoni letto. Conosco praticamente tutti gli addetti. Ti sembra che avrei potuto non essere informato?»

«Così ti ha detto chi ero. E io che credevo di avergli cucito la bocca con una mancia principesca.»

«Quanto gli hai dato?»

«Ventimila lire» esclamò Sonia con convinzione.

Giulio de Bros rise di cuore.

«Ventimila lire ti sembrano una mancia principesca?» commentò lui continuando a ridere.

«Lo credevo», replicò lei divertita rannicchiandosi tra le sue braccia. E si amarono con la stessa disperata intensità della prima volta cullati dall'incessante dondolio del treno, felici che lo spazio angusto li obbligasse a una dolcissima contiguità.

Quando Sonia tentò di convincere Giulio a vivere con lei, l'uomo reagì bruscamente.

«Sarebbe un modo per rendere ufficiale il mio handicap», Giulio disse. «Quello che oggi tu definisci un grande amore, diventerebbe un modo caritatevole per aiutarmi. Detesto la pietà», precisò. «Inoltre, il giorno in cui tu ti rendessi conto che il ruolo che hai accettato di interpretare è quello dell'assistente sociale e decidessi di andartene, per me sarebbe la fine. Meglio prevenire.»

Era un'analisi spietata ma sostanzialmente esatta.

«Che cosa devo fare, Giulio?» lo interrogò commossa.

«Vivere la tua vita. Trovare un uomo completo e conservare l'irraggiungibile amico nel ruolo meno impegnativo di consulente», scherzò Giulio. «Possiamo continuare a vederci ogni tanto, come facciamo adesso», aggiunse serio. «E con Antonio Rovesti, come va?»

«Non c'è stato ancora niente tra noi», confidò.

«Troppo timido, Antonio, per fare il primo passo», cercò di spiegare Giulio. «Il suo grande padre ha fatto scempio della sua personalità.»

«Lo conosci bene», constatò Sonia.

«Abbastanza. Da ragazzino, con mia madre, frequentavo la loro casa in via Serbelloni. Lui era ormai uomo. Più di una volta il vecchio Rovesti lo ha sollevato di peso di fronte a tutti.»

«Fa di peggio», rivelò Sonia. «Antonio non ha nemmeno il danaro per mettere su casa con me. Ma ti rendi conto? Riceve uno stipendio dalla casa editrice che è del tutto insufficiente per vivere.»

«Però ti ama», affermò Giulio.

«E con questo viatico io dovrei buttarmi fra le sue braccia?»

«È solo un suggerimento.»

«Che io dovrei accettare?»

«Sì. Senza contare che un giorno sarà il padrone assoluto di una delle più grandi case editrici d'Europa.»

«Il che non guasta», ribatté Sonia ironicamente.

Il treno arrivò a Roma il mattino. Fu il capotreno a svegliarli. Dormivano abbracciati. La bottiglia di champagne era ancora intatta. Sonia la regalò a un barbone che sonnecchiava su una panchina di pietra nell'atrio della stazione.

Poi si separarono: Giulio andava in tribunale e lei prese un taxi per l'aeroporto. Ritornava a Milano da Antonio che l'aspettava.

32

Quando Antonio passò a prenderla era ormai il tramonto.

«Scusami Sonia, anche se il mio ritardo non ha attenuanti.»

«Tuo padre?»

«Hai la capacità di leggere nel pensiero», rispose lui. «Mio padre mi ha incastrato con un lavoro che poteva essere fatto domani o fra dieci giorni. La realtà è un'altra. Dal momento che lui è in ufficio, non vede perché non debba esserci anch'io.» Non sapeva come giustificarsi. Era angosciato come un bambino ingiustamente punito.

Silia era scesa insieme con Sonia per disporre i bagagli nel baule della Mercedes di Antonio. C'era in programma un fine settimana a Venezia, nel palazzo di famiglia, Ca' Mazzon, che Sonia non aveva mai visto. Il palazzo era un'acquisizione recente dei Rovesti e Sonia provò una grande emozione nel vederlo, dopo i restauri, in tutto il suo splendore.

Giovanni Rovesti e la famiglia si trasferivano a Venezia soltanto in settembre, nel periodo della mostra cinematografica. Antonio, invece, vi trascorreva molti fine settimana. Per la prima volta era accompagnato da una donna che non era sua moglie.

A Venezia, nella camera più bella del palazzo, nella magnificenza del tramonto, Sonia divenne l'amante di Antonio Rovesti. Si rivelò un partner goffo e timido, consapevole della sua scarsa avvenenza, pieno d'amore per quella donna bellissima che gli si offriva con materna sollecitudine e che, a modo suo, l'amava.

«Ti sono grato», le disse, «perché mi hai fatto sentire un uomo. Un uomo sereno e felice. Ecco la vera scoperta. Se oggi mi chiedessero che cosa è la felicità, saprei rispondere.»

Antonio si era tolto gli occhiali e guardava la splendida creatura che era stata sua e che avrebbe voluto avere vicino per tutta la vita.

«Mi hai fatto felice», soggiunse pieno di sicurezza e di forza. «E ti giuro, Sonia», proclamò solennemente, «che non dovrai mai pentirti di essere la mia donna.»

Antonio non sprigionava la forza né l'istinto del possesso di Onorio Savelli, non emanava fascino e bellezza come Giulio de Bros, ma faceva nascere in lei una sorta di materna tenerezza. Lei sentiva il bisogno di proteggere come un figlio quest'uomo che, per età, poteva esserle padre.

Con Antonio, a Sonia sembrava di essere approdata a una riva tranquilla, dentro un'insenatura, dove le onde arrivano spente e lo specchio d'acqua è piatto come una tavola. Le tempeste della vita sembravano ricordi lontani. Antonio non le prometteva emozioni né avventure, ma le comunicava la certezza di un'esistenza tranquilla. Da dove venisse questa sensazione, lei non lo sapeva.

Il figlio del grande editore aveva a sua volta un figlio quasi ventenne, una moglie, una famiglia che non l'avrebbe mai accettata. Eppure Sonia era tranquilla, come non le era mai accaduto nemmeno con Aldo Porta che continuava a essere, negli elenchi dello stato civile, suo marito.

«Hai voglia di una corsa in motoscafo fino al Lido?» propose Antonio. «Cena all'*Excelsior*. Un salto al Casinò», soggiunse. «Poi si vedrà.»

Il progetto ragionevole si tramutò in una nottata di entusiasmo, perché Antonio vinse molto denaro.

«Quando vinco», le confidò, «mi sento onnipotente. Mi sento tutto quello che vorrei essere e non sono. Io non sono un grande editore, sono il figlio imbelle di un grande editore. Nessun merito personale. Solo diritto dinastico. L'impero editoriale che un giorno sarà mio è opera di mio padre. È lui che dal nulla ha costruito questo gigante della carta stampata. Io divento qualcuno solo quando punto il numero giusto al tavolo della roulette o quando scopro un nove al tavolo dello chemin o quando vinco una scommessa al Clubino. Stanotte hai accanto a te un vincitore.»

Sonia provò tenerezza per questo uomo-bambino che cercava nel gioco le affermazioni che la vita gli aveva negato. All'alba lasciarono il Casinò e andarono a passeggiare a piedi nudi sulla spiaggia dorata dell'Excelsior. Il mare si era ritirato lasciando piccole conchiglie sulla rena bagnata dove restavano impresse le impronte dei loro passi.

Erano le cinque del mattino e il sole si era appena alzato. I bagnini rassettavano la spiaggia, riordinavano sedie e lettini, pulivano i capanni, incuranti di quei due matti in abito da sera che camminavano sul bagnasciuga.

Antonio aveva le tasche dello smoking gonfie di soldi; Sonia si era infilata una parte della vincite dentro il corpetto dell'abito di chiffon.

Salirono sul pontile e lo percorsero fino in fondo. Poi si volsero per ammirare la prospettiva dannunziana del celebre albergo veneziano.

«Un vincitore offre sempre qualcosa alla sua donna», disse Sonia.

«Tu che cosa chiedi?»

«Caffè con latte, crostini imburrati e un croissant fragrante di forno.»

Risero insieme tornando verso l'albergo.

La notte seguente Antonio perse al Casinò tutto quello che aveva vinto, e anche di più, ma per la prima volta non si sentì come una vittima designata.

La gaiezza e il senso pratico di Sonia erano un rimedio per tutti i suoi mali. Persino sul lavoro il suo atteggiamento cambiò. Stava imparando a tener testa al padre, a prendere decisioni autonome, a provare gioia per un'iniziativa editoriale nuova, fra le molte nate dalla sua creatività.

Qualche mese dopo, quando l'autunno imbiondiva gli alberi del parco, Sonia ricevette una telefonata che sarebbe rimasta per sempre la base del suo rapporto con la famiglia Rovesti.

«La signorina Brenna?» chiese una voce d'uomo burbera e decisa.

«Sono io», rispose Sonia. «Chi parla?»

«Rovesti. Giovanni Rovesti.» La voce era sempre più dura. «Antonio mi ha parlato di lei. Non che ignorassi il vostro legame...»

«Al grande Rovesti nulla sfugge», Sonia tentò la strada dell'ironia. «Qual è il problema?» Era serena come non lo era mai stata. In fondo che cosa poteva farle quest'uomo ricco e potente?

«Direi che non c'è un problema vero e proprio», la rassicurò e modificò il suo tono di voce. «C'è invece una notizia che mi rallegra: Antonio mi ha parlato di lei senza paura e senza patemi.»

«Non vorrei essere considerata come la signora Wallis Simpson», lei argomentò, «che sottrae ai doveri dinastici l'erede al trono.»

Giovanni Rovesti rise di gusto: «Lei di fronte a una eventualità del genere lo indurrebbe a mettersi da parte?»

«No», replicò con decisione. «Io farei tutto quanto è nelle mie possibilità per diventare regina.»

Giovanni Rovesti era un uomo sincero fino alla brutalità e amava la franchezza nei suoi interlocutori.

«Lei sa sempre quello che vuole?»

«Io no. Ma lo voglio subito», affermò Sonia.

Giovanni scoppiò in una nuova sincera risata. Era un secolo che non sfogava liberamente la sua allegria. Probabilmente nessuno era mai riuscito a coinvolgerlo come questa piccola ragazza sconosciuta che aveva il senso dello spettacolo e il coraggio di manifestare le proprie opinioni.

«Io credo che sia venuto il momento di conoscerci.»

«Se lo dice lei.»

«L'aspetto giovedì sera a casa mia. Vedremo un film. Poi, faremo due chiacchiere.»

«Che cosa si fa in questi casi?»

«Si accetta o non si accetta l'invito.»

«Giovedì ci sarò», decise Sonia.

Quel fatidico giovedì Sonia non arrivò sola nella grande casa in via Serbelloni. Portava in grembo una creatura. Contro l'opinione dei ginecologi che escludevano la possibilità di una gravidanza, lei era incinta. Maria Carlotta viveva in lei da poco più di due mesi.

Oggi

1

Erano passati ventitré anni, da quel lontano giovedì d'autunno. E ora, eccola lì, la sua dolcissima e infelicissima figlia. Era una bambola di cera amorevolmente ricomposta in una bara d'acero, foderata di raso bianco, nell'atrio di palazzo Mazzon, ai piedi della «romanina» del nonno, l'ultima simbolica eredità di un regno perduto. Televisione e giornali annunciavano quella morte con grande clamore e con grande rispetto. I giornalisti facevano il loro mestiere con dignità, senza accanimento.

Sonia aveva parlato per ore con quel corpo senza vita come se Maria Carlotta fosse ancora in grado di ascoltarla e forse, per la prima volta, di capirla. La domanda che l'assillava era questa: perché uno spirito ribelle e forte come il suo aveva prodotto una creatura fragile e rinunciataria come Maria Carlotta? Sonia aveva raccontato alla figlia, tra le mura silenziose del palazzo, la propria storia di bambina sola, di adolescente inquieta, di donna infelice. Maria Carlotta, invece, non le aveva detto niente di sé. Nel silenzio sovrano della morte che tutto cancella, la sua bellissima e infelicissima figlia restava un enigma insolubile.

Sonia era rimasta seduta accanto al feretro per tutta la notte. Sola. Eppure erano arrivati a Venezia amici e parenti. Nel palazzo si erano insediati Pietro, la zia Anna con il marito Franco Falconeri e i loro due figli con i rispettivi coniugi.

A vegliare il corpo della figlia aveva voluto essere sola. Solamente Silia, di tanto in tanto, faceva brevissime apparizioni. Aveva bisogno di essere sola con la figlia per misurare la portata di quel gesto irreparabile. Era dolore quel vuoto pieno di stupore che il gesto di Maria Carlotta aveva suscitato in lei? Era piuttosto una sorta di smarrimento per quella morte improvvisa e voluta, meditata, cercata.

Sonia ricordò il violento litigio quando Maria Carlotta aveva annunciato la sua gravidanza. Ricordò lo schiaffo violento e l'insulto sferzante con cui l'aveva colpita. Si interrogò sulle conseguenze di quel gesto, ma non riusciva a colpevolizzarsi. Una ragazza equilibrata non si ammazza per una lite con la madre. Lei lo sapeva bene. Le venne in mente lo schiaffo di suo padre di fronte agli avventori dell'osteria. Ma lei non si era ammazzata per questo. Maria Carlotta si era sentita tradita da Maxi Solman. Il grande fotografo aveva parlato con Sonia. Ma neanche questo, secondo lei, era un motivo per spegnersi. Sonia era stata messa alla porta, senza preavviso, da Onorio Savelli, ma non aveva rinunciato a vivere per questo.

Maria Carlotta, adesso cominciava a capirlo, aveva portato dentro di sé da sempre l'idea della morte. Era vissuta in un perenne stato di indifferenza verso tutto e verso tutti. Non c'era niente che potesse esaltarla o deprimerla, già quando era bambina. E crescendo, la sua indifferenza non si era modificata.

Quando la madre cercava di indagare i suoi sentimenti, Maria Carlotta si chiudeva a riccio o erigeva un muro invalicabile. Aveva avuto una reazione abbastanza violenta soltanto quando le aveva comunicato che avrebbe dovuto rinunciare al palazzo di Venezia.

«Sono dunque così povera?» Aveva chiesto meravigliata.

Sonia era andata a trovarla nella sua stanza per affrontare la loro situazione e cercare uno sbocco.

«Sei povera», aveva ammesso la madre. «Ma lo sono anch'io. Che cosa cambia?»

«Questo non lo so proprio. Mi piacerebbe sapere come vivrò a partire da questo momento», aveva indagato Maria Carlotta che non voleva nessuno sulla sua scialuppa.

«Non lo so», si era arresa Sonia assumendo un'espressione sconsolata. «Ma qualcosa accadrà», aveva concluso con fatalismo.

«È soltanto colpa tua», l'aveva accusata per la prima volta. «Passi la vita al Casinò e fai debiti per giocare.»

Sonia si era sentita punta sul vivo.

«Quello che faccio col mio danaro riguarda me sola», aveva contrattaccato. «A volte perdo, altre volte vinco. La tua eredità non l'ho mai toccata.»

«La mia eredità», era sbottata la ragazza. «Un po' di buoni del tesoro e una manciata di azioni.»

«Hai mai pensato che tutti vivono del proprio lavoro? Potresti lavorare. Non ti sembra?» l'aveva sollecitata.

Un lavoro che le fosse congeniale era quello che Sonia auspicava per la figlia. Era fermamente persuasa che nel lavoro avrebbe trovato lo stimolo necessario per vivere.

«Il resto dell'umanità non ha vissuto la mia vita», aveva replicato la figlia.

«Né dispone di dividendi annuali come te», aveva detto Sonia.

«Ma ti rendi conto che non avrò più una casa? Tutte le mie proprietà sono rappresentate da una macchina tipografica. E se dovessi disfarmene dovrei pagare un'anima buona perché me ne liberasse.» Maria Carlotta era andata verso il suo armadio, lo aveva aperto e aveva estratto una valigetta nera, la valigetta del nonno che Giovanni Rovesti le aveva consegnato il giorno di Ferragosto, tredici anni prima. L'aveva scossa con rabbia facendo scontrare le due chiavi inglesi che conteneva e producendo un rumore cupo e sinistro. Poi, furente, l'aveva scagliata in un angolo. «Anche questa è mia», aveva continuato con sarcasmo. «Davvero una bella eredità.»

«È inutile disperarsi», aveva concluso Sonia. «Non sei in miseria. Ma tu lavorerai perché il lavoro darà un senso alla tua vita. Quanto al resto... si vedrà.»

Sonia aveva raccolto la valigetta e l'aveva riposta nell'armadio della figlia. Per aiutarla a rinascere aveva programmato un incontro con Paolo Montecchi.

Quella tenera, fragile e misteriosa ragazza, che sapeva essere cattiva fino alla crudeltà quando si chiudeva in un mutismo inaccessibile, aveva alla fine scelto la morte.

Sonia davanti a quella bellissima figlia provava soltanto stupore e si domandò come avrebbe reagito quando l'avesse aggredita il dolore vero.

«Aveva paura di vivere», le aveva detto Silia due giorni prima, all'annuncio della disgrazia.

Paura di vivere in miseria, paura di svegliarsi ogni mattina, pensò Sonia, paura di affrontare la vita. Trasse un sospiro profondo e accarezzò il viso gelido di quella maschera di cera.

In quel momento, accadde qualcosa e Sonia si sentì folgorata da una rivelazione. Le ombre di quella interminabile e intensa notte di veglia erano state sopraffatte e vinte dalla luce delicata del giorno nascente. Le grandi vetrate a piccoli tondi piombati avevano cominciato a tingersi di rosa ai raggi del sole riflessi dal Canal Grande e mentre Sonia tendeva la mano verso il viso della figlia, una lama di sole violenta, rosseggiante e tesa come il filo di una spada, trafiggendo il vetro, illuminò un punto preciso della «romanina» che sovrastava il feretro, il cilindro d'acciaio brunito, e da lì proseguiva per colpire la fronte di Maria Carlotta e la mano di Sonia. Sonia ritrasse la mano continuando a guardare affascinata quel raggio di sole che forse le indicava qualcosa.

Ricordò un episodio accaduto in Messico, tanti anni prima, quando sua figlia era ancora sulla luna e lei era l'amante di Onorio. Era nel parco di villa Suerte e raccoglieva felci con Pilar per addobbare il patio. A un certo punto si era accorta che non aveva più al dito il diamante blu che Onorio le aveva regalato. Presa dal panico, aveva cominciato una ricerca frenetica, aiutata da Pilar. Ma del diamante nessuna traccia. Pilar, con il suo linguaggio gestuale, le aveva spiegato che avrebbe ritrovato il diamante all'alba del giorno dopo. Le due donne erano ritornate nel parco il mattino poco prima che il sole sorgesse. Quando il primo raggio era penetrato nel folto intrico di felci, aveva fatto brillare la pietra consentendo a Sonia di ritrovarla. Perché la luce chiama luce.

C'era dunque una luce che dal cilindro della «romanina» e dalla fronte di sua figlia chiamava la luce del sole?

«L'eredità del nonno», sussurrò Sonia guardando il volto di sua figlia. «Le chiavi inglesi nella valigetta», continuò.

Sonia si sentiva guidata come da una presenza che le impartiva ordini precisi. La donna corse su per lo scalone ed entrò nella camera di Maria Carlotta. Prese la valigetta del nonno, l'aprì e afferrò le chiavi inglesi. Tornò nell'atrio ormai in pieno sole.

Si infilò nello spazio tra la bara e la macchina tipografica. Sollevò il cilindro con grande sforzo e lo staccò dalla sua sede naturale; quindi lo depose sul basamento della macchina. Poi con le chiavi inglesi saggiò i bulloni che garantivano la chiusura del pezzo. Non fu semplice svitare il coperchio del rullo, e quando ci riuscì dovette far ricorso a tutta la sua forza per staccarlo dall'incastro. E allora vide un involto lungo e tondeggiante, pesante e morbido. Era un sacchetto di pelle di daino chiuso con un cordoncino di seta. Sonia lo soppesò. Calcolò che doveva pesare cinque chili, ma forse anche di più. C'era qualcosa di magico in quel ritrovamento.

«Luce chiama luce», ripeté a se stessa. Quale mistero si celava in quell'involucro rivelato da un raggio di sole?

Pensò al vecchio Rovesti. Qualunque cosa fosse, era indiscutibilmente opera sua. Perché quella era la sua «romanina».

Sonia si volse verso la figlia: «Che faccio, bambina?» le chiese. «Qui c'è qualcosa che ti appartiene. Che cosa devo fare?» continuò a interrogarla.

Aveva paura di profanare un segreto, perché quel sacchetto doveva sicuramente contenere qualcosa di sconvolgente. Ma che cosa? L'unica certezza era che, qualunque cosa il sacchetto contenesse, apparteneva a Maria Carlotta.

Che cosa poteva esserci di così luminoso, lì dentro, da richiamare un raggio di sole? E che significato aveva quella rivelazione che si era manifestata a lei, dopo una notte di veglia? L'istinto le disse che doveva sapere, doveva aprire e guardare per capire.

Il palazzo era ancora immerso nel silenzio. Dormivano tutti, parenti e domestici. Lei era sola con quello che restava della sua bambina e quel singolare ritrovamento. Finalmente si decise. Slegò il cordone e introdusse una mano esitante. Sentì tra le dita qualcosa che assomigliava al ghiaccio. Ritrasse la mano e si trovò sul palmo un mucchietto di pietre lucenti, così lucenti da sembrare diamanti. Affondò nuovamente la mano nel sacchetto ed estrasse un altro mucchietto di pietre. Avevano colori bellissimi: erano bianche, azzurre, blu e rosa, gialle e paglierino. C'era persino una pietra rossa. Le soppesò e le guardò attentamente. Erano indubitabilmente diamanti, purissimi e bellissimi.

«L'eredità Rovesti. L'eredità del nonno», esclamò Sonia osservando il viso immobile e bellissimo di sua figlia. «Bambina mia, guarda. Sono centinaia di pietre tra le più rare e preziose. I mille miliardi del grande Giovanni Rovesti convertiti in diamanti. E li ha lasciati a te.

La fortuna di Giovanni Rovesti è qui. E ti appartiene.»

Allora e soltanto allora, incominciò a piangere. In quel momento sentì che Maria Carlotta era morta davvero. E si sentì sola, abbandonata ingiustamente. Quelle pietre che valevano mille miliardi non le davano gioia. Erano una cosa morta. Come Maria Carlotta.

2

La bara, dal pontile privato, venne calata nella gondola e coperta con un cuscino di rose bianche. Su quella stessa imbarcazione presero posto Sonia e Pietro Rovesti.

Sonia era stata vestita con cura da Silia che aveva scelto per lei un cappotto di cachemire nero e un foulard di seta a losanghe nere e bianche che le copriva i capelli fiammeggianti. Portava occhiali scuri per nascondere gli occhi arrossati e gonfi. Lei sedette a capo del feretro, immobile come una statua, impietrita dal dolore.

Pietro, accanto a lei, non riusciva ad avere un'uguale compostezza. Dalle lenti scure degli occhiali da sole, scendevano le lacrime. Soffriva sinceramente per la morte della sorella che, avendo vent'anni meno di lui, aveva sempre considerato come una figlia.

Il suicidio di Maria Carlotta gli pesava sul cuore come un macigno. Da quando gli era stata comunicata la notizia, aveva preso a colpevolizzarsi chiedendosi se, accorrendo tempestivamente in suo aiuto il giorno in cui, disperata, gli aveva telefonato a Roma, in qualche modo avrebbe potuto cambiare il corso degli eventi. Si rendeva conto all'improvviso che la famiglia, negli anni del declino, non si era mai preoccupata di rafforzare l'anello più fragile della catena. Anche Pietro, preoccupato soltanto di evitare grane, si era fatto scudo del proprio egoismo e aveva lasciato che Maria Carlotta andasse alla deriva, incurante delle ripercussioni che avevano avuto su di lei i dissesti finanziari e i frequenti dissapori con Sonia.

Cercò di assolversi ricordando, alla fine, che lui aveva pagato più di tutti. E aveva pagato caro. Ciò nonostante, avrebbe voluto che il tempo fosse una macchina capace di marciare a ritroso, per consentirgli di ritornare almeno all'ultima telefonata con Maria Carlotta per dirle: «Aspettami. Non ti muovere. Vengo subito da te. Non importa se sei incinta. Pianto tutto e vengo da te. Usciremo insieme da questa situazione».

«Mi aveva telefonato, prima di morire», confessò a Sonia. «Io ero mezzo ubriaco e non l'ho nemmeno ascoltata.»

«Aveva cercato anche me. Ero dal parrucchiere», rispose lei. «Ma il tuo aiuto o il mio non avrebbero cambiato la sostanza delle cose. Lei viveva con la morte accanto», continuò stringendo la mano del figliastro che, per molti aspetti, le ricordava suo marito Antonio.

La gondola scivolava sulle acque scure e dense del Canal Grande, lenta e solenne, seguita da un corteo di imbarcazioni che trasportavano parenti e amici. Il sole rifletteva nell'acqua increspata del canale le cupe ombre fluttuanti del mesto corteo.

Le finestre e i balconi di alcuni palazzi erano parati a lutto.

In piazzale Roma c'era un carro funebre ad attendere la bara. Da lì, il corpo senza vita di Maria Carlotta sarebbe stato trasportato a Milano e tumulato nella cappella dei Rovesti, al cimitero Monumentale.

Sonia, incurante dei flash e delle telecamere, aspettò che il feretro venisse collocato sul carro, ricevette fredda e impassibile come una pietra i baci, gli abbracci, le condoglianze. Accettò il bacio di sua cognata Anna e del marito Franco, quello dei nipoti, l'abbraccio commosso di Pietro.

«Lo so che le volevi bene», disse con un sorriso.

Guardò il corteo di macchine che si stava formando dietro il carro. La famiglia scortava le spoglie mortali di Maria Carlotta verso l'ultima e definitiva dimora.

Sonia invece aveva deciso di ritornare a casa. Se ancora si poteva chiamare casa l'antico palazzo veneziano che non era più suo. Anche Maria Carlotta non le apparteneva più. Ci pensasse la famiglia a sistemarla nella tomba sontuosa, traboccante di fiori, assediata dai curiosi e dai giornalisti.

Sonia, la sua povera e infelice bambina, lei se la portava nel cuore. In quel preciso momento cessava di essere Sonia Rovesti e ritornava a essere soltanto Sonia Brenna. I Rovesti erano come un bicchiere di cristallo sfuggito di mano che si frantuma in mille pezzi e che niente e nessuno potrà mai ricomporre. Antonio, suo marito, era morto. Maria Carlotta lo aveva seguito nella imponente e preziosa tomba di famiglia. Palazzo Mazzon passava a un nuovo proprietario. E lei? Che cosa ne sarebbe stato di lei? «Si vedrà», si disse.

Salì su un motoscafo respingendo con malagrazia alcuni cronisti insistenti che l'aggredivano con domande che lei rifiutò persino di ascoltare.

«A San Marco», ordinò al conducente.

Scese sul molo davanti alla piazza, costeggiò la biblioteca Marciana, si infilò sotto i portici delle Procuratie e raggiunse il caffè *Florian*. Era il locale veneziano che amava di più per le salette intime finemente affrescate, gli arredi settecenteschi e quell'atmosfera calda e accogliente da salotto che le ricordava certe tele del Longhi. Il caffè, a quell'ora, era deserto: era terminato il servizio degli aperitivi e non era ancora iniziata l'ora del tè.

Sedette a un tavolino della saletta in fondo e ordinò una bottiglia di champagne.

Il cameriere che la servì la riconobbe nonostante gli occhiali neri e il foulard. Lavorava al *Florian* da molti anni: ventitré, per l'esattezza, e conosceva bene Sonia che era un'abituale frequentatrice del locale. Quando la vide la prima volta, lei era incinta di Maria Carlotta e, in quella stessa sala, a quello stesso tavolo, aveva brindato con Antonio al bambino che doveva nascere.

Dopo tutti quegli anni restava lei sola e un vecchio cameriere con i capelli grigi e gli occhi stanchi. E Sonia voleva brindare ancora una volta a Maria Carlotta.

Il cameriere ruotò abilmente la bottiglia di Cristal nel secchiello del ghiaccio, la stappò delicatamente e versò il vino in una flûte di cristallo. Si inchinò e scomparve.

«Arrivederci, bambina mia», disse Sonia alzando il bicchiere. Le sorrise come se fosse stata di fronte a lei, nell'elegante saletta del *Florian*, e bevve lo champagne tutto d'un fiato.

3

Il sacerdote aveva benedetto il feretro e pronunciato poche toccanti parole per ricordare la vita breve e intensa di una ragazza che aveva conosciuto fino da bambina. Poi il portale di bronzo della tomba di famiglia venne richiuso: Maria Carlotta riposava per sempre accanto al nonno e a suo padre. Pietro rialzò il bavero dell'impermeabile scuro e, con gli zii, i cugini, la madre Federica e il suo secondo marito si avviò verso l'uscita.

Fu allora che la sua ex moglie, Manuela Gorini, gli si fece incontro. Aveva l'aria mesta e l'incedere esitante. Indossava un orribile soprabito rosa bordato di nero e stringeva al petto una pochette di vernice nera.

Pietro la vide e pensò che un tempo l'aveva amata. Ora la trovava brutta e volgare e affrettò il passo per evitarla. Istintivamente i parenti gli fecero da scudo: quell'intrusione in una cerimonia così strettamente privata non aveva giustificazioni. Ma la donna non si perse d'animo.

«Pietro», lo chiamò.

«Se ne vada», le intimò Anna Rovesti con un'occhiataccia. Non aveva mai accettato Manuela in famiglia. Anche quando Pietro l'aveva sposata, aveva continuato a tenerla a distanza.

Manuela la ignorò.

«Mi dispiace per tua sorella», disse. E soggiunse: «Vorrei scambiare due parole con te».

Pietro si fermò, la guardò dritto negli occhi e provò un senso di nausea.

«Perché mi vuoi parlare?» domandò.

«Perché il lutto che ha colpito la famiglia, ha colpito anche me. Maria Carlotta era mia cognata», rispose con voce umile e ferma.

Era proprio quell'umiltà, soltanto apparente, che l'aveva sedotto. Ma questo era accaduto più di dieci anni prima, quando Pietro era un giovane ambizioso e potente i cui interessi spaziavano dal mondo della carta stampata alle emittenti private al cinema. Manuela era la presentatrice di una di queste emittenti. Poi era diventata la fidanzata del padrone, successivamente la moglie e infine, quando lui era fallito, la sua principale accusatrice.

«Tu con la mia famiglia hai chiuso», sentenziò Pietro. «Addio, Manuela», la salutò continuando a chiedersi che significato avesse quella improvvisa intrusione di sua moglie.

I fotografi più attenti scattarono su questo imprevisto, breve colloquio centinaia di immagini. Pietro si figurò i titoli del giorno dopo.

Era davvero squallido e degno di lei inscenare uno spettacolo a uso della stampa proprio al cimitero. Del resto Manuela non aveva mai avuto buon gusto. Aveva sposato Pietro per il suo danaro e, in seguito, si era accorta di aver fatto un pessimo affare.

Pietro affrettò il passo per raggiungere il resto della famiglia all'uscita del cimitero.

«Vieni a casa», ordinò la zia Anna, dopo che lui ebbe salutato tutti i presenti.

Pietro la seguì docilmente sulla Bentley.

«Ti fermerai a cena da me», disse Anna Rovesti mentre l'autista metteva in moto.

Così, dopo anni, Pietro ritornò a varcare i cancelli del palazzo di via Serbelloni dove era nato e cresciuto, dove aveva vissuto fino a quando la zia Anna aveva acquistato anche la sua parte e ne era diventata unica proprietaria. Ricordò che nei viali del grande giardino aveva imparato ad andare in bicicletta, si era azzuffato con i cugini, aveva corteggiato senza grandi successi alcune belle ragazze. Gli tornarono alla mente le feste da mille e una notte frequentate da gente importante, da amici, da giullari che si sbracciavano per entrare nelle grazie di suo nonno.

Ormai era tutto finito, perduto. Ma la grande famiglia Rovesti continuava a essere un mito. Il nome apparteneva alla memoria storica ed evocava antichi splendori.

La zia Anna, Pietro se ne stava rendendo conto soltanto in quel momento, era stata un'attenta e saggia amministratrice della sua parte di eredità che era riuscita a conservare, in buona parte, nonostante il grave dissesto della famiglia.

Il suo cuore batté più forte e rapido quando entrò nel vestibolo da cui partiva la scalinata con la balaustra di marmo nero. Aveva più di una volta messo a repentaglio la propria incolumità scivolando a cavalcioni della balaustra con grande voluttà e paura. Era stato un bambino felice e se ne compiacque.

«Prima di andare a tavola, voglio parlarti», disse la zia mentre un cameriere l'aiutava a togliersi il soprabito. Anche Pietro gli affidò il suo e la seguì nel salotto. «Dobbiamo parlare», continuò lei richiudendo la porta perché nessuno li disturbasse. «So che il whisky ti piace», affermò malignamente mettendo sul tavolino una bottiglia e un bicchiere e invitandolo a servirsi.

Pietro se ne versò una robusta dose, bevve un lungo sorso e si lasciò andare sulla poltrona cercando di rilassarsi. Era stanco, addolorato, depresso.

«Di che cosa dobbiamo parlare?» chiese strofinandosi gli occhi arrossati.

«Dei mille miliardi», lo coinvolse Anna. «Maria

Carlotta se n'è andata, sia pace all'anima sua. Ma il problema dell'eredità scomparsa rimane insoluto.»

«Perché proprio oggi?» si lamentò Pietro affranto. «Voglio dire, perché dopo una giornata come questa dobbiamo affrontare un problema che abbiamo cercato di risolvere per tanti anni senza riuscirci?»

«Perché la ragazzina sapeva dov'erano. Ti pare possibile che si sia ammazzata senza aver confidato il suo segreto a qualcuno?» insisté con la smania rabbiosa degli avari.

«È proprio il tuo chiodo fisso», replicò Pietro. «Neanche da morta la lasci in pace. Che cosa volevi che sapesse quella povera bambina disperata? Era senza un soldo, come me. Se avesse saputo dove erano i mille miliardi del nonno, li avrebbe investiti. O spesi. E poi», sorrise amaramente, «sono persuaso che, ingenua com'era, li avrebbe divisi con noi.» La voce di Pietro sospinta da molte sorsate di whisky, aumentava di intensità. «Ci voleva la malizia e l'intelligenza del vecchio per occultare mille miliardi. Ma nella nostra famiglia sembra che nessuno gli somigli», osservò tentando di opporsi al cinismo della zia.

«Non mi sembra il momento di alterarsi», ribatté melliflua. «D'altra parte, se qui c'è qualcuno che ha un bisogno disperato di soldi, sei tu.»

«Appunto. Io ho bisogno di soldi e tu ti agiti», disse Pietro. «Che senso ha?» Versò altro liquore nel bicchiere vuoto.

«Si dà il caso che io sia più saggia, intraprendente e meno scema di te», lo sferzò.

«Brava. Gentile, affabile, premurosa e disinteressata», reagì Pietro che non aveva più voglia di stare a sentirla. Voleva andarsene. Fece l'atto di alzarsi, ma la donna lo obbligò a restare seduto.

«Hai dimenticato di dire che sono sincera. Molti lo considerano un difetto, mentre io lo ritengo un pregio.» Era vicinissima alla poltrona sulla quale sedeva il nipote e gli appoggiava con forza una mano sulla spalla.

«Adesso», riprese Anna, «devi ascoltarmi fino in fondo, dal momento che, questa volta, i miei interessi collimano con i tuoi. E intendo arrivare al nocciolo della questione.»

Pietro trasse un profondo e rassegnato respiro e si rammaricò di avere accettato l'invito della zia. Era l'ultima cosa che avrebbe dovuto fare.

«Angelo Gelmi», esordì la donna, «era presidente dell'Istituto Milanese di Credito e amico intimo di mio padre. È morto due anni prima di lui. Da tempo sappiamo che è stato lui a ritirare, presso la Union Bank di Londra, i mille miliardi depositati in Svizzera. E sappiamo che l'ha fatto per ordine di mio padre. Tuo nonno», precisò, «non ha spostato tutto quel denaro per divertimento, ma per nasconderlo. Perché poi volesse nasconderlo mi sembra ovvio.»

«Puoi dirlo anche a me o intendi mantenere il segreto?» chiese Pietro sarcastico.

«Aveva intuito, e in parte già lo si vedeva, che tuo padre avrebbe preso delle iniziative sbagliate. Così, per impedire danni ulteriori, ha inventato un inghippo diabolico. Però è singolare che, prima di morire, abbia voluto accanto a sé tua sorella. Era la sua prediletta e nessuno mi toglie dalla testa che lui le abbia confidato il segreto dei mille miliardi. E lei, poi, strana com'era, probabilmente non lo aveva nemmeno ascoltato. Oppure se l'è dimenticato. O ha preferito tacere. Il vecchio ha lasciato a Carlotta la sua 'romanina' e un paio di chiavi inglesi. E smetti di bere!» si spazientì mentre Pietro si versava un altro bicchiere. «Ascoltami invece con estrema attenzione: le chiavi inglesi servono a smontare la 'romanina'. E in quella macchina probabilmente c'è l'indicazione per arrivare all'eredità del nonno.»

«Da quando lo sai?» domandò Pietro.

«L'ho intuito da tempo. Da anni.»

«E perché non hai verificato la tua intuizione?»

«Perché Sonia non me lo ha mai permesso. Mi ha

detto che la macchina era di sua figlia e non me l'avrebbe mai venduta.»

«Adesso che Maria Carlotta è morta, riprovaci», le suggerì Pietro. «Può darsi che te la venda», insisté Pietro che incominciava a provare un certo interesse per le argomentazioni della zia.

«Lo sai che mi detesta. Non me la darà. Potrebbe invece regalarla a te, se tu gliela chiedessi», disse abbassando la voce.

«Adesso capisco la tua smania di parlarmi», lui insinuò.

«Guarda che adesso siamo tutt'e due sulla stessa barca.»

«C'è anche Sonia. Se quei soldi si dovessero ritrovare, sono in parte suoi. Perché lei è una vedova Rovesti.»

«E se nessuno le dicesse niente?» propose Anna.

«Sei disposta a tutto per i soldi.»

«A tutto no, ma a molte cose sì», ammise. «Quello che vuoi fare del tuo denaro non mi riguarda. Puoi anche regalarlo in beneficenza. Ma adesso, devi correre a Venezia, prima che Sonia perfezioni la vendita del palazzo con annessi e connessi.»

4

Il dottor Michele Profumo varcò la soglia dello studio di Giulio de Bros i cui uffici occupavano l'intero attico di un antico palazzo in via Conservatorio.

«Vieni, Michele», lo salutò affettuosamente Giulio andandogli incontro con la mano tesa. «È sempre un piacere vederti.»

Il giovane magistrato guardò con ammirazione quel sessantenne elegante dal fisico atletico, dall'eloquio affascinante. Era nato signore come si nasce poeti.

«Spero di non disturbarla, professore», disse il dottor Profumo prendendo posto davanti alla scrivania.

«Sapevo della tua visita e ho un bel po' di tempo da dedicarti», lo tranquillizzò Giulio.

«Sono sempre alle prese con quell'ingarbugliata vicenda dell'Istituto Milanese di Credito», esordì il dottor Profumo. «Più approfondisco le indagini e meno mi ci raccapezzo», proseguì.

«Non ti invidio», disse Giulio.

«Il fatto è che il vecchio presidente, Angelo Gelmi, aveva lasciato una situazione in apparenza limpida, ma quanto mai nebulosa nella realtà.»

«Gelmi era uno che procedeva con metodi antichi, fidandosi più della memoria che degli scritti. Così manca una documentazione che possa testimoniare il trasferimento di capitali sospetti. Però sono riuscito, almeno lo spero, ad appurare una cosa. Giovanni Rovesti, l'editore scomparso tredici anni fa, ufficialmente non ha mai avuto rapporti con l'Istituto Milanese di Credito, ma soltanto con il suo presidente, Angelo Gelmi, appunto. Pare che i due fossero amici fin da ragazzi.

«Pare inoltre che abbiano fatto molti affari insieme. Affari importanti e redditizi. Il vecchio Rovesti operava esclusivamente con il proprio danaro e non con quello preso a prestito dalle banche, come invece hanno fatto poi il figlio e il nipote. Il vecchio Rovesti, anche per le normali operazioni, non si era mai servito dell'Istituto Milanese di Credito. Nonostante l'amicizia che lo legava a Gelmi.

«Informazioni sicure ci inducono a credere che Gelmi abbia fatto sparire i mille miliardi dell'amico. Abbiamo trovato degli appunti, in cui si parla dei miliardi di un certo G. messi al sicuro per evitare che finiscano male.»

«E poi?» lo sollecitò Giulio.

«Questa è la sola indiscrezione che Gelmi si sia permesso di fare. È un appunto che fa pensare all'eredità scomparsa. Mentre tutti gli eredi erano pronti per la spartizione, i mille miliardi erano già spariti dalla banca svizzera. Non sappiamo in che modo né dove ma, come lei m'insegna, i misteri non sono penalmente perseguibili. Ma in questa selva di misteri, ce n'è uno che non mi fa dormire», riprese Michele Profumo estraendo dalla tasca interna della giacca un mazzetto di carta da lettere azzurrina e ponendola sulla scrivania. Erano le lettere anonime che accusavano Maria Carlotta di sapere tutto sull'eredità scomparsa.

Giulio de Bros guardò uno dei foglietti, dapprima con apparente disinteresse, poi con maggiore attenzione. Infine chiese: «Che cosa vuoi sapere da me?»

Michele Profumo era un libro aperto per il professore.

«La morte di Maria Carlotta», disse. «Intendo il

modo in cui è morta», soggiunse, «mi ha sconvolto. Pensi», continuò, mentre cercava di mitigare il nervosismo stringendo una biro tra le mani, «che nonostante il suo suggerimento, mi ero deciso a convocarla. Adesso mi pento di averlo fatto così tardivamente. Forse», azzardò, «chi l'ha denunciata con tanta insistenza è finalmente riuscito a risolvere l'enigma. Mi chiedo se sia legittimo aprire un procedimento per indagare in questo senso.»

Giulio de Bros aprì un cassetto della scrivania e porse al procuratore un cartoncino scritto in stampatello. La grafia era la stessa delle missive anonime. Il testo diceva: «Ti ringrazio per il tuo messaggio di condoglianze. Spero di vederti presto. Anna».

«Anna Falconeri Rovesti», lesse il magistrato sul cartoncino bianco.

«Adesso sai chi è l'autore, anzi l'autrice, delle denunce anonime», sorrise Giulio.

«La zia della ragazza», esclamò ancora incredulo Michele Profumo.

«Proprio così», confermò Giulio.

«Che cosa devo fare?» quasi supplicò.

«Quello che ti detta la tua coscienza», lo consigliò Giulio. «E siccome ti stimo e ti voglio bene, spero tanto che la tua coscienza ti suggerisca di lasciar perdere.»

5

Sonia indossava una gonna a tubino color glacé di cover e un maglioncino di cachemire rosa. Al collo portava la collana di perle di sua madre. Si era infilata uno spolverino molto ampio. Calzava scarpette basse di capretto. I capelli rossi erano raccolti in una crocchia sulla nuca. Così, senza trucco, aveva l'aspetto di una ragazzina.

Scese per l'ultima volta lo scalone di palazzo Mazzon e andò a sedersi accanto alla «romanina». L'atrio ormai spoglio di suppellettili era ingombro di casse e bauli. Quello che restava di un passato sfavillante era dentro quei contenitori che i facchini avrebbero ritirato e spedito all'indirizzo fornito da Sonia. Fuori, sul canale increspato dal vento, pioveva a raffiche. Dentro c'era aria di desolazione e di abbandono. Aveva licenziato i domestici, pagato i conti in sospeso, venduto le cose a cui era meno affezionata, imballato le altre. Un capitolo importante della sua vita si era concluso. Adesso, a cinquant'anni, era di nuovo sola. A farle compagnia c'erano soltanto ricordi e affetti spezzati. Tra poco sarebbe partita con Silia.

«Ecco il caffè, signora», annunciò la governante comparendo nell'atrio. Reggeva un vassoio di plastica con una tazzina, una caffettiera, una zuccheriera di maiolica. «Ancora un caffè prima della partenza», sorrise la donna.

Silia aveva tolto la divisa azzurra da cameriera per indossare un abito di flanella; aveva l'aspetto di una madre affettuosa. E tale si sentiva nei confronti di Sonia che per lei era ancora la bellissima ventenne che abitava in via della Spiga a Milano, protagonista di un'esistenza inquieta punteggiata di amori travolgenti.

L'appartamento di via della Spiga non era più di Sonia. Da anni lo aveva venduto dissipando nei casinò di mezza Europa il ricavato.

«Nel bene e nel male», disse Sonia, «è stata una grande avventura.»

«Se ne fossi capace, sulla sua vita scriverei un romanzo», disse l'anziana governante. «E ne avrei di cose da raccontare. Lei è stata e continua a essere una gran donna.»

«Tu sei una gran donna, Silia. Tu che hai avuto il coraggio di essere sempre te stessa. Tu che non mi hai giudicata. Io sono soltanto un'illusa, una presuntuosa che ha ritenuto di piegare il destino alla propria volontà. Soltanto adesso mi rendo conto che è stata una vita pazzesca, la mia.»

«Sta arrivando qualcuno», annunciò Silia.

Nella luce che filtrava dall'ingresso si era profilata la figura di un uomo con un impermeabile chiaro e un Borsalino nero grondanti acqua.

«Paolo!» esclamò Sonia riconoscendolo. «Benvenuto.» Il giornalista la abbracciò mentre Silia, silenziosamente, si allontanava.

«Per un attimo ho pensato che non ti avrei trovata. Così te ne vai», affermò guardandosi intorno.

«Direi di sì, come puoi vedere tu stesso.» Poi cambiò discorso: «Erano bellissimi i fiori per Maria Carlotta». Sonia si accese una sigaretta. «Ti ringrazio.»

«Sono rimasto a Venezia tutti questi giorni. Volevo vederti prima di partire.»

«Parto anch'io», disse Sonia.

«Dove vai?» chiese l'uomo, ammirando nella poca luce di quel giorno di pioggia il volto della donna che appariva rilassato, disteso. Era più giovane e più bella adesso di quando, tanti anni prima, si erano amati.

«Vado a Milano, per ora. Poi vedrò. Vorrei cercare di vivere in un modo più vero, più normale.»

Per lui, Sonia era sempre stata una donna vera, consapevole e matura che si sforzava di dare una dimensione umana alla sua travolgente esistenza.

«Che cosa posso fare per te, piccola e stupenda Sonia?»

«Ricordarmi. Per quel poco di piacevole che c'è stato tra noi. E io che cosa posso fare per te?» replicò lei.

Paolo Montecchi allungò una mano e accarezzò il cilindro della «romanina».

Sonia seguì i movimenti dell'uomo con molta attenzione.

«L'hai venduta?» chiese dando un paio di colpetti alla vecchia macchina tipografica.

Sonia negò con un cenno del capo. Come avrebbe potuto vendere il totem del vecchio Rovesti? La domanda era stupida o interessata? E dal momento che Paolo era un uomo intelligente, Sonia non escluse che lui sapesse più di quanto sembrava.

«La vorresti?» gli domandò all'improvviso.

Paolo rimase impassibile.

«Dopo tutto», riprese Sonia, «tra gli eredi diretti del vecchio sei il grande escluso.»

Paolo si adombrò, aggrottando appena le sopracciglia.

«Non c'era una sola ragione valida per cui il vecchio avrebbe dovuto comportarsi diversamente. Tuttavia, se è questo che vuoi sapere, la vorrei», ammise.

«Credo che la 'romanina' ti appartenga», sorrise Sonia.

«Potrei portarla via subito?» chiese rivelando una lieve ansietà.

«Ma certo. Stanno per arrivare gli uomini dello spedizioniere. Mettiti d'accordo con loro», disse Sonia alzandosi dalla poltroncina, sulla quale si era seduta, per raggiungere Silia che si era infilata un soprabito e la stava aspettando con i due bassottini al guinzaglio.

«Addio, Paolo», lo salutò la donna.

Paolo Montecchi ebbe la netta sensazione che quello sarebbe stato il loro ultimo incontro. Era un presentimento che non gli piaceva.

«Sonia, aspetta», la richiamò. Poi soggiunse: «Tu credi davvero che la 'romanina' mi appartenga?»

La donna gli sorrise e gli impose il silenzio portandosi alle labbra l'indice della mano destra. Poi con lo stesso dito gli mandò un bacio e uscì al fianco di Silia. Fuori pioveva a dirotto e gli ombrelli erano uno schermo inadeguato alla pioggia battente.

Paolo decise di aspettare i facchini. Si appoggiò a uno stipite, accese una sigaretta e si mise a osservare l'antica macchina tipografica ricordando la notte d'agosto di tanti anni prima che aveva preceduto la morte del vecchio Rovesti. Rivide la valigia di diamanti che la banca svizzera gli aveva consegnato alla presenza di Roberto Cortesini.

Possibile che il vecchio Rovesti fosse stato tanto scaltro da nascondere il tesoro nella «romanina»? Quella notte di Ferragosto, l'ultima volta che si erano visti, il vecchio aveva pronunciato una frase che Paolo ricordava perfettamente: parola per parola. Aveva nelle orecchie il tono e l'inflessione della voce: «Sappi che hai portato a termine un'operazione fondamentale. Non posso dirti altro ma, se non mi sono sbagliato sulla tua intelligenza, sulla tua capacità professionale, sul tuo intuito, un giorno saprai».

Che fosse davvero arrivato il momento della verità? Paolo aveva taciuto per tredici anni, tenendo fede alla promessa fatta al vecchio editore. Nessuno degli eredi sapeva che i mille miliardi erano stati convertiti in diamanti. Lui sì. Da molto tempo pensava che il vecchio li avesse nascosti nella «romanina», ma aveva rispettato la sua scelta che era caduta su Maria Carlotta. Ora che la ragazza era morta senza essere riuscita a svelare il mistero, lui aveva legittimamente il diritto di procedere.

Fu preso dalla frenesia di smontare la macchina lì, subito; ma gli mancavano gli strumenti per farlo. Tuttavia non poteva più permettersi di aspettare. C'erano dei martelli e dei ferri accanto alle casse e decise di provare.

Chiuse il portale del palazzo, si tolse la giacca e cominciò la ricerca sulla macchina tipografica. Pensò subito al cilindro perché gli sembrava il nascondiglio ideale per un tesoro come quello che lui aveva trasportato dalla Svizzera a Milano.

I bulloni che chiudevano il coperchio del cilindro cedettero senza uno sforzo eccessivo sotto la pressione di una pinza. Tolse il coperchio. In quel preciso momento qualcuno suonò il campanello. Paolo pensò ai facchini. Avrebbero aspettato. Trovò il sacchetto di daino legato con un cordoncino di seta.

Ignorando lo scampanellio sempre più insistente che si diffondeva nel palazzo deserto, aprì il sacchetto e vi affondò una mano. Erano diamanti, li sentiva al tocco. Ne estrasse una manciata e li osservò ammirato.

Sentì salirgli dentro, dallo stomaco, uno sfrigolio simile al solletico. Fu preso da un'irrefrenabile risata. Eccoli i diamanti di Giovanni Rovesti! Il vecchio doveva immaginare che sarebbe stato lui il solo capace di vincere per intelligenza e creatività.

I diamanti di Giovanni Rovesti erano suoi. Il vecchio aveva voluto che il più intelligente vincesse. E così era stato. Prima di morire lo aveva riconosciuto come figlio, anzi, come il più degno tra i suoi eredi. Non aveva rinnegato la sua storia d'amore con Flora, né la sua paternità.

Ieri

1

La casa della nonna sorgeva all'estrema periferia di Parma dove finiva il cemento e cominciava la campagna. Era un edificio bianco, squadrato, circondato da un mare d'erba. Era luglio, il grano era stato falciato e il granturco era ormai maturo.

Paolo aveva scoperto, tra due campi, un piccolo spiazzo erboso dove scorreva un rivo d'acqua limpida e fresca con grandi calle bianche tutto intorno.

Nei pomeriggi afosi, Paolo si rifugiava in quel piccolo angolo di paradiso in compagnia di un libro e leggeva, masticando fili d'erba dal sapore acidulo, fino a quando sentiva la nonna che lo chiamava. Con una punta di sadismo non abbandonava subito il suo nascondiglio e aspettava che la voce della nonna, affaticata dai ripetuti, penetranti richiami, diventasse stridula. Soltanto allora le compariva davanti. La donna, furibonda, sgranava il suo rosario di invettive che si concludeva sempre con la stessa frase tagliente: «Sei un lavativo come tuo padre».

Paolo, ogni volta, aveva un sussulto e il cuore aumentava l'intensità dei battiti. Perché sapeva che Stelio, il marito di sua madre, non era il suo vero padre.

L'uomo sconosciuto cui doveva la vita era una figura imponente senza volto e senza nome, un personaggio mitico di cui nessuno parlava. Eppure la sua presenza incombeva sulla famiglia.

Paolo si chiamava Montecchi, come sua madre. Stelio, invece, si chiamava Richini. Flora si era opposta quando suo marito aveva insistito per dare il suo cognome al bambino.

«Lo ha già rinnegato suo padre, dovrei farlo anch'io?» aveva detto. Così, portava il cognome di sua madre.

Paolo non osava porre domande. C'era qualcosa nell'atteggiamento di Flora Montecchi che spegneva sul nascere ogni tentativo d'indagine. Così si era rassegnato a vivere con il sottile malessere che quel dato nebuloso della sua vita gli dava.

«Vado dai Rossi», disse la nonna. I Rossi erano una famiglia agiata di coltivatori diretti, proprietari della terra su cui sorgevano la casa e il caseificio.

«Posso venire con te?» chiese Paolo.

«No», rispose decisa la nonna. «La signora Rossi sta per partorire. Tu resta a casa», ordinò la nonna che era levatrice e assisteva le puerpere del borgo. Inforcò la bicicletta e si allontanò per il viottolo inondato di sole. Paolo la guardò fino a quando sparì dietro la curva. Poi, incurante dell'ordine impartitogli, riprese la via del suo rifugio segreto. Fu allora che udì un parlottare sommesso, un ansare spezzato e dei gemiti. Quel pianto singhiozzante di felicità veniva dal punto in cui la vegetazione era più alta. Si inoltrò guardingo e vide un groviglio di braccia e di gambe, la chioma rossa di una donna e quella bruna di un giovane.

«Zoraide», sussurrò riconoscendo la ragazza, che era la figlia maggiore dei Rossi, e Artemio, lo stalliere dei conti Lamberti.

Paolo chiuse gli occhi per non vedere e si portò le mani alle orecchie per non sentire. Nel tentativo di interrompere ogni comunicazione con quel nucleo di desiderio che lo inquietava, lasciò cadere a terra il libro che produsse un tonfo sordo. Il bambino si sdraiò nell'erba.

Rimase in quella posizione fino a quando una mano gli sfiorò la spalla e una voce femminile un po' roca e sensuale lo richiamò alla realtà.

«Mi spiavi, eh?» lo accusò Zoraide maliziosa. «Queste non sono cose per te.»

Artemio era sparito. Paolo guardò Zoraide, i suoi capelli fiammeggianti, gli occhi verdi come l'erba dopo la pioggia, le labbra morbide e carnose, i denti bianchi e sfavillanti.

«Mi hai interrotta sul più bello. Sei un furfante», soggiunse accarezzandogli il viso che bruciava per l'emozione. Lo guardava sorridendo con gli splendidi occhi verdi protetti dalle lunghe ciglia ramate. Paolo era affascinato da quella ragazza che suscitava in lui amore e odio.

Zoraide indossava un abitino di cotone celeste, liso e stinto. Paolo era stregato da una ciocca dei suoi capelli che s'inanellava come un serpentello lungo il collo fino alla spalla dove la pelle era più bianca e umida di sudore. Piccole efelidi punteggiavano il naso imperioso e gli zigomi pronunciati.

«Ti sembra il modo di guardare una donna?» lo rimproverò Zoraide lusingata dalla tempesta che scatenava nel ragazzino. Le sue mani erano forti, ruvide e arrossate per il gran lavorare. Aveva unghie cortissime e piatte con i bordi neri.

«Non andrai a raccontare in giro quello che hai visto, vero?» chiese con apparente indifferenza.

Paolo la guardava incapace di rispondere. Zoraide era bella, incredibilmente bella. Lui l'amava e la odiava. Quello che aveva visto gli straziava il cuore. Le lacrime, senza che il bambino se ne rendesse conto, cominciarono a scivolare, grosse e brucianti dai suoi occhi.

«Be', adesso che cosa mi combini? Piangi?» si intenerì. «Caro il mio bambino», soggiunse asciugandogli la faccia e stringendolo a sé. Su quel seno, Paolo respirò il paradiso e l'inferno. Improvvisamente si scostò da lei.

«Ti odio», disse freddo e impassibile. Allontanò dalla faccia le mani di Zoraide e scappò via.

«Paolo, aspettami. Hai dimenticato il libro», gli gridò Zoraide mentre lo rincorreva.

Si era dimenticato di tutto: degli ordini della nonna, del suo rifugio segreto, del libro che stava leggendo. Si fermò e lei lo raggiunse. Erano tutt'e due in affanno per la corsa.

«Dai, non farmi il muso lungo», gli disse. «Tanto lo so che non mi odi. Sei geloso perché mi hai visto con Artemio. Ma lui ha vent'anni. Tu sei ancora piccolo e certe cose non puoi capirle.» Era vero. Lui aveva soltanto undici anni, aveva finito le elementari e superato l'esame di ammissione alla scuola media.

«Dammi il mio libro», ordinò Paolo tendendo una mano.

«No, non te lo do. Prima devi farmi un bel sorriso e dirmi che siamo sempre amici», lo ricattò lei stringendo il volume sul seno.

Paolo avrebbe voluto dirle che era bellissima e che lui l'amava. Come poteva buttarsi tra le braccia di un tipo rozzo e volgare come Artemio che non era degno neppure di guardarla?

«Tu non capisci», le disse ritrovando l'abituale compostezza. Tese la mano per riavere il suo libro.

«Tu stai sempre a leggere e, forse, per certe cose, sei anche più intelligente di me. Sono sicura che, come minimo, diventerai dottore. Però io sento che mi vuoi bene e che siamo amici», spiegò. Poi lesse il titolo del volume: «*Marocco* di Edmondo de Amicis. Editore Giovanni Rovesti».

Guardò Paolo e gli sorrise con malizia.

«Dammi il mio libro», disse il ragazzino.

«Ma tu lo sai chi è Giovanni Rovesti?» chiese continuando a fissarlo maliziosamente.

Giovanni Rovesti per lui era un nome e basta. Ma perché Zoraide ci teneva tanto a sapere da lui chi fosse l'editore Rovesti?

«Ma tu, di che cosa ti impicci?» l'interrogò con aria ombrosa, mentre con uno scatto si impadroniva del libro.

«Lo sanno tutti che Giovanni Rovesti è tuo padre», replicò Zoraide con suprema indifferenza. Diede un'alzata di spalle e sparì in un campo di granturco.

Paolo gettò il libro in un fosso poi si mise a correre verso la casa della nonna. Si fermò nello spiazzo dietro l'orto, tra una cortina di lenzuola bianche stese ad asciugare su lunghe corde sottili. Le lenzuola sembravano quinte dorate nella luce del tramonto. Profumavano di sole e di grano maturo. Paolo si mise a piroettare su se stesso avvolgendosi in quelle tele odorose. Si sentì stordito e felice.

2

Era il primo sabato di maggio. Paolo scese dal treno e si incamminò lungo il viale che dalla stazione conduceva al centro della città. Bevve un caffè al bar *Centrale* e si avviò verso il Duomo. La piazza con l'antica chiesa, il campanile svettante e la massa compatta del battistero erano una gioia per gli occhi e lo spirito.

Nel tiepido sole del mattino i marmi policromi brillavano. Paolo sedette su un gradino del battistero. Accese una sigaretta e socchiuse gli occhi abbandonandosi a un senso di benessere che gli veniva da quella affettuosa, totale immersione nel passato.

Viveva a Milano ormai da un paio d'anni, da quando si era iscritto alla facoltà di filosofia alla Statale, ma aveva Parma nel cuore. A Milano si sentiva una pianta sradicata che ha bisogno, ogni tanto, di nuova carica e di linfa vitale che soltanto a Parma trovava.

La piazza, per metà inondata di sole, aveva un respiro antico e un'eleganza regale. A Parma si percepiva ancora la presenza di Maria Luigia, del suo governo illuminato, della creatività artistica e culturale che nella città emiliana aveva trovato spazio e comprensione.

Osservò divertito le volute di fumo azzurrino che venivano dalla sigaretta accesa che si consumava velocemente. Dopo l'ultimo tiro si sarebbe avviato verso porta San Barnaba, a casa di sua madre.

«Ma tu sei Paolo!» L'esclamazione lo riscosse dal dolce torpore. Alzò la testa e riconobbe Sergio Sclavi, un compagno di liceo. Vestiva con disinvoltura, jeans, camicia a quadri, maglione. Si era fatto crescere i baffi.

«Che cosa ci fai qui tutto solo, la domenica?» lo investì Sergio.

«Niente di particolare», rispose Paolo. Si era messo in piedi infastidito da quell'intrusione che aveva gettato lo scompiglio nei suoi pensieri.

«È un pezzo che non ti vedo», continuò Sergio. «Che cosa fai?» Aveva l'aria spavalda dell'uomo sicuro di sé.

Paolo avrebbe potuto rivolgergli le stesse domande, ma non gli importava granché sapere quali erano state le scelte di Sergio. Erano stati compagni di scuola, non amici. Con l'aria di schermirsi e un gran bisogno di eclissarsi, Paolo dichiarò: «Studio filosofia alla Statale di Milano».

A sua volta Sergio raccontò che lavorava a Milano nella redazione di un diffuso settimanale d'opinione.

«E in che modo ti mantieni, all'Università?» lo interrogò Sergio senza un minimo di delicatezza.

Paolo pensò alle faticose sovvenzioni di sua madre e di sua nonna che gli consentivano di continuare gli studi. Dal canto suo amministrava saggiamente il danaro, ma anche così c'erano giorni nei quali doveva scegliere tra le sigarette e un pasto caldo.

«Mi stai facendo il terzo grado?» reagì Paolo.

«No», rispose l'amico. «Sto cercando di capire se hai bisogno di una mano. Danaro. Soldi», replicò. «Mi sembra di aver sentito che al giornale cercano correttori di bozze. Se ricordo bene tu eri molto bravo in italiano. Non ti andrebbe di entrare nel mondo della carta stampata? Senza contare che alla Rovesti pagano bene. E poi, da cosa nasce cosa. Anche Hemingway, credo, ha fatto il correttore di bozze.»

A colpire Paolo non fu il nome del grande scrittore americano, bensì quello di Rovesti.

«Credi che avrei delle possibilità?» chiese.

«Chiamami lunedì mattina in redazione», lo invitò Sergio porgendogli un cartoncino con il suo numero di telefono e quello del giornale.

Paolo lo ringraziò. Si salutarono e il ragazzo andò da sua madre. C'erano i cappelletti di ogni sabato che lui mangiò senza molto appetito. Seguirono i soliti discorsi sull'andamento dei suoi esami e sul campionato di calcio.

Dovette sorbirsi, come ogni sabato, i racconti della madre sulle alterne vicende dei parenti e dei vicini. Le lamentazioni senili della nonna sui suoi reumatismi e sulle disgrazie del mondo. Rispondeva e interveniva con monosillabi, ma in realtà pensava ad altro. Poi la nonna andò in cucina a rigovernare e Stelio, il suo patrigno, uscì per la consueta partita a carte con gli amici.

Paolo restò solo con sua madre. Flora prese il suo lavoro a maglia e sedette in poltrona, lui prese un libro e si sedette sotto la finestra dove c'era più luce. L'atmosfera calda e cordiale era quella di sempre, ma il ragazzo era in preda a un nervosismo insolito che Flora aveva avvertito fin dal suo arrivo.

«Paolo, che cosa c'è che non va?» gli chiese spezzando per prima quel silenzio carico di tensione.

Paolo ci pensò bene prima di replicare.

Poi disse: «Parlami di Giovanni Rovesti».

Flora abbandonò in grembo il suo lavoro a maglia e trasse un lungo sospiro.

«Da quando lo sai?» si limitò a domandare la madre.

«Da quando avevo undici anni.»

«E da chi l'hai saputo?»

«Da Zoraide Rossi.»

Quelle poche parole pronunciate su un argomento tanto delicato avevano dissipato il nervosismo di Paolo.

«E per tutti questi anni ti sei tenuto dentro questa

cosa senza dirmi niente. Perché?» domandò Flora esitante.

Paolo la guardò con diffidenza. Flora aveva un aspetto così giovanile che qualcuno l'aveva scambiata per sua sorella. Lui ne era orgoglioso. L'aveva vista sempre in quel ruolo di moglie premurosa, di casalinga attiva, di madre affettuosa. Era molto bella, quella madre, dal limpido sguardo.

«Perché non mi hai mai voluto dire niente di mio padre e di te?» la rimproverò benevolmente.

«Avevo diciannove anni. Si fanno tante stupidaggini a quell'età», disse alla ricerca di una giustificazione. «Soprattutto se una ragazza è bella e i rondoni le volano intorno. E lei è tanto stupida da lasciarsi sedurre dal fascino irresistibile della ricchezza.»

Paolo accese una sigaretta.

«A giudicare da come viviamo», reagì con ironia, «la nostra parentela con la ricchezza è davvero lontanissima.»

«Era appena finita la guerra», continuò la donna, «e il mio sogno era fare l'attrice. Ero scappata di casa ed ero andata a Roma. A Cinecittà. Vivevo in una camera d'affitto insieme con un'amica. Il sogno stava svanendo fra una comparsata e lunghi periodi di disoccupazione.

«A Cinecittà ho conosciuto Rovesti che faceva l'editore ma conosceva molte persone che si interessavano di cinema. In quel momento un suo amico finanziava un film colossale sui fasti della romanità e lui veniva a curiosare.

«Cinecittà è un grande baraccone, il paese dei balocchi, un mondo di cartone colorato, una grande fiera delle illusioni. Rovesti era un bell'uomo che aveva passato la cinquantina, ma in mezzo a quel caos si divertiva come un bambino alle prese con un giocattolo nuovo.

«Quando me lo presentarono, lui indossava un abito di taglio perfetto e io ero vestita con una tunica da ancella cristiana. Tutti lo blandivano perché era un uomo potente e molto conosciuto. Le sue battute erano spesso superate, ma venivano accolte con molta, sospetta benevolenza.»

«E tu?» domandò Paolo alla madre.

«Mi piaceva, mi affascinava. Era capace di infondere sicurezza. Tutti lo vezzeggiavano anche perché era molto ricco e generoso. Il danaro e i regali erano lo scotto che Giovanni pagava per avere una corte al suo servizio.»

«E tu?» ripeté Paolo pur conoscendo la risposta.

«Io ci andai a letto. E così sei nato tu», sintetizzò brutalmente Flora.

«L'ultimo passaggio mi sembra un po' affrettato», obiettò Paolo.

«Infatti», disse lei. «Perché, proprio adesso, vuoi sapere tutto?»

«Qualcuno mi ha proposto di andare a lavorare alla casa editrice Rovesti», precisò.

«Che cosa ti aspetti da me?» si rabbuiò. «Una lettera di raccomandazione?»

«Non ho mai pensato a una soluzione di questo tipo. E non ci penso ora. Per tanti anni, qualche volta ho visto sui giornali le fotografie di Giovanni Rovesti. Ho cercato nei suoi lineamenti un segno di somiglianza. Ma non l'ho trovato. Mi sono reso conto che assomiglio soprattutto a te.»

«Credo proprio che tu abbia ragione», sorrise tristemente la madre. «Lui è cinico. Diffidente. Aveva sempre paura che la gente si approfittasse del suo danaro. Quando gli dissi che aspettavo un figlio suo, mi liquidò dicendo che era troppo vecchio per cadere nella trappola. Mi disse una cosa terribile ma vera, almeno per lui: 'Quando una donna diventa madre, smette di interessarmi'. Mi raccontò che anche con sua moglie aveva reagito così, anche se con lei aveva avuto tre figli. Mi offrì del danaro. Quella è stata la fine della mia storia d'amore di ragazza stupida e scriteriata.»

«Rovesti, sapendo che aspettavi un figlio suo, non si è mai fatto vivo?» insistette Paolo.

«Tramite un suo legale. Lui sapeva di te e, per salvarsi l'anima, gli sarebbe piaciuto che io accettassi un congruo rimborso. La nostra», si immalinconì, «non è stata, come si dice spesso, una gran bella storia d'amore. Non gli serbo rancore, ma non lo stimo. Non ne ho mai più voluto parlare. Così sono tornata a Parma dove tu sei nato. Poi ho incontrato Stelio che sa tutto di me, ma non gliene importa niente», concluse Flora facendo capire al figlio che la sua disponibilità sull'argomento era finita.

Due giorni dopo, Paolo venne assunto come correttore di bozze alla casa editrice Rovesti. Sarebbero trascorsi due anni prima che l'editore e il figlio rifiutato si incontrassero.

3

PAOLO Montecchi aprì l'ultimo numero del settimanale, fresco di stampa, che un fattorino aveva depositato sulla sua scrivania. Il giornale di punta della casa editrice Rovesti pubblicava la prima puntata di un'inchiesta sugli istituti di pena firmata da Paolo Montecchi. Era il suo ingresso ufficiale nel mondo del giornalismo.

Aveva corretto bozze per mesi e mesi, afferrando contemporaneamente al volo tutte le occasioni che capitavano per scrivere qualche riga. Si trattava di collaborazioni saltuarie e di nessun prestigio. Paolo aveva una memoria prodigiosa e un talento straordinario. In due anni era diventato giornalista.

Era la mattina della vigilia di Natale e, per la prima volta, Paolo non era a Parma da sua madre. Nelle redazioni tutti si scambiavano auguri e regali. Paolo, invece, schivo e timido, si era defilato per godere in solitudine la gioia di vedere il suo nome stampato sullo stesso periodico dove firmavano i grandi del giornalismo. Dalle altre stanze giungeva fino a lui un brusio di voci allegre.

Era consuetudine, dagli anni in cui la casa editrice contava una cinquantina di dipendenti, che Giovanni Rovesti facesse il giro delle redazioni per gli auguri di Natale. Ormai i dipendenti erano ben più numerosi, l'editore aveva passato i settant'anni ma continuava a mantenere intatta la tradizione. Da qualche anno si faceva accompagnare dal figlio Antonio per quella visita amichevole. Insieme con il figlio, Giovanni Rovesti stava per entrare nel piccolo ufficio dove Paolo leggeva orgogliosamente il suo primo articolo.

«Così tu sei Paolo Montecchi», esordì il vecchio affacciandosi sulla porta.

Paolo si alzò e lo riconobbe subito senza trovare una frase decente per accoglierlo. Antonio Rovesti, alle spalle del padre, si dondolava sulle gambe con aria triste e annoiata.

Antonio sembrava più anziano e più stanco del padre. Paolo pensò che quell'uomo così diverso da lui era suo fratello. Giovanni Rovesti entrò solo, chiudendo la porta in faccia al figlio.

Paolo era in piedi davanti al vecchio, padroneggiando l'emozione di quell'incontro improvviso. Forse, riflettendoci bene, non provava nessuna emozione, era solo incuriosito dagli sviluppi che avrebbe preso la situazione.

«Siediti», ordinò affabilmente il vecchio.

«Io lavoro qui da due anni», disse stringendogli la mano che l'editore gli porgeva. Si rimise a sedere.

«Lo so», disse Rovesti. «Lo so per due ragioni. Intanto perché sono io che firmo tutte le assunzioni. E poi perché ti seguo da quando sei nato. Immagino che tua madre ti abbia parlato di me.»

«Solo un accenno. E con riluttanza.» L'espressione di Paolo era serena.

«È sempre così bella?» si intenerì il vecchio. Paolo vide nel suo sguardo un lampo di dolcezza.

«Ha più di quarant'anni ma sembra ancora una ragazzina», rispose. «Non so dirle se sia bella. È mia madre.»

«Bella e orgogliosa», disse Rovesti inseguendo un lontano ricordo. «E anche saggia, alla fine. Credo che abbia scelto per te e per sé la vita più giusta.»

«Lei crede?» replicò Paolo.

«Sì, lo credo fermamente. In tipografia mi dicono che tu sei un buon elemento.»

«Grazie.»

«Hai talento. Appartieni alla categoria sempre più rara dei professionisti che non hanno bisogno di nessuno per emergere.» Il vecchio fece una pausa poi proseguì: «A proposito, perché hai lasciato l'Università a un passo dalla laurea?»

«Alla fine ha prevalso il desiderio di lavorare. Mi divertiva di più che continuare a studiare», spiegò il giovane.

Paolo cercò di immaginarsi come quel vecchio avesse vissuto l'esperienza di una paternità rifiutata. Lui sapeva benissimo come aveva vissuto la propria condizione di ragazzo in bilico fra due padri. Non era stato piacevole e questa ambiguità lo aveva comunque segnato. Ma lo aveva anche spronato a farsi strada e a non perdere mai di vista la realtà.

«La cultura probabilmente ha perduto un filosofo», gli disse l'editore, «sono sicuro che l'editoria ha acquistato un eccellente giornalista. Sei in gamba, figliolo», concluse Giovanni Rovesti alzandosi e tendendogli la mano.

Quella mattina, quando passò dall'amministrazione per ritirare lo stipendio, Paolo trovò un «fuori busta» molto consistente. S'inorgoglì pensando a un premio per il suo apporto all'attività aziendale, ma lo attendeva una grande delusione: il premio toccava a tutti i dipendenti.

4

ORNELLA era una bellezza delicata come un sussurro. Aveva dita lunghe e affusolate, mani eleganti e intelligenza acuta, ma era soprattutto una grande amica con la quale aprirsi e alla quale affidare la parte più segreta di sé, sentimenti ed emozioni. Lei ascoltava e capiva.

Non fu un colpo di fulmine. L'amore fra Paolo e Ornella fu la conseguenza naturale di una intimità profonda, di una complicità intelligente. Bastava uno sguardo o un gesto per intendersi. Quando fecero l'amore per la prima volta, Paolo pensò di aver trovato la donna della sua vita. Ornella disse: «Voglio sposarti».

Paolo era diventato vicedirettore del giornale che, in pratica, faceva lui: dall'impostazione grafica, alla scelta degli argomenti, alle fotografie. Il settimanale, dalla copertina alle rubriche, portava il sigillo della sua creatività. Lavorava molto, bene, con grande velocità. Raramente tornava sui suoi passi. I progetti nati dalla sua capacità creativa erano andati quasi tutti in porto; anche quelli che aveva affidato ad altri avevano avuto successo.

Il matrimonio gli aveva portato una marcia in più. Rincasare era un piacere da quando Ornella lo aspettava: Ornella con la quale parlare, Ornella da amare.

Una sera, Ornella gli annunciò che aspettavano un figlio.

Paolo non manifestò nessuna emozione particolare. Ornella, che lo conosceva bene, lo vide impallidire leggermente. La vena azzurra che gli solcava la fronte guizzò per una frazione di secondo.

«Ti ho dato un brutto colpo, vero?» gli sorrise non senza una certa amarezza.

Paolo si sforzò di essere razionale. Un figlio era il coronamento di un sogno d'amore. Un figlio era quanto di più desiderabile potesse capitare a una coppia di giovani sposi innamorati. Siccome aveva la capacità di mentire di un grande attore, accese il suo volto con un luminoso sorriso.

«È una notizia da strillare in copertina. Usciamo a festeggiare», la invitò, baciandola con estrema delicatezza. Da quel giorno, il loro rapporto cambiò radicalmente.

Mentre il corpo di Ornella si modificava sotto l'effetto di delicate alchimie che la trasformavano in una gestante, Paolo si rese conto che anche i suoi sentimenti per lei erano cambiati.

Ricordò una recente intervista con un grande pittore nel suo studio al primo piano di una vecchia casa milanese. La stanza era tappezzata di quadri. La modella sembrava sempre la stessa: una donna robusta, anziana, dallo sguardo sereno pieno d'amore, l'espressione dolce e mansueta.

«È mia madre», gli aveva spiegato l'artista. «La madre è uno dei miei soggetti preferiti. Mi piacciono anche le donne che stanno per diventare madri. Hanno questi grandi occhi languidi, la pelle bene irrorata e quell'aria da fattrici che mi affascina.»

A Paolo stava accadendo il contrario. Più proseguiva la gravidanza di Ornella e più si allontanava da lei. Quando mise al mondo una figlia, Paolo venne convocato a Venezia da Giovanni Rovesti. Lo incontrò sul terrazzo dell'Excelsior, all'ora dell'aperitivo. Il Lido era affollato da cronisti, stelline e cineasti che si pavoneggiavano nella vetrina del festival.

Antonio lo vide e gli andò incontro per accoglierlo e guidarlo al tavolo dove l'editore li aspettava. Questi gli strinse la mano e lo invitò a sedersi.

«Grimaldi ci lascia», gli annunciò Antonio. «Mio padre e io abbiamo una proposta da farti.»

Grimaldi era il direttore del settimanale. Paolo capì immediatamente il significato vero di quelle parole.

«Da oltre un anno, il vero direttore sei tu», sentenziò il vecchio. «Grimaldi si limita a mettere il suo nome.»

Paolo bevve un sorso di Martini e rimase per un po' in silenzio osservando i due interlocutori. Il vecchio, in abito di lino bianco e cappello di Panama, aveva quasi ottant'anni ma sprigionava l'energia e la vitalità di un quarantenne.

Il figlio Antonio, in pantaloni chiari e polo a righe, si era afflosciato sulla poltrona di vimini come un sacco vuoto. Seguiva la conversazione ma aveva l'aria di annoiarsi terribilmente. Di tanto in tanto, lanciava occhiate curiose verso il basso, dove iniziava la distesa dei capanni. C'era l'animazione tipica di una spiaggia elegante.

«E Grimaldi lo sa?» si preoccupò Paolo.

«Questo è l'ultimo dei problemi», lo rassicurò Giovanni Rovesti.

Paolo lo guardò con ironia.

«L'ultimo dei problemi», ripeté piano. «Gli spacchiamo le gambe mentre è in corsa», continuò, «sostenendo che non è un problema. Dove va? In quale settore verrà utilizzato?»

«*Promoveatur ut amoveatur*», si inserì una voce di donna alle sue spalle.

Paolo si girò e vide Sonia in un abito da spiaggia a fiori che copriva in parte un esiguo costume da bagno.

L'abbronzatura intensa accentuava la sua bellezza e il suo aspetto esotico. Le labbra erano atteggiate a un sorriso malizioso. Paolo si alzò per dedicarle un compito baciamano. «È così dunque?» insisté rivolgendosi ai due Rovesti.

«Grimaldi andrà a dirigere il settore delle pubbliche relazioni», lo rassicurò il vecchio. «È un lavoro misterioso, per me. E non ho capito bene a che cosa serva. Ma adesso tutte le grandi aziende ce l'hanno. Lo avremo anche noi. Quanto a te, Paolo, non metterti in testa che io ti stia facendo un favore. Casomai ti chiedo un impegno per un lavoro gravoso e difficile.»

«Mio suocero non regala niente a nessuno», commentò Sonia.

Paolo aveva ventisei anni e non era mai accaduto che un professionista tanto giovane diventasse il direttore di una testata così importante.

Paolo si rivolse a Sonia: «Mi conviene accettare questa proposta?»

«Al volo. Devi prenderla al volo.»

Paolo esplose in un'irrefrenabile risata. Sonia aveva messo le olive del Martini sul Panama dell'editore. Il vecchio si tolse il cappello, buttò via le olive e rise a sua volta. «Mia nuora non è abbastanza bugiarda per dedicarmi i rituali d'uso nella famiglia. Si diverte a mancarmi di rispetto. Forse è per questa sua sincerità che mi piace», spiegò.

Antonio continuava a guardare verso la spiaggia. Sembrava preoccupato.

«Qualcosa non va?» chiese Sonia.

«Non riesco a vedere Maria Carlotta», disse raccogliendo tutte le sue forze per tirarsi in piedi.

«Maria Carlotta è qui sotto, al ristorante. Ci sta aspettando», spiegò paziente Sonia. «Possiamo raggiungerla, se vuoi.»

«Mio figlio è un padre apprensivo», disse il vecchio. «Ho saputo che anche tu sei diventato papà», soggiunse estraendo un pacchetto dalla tasca della giacca. Lo porse a Paolo. «È per tua moglie. Con i miei auguri», tagliò corto il vecchio.

Soltanto la sera, nella sua camera all'Excelsior, Paolo seppe che si trattava di un regalo principesco: un grande smeraldo colombiano purissimo montato ad anello.

«Lo fa con tutti i direttori?» domandò a Sonia che l'aveva sorpreso con l'astuccio in mano.

«A tutti un regalo», replicò, «ma un gioiello come questo, mai. Che io ricordi.»

Paolo la guardò sorpreso infilando quella meraviglia nella tasca.

«Come sei entrata?» chiese incuriosito.

«Con la complicità di una cameriera.»

Quella notte Paolo tradì Ornella e per la prima volta capì che la storia con sua moglie era finita. Sarebbero passati ancora alcuni anni, e la nascita di un secondo figlio, prima che si lasciassero. Ma quella notte Paolo ricordò le parole che Giovanni Rovesti aveva detto a sua madre: «Quando una donna diventa madre, smette di interessarmi». A lui era capitata la stessa cosa.

Oggi

1

E INFINE una pioggia di diamanti. Un tesoro che suggellava il riconoscimento della sua paternità. Finché era vissuto, Paolo aveva avuto dal vecchio soltanto tutto quello che si era duramente guadagnato. Giovanni Rovesti lo aveva trattato come un dipendente qualsiasi, premiandolo per le sue invenzioni editoriali come qualunque altro collaboratore. Ma prima di morire aveva voluto favorire soltanto due dei suoi eredi: Maria Carlotta, la più innocente e vulnerabile, e Paolo Montecchi, il più intraprendente e il più ignorato.

Maria Carlotta era morta senza scoprire i macchinosi disegni del nonno.

Paolo, con i diamanti, avrebbe tentato una ristrutturazione in grande stile della casa editrice Rovesti. Si illuminò pensando al nuovo organigramma dell'azienda al vertice del quale c'era lui con ampia facoltà di decidere.

Pensò a sua madre, giovane e ingenua comparsa di Cinecittà che, alla fine, l'aveva spuntata su tutti i pregiudizi del vecchio. Pensò a Loretta, la sua nuova compagna, che aspettava il suo ritorno nel loro appartamento di via Brera.

Accarezzò il tesoro ed ebbe l'impressione che quel mucchio di diamanti sprigionasse bagliori e colori che ravvivavano l'aria desolata e triste di quel giorno piovoso. Qualcuno bussava con insistenza al portone d'ingresso. Prima o poi avrebbe dovuto aprire, tanto valeva farlo subito. Stava rimettendo i diamanti nel loro contenitore, quando una sferzata d'aria gelida lo investì alle spalle. La porta d'acqua di Ca' Mazzon che si affacciava sul Canal Grande era spalancata e Pietro Rovesti gli era ormai addosso. Paolo si immobilizzò con il sacchetto in una mano e una manciata di diamanti nell'altra. Pietro guardava rapito la scena inaspettata: un uomo in maniche di camicia, una vecchia macchina tipografica con il cilindro smontato, una manciata di diamanti e quel sontuoso fatiscente ingresso dell'antico palazzo ingombro di casse d'imballaggio.

«Erano diamanti, dunque», disse lentamente quasi temesse di spezzare un incantesimo. Pietro Rovesti era arrivato con un motoscafo da piazzale Roma ed era sceso davanti alla porta d'acqua di cui aveva la chiave.

«Stanno bussando», gli fece notare Paolo. «Se non vai ad aprire è possibile che demoliscano la porta. Rimandiamo a dopo gli approfondimenti.»

Pietro attraversò l'atrio quasi di corsa e aprì il portale a quattro robusti facchini.

«Avete sbagliato momento, ragazzi», li rimproverò. «Venite più tardi a prendere le casse.» Senza dare loro il tempo di rispondere, richiuse la porta energicamente.

«Allora, mi vuoi spiegare?» chiese perentoriamente Pietro ritornando.

«Adesso?»

«Subito.»

Paolo accese una sigaretta, aspirò un'intensa boccata di fumo che trasformò in tanti anelli impalpabili. Era un gioco che gli riusciva bene e del quale si serviva per distrarre l'interlocutore il tempo necessario per una rapida concentrazione.

L'arrivo di Pietro l'aveva spiazzato. Il segreto dei diamanti era svelato.

«Allora mi vuoi spiegare?» insisté Pietro.

«Sonia è partita poco fa», rispose. «Mi ha regalato

la ‘romanina’ di tuo nonno. Nel cilindro della macchina c’era quello che vedi in questo momento. Un tesoro che ormai mi appartiene.»

Pietro prese in mano un diamante e si mise a buttarlo in alto per poi riprenderlo, come faceva da piccolo, al mare, con sassolini della stessa dimensione.

«Mia zia Anna e tu siete arrivati alle stesse conclusioni. Tu in base a quale meccanismo mentale sei riuscito a vincere questa caccia al tesoro?»

Era sereno, freddo e distaccato. Paolo non ricordava di averlo mai visto così brillante e sicuro. Improvvisamente si comportava come una persona matura e consapevole. Cominciò a temerlo.

«Tuo nonno, tredici anni fa, mi ha mandato a Ginevra a prendere i diamanti. Diamanti per mille miliardi», raccontò Paolo. «Non sapevo che li avesse nascosti qui dentro. Mi aveva fatto promettere il silenzio. Ho mantenuto il segreto. Rispetto a voi tutti avevo il vantaggio di sapere che la sua fortuna era stata convertita in pietre. Questo è quanto», concluse Paolo che però non fece il nome del gioielliere che aveva diretto e portato a termine tutta l’operazione.

«Allora la zia Anna, tra noi, è la più intelligente», osservò Pietro. «Lei non aveva intuito che si trattava di diamanti, ma era convinta che in questo rottame di macchina tipografica ci fosse la chiave per arrivare all’eredità scomparsa.»

Paolo finì di mettere le pietre nel loro contenitore, poi tese la mano verso il fratellastro che gli consegnò l’ultima, un diamante bianco, tagliato a navette. Richiuse il sacchetto e lo legò con il cordoncino di seta. Infilò la giacca e l’impermeabile e si calcò il cappello in testa. Prese il sacchetto dei diamanti e si apprestò a uscire. Quando fu sulla porta, Pietro lo chiamò.

«Non credi che dovresti portare via anche questa?» disse alludendo alla «romanina». «È per via della zia Anna. Se le dico che hai trovato i diamanti è capace di assoldare un killer per eliminarti fisicamente. Se le dico che la macchina non c'era più, ricomincerà a cercare.»

«E tu? Tu che cosa farai?» replicò Paolo.

«Nulla. Il nonno, che aveva previsto il nostro fallimento aziendale, serbò una scialuppa di salvataggio: mille miliardi che dovevano servire al più intelligente per rimettere in piedi la baracca. O per intraprendere un'altra attività.

«Io non mi sono mai segnalato per un acume particolare. Il vecchio aveva ragione. Se avessi mille miliardi potrei soltanto spenderli. O impegnarli in operazioni sbagliate.»

Paolo tornò lentamente verso di lui.

«Fammi capire», disse, «tu rinunci a un tesoro come questo senza un'emozione?»

«Sì», rispose semplicemente Pietro.

«Se quello che dici è vero, e non ho motivo di dubitare, i casi sono due: o tu sei il più degno degli eredi Rovesti o sei un grandissimo figlio di puttana. Potresti assoldare dei sicari per togliermi la vita e i diamanti. Comunque credo molto nel destino. E non posso far niente per cambiarlo.»

«Rimontiamo il cilindro. Poi avvertiamo i facchini che possono procedere.»

«Dove la facciamo spedire?» chiese Paolo coinvolgendolo.

«Direi a casa di Anna Rovesti. La voleva e l'avrà», propose Pietro. «I diamanti ti serviranno per ricostruire l'azienda. O almeno lo spero. A me non interessano più. Se valgo qualcosa, lo dimostrerò senza ricorrere alla cassa di famiglia.»

La macchina era stata rimessa a posto. La coprirono con un telo di plastica e andarono a sedersi sulle casse già imballate. Paolo si accese una sigaretta e Pietro si versò un po' di whisky da una bottiglia trovata in cucina.

Aspettavano il ritorno dei facchini e chiacchieravano

come vecchi amici. Improvvisamente Pietro esplose in una grassa risata.

«Penso alla rabbiosa reazione della zia Anna, quando appurerà che la 'romanina' non contiene nessun tesoro.»

«Ti accuserà di avere sottratto il contenuto», disse Paolo.

«Mi metterà un detective alle costole. È una cliente assidua delle agenzie investigative.»

«Credi che risalirà fino a me?» lo interrogò Paolo.

«È possibile. Anna è molto intelligente e sospettosa. Ma allora dovrai sbrigartela da solo. Io, grazie al cielo, mi sono liberato per sempre dalla schiavitù della famiglia e del danaro.»

2

Sonia pagò il pedaggio al casello dell'autostrada e infilò la tangenziale Est. Era sera e nel percorso da Venezia a Milano la pioggia aveva continuato a imperversare con un'intensità che rendeva problematica la guida. Silia, al suo fianco, teneva in grembo Bibi e Poupette; gli inseparabili bassotti, dormivano in una posizione acrobatica.

Sonia era serena, pacata. Il dolore per la morte di Maria Carlotta non era più una morsa straziante che l'attanagliava, ma un manto scuro, morbido e caldo che l'avvolgeva offrendole qualche momento di serenità. Il suo era un dolore così vero, così grande, che le impediva di essere sola: le teneva compagnia.

Uscì dallo svincolo di Cologno. Si districò tra una selva di Tir che correvano sull'asfalto bagnato investendo il parabrezza con bordate di acqua sporca. Ritrovò la vecchia strada del borgo che era rimasta intatta nonostante l'espandersi del paese. Si infilò con la macchina nell'androne della casa che ospitava l'antica *Trattoria Sant'Antonio*.

Parcheggiò nel cortiletto sotto la vite canadese stillante pioggia. Aiutò Silia a scendere dall'auto mentre i bassotti, per liberarsi della poca acqua caduta su di loro, si scrollavano energicamente.

Sonia li precedette su per la scala di granito. Pescò dalla borsetta le chiavi del piccolo appartamento dov'era nata e vissuta. Entrò nel soggiorno. Era tale e quale a come l'aveva lasciato tanti anni prima. In più c'era soltanto un leggero strato di polvere.

C'erano le solite pile di piatti e le scorte di liquori e di caffè. C'era il paravento che separava il letto da quella che era considerata una specie di arruffata cambusa. Si affacciò alla stanza dei suoi genitori: il letto monumentale con l'alta testiera, coperto da un pesante broccato verde, la petineuse di sua madre con i pettini, il portacipria, il portaprofumo con la peretta di gomma ricoperta da una reticella di seta verde col fiocco. C'era lo stesso odore familiare, un po' spento. Sul tavolino di suo padre vide molte medicine.

«Dovrai accontentarti di una brandina fino a quando non troveremo una sistemazione decente», quasi si scusò Sonia rivolgendosi a Silia.

Per Silia ogni soluzione andava bene pur di restare vicina a Sonia.

«I cani non hanno ancora mangiato», si preoccupò Silia che stava già mettendo in ordine le sue cose.

«Tra poco qualcuno penserà a noi e a loro», la rassicurò Sonia che stava già scendendo la scala a chiocciola che portava in cucina.

La cucina era cambiata. Era stata ampliata e dotata di attrezzature moderne e funzionali. C'era personale nuovo. Gente che non conosceva e che non la conosceva.

Gli occhi di tutti erano su di lei.

«Sono Sonia Brenna», ruppe il ghiaccio rivolgendosi allo chef. «Dove posso trovare un grembiule?»

L'uomo, che stava facendo saltare in padella dei tagliolini alla panna, la fissò sorpreso. I due aiutanti e un cameriere si guardarono e la guardarono.

«Ci sono molti clienti questa sera», affermò lei con decisione. Si avvicinò al bancone dove alcune portate già pronte aspettavano di essere servite. «Per quale tavolo queste *comande*?»

«Il sei», rispose lo chef.

Sonia entrò nel ristorante reggendo i piatti con abilità e servì una coppia di giovani eleganti.

«Ottima scelta le nostre scaloppe farcite con prosciutto e salsa di funghi», si congratulò. E soggiunse: «L'aroma di cognac viene dai crostoni su cui è stata adagiata la carne».

L'uomo e la donna sembravano intimiditi da quella signora elegante, con il sorriso garbato, di cui apprezzavano la bellezza e i modi cordiali da compita padrona di casa.

Sonia si destreggiò fra i tavoli e, passando accanto al banco del bar, incrociò lo sguardo del padre.

Antonio Brenna sedeva dietro un registratore di cassa. Era invecchiato dal loro ultimo incontro. Portava occhialini sulla punta del naso e la guardò da sopra le lenti senza muovere un solo muscolo della faccia scarna.

Sonia si fermò, gli sorrise e proseguì verso la cucina.

Verso le undici il locale cominciò a svuotarsi. A mezzanotte anche il personale se ne andò. Un cameriere abbassò le saracinesche e spense le insegne luminose esterne.

Antonio Brenna raccolse gli incassi, chiuse il danaro in una busta e lo nascose nel doppio fondo di un cassetto. Poi andò in cucina dove la figlia lo aspettava davanti a due tazze di latte fumante.

«E allora?» domandò il padre.

«Allora sono qui», rispose Sonia.

«Ce ne hai messo del tempo», quasi la rimproverò prendendo con entrambe le mani una tazza e portandosela alla bocca.

«Non è stato facile trovare la strada giusta», si giustificò.

Il vecchio si pulì le labbra con il dorso della mano e guardò la figlia con occhi stanchi.

«Sei cambiata», disse. «Sembri la figlia che ho sempre voluto.» Antonio Brenna fissò nel vuoto il suo sguardo affaticato. «Ho saputo dai giornali di Maria Carlotta.»

Era un rimprovero? Sonia lo percepì come tale, ma non aveva voglia di spiegare al padre le sue vicissitudini.

«Adesso siamo rimasti soli. Tu e io», lei disse.

«Presto rimarrai sola a sopportare il peso di una vita sbagliata», replicò. «Ma poi, ripensandoci, è difficile stabilire se la vita sbagliata sia la tua o la mia.»

«Non dire queste cose, papà», si commosse Sonia.

«Potrai contare su di me ancora per poco», le confessò. «Io sono vecchio e stanco. In tutti questi anni ho resistito soltanto per te. Se proprio vuoi saperlo, ero sicuro che saresti tornata.»

«Abbiamo ancora un lungo tratto di strada da fare insieme. E adesso ho veramente bisogno di te. Sono anche rimasta senza soldi. Proprio come dicevi tu, la farina del diavolo è finita in crusca.»

«Tu qui hai di che vivere», la consolò. «Domani ti farò vedere tutto quello che possiedi. Potresti anche chiudere la bottega, se vuoi.»

«Non ci penso proprio, papà. A me piace lavorare qui. Questo è il tipo di vita che prediligo. Ci sono voluti anni, sofferenze, errori perché riuscissi a capirlo.»

Sonia si rifugiò tra le braccia del padre quasi a stringere un patto. Antonio Brenna era un vecchio esile come un filo d'erba. Ma alla figlia parve solido e forte come una quercia.

«Finalmente», sospirò il vecchio. E il suo petto scarno fu scosso da un singhiozzo liberatorio.

«Finalmente», ripeté lei e si sentì felice.

3

Paolo Montecchi aprì con cautela la porta di casa ed entrò nel vestibolo illuminato soltanto dal riflesso delle luci di via Brera. La casa era immersa nel silenzio notturno. Era stanco e frastornato. Aveva viaggiato fino a Milano con Pietro Rovesti che aveva lasciato davanti alla stazione Centrale. Pietro avrebbe preso un treno-letto per Roma. Si liberò del cappello e dell'impermeabile, posò sul tavolo la valigetta con i diamanti e, muovendosi con circospezione per non svegliare Loretta, si inoltrò nel corridoio verso la camera da letto. Fu allora che la testa sfiorò qualcosa che pioveva dall'alto. Si ritrasse innervosito e accese la luce. Sull'arco della porta c'era uno striscione di stoffa azzurra con una scritta: «Bentornato, Paolo».

Loretta era affettuosa, dolcissima e piena di attenzioni per lui.

Paolo si liberò dei vestiti nello spogliatoio e passò sotto la doccia. Il getto rigeneratore ebbe l'effetto di scaricare la tensione che aveva accumulato in quella incredibile giornata.

A momenti gli sembrava che il modo in cui si era appropriato dell'eredità fosse molto simile a un furto, a una rapina. Subito dopo considerava i diamanti come il giusto riconoscimento della sua intraprendenza. Ma più ci pensava più si avventurava in un labirinto senza uscita. Prese comunque una decisione. L'indomani mattina sarebbe andato in banca per mettere al sicuro quel tesoro in una cassetta di sicurezza. Entrò nella camera da letto in punta di piedi. Loretta dormiva e lui si infilò al suo fianco. Si avvicinò a lei per ascoltare il suo respiro.

Un braccio gli imprigionò il collo e una voce ridente disse: «Credi davvero che avrei potuto dormire sapendo che ritornavi?»

«Mi piace il tuo profumo», disse Paolo.

Lei gli accarezzò una guancia. Quel gesto gli ricordò Zoraide e il sentimento dolcissimo e disperato che aveva suscitato in lui quando era bambino.

Loretta era molto bella. E la desiderò, senza tuttavia trovare la forza e la concentrazione per possederla. Era esausto. Si addormentò mentre lei lo accarezzava con la dolcezza di una madre e l'intensità di un'amante.

Paolo, al mattino, si svegliò a causa di un incubo che non riuscì a ricordare. Era di pessimo umore. Loretta dormiva ancora. Lui andò in cucina a preparare il caffè. Dispose le due tazzine fumanti su di un vassoio. Poi andò nel vestibolo. Aprì la valigetta, tirò fuori il sacchetto dei diamanti e ne prese uno. Era un diamante blu, tagliato a goccia. Cercò di immaginare lo stupore di Loretta, quando l'avesse svegliata offrendole un diamante sul vassoio del caffè. Ma non ebbe la forza di sorridere. Non si era mai sentito tanto a disagio. Quell'eredità che aveva considerato sua, totalmente sua, gli bruciava tra le dita. Rimise il diamante nel sacchetto. Prese il vassoio del caffè e andò in camera da letto. Loretta, che si svegliava in quel momento, gli sorrise. Bevvero il caffè seduti sulla sponda del letto. Loretta era la discrezione fatta persona, ma questa volta leggeva negli occhi del suo uomo un messaggio inquietante che non riusciva a tradurre.

«Come stai?» gli mormorò all'orecchio.

«Come uno che ha venduto l'anima», rispose cercando di scherzare.

«Non ti capisco, Paolo.»

«Meglio così», cercò di consolarla.

«C'è qualcosa che ti preoccupa?»

«Niente di particolare», cercò di rassicurarla. «Mi aspetta una giornata di fuoco. Credo che uscirò subito», concluse sbrigativamente.

Entrando nello spogliatoio guardò la porta che collegava il suo appartamento a quello di Loretta. Prima di diventare una coppia di innamorati erano stati vicini di casa. Paolo era andato ad abitare in quel palazzo dopo avere divorziato da Ornella. Loretta, che gestiva un piccolo negozio di antiquariato, occupava l'appartamento contiguo a quello che l'agenzia aveva venduto a Paolo.

Stavano bene insieme e decisero di abbattere il muro che separava i due appartamenti.

Paolo prese un taxi e si fece portare in banca. Affittò una cassetta di sicurezza e vi rinchiuse l'eredità Rovesti. Poi telefonò a Roma e parlò con Pietro che era appena arrivato.

«Senti», gli disse con decisione. «Ho riflettuto a lungo. Io quel sacchetto non lo voglio.»

«Come sarebbe?» strabiliò Pietro.

«L'ho chiuso adesso in una cassetta di sicurezza. Vieni a prendertelo. Oppure discutiamo e consideriamo anche l'eventualità di distribuirlo tra gli eredi.»

Una chiara risata esplose all'altro capo del filo.

«Il nonno voleva metterci sotto anche da morto», disse Pietro, «e c'è riuscito! Sai che ti dico, Paolo? Telefona a mia zia. Per nessuna ragione al mondo voglio gestire io questa eredità.»

«Sei pazzo», esclamò. «Sono mille miliardi. Ce n'è per tutti.»

«Parla con la zia Anna. Credo che soltanto lei abbia le qualità e il desiderio di occuparsene.» Interruppe la comunicazione.

Paolo cercò nell'agendina personale il numero telefonico di Anna Rovesti.

«Vengo da Venezia», le disse dopo essersi fatto riconoscere, «la aspetto al Banco di Roma. È urgente e importante.»

Quando, un'ora dopo, Paolo Montecchi arrivò al giornale, si sentiva finalmente liberato da un peso. Anche se dividere in parti più o meno uguali contraddiceva la volontà del vecchio, la zia Anna avrebbe suggerito i modi e i tempi della spartizione.

Paolo era felice come non lo era mai stato. Sulla scrivania c'era una lettera: era la comunicazione ufficiale della sua promozione a direttore editoriale della casa editrice.

Telefonò a Loretta.

«Come stai?» gli chiese apprensiva.

«Mai stato meglio in vita mia. C'è un avvenimento da festeggiare.»

«Posso avere un'anticipazione?»

«No. Stasera ti racconto tutto davanti a un piatto di gamberetti e a una bottiglia di Crystal.»

4

Quella notte Sonia sognò Maria Carlotta che aveva gli occhi ridenti e un'espressione felice. Sedeva sulla panchina di pietra del cortiletto veneziano. Piluccava un grappolo d'uva bianca dai chicchi grandi e lucenti. Sonia si era avvicinata alla figlia.

«Mamma, ne vuoi?» aveva chiesto Maria Carlotta.

Sonia aveva scosso il capo in segno di diniego e aveva allungato le braccia per stringerla a sé. A quel punto si era svegliata, aveva aperto gli occhi e per un breve istante non aveva ricordato dove fosse. Poi vide il paravento e, di là da questo, la luce del giorno che irrompeva dalla finestra.

Sonia aveva gli occhi e il cuore invasi dalla solare presenza della figlia così come l'aveva vista nel sogno. Maria Carlotta non aveva mai avuto nella sua vita un'espressione così serena.

Bibi e Poupette erano saltati sul letto per farle festa.

Silia si affacciò dal paravento.

«Buon giorno, signora», le augurò tendendole una vestaglia. «Se vuole, la colazione è pronta.»

«Buon giorno, Silia», ricambiò mentre Bibi e Poupette uggiolavano e scodinzolavano freneticamente.

Era mutata la loro condizione e, alle sontuose residenze del passato, era subentrato questo modesto insediamento. Soltanto Silia restava quella di sempre: impeccabile, devota, efficiente.

Sonia, gli occhi ancora gonfi di sonno, andò in bagno. Quando ritornò era già completamente vestita. Indossava pantaloni di vigogna grigi, una camicetta di seta rosa e un cardigan grigio. Aveva i capelli raccolti sulla nuca e al collo portava la collana di perle di sua madre.

«Che cosa è successo mentre dormivo?» chiese guardandosi intorno. Sembrava un'altra stanza. Casse e scatole erano sparite e vi regnava un ordine meticoloso. C'erano persino dei fiori in un vaso sopra la credenza. Il tavolo che aveva sempre avuto la funzione di piano d'appoggio, per la prima volta era apparecchiato per la colazione. L'artefice di questa metamorfosi, naturalmente, era Silia.

«Cara la mia Silia», disse Sonia abbracciandola. «Sei straordinaria.»

«Credo che questa stanza abbia bisogno di una rinfrescata», osservò Sonia. «La tappezzeria è da pulire. Le tendine vanno lavate. E poi mi chiedo dove metteremo tutta la roba che arriverà da Venezia.» Parlava sottovoce per non disturbare il sonno di Antonio Brenna che riposava nella camera accanto.

«C'è un appartamento vuoto, adiacente a questo», riprese. «È nostro», precisò. «Apriremo una porta di comunicazione e lo useremo.»

Sonia mangiò i croissant, assaggiò la marmellata, bevve succo d'arancia e sorbì l'eccellente caffè. L'orologio sopra la credenza segnava le sette. Si affacciò alla finestra che dava sul cortile interno. Aveva smesso di piovere, ma il cielo era coperto di nuvole.

Da quanti anni non si alzava così presto? La sera precedente non aveva nemmeno avuto bisogno del solito tranquillante per dormire. La sua vita, i suoi ritmi, stavano cambiando.

In punta di piedi entrò nella stanza di suo padre. Dormiva tranquillo.

Richiuse piano la porta della camera da letto e scese

in cucina. Erano arrivati i fornitori con ceste di verdura, di frutta, cassette di formaggi, grossi tagli di carne di prima scelta. Sonia controllò personalmente la qualità della merce e contestò i limoni che non erano presentabili. Firmò le bollette e si assicurò che i prodotti corrispondessero per quantità e peso all'ordinazione fatta. Concordò con lo chef il menu del mezzogiorno e quello della sera.

Dalla cucina passò nel ristorante. Osservò il lavoro dei camerieri che stavano apparecchiando, esaminò lo stato delle tovaglie e ne fece cambiare alcune che sembravano lise. Si rese conto che mancavano i fiori e decise che avrebbe provveduto lei. Si infilò il soprabito e uscì. Una brezza primaverile aveva sgombrato il cielo dalle nuvole. Si guardò intorno cercando i segni del passato. Il *Caffè Sport*, dove sedeva un tempo la «bambina di fronte», adesso era una sussiegosa boutique. Non c'era più il tram che andava a Gorgonzola; il simpatico mezzo pubblico era stato sostituito da un autobus. Il viale dei cipressi che portava al cimitero era interrotto a metà da uno spiazzo con due ingressi della Metropolitana.

C'erano diversi bar lussuosi e molti negozi con ampie vetrine di cristallo.

«È un altro mondo», pensò Sonia. Si avviò verso il negozio del fiorista e, mentre stava per entrare, fu quasi travolta da un ragazzo che arrivava di corsa. «Mi scusi», disse mortificato. Era biondo, bello e aveva un'espressione leale. Si rivolse alla fioraia: «Signora Santi, oggi è il compleanno della mamma. Le mandi un mazzo di margherite, per favore. Questo è il biglietto. Io devo correre a scuola. Dopo passerà mio padre a pagare», precisò ansando per la corsa.

«Questi giovani», commentò la fioraia scuotendo il capo e sorridendo a Sonia mentre il giovane già correva sul marciapiede. «In che cosa posso servirla, signora?» domandò.

«Vorrei fare un contratto con lei», chiarì Sonia.

«Vorrei un certo quantitativo di fiori freschi ai tavoli. Ogni giorno.» La fioraia, che subiva il fascino di quella bella signora, chiese educatamente: «Per quali tavoli?»

«Mi scusi. Sono la figlia del signor Brenna», spiegò. «E i tavoli che hanno bisogno di fiori sono quelli della *Trattoria Sant'Antonio.*»

La donna non riuscì a trattenere un'esclamazione di sorpresa. «Lei, dunque, è la celebre Sonia Rovesti», arrossì la fioraia.

«Sono soltanto Sonia Brenna. E dirigo il ristorante di mio padre», tagliò corto.

«Certo, certo», assentì la donna. «Però com'è diversa da come appare nelle fotografie sui giornali. Così sembra quasi una di noi», non poté trattenersi dal commentare.

Quella sera stessa si avvicinò a un tavolo per dare il benvenuto ad alcuni ospiti e si trovò di fronte Aldo Porta, il suo ex marito. Con lui c'era una donna non più giovane, bionda e il ragazzo che l'aveva quasi travolta la mattina davanti alla bottega del fioraio.

«Sonia», disse l'uomo alzandosi e tendendole la mano.

Lei lo guardò ripescando i brandelli di un passato sepolto. Ricordò il ragazzo timido che era stato e lo sovrappose all'immagine attuale di un uomo in sovrappeso, con una diffusa calvizie, l'aria paciosa del bottegaio soddisfatto.

«Ciao, Aldo», lo salutò stringendogli la mano. «È tuo figlio?» chiese indicando subito dopo il bel ragazzo dal volto solare che si alzò a sua volta abbozzando un sorriso.

Lui annuì. «Lei, invece, è mia moglie», disse Aldo confuso.

La donna bionda la salutò.

«Ti ricordi di me?» chiese. E poiché Sonia la scrutava incerta, soggiunse: «Sono Loredana».

«La bambina di fronte», mormorò Sonia ricordandola e l'abbracciò con slancio.

«Dunque vi siete sposati?»

«E questo è il risultato», affermò Loredana indicando il figlio.

«Questo è il miglior ristorante che noi conosciamo», spiegò Aldo. «Veniamo qui quando abbiamo qualcosa da festeggiare.»

«E oggi festeggiate il compleanno di Loredana, suppongo», affermò a colpo sicuro, ricordando l'ordinazione del ragazzo alla fioraia.

«Sì», disse Aldo. «Hai buona memoria», riconobbe l'uomo.

«Abbiamo saputo dai giornali della tua disgrazia», disse Loredana guardandola con occhi tristi. Era sinceramente dispiaciuta.

«La vita non ti regala mai niente», chiarì Sonia. «Prima o poi ti presenta il conto. Io ho pagato un prezzo elevatissimo. Ma non è il caso di parlarne, soprattutto qui. Per la cena», sorrise cambiando argomento, «fidatevi di me.»

Raggiunse il padre al banco e ordinò per il tavolo del suo ex marito una bottiglia di champagne.

Antonio Brenna aveva seguito da lontano tutta la scena.

«Sono una bella famiglia», affermò Sonia.

«Certo», ammise Antonio.

«Loredana non ha avuto bisogno di grandi sconvolgimenti per capire che la vita è fatta di piccole cose», disse Sonia. «È stata più fortunata di me.»

«È soltanto una donna diversa da te», rispose suo padre dandole un colpetto sulla mano.

5

Roberto Cortesini stava conversando con una coppia di amici nel piccolo studio del suo negozio in via Montenapoleone. La coppia festeggiava vent'anni di matrimonio e il marito aveva scelto per la sua compagna una spilla, firmata da Wilhelm Lucas von Cranach, a forma di farfalla, in oro e smalto, brillanti, rubini, ametiste, un topazio e una perla scaramazza.

Era un capolavoro dell'arte orafa del 1900. Il gioielliere aveva accettato di vendere quell'unicum per compiacere gli amici. Cedeva la spilla a malincuore anche perché apparteneva alla sua collezione privata di gioielli art nouveau della quale era giustamente fiero.

«Hai tutta la mia gratitudine per esserti strappato dal cuore un pezzo così raro», lo ringraziò l'amico. Cortesini sorrise.

«Sono stato adeguatamente ricompensato», replicò. «Nei miei viaggi per il mondo troverò sicuramente un altro capolavoro di von Cranach.»

«Verrai questa sera alla nostra festa?» domandò la donna.

«Ci puoi giurare», garantì. «Mia moglie ha passato mezza giornata da Miranda Maestri alla ricerca di un'acconciatura intonata all'avvenimento. Credo che si sia fatta fare anche un abito nuovo», scherzò mentre si congedava da loro.

Era l'ora di chiusura e anche il gioielliere si apprestava a rincasare quando un commesso improvvisamente lo chiamò.

«C'è la signora Rovesti al telefono.»

«Quale Rovesti?» chiese pensando a Sonia. L'aveva aiutata qualche mese prima nella vendita di un collier di smeraldi senza pretendere alcun compenso per la sua transazione; sapeva che era uno degli ultimi pezzi della sua collezione.

«Anna Rovesti», precisò il commesso.

«Dille che sono uscito. Le parlerò domani.»

Per Cortesini i clienti erano tutti uguali e tutti importanti, ma aveva le sue simpatie. Sonia era tra quelle. Anna Rovesti era una cliente difficile, supponente e presuntuosa. Ascoltarla non gli dava nessuna gioia.

«Mi scusi se insisto», disse il commesso. «Ma la signora dice che la cosa è importantissima. Anzi, fondamentale. Sembra molto agitata», soggiunse.

Con un sospiro di rassegnazione Cortesini tornò sulla sua decisione. «Passamela», ordinò.

«Deve venire subito a casa mia», disse imperiosamente la donna quando il gioielliere rispose al telefono.

«Mi dispiace, signora. Non posso. Ho una serie di impegni. Credo che dovremo rimandare il nostro incontro a domani mattina.»

«Non c'è un impegno che possa valere diamanti per mille miliardi», lo spiazzò la donna.

Roberto Cortesini ammutolì. Anna Rovesti aveva colpito nel segno.

«Dal suo negozio a casa mia impiegherà dieci minuti. Ed è esattamente fra dieci minuti che l'aspetto», concluse riattaccando.

Erano tredici anni che il gioielliere si arrovellava sul mistero dei diamanti. Che fine avevano fatto? Aveva seguito, come tutti, le cronache, i pettegolezzi, le traversie della famiglia Rovesti. Ma dei diamanti non c'era traccia.

Tante volte si era interrogato sulla fine di quel tesoro senza mai tradire la parola data al vecchio Giovanni Rovesti. Nessuno era al corrente del suo tour de force durato una settimana per rastrellare diamanti per mille miliardi. L'aveva taciuto persino a sua moglie.

Quei diamanti bellissimi che aveva scelto in una corsa contro il tempo, da un capo all'altro del mondo, che aveva ammirato per la loro purezza, garantendone l'autenticità, li sentiva in qualche modo anche un po' suoi.

Si aspettava, dopo la morte del vecchio, che uno degli eredi, il prediletto, tornasse da lui con il sacchetto dei diamanti per riconvertirli in valuta. Invece non era accaduto mai nulla.

Qualche volta aveva pensato che gli eredi Rovesti si fossero spartiti le pietre con la mediazione di un altro esperto del ramo.

Soltanto adesso, dopo tredici anni, la più aggressiva, forse la più intelligente dei Rovesti mandava un segnale. E che segnale!

«Telefona a mia moglie», disse. «Dille che sono fuori per un impegno improvviso e non potrò accompagnarla questa sera alla festa. La raggiungerò più tardi.»

Un cameriere lo attendeva sulla soglia del palazzo di via Serbelloni. Gli aprì subito la porta e lo avvertì che la signora l'aspettava nel salotto giallo del primo piano.

Anna Rovesti lo invitò a entrare richiudendo velocemente la porta. Cortesini non la vedeva da molto tempo e la trovò ringiovanita. Nonostante i settant'anni compiuti aveva uno sguardo luminosissimo e la sua carnagione era migliorata.

La signora eliminò le inutili parole del solito rituale e venne subito al punto.

«Così, per tutti questi anni, lei è rimasto muto come una tomba», l'aggredì.

Il gioielliere preferì non rispondere. Ma andò dritto verso il tavolino su cui c'era, aperta, la valigetta di Paolo Montecchi nella quale brillavano i diamanti dell'eredità Rovesti.

«Se non ne ha parlato suo padre, perché avrei dovuto farlo io?» si difese.

«Sa dove li aveva nascosti?» lo sfidò.

Cortesini moriva dalla voglia di saperlo, ma rimase impassibile.

«Erano nel cilindro della sua 'romanina'», rivelò. «Un rottame di macchina tipografica, il mito che aveva lasciato in eredità a quella...» stava per dire bastarda, ma il buon senso le suggerì «alla figlia di mio fratello. Quella povera sciagurata che si è ammazzata.»

Cortesini ascoltava la donna senza tradire, apparentemente, un particolare interesse al suo racconto.

«Ci ha messi tutti nel sacco, mio padre», continuò Anna. «Sapevo, o meglio intuivo, che dietro l'eredità scomparsa c'era un inghippo. Ma non avrei mai immaginato che quella fortuna fosse stata convertita in diamanti. Allora ho pensato che soltanto lei avrebbe potuto portare a termine un progetto così singolare.»

Parlava a raffica in preda all'eccitazione e proseguì. «Paolo Montecchi mi ha detto tutto. È stato lui a trovarli. Mia cognata, dopo la morte della ragazza, gli aveva regalato la macchina tipografica. Ora Montecchi mi ha consegnato le pietre. Questa fortuna andrà divisa in parti uguali. Una giusta spartizione. Contando Pietro e gli altri membri della famiglia. Ci sarà per tutti un bel pacco di miliardi.»

Il gioielliere, nel frattempo, aveva preso una pietra dal mucchio e la stava guardando attentamente alla luce della lampada. Poi la depose, e ne prese alcune altre per eseguire la medesima operazione. «È vero, signora», soggiunse. «Mille miliardi sono un patrimonio, anche diviso tra diverse persone.»

Gli occhi di Anna erano dilatati dall'emozione.

Il gioielliere prese una delle pietre più grosse e la esaminò controluce utilizzando una lente speciale.

«È lei che gestisce la divisione delle pietre?» chiese il gioielliere ad Anna.

«Sono io», si inorgoglì lei.

«Allora sarà bene che avverta i suoi congiunti», disse con aria grave.

«Qual è il problema?» domandò sospettosa.

«Il problema», replicò Cortesini, «è che questi non sono diamanti, ma pezzi di vetro colorati prodotti da abili artigiani, gentile signora.»

6

Sonia poltrì nel letto per qualche minuto in più, perché la domenica il ristorante osservava il riposo settimanale. Sentì Silia rientrare dal giro mattutino con i bassotti e poi avvertì il rumore delle stoviglie che la donna stava deponendo sul tavolo. Tra poco l'avrebbe chiamata per dirle che era pronta la colazione.

La sera prima era rimasta in piedi più a lungo del solito per la chiusura dei conti. E poi, sempre assieme al padre, aveva esaminato i disegni dell'architetto per l'ampliamento della loro abitazione. Ne avevano parlato anche con Silia discutendo il preventivo di spesa.

Sgusciò fuori dal letto mentre Bibi e Poupette saltellavano ai suoi piedi. Quando si presentò in soggiorno per la colazione c'era anche suo padre.

«Come mai?» domandò stupita di vederlo alzato così presto.

«Ogni domenica vado a trovare la mamma», spiegò.

«Ti dispiace se vengo con te?»

«Mi fa piacere», rispose il vecchio.

Era esplosa, colorata e tiepida, la primavera. Antonio Brenna camminava al braccio di Sonia con passo stanco, ma con un senso di leggerezza nel cuore.

«Sei diventata il mio sostegno», scherzò.

«Sei forte come una quercia», mentì la figlia.

Sonia, lungo il viale dei cipressi che ricordava verdeggiante e deserto nei giorni assolati di lontane estati, pensava a un futuro ineluttabile e definitivo quando anche lei e suo padre avrebbero percorso per l'ultima volta quel mesto itinerario.

Quando varcò i cancelli del cimitero e guardò l'immobile architettura delle tombe, fu invasa da un senso di pace.

Depose fiori freschi sulla tomba della madre. Accese un lumino nella piccola teca di vetro e pregò per lei e per Maria Carlotta.

Quando Sonia e Antonio ritornarono a casa, davanti alle saracinesche abbassate della trattoria era parcheggiata una Bentley. L'autista della vettura si inchinò quando vide Sonia.

Antonio Brenna guardò la figlia con aria interrogativa.

«È mia cognata», spiegò Sonia riconoscendo la macchina di Anna Rovesti. «Probabilmente è in casa che mi aspetta.»

«Vuoi salire da sola?» chiese il padre.

«Per te non ho segreti. Andiamo ad affrontare la belva», sorrise.

«Ma che cosa vuole da te?» si preoccupò l'uomo.

«Presto lo saprai», rispose con aria divertita.

Anna, com'era nel suo stile, venne subito al dunque. Era in piedi al centro del soggiorno e, vedendola entrare, l'aggredì.

«Che cosa ne hai fatto dei diamanti di mio padre?» inquisì.

Silia era alle prese con i bassotti. Antonio Brenna sedette su una sedia più incuriosito che preoccupato.

«Credo di non capire», mentì Sonia. Sapeva benissimo che Anna veniva alla ricerca dei diamanti di Giovanni Rovesti.

«Tu capisci benissimo», sibilò Anna furibonda. «Sai meglio di tutti come sono andate le cose. Lo hai sempre saputo. Tu avevi la 'romanina'», continuò mentre il suo viso le si accendeva di improvvisi rossori. «Tu hai trovato i diamanti. Tu li hai sostituiti con pezzi di vetro. Venezia è piena di diamanti fasulli. Me lo ha detto Roberto Cortesini.»

«Davvero non so di che cosa tu stia parlando», disse Sonia con aria innocente.

«Ascoltami bene», ammonì Anna Rovesti. «Non voglio fare uno scandalo. Ce ne sono stati troppi nella nostra famiglia. Ma non puoi davvero pensare di passartela liscia. Non crederai che io sia disposta a rinunciare alla mia parte di eredità! Quindi ti offro una sola possibilità: stabilisci il prezzo del tuo silenzio. Poi tu mi dici dove sono i diamanti e io non ti denuncio.»

«Anch'io ti offro una sola possibilità. O te ne vai subito o chiamo la polizia e sollevo un polverone che nemmeno ti immagini.» Sonia aveva quella calma che meglio di ogni clamore sottolinea la fermezza di chi non promette invano. «E bada a te, Anna. Non faccio più parte della famiglia. Non ho più niente da perdere. E non ho sottratto niente che appartenga alla famiglia Rovesti. E adesso fuori di qui», l'invitò additandole la porta.

Sonia diceva la verità: non aveva sottratto nulla agli eredi Rovesti. I diamanti del vecchio erano di Maria Carlotta. Nessun altro poteva vantare dei diritti sull'eredità di Giovanni Rovesti. Suo suocero sarebbe stato fiero di lei.

Epilogo

Milano - 1988

Era la prima domenica di maggio. Il piccolo appartamento dei Brenna era a soqquadro per via dei muratori che stavano ampliandolo. Il padre di Sonia e la vecchia Silia erano usciti con i due bassotti per la solita passeggiata pomeridiana, Sonia era scesa in cucina e aveva incominciato a riordinare i conti. Il ristorante andava a gonfie vele e gli incassi, rispetto al mese precedente, erano aumentati di un buon trenta per cento. Sonia era molto fiera di questo risultato che considerava, e con ragione, un successo personale.

Suonò il telefono.

«Ciao», disse una voce che conosceva bene.

«Ciao, Giulio», lei rispose con calma.

«Che cosa stai facendo?» chiese lui come se si fossero lasciati la sera prima.

«Conti», spiegò. «Il mio ristorante sta andando molto bene. E tu?»

«Ti pensavo. Ho voglia di rivederti. A quando risale il nostro ultimo incontro?»

«Se ricordo bene a un paio di anni fa. All'aeroporto. Io andavo a New York e tu tornavi da Londra», ricordò lei.

«Già», assentì Giulio, «neanche il tempo per un caffè.»

«Possiamo rimediare», disse Sonia.

«Da me, da te o altrove?» propose.

«Da te», decise Sonia, «ma prima di tutto vorrei che tu mi accompagnassi al Monumentale.»

«Al cimitero?» precisò l'uomo.

«Voglio vedere come hanno sistemato la mia bambina. È una visita importante per me», disse Sonia.

«Tra un'ora», acconsentì Giulio. «Davanti all'ingresso.»

Sonia si presentò all'appuntamento tenendo in mano un piccolo mazzo di mughetti. Erano i fiori preferiti di Maria Carlotta. Giulio le andò incontro e si baciarono sulle guance come vecchi amici.

«Sei bellissima», disse Giulio con ammirazione.

Sonia portava i capelli raccolti sulla nuca in uno chignon. Indossava un tailleur di linea sportiva e aveva quel buon profumo che a lui piaceva tanto. Era una bella signora che portava i suoi cinquant'anni con giovanile disinvoltura.

«Anche tu non scherzi», ricambiò Sonia. Era come se il tempo non fosse passato per quell'uomo dall'affascinante sguardo azzurro.

Al braccio di Giulio percorse un viale di quella città silenziosa in cui aleggiava il profumo dolciastro dei fiori sfatti.

Quando entrarono nella cappella della famiglia Rovesti, lui sedette davanti a un inginocchiatoio mentre lei, individuata la tomba di Maria Carlotta, metteva i fiori in un vaso. Poi si mise a sedere accanto all'uomo.

Sembravano una coppia di sposi maturi che rendono omaggio ai parenti defunti. Sonia passò in rassegna le lapidi. Carlo ed Emma Rovesti, i genitori di Giovanni, riposavano nella parte alta della cappella. C'era poi la tomba di Giovanni Rovesti e quella di Veralda Motta Rovesti, sua moglie. C'era Antonio Rovesti e c'erano due Maria Carlotta: la prima, figlia di Veralda e l'altra, sua figlia.

«Mi sento bene qui», disse Sonia. Gli tese la mano e lui la prese fra le sue.

«Hai saputo dei diamanti?» chiese Sonia abbassando il tono della voce.

«Ne parlano tutti», rispose Giulio. «È un argomento da salotto tra i più ricercati.»

«La gente ci crede?»

«Che cosa dovrebbe credere, la gente?»

«Al ritrovamento del tesoro di Giovanni Rovesti.»

«Dicono che alla fine è caduta su di te una pioggia di diamanti», disse Giulio. «È vero?» la interrogò.

«In un certo senso è vero», rispose con sincerità. «Voglio svelarti il mio segreto. Anche tu, un tempo mi hai rivelato il tuo.»

Sonia ricordò l'alba, nel grande atrio di palazzo Mazzon, accanto al corpo senza vita di sua figlia e i diamanti contenuti nel cilindro della «romanina». Era l'eredità del nonno per la nipotina prediletta.

Sonia si era accostata alla bara di Maria Carlotta. «Ecco, piccola mia», le aveva detto piano come quando la cullava da bambina. «Questa fortuna è tua. Fragile, misteriosa, infelice figlia. Soltanto tua. Il nonno l'ha lasciata a te. E non permetterò a nessuno di portartela via.»

Sonia aveva deposto sul corpo di Maria Carlotta quelle pietre meravigliose. Le aveva coperto il petto, le mani, il grembo trasformando la figlia senza vita in una statua di luce.

Poi aveva srotolato il lenzuolo di raso che era in fondo alla bara e con quel drappo aveva coperto Maria Carlotta fino al collo.

«Adesso dormi, povera piccola mia», le aveva imposto baciandola sulla fronte. «Riposa e aspettami.» Quei diamanti, mille miliardi di pietre purissime, avrebbero rivestito il corpo di sua figlia per l'eternità.

Soltanto dopo i funerali Sonia era andata a Murano a fare incetta di vetri colorati, lavorati a diamante. Lo aveva fatto per continuare il gioco che Giovanni Rovesti aveva cominciato tanti anni prima. Lo spirito beffardo del vecchio era destinato a sopravvivere.

Sonia, dopo il racconto, si sentì più leggera per avere condiviso con l'uomo, amato da sempre, il suo segreto.

Con Giulio si avviò all'uscita del cimitero.

«Sei il mistero più affascinante nel quale mi sia mai capitato di imbattermi», disse l'uomo teneramente.

Sonia gli mise un dito sulle labbra per indurlo a tacere.

«Dove vuoi che ti accompagni?» domandò aprendole la portiera della macchina.

«Vado con i mezzi pubblici», rispose. «E poi voglio fare due passi a piedi.»

Giulio accettò la decisione di lei.

«E il nostro caffè?» le ricordò.

«Sarà per un'altra volta. A casa mi aspettano.»

«Non lasciamo passare troppo tempo prima che ci si riveda. Io sto invecchiando e tu non diventi giovane.»

«Tu prova a fermarti. E aspettami», lei disse e sorridendo gli voltò le spalle dirigendosi verso la fermata del tram.

Della stessa autrice

Anna dagli occhi verdi

Il Barone

Saulina (Il vento del passato)

Come stelle cadenti

Disperatamente Giulia

Donna d'onore

E infine una pioggia di diamanti

Lo splendore della vita

Il Cigno Nero

Come vento selvaggio

Il Corsaro e la rosa

Caterina a modo suo

Lezione di tango

Vaniglia e cioccolato

Vicolo della Duchesca

6 aprile '96

Qualcosa di buono

Rosso corallo

Rosso corallo (Edizione illustrata)

Singolare femminile

Il gioco delle verità

Mister Gregory

Un amore di marito

Léonie

Giulia per sempre (Disperatamente Giulia, Lo splendore della vita)

Il Diavolo e la rossumata

Palazzo Sogliano

La moglie magica

La vigna di Angelica

Il bacio di Giuda

Stampato presso ELCOGRAF S.p.A.
Stabilimento di Cles (TN)